IHR WERWOLF GEFÄHRTE

JODI VAUGHN

PROLOG

„Ich verspreche, dich zu lieben, bis ich meinen letzten Atemzug nehme." Jaxon Taylor blickte hinunter in die sanften blauen Augen der Liebe seines Lebens und zukünftigen Gefährtin, Ginny Wilson. Sein Herz schien sich in seiner Brust von all der Liebe, die er fühlte, auszudehnen.

„Das will ich hoffen, Jaxon Taylor." Sie lächelte ihn mit ihren wunderschönen Lippen an. Die sanfte Frühlingsbrise zerzauste ihr glänzendes, blondes Haar und blies eine einzelne Strähne über ihre Wange. Er streckte die Hand aus und strich die seidige Locke hinter ihr Ohr.

Er ergriff ihre schlanken Hüften, trat einen Schritt nach vorn und drückte sie gegen den Stamm der alten Eiche, die mitten auf der Weide stand. Das grüne Gras und die rollenden Hügel waren mit gelben Wildblumen verziert, was dies zu einem ihrer Lieblingsorte machte, um allein zu sein. Hier konnten sie die Welt hinter sich lassen. Hier draußen existierten nur sie beide.

Er vergrub sein Gesicht in ihrer Halsbeuge und atmete ihren berauschenden Duft ein. Als er sich von ihr löste, sah sie ihn mit diesem Lächeln an, das sein Herz immer höher-schlagen ließ.

Gott, sie war so wunderschön. Viel schöner, als er es verdient hatte.

Während sich andere Jungs in seinem Alter in den Unis einschrieben oder einen Sommerurlaub am Strand planten, stürzte er sich Hals über Kopf in die Ehe mit der einzigen Frau, die er jemals lieben würde.

Andererseits war er aber auch nicht irgendein Typ. Er war ein Werwolf. Und wenn ein Werwolf seine Gefährtin fand, würde nichts sie je auseinanderreißen können.

„Was wäre, wenn ich vor dir sterbe?" Sie sah zu ihm auf und neigte ihren Kopf. Ein leichtes Grinsen umspielte die Mundwinkel ihrer vollen Lippen. Lippen, von denen er es nicht erwarten konnte, sie überall auf seinem Körper zu spüren. „Wirst du dich dann mit einer anderen verpaaren?"

„Keine Chance. Ich werde sterben, wenn du stirbst." Er sprach mit Bestimmtheit und ohne zu zucken. Sein Herz schmerzte bei dem Gedanken, jemals von ihr getrennt zu sein. Er konnte sich ein Leben ohne Ginny einfach nicht vorstellen.

„Wir sind erst achtzehn. Wir haben so viele Jahre, um darüber nachzudenken. Als Erstes müssen wir es vor den Altar schaffen." Jaxon zog sie nah an seine Brust. Er legte sein Kinn auf ihren Kopf.

Sie passte zu ihm.

Das hatte sie immer.

Das würde sie immer.

In nur wenigen kurzen Stunden würden sie nach menschlichem Recht verheiratet und nach dem Werwolfge-setz verpaart sein.

„Wir könnten jetzt einfach weggehen. Weglaufen, uns verpaaren und die Hochzeit vergessen", schlug sie vor.

Er begehrte sie wie nie zuvor. Er hatte sich monatelang

zurückgehalten und sie nie dazu gedrängt, mit ihm zu schlafen. So sehr er sie auch wollte, wünschte er sich, dass sie ihre erste sexuelle Erfahrung miteinander teilten, wenn sie verpaart und verheiratet waren, und niemals mehr voneinander getrennt sein würden.

„Du hast zu viele menschliche Freunde und sie würden denken, dass wir in wilder Ehe zusammenleben." Er lächelte. So sehr er sich auch gerade in diesem Moment mit ihr verpaaren wollte, er würde es nicht tun. Er wollte, dass ihre Beziehung anders war als jede andere. Er wollte, dass sie für die Ewigkeit andauerte.

„Bist du die kalten Duschen, die du ständig nehmen musst, langsam leid?" Sie strich mit ihrem Finger über seine Brust und runzelte ihre perfekte Stirn.

„Du hast ja keine Ahnung." Sein Grinsen verschwand von seinem Gesicht und er kniff die Augen ein wenig zusammen. Ein Anflug von Sorge machte sich in seinem Bauch breit. Es war die gleiche Sorge, die ihn heute Morgen, kurz nach dem Aufwachen, überkommen hatte. „Du versuchst dich nicht, aus der Hochzeit herauszureden, oder doch?"

Ihr leichtes Lächeln wandelte sich zu einem atemberaubenden Grinsen. „Überhaupt nicht. Nach dem heutigen Nachmittag wirst du mich nie wieder loswerden können, Jaxon."

„Das ist genau, was ich hören möchte."

Er neigte seinen Kopf und drückte seine Lippen auf ihre. Er legte seine Hände um ihre Taille und zog sie nah an seine Brust. Er konnte spüren, wie ihr Herz im gleichen Rhythmus wie seines gegen seine Brust schlug.

Sie stöhnte und öffnete ihre Lippen. Er vertiefte den Kuss. Er berührte ihre Zunge mit seiner und schmeckte ihre Süße.

Sein Herz klopfte in seiner Brust und seine Atmung wurde heftiger. Sein Körper schmerzte. Er wusste kaum noch, wie er sich zurückhalten sollte, sie nicht direkt hier, gegen den Baum gedrückt, zu nehmen.

Er zog sich zurück, atmete tief durch und schüttelte den Kopf. „Frau, du wirst noch mein Tod sein."

„Sag so etwas nicht, Jaxon." Sie legte ihre Fingerspitzen auf seine Lippen. Angst blitzte in ihren blauen Augen auf.

„Es ist nur ein Sprichwort. Ich meine es nicht wirklich." Er schnaubte.

Sie schüttelte den Kopf. „Du weißt doch, wie abergläubisch meine Großmutter ist. Hätte sie dich eben gehört, hätte sie ein schnelles Gebet gesprochen und Salz über ihre Schulter geworfen."

„Komm schon, Ginny. Du weißt doch, dass ich nicht an diesen Hokuspokus-Quatsch glaube." Er hob ihr Kinn mit seinen Fingerspitzen an. „Ich glaube, dass wir unser eigenes Schicksal und unsere eigene Zukunft erschaffen. Und meine Zukunft ist mit dir."

Ihr Gesichtsausdruck entspannte sich und sie schenkte ihm endlich ein Lächeln.

„Du hast recht." Sie warf einen Blick auf die Uhr an ihrem Handgelenk und zischte leise. „Ich muss gehen. Ich muss vor der Hochzeit noch meine Haare und mein Make-up machen lassen."

„Du musst nichts dergleichen tun. Du siehst, so wie du bist, wunderschön aus."

Sie lachte, drückte ihre Hand gegen seine Brust und trat zurück.

„Jaxon, ich möchte perfekt für dich sein. Ich möchte, dass der erste Tag vom Rest unseres Lebens perfekt wird." Sie kicherte, als sie zum Auto ihrer Großmutter hinüberrannte.

Er grinste wie ein Idiot, als er zusah, wie sie in den alten, heruntergekommenen, goldfarbenen Wagen kletterte. Sie winkte ihm noch einmal zu, bevor sie auf dem Feldweg davonfuhr.

Heute war der erste Tag des Rests ihres gemeinsamen Lebens.

Er mochte, wie das klang. Er mochte es sogar sehr.

In diesem Moment wusste er nicht, dass der heutige Tag von unvorstellbaren Schmerzen gefüllt sein und er sein Herz für immer verlieren würde.

Kapitel Eins

„Bist du sicher, dass sie herkommen wird?" Jaxon kniff die Augen zusammen, als er den großgewachsenen Barkeeper auf der anderen Seite der Bar anschaute, der, wie es der Zufall so wollte, ein Werwolf namens Gary war. Er drückte seine Hände auf die klebrige Theke und beugte sich vor. Die Angst des Barkeepers war überwältigend. „Wenn ich meinen Arsch nur deshalb hierher bewegt habe, weil irgendjemand den Hauch einer Ahnung hatte, dann kriegt hier jemand ordentlich eins drauf. Verstehst du mich?"

„Mach mal locker, Mann. Ich habe dir doch gesagt, dass sie die ganze Woche jeden Tag hier war. Sie hat noch keinen einzigen Tag verpasst." Gary runzelte die Stirn und wischte die Theke mit einem dunklen Tuch ab. Er warf das Handtuch beiseite und zog eine weitere Bierflasche aus dem Kühlschrank. Er ließ den Kronkorken knallen und schob Jaxon das Bier zu. „Ich würde Barrett keine falschen Informationen geben. Das wäre doch, als würde ich mein eigenes Todesurteil unterschreiben."

„Ich gebe ihr noch ein paar Minuten, aber dann haue ich ab." Jaxon nahm das Bier von der Theke und sah den Barkeeper funkelnd an. Er stieß sich von der Bar ab und ging zu einem kleinen Tisch in der Nähe der klapprigen, alten Jukebox hinüber. Er drehte den Holzstuhl herum, setzte sich rittlings darauf und behielt die Tür im Auge.

Er studierte die Gäste, eine Mischung aus Menschen und Werwölfen im *Treetop Bar und Grill*. Der vertraute Geruch von warmem Bier, abgestandenen Zigaretten und Verzweiflung füllte den Raum. Die Jukebox leierte einen Achtzigerjahre-Song, während ein paar Leute in einer dunklen Ecke Billard spielten. Ältere Männer saßen in Gruppen in den Ecken der Bar und sprachen über Sport und Frauen, während sie sich ein Bier gönnten, bevor sie zum Abendessen nach Hause gingen.

Es gab eine Zeit, in der er von diesem Ort nicht genug bekommen konnte. Er erinnerte sich an heiße Sommernächte, in denen er Billard spielte und Bier trank und sich wünschte, dass der Morgen niemals kommen würde. Damals, als er noch jünger und dümmer war und nichts darüber wusste, wie Frauen wirklich waren.

Er hatte schon bald darauf gelernt, dass das Herz einer Frau grausam und selbstsüchtig war und, dass er dumm genug gewesen war, zu glauben, dass Liebe wirklich existierte.

Es war eine schwierige Lektion gewesen: die Macht, die eine Frau über einen Mann ausüben konnte, wenn sie sein Herz in ihren Händen hielt.

Er griff nach seinem Bier und trank einen großen Schluck. Sein Blick fiel auf die vertrauten Initialen, die in den zerkratzten Tisch eingeritzt waren und er erstarrte.

Wut, Hass und Bitterkeit füllten sein Herz wie Meereswellen ein Loch am Strand.

J. T. liebt G. W.

„Scheiße." Er sprang so schnell auf, dass sein Stuhl dabei umfiel, und auf den Holzboden knallte. Die anderen Gäste würdigten ihn kaum eines Blickes, bevor sie sich wieder ihren Getränken zuwandten.

„Ich habe gehört, dass dieser heiße Rudelführer nach mir sucht", flüsterte eine sinnliche, weibliche Stimme in sein Ohr.

Er setzte ein Grinsen auf, um die Ernsthaftigkeit zu verbergen, die sich in seinem Kopf ausbreitete.

„Hallo, Ella." Jaxon drehte sich um. „Oder sollte ich *Hexe* sagen?"

Für den Bruchteil einer Sekunde kniff sie ihre hübschen grünen Augen zusammen und sah sich dann prüfend im Raum um. Sie trug einen kurzen schwarzen Lederrock, ein hautenges weißes Shirt und Stiefel mit extrem hohen Absätzen. Sie hatte starkes Make-up aufgetragen und ihr Lippenstift sah fast schwarz aus.

„Sei leise", schimpfte sie. „Es gibt ein *paar* Menschen hier drin, weißt du."

„Ich bezweifle, dass uns bei dem ganzen Lärm jemand hören könnte." Er warf einen Blick auf die Jukebox, die jetzt ein Lied von ABBA spielte und sah dann wieder auf ihren dunklen Lippenstift. Er hatte nicht gewusst, dass die Hexe den Grufti-Look mochte.

„Das ist kein Lärm. Es ist mein Lieblingslied." Sie kniff die Augen zusammen und hob das Kinn.

„Du hast keinerlei Musikgeschmack." Er zuckte zusammen. Er wusste alles über die musikalischen Vorlieben der Hexe von Yazoo City von seinem Wächter- und Werwolf-Freund, Lucien.

„Tatsächlich? Ich wette, du hörst nur solches Heavy Metal-Zeug, wovon man Kopfschmerzen bekommt." Sie verschränkte die Arme. Ihre Brüste wurden dabei nach oben in den Ausschnitt ihres engen T-Shirts gedrückt.

„Ich bin nicht hier, um mich über Musik zu unterhalten.

Ich bin hier, um dich zurück nach Mississippi zu bringen." Er trank einen Schluck von seinem Bier, ohne seinen Blick von ihr zu lösen.

Sie schüttelte den Kopf und grinste. „Ich gehe nirgendwohin, Wolf."

„Siehst du, da haben wir eine Meinungsverschiedenheit." Jaxon schob eine Hand in seine Tasche und zeigte mit seiner Flasche auf sie. „Erzähl mir mal was. Der Fluch hätte dich zurück auf den Friedhof bringen sollen, aber es ist jetzt Monate her und du läufst immer noch frei herum. Wie ist das möglich?"

Lucien war zu Ella geschickt worden, um herauszufinden, wer hinter der Folter der Wächter von Arkansas steckte, die die Beschützer und Verteidiger der Werwolfbevölkerung waren. Ella hatte ihnen Informationen gegeben, war dann aber aus ihrem verfluchten Gefängnis auf dem Friedhof entkommen, als sie Luciens Gefährtin Catty mit einem Messer angegriffen hatte. Ella konnte den Fluch nur durch Blutvergießen brechen, aber auch das nur vorübergehend.

„Ich brauche Blut. Ich brauche jede Woche neues Blut von jemand anderem, damit mich dieser Fluch nicht zurück zu diesem verdammten Friedhof zieht." Ihre smaragdgrünen Augen blitzen vor Wut auf.

„Du magst zwar heiß sein, aber du bist eine verrückte Schlampe." Er knurrte und seine Nackenhaare stellten sich an der Rückseite seines Halses auf.

Sie lehnte sich nah an ihn heran und strich mit einem Finger über seine Brust. „Ah, du denkst also, dass ich heiß bin." Sie hob eine Augenbraue. „Ich bin scharf auf deinen Rudelführer, Barrett, aber ich glaube nicht, dass es ihm etwas ausmacht, wenn ich ein bisschen mit dir spiele." Sie zwinkerte ihm zu. „Was sagst du? Willst du es mal versuchen?"

„Ich bin nicht hier, um eine Nummer mit dir zu schieben. Ich bin hier, um dich zurück nach Mississippi zu bringen."

„Also liefern mich die Wächter von Arkansas aus?" Ein überraschter Ausdruck zeigte sich auf ihrem Gesicht. „Sollten es nicht die Wächter von Mississippi sein?"

„Barrett wollte, dass seine Männer dich zurückbringen, da du während unserer Wache entkommen bist", sagte Jaxon. Er wusste, dass Barrett dies selbst regeln wollte, um die Beziehung zwischen dem Bundesstaat Arkansas und dem Bundesstaat Mississippi friedlich zu halten. Die Situation mit dem Rudel in Louisiana war eher unbeständig und Barrett wusste, dass es klug war, seine Verbündeten bei Laune zu halten, falls dort etwas schiefgehen sollte.

„Wie edel." Sie blickte auf ihre langen, pinkfarbenen Fingernägel und sah unbeeindruckt aus. „Ich frage mich, ob all dieser Edelmut verfliegt, wenn man mit Barrett im Bett liegt. Ich wette, er ist so richtig versaut, wenn er geil ist." Ihre Lippen verzogen sich zu einem bösen Lächeln.

„Ist Sex alles, woran du denkst?" Sie war wirklich wunderschön. Aber sie war auch verdammt gefährlich. Eine Psychopathin in Stöckelschuhen.

„Versuche bloß nicht, mit mir über Tugend zu sprechen, Jaxon Taylor. Ich habe alles über deinen Ruf gehört." Sie stemmte ihre Hand in ihre Hüfte und grinste. „Ich frage mich, wie tief du fallen wirst, wenn du die richtige Frau findest." Sie beugte sich vor und legte ihre Hand auf seinen Unterleib.

Er griff nach ihrer Hand. „Lass mich raten, du denkst, dass du das richtige Mädchen bist."

„Das richtige Mädchen für den Moment. Nicht das *richtige* Mädchen." Sie lehnte sich vor und grinste. „Das ist etwas anderes."

Die Tatsache, dass er einen Ruf hatte, war ihm nicht unbekannt. Aber dass sogar die Hexe von Yazoo City über ihn Bescheid wusste, beunruhigte ihn. Trotzdem war es besser, ein männliches Flittchen zu sein, als sich erneut das Herz brechen zu lassen.

Er hatte Herzschmerz und ein gebrochenes Herz kennengelernt und keine verfluchte Lust dazu, so etwas noch einmal zu fühlen. Er sah sich im Raum um.

Dieser Ort brachte zu viele Erinnerungen zu ihm zurück, zu viel Schmerz, um sich darin wohlzufühlen. Es war ein Ort, von dem er geschworen hatte, dass er ihn nie wieder besuchen würde. Als er jedoch die Information bekommen hatte, dass Ella hier Stammkundin war, hatte er keine andere Wahl gehabt. Er war hier, um sie abzuholen, und sie zurück nach Mississippi zu bringen, bevor sie noch mehr Schaden anrichten konnte.

* * *

GINNY MCGREGOR SAß in ihrem Mercedes und umklammerte das Lenkrad fest mit beiden Händen. Verdammt sei ihr Ehemann John, der sie dazu gezwungen hatte, hierherzufahren, um Informationen über die Wächter von Arkansas weiterzugeben.

Sie wusste, dass er sie auf die Probe stellte und ihre Loyalität zu ihm und dem Louisiana-Rudel testete.

Er hatte nichts zu befürchten. Seit ihr Vater sie vor sieben Jahren dazu gezwungen hatte, John zu heiraten, hatte sie nichts getan, um ihrem Ehemann je einen Grund zu geben, an ihr zu zweifeln. Ihre Treue zu ihm war nicht aus einer unsterblichen Liebe zu ihm geboren. Nein, sie war ihm treu, um sicherzustellen, dass dem einen Mann, den sie je geliebt hatte, niemals etwas passieren würde.

Jaxon Taylor.

Einst war sie voller Hoffnung und Liebe und ewigem Optimismus gewesen. Dies alles starb an dem Tag, als ihr

Vater ihre Großmutter getötet und sie nach Louisiana zurückgezwungen hatte.

Der Tag ihrer Hochzeit hatte ihr Leben für immer verändert.

Jetzt bestand ihr Leben daraus, das zu tun, was von ihr erwartet wurde, nicht wütend zu werden und ganz sicher keine Meinung zu haben. Dies waren die Dinge, die sie am Leben hielten.

„Krieg dich wieder ein, Ginny. Es ist ja nicht so, dass du hier irgendjemanden kennst." Sie griff nach dem großen Umschlag und ihrer Handtasche, die auf dem Beifahrersitz lagen, und öffnete die Autotür. Die hohe Luftfeuchtigkeit Arkansas' schlug ihr ins Gesicht wie ein nasser Lappen. Wäre sie keine Südstaatenfrau gewesen, wäre es fürchterlich gewesen. Aber sie hatte sich längst an das Wetter gewöhnt und es in gewisser Weise lieben gelernt.

Sie lief auf das Gebäude zu und ging auf Zehenspitzen, damit ihre teuren Stöckelschuhe nicht im Dreck versanken. Trotz ihres selbstbewussten Schrittes suchte ihr Blick ständig den Parkplatz nach ungewöhnlichen oder verdächtigen Dingen ab.

Es war immer noch hell, also standen nur ein paar Harley-Davidsons und ein paar Transporter auf dem grasbewachsenen Parkplatz vor dem Haus. Die Bar war mitten im Nirgendwo. Die nächste Stadt war dreißig Kilometer entfernt. Dieser Ort war früher ein Treffpunkt für minderjährige Teenager gewesen, aber er hatte seine Anziehungskraft verloren, seit die Gesetze verschärft wurden. Jetzt diente er hauptsächlich verbitterten alten Männern und Bikern, die sich schnell betrinken wollten.

Sie beschleunigte ihren Schritt und wünschte sich, sie hätte etwas Lässigeres tragen können, so wie eine Jeans und ein T-Shirt, anstatt der weißen Hose und passenden Bluse, die sie anhatte. Ihre Füße schmerzten von den hohen

Absätzen und sie konnte es kaum erwarten, ihre flachen Ballerinas anzuziehen, die in ihrem Auto auf sie warteten. Wenn es nach ihr gegangen wäre, hätte sie etwas Lässigeres und Bequemeres getragen.

Aber ihr Leben gehörte nicht ihr. Es gehörte John, ihrem Ehemann, ihrem Gefährten ... ihrem Besitzer.

John entschied alles darüber, wie sie aussah – von ihrer Kleidung und Frisur, bis hin zur Farbe, mit der sie ihre Fingernägel lackierte. Er bestand darauf, dass sie wie die Frau des zukünftigen Rudelführers von Louisiana aussah und nicht wie eine gewöhnliche Hausfrau.

Sie würde alles für ein einfaches Leben geben, ein eigenes Leben, in dem sie tun und lassen konnte, was sie wollte und so leben konnte, wie sie wollte. Ein Leben, in dem sie sich nur um sich selbst sorgen musste.

Sie nahm ihre Designer-Sonnenbrille ab und tupfte den Schweiß ab, der sich auf ihrem Gesicht gebildet hatte. Sie holte tief Luft, öffnete die Tür und trat ein.

Die Welle der Emotionen überschwemmte sie so schnell, dass sie fast einen Schritt rückwärts gestolpert wäre.

Es war einer der Orte, an dem sie ihn getroffen hatte. Den einzigen Mann, den sie jemals geliebt hatte.

Die Qual zerriss ihr das Herz und sie zwang sich, den Kloß in ihrer Kehle hinunterzuschlucken.

Sie entdeckte die Theke und ging hinüber. Je schneller sie das Paket ablieferte, desto schneller konnte sie von diesem verfluchten Ort wieder verschwinden.

Wenn John sie darum bat nochmals hierher zurückzukommen, würde sie es ablehnen.

Ihr Magen krampfte sich zusammen. Wen wollte sie denn verarschen? Sie könnte John gar nichts ablehnen. Sie erinnerte sich nur zu gut daran, wie sich seine Strafen in Form von Blutergüssen und Knochenbrüchen anfühlten.

Vielleicht würde er eines Tages so wütend auf sie sein,

dass er ihr Leben mit einer Silberkugel in den Schädel beenden würde. Zumindest würde das ihrem Elend ein Ende bereiten.

Sie trat an die Theke und legte den großen Umschlag darauf ab. Sie sah den Barkeeper an. Er kniff die Augen zusammen und musterte ihr Gesicht. Sein Blick glitt ihre Brust hinunter und auf ihre Hand, die auf dem Umschlag ruhte. Er riss die Augen weit auf, so wie sie es erwartet hatte. Er hatte den Insignienring gesehen, der jeden Werwolf wissen ließ, dass sie die Frau und Gefährtin von John McGregor, dem Schwiegersohn von Edward Boudier, war.

Für die Werwolfbevölkerung war sie unantastbar.

„Möchten Sie ein Bier haben, Mrs. McGregor?" Der Barkeeper blinzelte ein paarmal und trat einen Schritt von der Theke zurück, während er mit seinen Händen ein Handtuch auswrang.

Es war fast schon komisch, wie viel Angst er vor ihr hatte.

Wenn er die Wahrheit nur kennen würde: dass sie selbst überhaupt gar keine Macht hatte. Und wenn ihr etwas passieren würde, wäre John das wahrscheinlich auch scheißegal. Er würde sich einfach das nächste Weibchen schnappen, das er im Visier hatte.

Sie hatte einst geglaubt, dass ihr Nachname sie beschützen würde.

Jetzt begann sie daran zu zweifeln, dass das ausreichend wäre.

Sie sollte wieder gehen. Aber sie wollte ein paar Minuten Freiheit ohne John genießen. Ein Getränk würde nicht schaden.

„Haben Sie Chardonnay?" Sie warf einen Blick auf den Barhocker und vergewisserte sich, dass er sauber war, bevor sie sich setzte.

Er runzelte die Stirn, fing sich dann aber wieder. „Entschuldigung, nein. Aber ich habe ein paar Weinkühler."

„Bier ist in Ordnung." Normalerweise trank sie kein Bier. Vielleicht alle paar Wochen mal ein Glas Wein und das nur, wenn sie wusste, dass ihr Mann geschäftlich unterwegs sein würde. Ansonsten trank sie nie. Sie musste aufmerksam und wachsam um John herum sein.

„Danke." Sie schob ihm einen Zwanziger zu.

„Nein, das geht aufs Haus." Der Barkeeper winkte ab.

Sie nickte und steckte den Schein zurück in ihre Lederhandtasche. Sie hob die kalte Flasche an und drückte sie gegen die Innenseite ihrer Handgelenke, bevor sie einen Schluck trank.

Das bittere Gebräu auf ihrer Zunge transportierte sie eine Million Jahre zurück. Zurück in die Zeit, als sie jung und sorglos war. Zurück in die Zeit, als nichts je schiefgehen konnte.

Zurück in die Zeit, in der sie glücklich war.

* * *

JAXONS BLICK GLITT durch den Raum zu der Frau, die durch die Tür kam. Ihr Gesicht war hinter ihren kurzen seidenblonden Haaren verborgen, die es verdeckten. Er wandte sich wieder Ella zu, aber etwas an der Fremden erregte seine Aufmerksamkeit.

„Die ist eine Klasse zu hoch für dich, Wolf", spottete Ella und beugte sich zu ihm.

„Was weißt du denn schon davon?" Er hob eine Augenbraue, wandte seinen Blick jedoch nicht von der Blondine an der Theke ab. Normalerweise hielt er sich von Blondinen fern. Sie bedeuteten nichts als Ärger. Aber er konnte seinen Blick nicht von ihr losreißen. „Kennst du sie?"

„Nein. Ich habe nicht viele Freunde und ganz sicher keine Frauen", sagte Ella trotzig.

„Vielleicht solltest du versuchen, netter zu sein." Er warf

einen Blick auf Ella und schaute dann wieder zu der Fremden, die sich jetzt an die Theke gesetzt hatte.

„Ich bin nett. Das bin ich. Wer hat gesagt, dass ich nicht nett bin?" Sie verschränkte ihre Arme. „Es war Catty, nicht war?", schnaubte sie. „Großer Gott, es ist ja nicht so, als hätte ich sie getötet."

„Du hast sie mit einem Messer in die Brust gestochen und sie an einen Baum geheftet zurückgelassen. Sieh der Wahrheit ins Gesicht, du bist nicht gerade eine Mädchenfreundin." Jaxon funkelte sie an.

Ella verdrehte die Augen. „Oh, ich bitte dich. Es hat sie ja nicht getötet. Sie ist ein Werwolf – ich wusste, dass sie nicht sterben würde. Außerdem musste ich irgendwie aus diesem Höllenloch rauskommen."

„Was uns wieder zu dem Grund bringt, warum ich hier bin. Ich muss dich zurückbringen." Jaxon wandte seinen Blick zögerlich von der Fremden ab und sah Ella an.

„Du hast keine Ahnung, wie es ist, an einem Ort, den du hasst, gefangen gehalten zu werden. Alles zu verlieren, was du kennst und liebst, und wenn von dir erwartet wird, einfach zu akzeptieren, dass die Dinge nun mal so sind."

Seine Brust zog sich zusammen.

Er kannte das Gefühl besser als jeder andere.

„Ich bin hier, um meinen Job zu machen. Es ist nichts Persönliches." Er hob die Hände. Er sah wieder zu der Fremden an der Bar hinüber, die nun ein Bier an ihre Lippen hob.

Etwas an ihr war ihm seltsam vertraut. So vertraut, dass es ihn völlig ablenkte. Er schüttelte den Kopf und sah zurück zu Ella.

„Nichts Persönliches? Richtig. Ihr Wächter wisst nichts über mich. Und doch verurteilst du mich. Glaube mir, es ist persönlich." Eine Härte breitete sich auf ihren hübschen

Gesichtszügen aus. Jetzt sah sie wirklich wie die böse Hexe aus, die er hier gefangen nehmen sollte.

Jaxon seufzte. „Ich weiß, dass es seit deiner Flucht fünfzehn Todesfälle gab und sie alle ereigneten sich an Orten, an denen du gesehen wurdest."

„Ich habe niemanden getötet. Dafür gibt es keine Beweise." Sie kniff die Augen zusammen und stemmte die Hände in ihre Hüften. „Du wirst mir diese Todesfälle nicht unterstellen."

„Schau mal …", begann er zu antworten, als die Frau an der Theke eine vertraute Bewegung machte, die seine Aufmerksamkeit erneut auf sich zog.

Er hielt den Atem an. Das konnte nicht sein.

Sie schob ihr Haar hinter ihr linkes Ohr, rieb sich mit der Hand über den Nacken und dann die linke Schulter hinunter, als würde sie schmerzen.

Es konnte einfach nicht sein.

Ohrenbetäubender Lärm füllte seine Ohren. Sein Magen krampfte sich zusammen.

Würde er hinter ihr stehen, könnte er die Stelle an ihre Schulter sehen, die sie gerieben hatte. Eine Narbe, die sie sich zusammengezogen hatte, als sie an den Strand gegangen und auf eine Muschel gefallen war. Eine Narbe, die in Salzwasser getaucht und trotz ihres Werwolfbluts niemals richtig verschwunden war.

Sie war es. Es war Ginny.

In dem Moment, als er ihren Namen dachte, drehte sie sich in seine Richtung um, als würde sie ihn im Raum spüren.

Sie sahen sich in die Augen. Schock breitete sich auf ihrem Gesicht aus. Sie beide rührten sich nicht.

„Scheiße." Der Fluch entwich seinen Lippen und hallte in die schmuddelige Bar, wo er vom Geräusch der Jukebox und dem Gemurmel der Gespräche übertönt wurde.

Er wollte zu ihr gehen, sie in seine Arme schließen, schreien und sie fragen, warum sie getan hatte, was sie getan hatte. Aber am Ende hatte er immer noch seinen Stolz. Er tat das Einzige, was ihm einfiel.

Er wollte sie für all die Schmerzen, die sie ihm zugefügt hatte, ebenfalls verletzen.

Er packte Ella an der Taille und zog sie an seine Brust. Sie kämpfte für ein oder zwei Sekunden gegen ihn an, bis sie seine Absicht erkannte.

„Nun, das wurde aber Zeit, Wolf", schnurrte sie, während ihre Hände über seine Brust strichen und sie ihre Finger hinter seinem Hals verschränkte.

Er sah Ginny mit zusammengekniffenen Augen an und wollte, dass sie einen Bruchteil des Schmerzes fühlte, den sie ihm jeden Tag seines Lebens seit ihrem geplanten Hochzeitstag zugefügt hatte. Er wollte, dass sie litt, so wie er gelitten hatte. Er wollte, dass sie wusste, wie es sich anfühlte.

Er sah Ginny direkt in die Augen und grinste.

KAPITEL 2

*K*apitel Zwei

Jaxon neigte den Kopf und drückte seinen Mund auf Ellas. Die Hexe rieb sich begierig an seinem Körper und küsste ihn mit einer Dringlichkeit zurück, die er selbst nicht fühlte.

Ginnys Mund klappte auf und sie bedeckte ihre geöffneten Lippen mit ihrer Hand.

Die unverkennbaren Anzeichen von Schock und Schmerz schossen durch ihre blauen Augen.

Sein Magen sank ihm in die Kniekehlen. Rache schien doch nicht so süß zu sein. Ihm wurde einfach nur schlecht davon.

Ginny tastete auf der Theke nach ihrer Handtasche, bevor sie sie schnappte. Sie eilte zur Tür und ihre hohen Absätze klapperten laut über den alten Holzfußboden.

Sie tupfte sich diskret die Augenwinkel, bevor sie nach dem Türknauf griff.

Sie riss die Tür auf und eilte hinaus.

Scheiße. Er hatte Ginny zum Weinen gebracht.

Er versuchte, Ella wegzuschieben, aber sie öffnete ihren

Mund und biss ihn fest in die Unterlippe. Er schob sie eine Armlänge von sich weg. Als er sich über den Mund wischte und das verschmierte Blut auf seinem Handrücken betrachtete, zischte er sie an: „Verdammt noch mal, du hast mich gebissen."

Ella grinste. „Was ist los, Wolf? Hat deinem Weibchen dein kleines Schauspiel, das du für sie abgezogen hast, nicht gefallen?"

Er riss den Kopf herum und sah sie mit zusammengekniffenen Augen an.

„Hast du wirklich gedacht, ich hätte geglaubt, dass dieser Kuss echt ist?" Sie runzelte die Stirn. „Ich habe schon bessere Wölfe geküsst als dich. Und ich weiß, wenn ein Typ etwas vortäuscht." Sie verschränkte die Arme und stieß einen lauten Seufzer aus. „Also wirst du jetzt einfach nur hier rumstehen oder gehst du ihr hinterher?"

„Warte hier." Er zeigte mit dem Finger auf sie und knurrte.

„Wo sollte ich denn hingehen?" Sie warf ihm einen unschuldigen Blick zu, als sie ihre Arme hob. Sie schüttelte den Kopf und wandte ihre Aufmerksamkeit wieder der Jukebox zu.

Nichts an dieser Hexe war unschuldig. Er schob seine Hände in seine Jeanstaschen und seine Finger schlossen sich um die Schlüssel darin.

Er hatte den Kuss genutzt und ihr die Autoschlüssel aus ihrer Jeanstasche gezogen, als sie ihn zurückgeküsst hatte. Sie würde nicht sehr weit kommen.

Er rannte zur Tür und trat hinaus in die Hitze. Er suchte den Parkplatz nach Ginny ab.

Dem teuren weißen Hosenanzug nach zu urteilen, wettete er, dass sie ebenfalls ein Luxusauto fuhr.

Sein Blick fiel auf einen schwarzen Mercedes, der an der Seite geparkt war. Er war auffällig. Ein teures Auto zwischen den wenigen Harleys und Transportern, die auf dem Parkplatz standen.

Der Motor erwachte zum Leben und sein Herz machte einen Sprung in seiner Brust.

Sie wollte wegfahren.

Er rannte los, seine Hände zu engen Fäusten geballt. Ein Teil von ihm wusste, dass er in einem schmerzhaften Wespennest stochern würde, wenn er auch nur mit ihr sprach. Er wusste, dass er sie einfach gehen lassen sollte. Zur Hölle, sie hatte ihn vor Jahren selbst einfach gehen lassen.

Aber dann gab es da noch die andere Stimme, eine Stimme in seinem Kopf. Und diese Stimme brauchte Antworten. Sie brauchte Abschluss.

Sie starrte über das Lenkrad, ihre vertrauten blauen Augen waren vor Überraschung und Schmerz und Angst weit aufgerissen. Emotionen, die er noch nie zuvor auf ihrem Gesicht gesehen hatte.

Er öffnete die Autotür und blickte zu ihr hinunter.

„Was machst du hier?", fragte sie mit bebender Stimme und ihre Finger zitterten leicht auf dem Lenkrad.

„Ich könnte dich dasselbe fragen, Ginny."

Sie schaute weg. Ihre perfekt manikürten Finger umklammerten das Lenkrad.

Als sie ihn wieder ansah, hatte sie eine Maske der Gleichgültigkeit aufgelegt.

„Ich bin geschäftlich hier. Für meinen Ehemann."

Ein Schuss in den Bauch hätte sich besser angefühlt als diese letzten drei Worte.

Er ließ die Tür los und ging einen Schritt zurück, um wieder zu Atem zu kommen. Sie hatte ihm buchstäblich den Atem aus den Lungen geschlagen, ohne dass sie ihn körperlich berührt hatte.

„Ehemann. Ich wusste nicht, dass du verheiratet bist." Er spie die Worte hervor. Bitterkeit zeigte sich in seinem Ton.

„Das wusste niemand." Sie legte ihre Hände in den Schoß und sah nach unten. „Jaxon, warum bist du hier?"

„Ich bin ebenfalls geschäftlich hier." Er wollte ihr sagen, dass er jetzt ein Arkansas-Wächter war, einer der Elite-Werwolfsoldaten, die die bürgerliche Werwolfbevölkerung im Staat schützten. Er war ein Beschützer, ein Verteidiger, ein Kämpfer.

„Nein, das ist nicht, was ich meine." Sie leckte sich die Lippen. „Ich meine, warum bist du mir nach draußen gefolgt?"

„Antworten." Sein Ton war kühl und neutral. Er wollte nicht, dass sie wusste, wie schwer sie ihn getroffen hatte. Er wollte sie immer noch verletzen. Er wollte sie genauso verletzen, wie sie ihn verletzt hatte.

„Ich muss gehen." Sie wandte ihren Blick ab, als sie nach der Autotür griff. Ihre Hand zitterte, als sie ihre Finger um den Türgriff legte.

Sie würde gehen.

Er griff nach der Tür und hinderte sie daran, sie zu schließen.

„Noch nicht", sagte er. „Unser Gespräch ist noch nicht beendet."

„Du verstehst nicht." Ihr nervöser Blick huschte über den Parkplatz. Sie drehte sich um und blickte über ihre Schulter.

„Nein, *du* verstehst nicht. Ich lasse dich erst gehen, wenn ich ein paar Antworten habe. So viel schuldest du mir." Er kniff die Augen zusammen.

Sie riss ihren Kopf herum und sah ihn an. „Dir schulden? Willst du mich verarschen? Was ist denn mit dem Mädchen, das du gerade geküsst hast? Du bist doch auf jeden Fall über mich hinweggekommen, also tu jetzt nicht so, als wärst du immer noch verletzt. Ich kenne Typen wie dich, Jaxon Tyler. Du hast nach mir mit unzähligen Frauen geschlafen."

23

Sein Magen zog sich zusammen. „Woher weißt du das? Hast du mich im Auge behalten?"

„Ich nicht. Jemand anderes." Sie schüttelte den Kopf und winkte ab. „Geh einfach wieder rein zu deinem Rotschopf."

„Sie ist nicht meine ..." Er stoppte sich. Er hätte sich fast selbst verraten. Dann lächelte er. „Nein, so schnell wirst du mich nicht los. Du und ich, wir haben noch ein Hühnchen zu rupfen. Ich habe eine Menge Fragen. Fragen, die nur du beantworten kannst."

„Jaxon, ich habe dafür keine Zeit." Sie versuchte, die Tür zu schließen, aber er hielt sie fest.

„Es scheint, als hättest du nie Zeit für Dinge, die dich unwohl fühlen lassen."

Sein Blick wanderte über das weiche Leder und das erstklassige Navigationssysteme in ihrem Auto. „Ich bin mir nicht mal sicher, warum du dir überhaupt die Mühe gemacht hast, hierherzukommen. Dieses Ambiente scheint nicht mehr zu dir zu passen." Sein Magen zog sich zusammen. „Du wohnst nicht in dieser Gegend, oder?"

War sie die ganze Zeit in Arkansas gewesen und er hatte sie einfach nie gefunden? War das Schicksal so grausam zu ihm gewesen, dass sie direkt hier vor seiner Nase gewesen war, während er sein Herz und seine Seelenwunden pflegte?

Sie riss ihre Augen auf und kniff sie dann zu Schlitzen zusammen. „Ich habe Arkansas vor langer Zeit verlassen." Schmerz blitzte in ihren Augen auf.

„Ich muss jetzt los." Sie startete den Motor.

Sein Blick fiel auf den Funkschlüssel, der auf der Konsole lag. Er griff hinein und packte ihn.

„Was machst du denn, Jaxon?" Sie riss ihren Kopf herum und funkelte ihn an.

Sein Herz machte einen Sprung, als sie seinen Namen aussprach.

Er schüttelte seinen Kopf. Er würde es nicht zulassen. Er

würde sie nicht einfach davonkommen lassen, ohne diese Diskussion mit ihm zu führen. Er musste es einfach wissen.

„Ich nehme dir deinen Vorteil", spottete er und steckte den Funkschlüsselanhänger in seine vordere Jeanstasche. „Ich wette, du kommst nicht weit." Er kratze sich das Kinn. „Ich habe mich tatsächlich schon immer gefragt, wie weit ein Auto ohne den Funkschlüssel fahren kann. Warum versuchst du nicht, wegzufahren, um zu sehen, bis wohin du es schaffst?"

„Du bist ein Arschloch", zischte sie und stieg aus dem Auto. Sie ballte ihre Hände neben ihrem Körper zu Fäusten und presste ihre Lippen zu einer ärgerlichen Linie zusammen. Er würde sein Leben darauf verwetten, dass ihre wunderschönen blauen Augen hinter ihrer teuren Sonnenbrille mit Dolchen auf ihn schossen.

„Und du, meine Liebe, bist …"

Hinter der geschlossenen Tür der Bar erklangen plötzlich Schreie. Jaxon drehte sich um, als die Tür aufflog, und Männer wie Ameisen herausströmten.

„Scheiße." Das musste Ella sein.

Jaxon rannte zur Tür. Er trat ein und sah sich um. Die Bar war völlig leer. Er sah sich suchend im Raum um und atmete tief ein. Gefahr und der unverwechselbare Geruch von Blut hingen schwer in der rauchigen Luft.

Sein Blick fiel auf eine Blutlache bei der Theke.

„Was zur Hölle ist hier passiert?", fragte Ginny hinter ihm.

„Geh wieder raus." Er suchte den Raum nach Bewegungen oder irgendwelchen Anzeichen von Ella ab.

„Jaxon, warum ist da Blut auf dem Boden?" Ginnys Stimme schwankte bei dem Wort Blut.

„Ginny, bitte geh wieder nach draußen." Er zog ihren Funkschlüssel aus seiner Tasche und hielt ihn ihr hin.

Sie schob ihre Sonnenbrille hoch und schüttelte den Kopf.

Etwas flackerte in ihren Augen auf. Sie hatte Angst. Etwas zerriss ihr das Herz.

„Also gut. Aber bleibe in meiner Nähe." Er seufzte, steckte den Funkschlüssel wieder in seine Tasche und ging zu der Blutlache hinüber.

„Worum geht es hier?", flüsterte sie hinter ihm.

„Ich kann mir gut vorstellen, dass das die hübsche kleine Hexe war." Er ging hinter die Theke und blieb stehen.

„Deine Freundin ist eine Hexe?", Ginny riss den Kopf zu ihm herum.

„Sie ist nicht meine Freundin." Er funkelte sie an und blickte dann wieder auf den Boden hinter der Bar.

Gary lag hinter der Theke und Blut quoll aus einer einzelnen Schusswunde an seinem Kopf. Ella war nirgends zu sehen.

„Verfluchte Scheiße." Er stand auf. Er griff in die Rückseite seiner Jeans und zog seine neun Millimeter heraus. Er war sich nicht sicher, ob eine Kugel Ella überhaupt verletzen würde, da sie eine mit einem Fluch belegte Hexe war. Aber eine Waffe war besser als nichts.

„Bleib hier." Er warf Ginny einen warnenden Blick zu. Langsam ging er zu der Tür hinüber, die zum Hinterzimmer der Bar führte. Die Tür war aufgebrochen worden.

Er hob seine Waffe und stieß die Tür mit seiner freien Hand auf.

„Jaxon", flüsterte Ginny.

„Still." Er richtete seinen Blick weiter auf den dunklen Raum. Warum zur Hölle hörte Ginny nicht, wenn er ihr sagte, sie solle ruhigbleiben? Großer Gott. Es war genug, dass er sie am liebsten erwürgen würde.

Er bemühte sich, irgendwelche Geräusche in dem Raum zu hören. Aber alles war still.

Seine Pupillen weiteten sich und er gewöhnte sich an die

Dunkelheit. Er durchsuchte den Raum auf mögliche Bewegungen.

Er glitt hinein und betätigte den Schalter an der Wand. In dem Zimmer befanden sich nur eine heruntergekommene Couch und ein Schreibtisch. Er sah einen Aktenschrank und ein paar Kisten Bier, aber ansonsten war der Raum leer.

„Wie zur Hölle ist sie entkommen? Es gibt keine Hintertür", murmelte er.

„Ich hätte nicht gedacht, dass du dir solche Sorgen darüber machen würdest, dass deine Freundin davongerannt ist. Das hat dich doch sonst auch nie gestört", murmelte sie.

Er drehte sich um und Wut schoss durch seine Adern. Wenn sie ihn verletzen wollte, hatte sie definitiv die richtige Stelle getroffen.

„Was weißt du denn überhaupt? Du bist ja nicht in der Nähe geblieben, um herauszufinden, was für eine Art Mann ich wirklich bin", schnaubte er.

Sie zuckte bei seinen wütenden Worten zusammen. Für eine Sekunde fühlte er sich schuldig, bevor er sich daran erinnerte, wer genau Ginny McGregor war.

Für ihn war sie eine völlig Fremde.

Für ihn war sie jemand, der ihn angelogen hatte, damit er sein Schutzschild ablegte und sie ihm das Herz stehlen und es unter ihren Absätzen zerquetschen konnte.

Für ihn war sie die schlimmste Feindin.

„Ich muss los. Meine Schlüssel, bitte." Sie hob ihr Kinn und streckte die Handfläche aus.

Sein Blick wanderte über ihre teure Kleidung und die gepflegten Nägel.

„Kommst du zu spät zu deiner Massage? Oder vielleicht zur Pediküre?" Er blickte wieder in ihr Gesicht. „Es sieht nicht so aus, als würdest du dir je die Hände schmutzig machen. Du bist definitiv nicht die Ginny, die ich einst kannte."

„Du hast ja keine Ahnung", murmelte sie und ballte ihre Hände zu Fäusten. Ihre Nägel gruben sich in ihre Handflächen und hinterließen Spuren, doch sie spürte den Schmerz kaum.

Der Umgang mit körperlichen Schmerzen war etwas, dass sie in den letzten Jahren gemeistert hatte. Das musste sie, wenn sie überleben wollte.

„Ich denke, du weißt genauso gut wie ich, dass wir nichts zu besprechen haben, Jaxon. Wir sind zwei verschiedene Menschen mit zwei verschiedenen Leben. Es gibt keinen Grund, alte Dinge aufzuwärmen." Sie versuchte ihre Stimme ruhig und ihren Ausdruck gleichgültig zu halten. Aber sie konnte das Zittern in ihrer Stimme nicht verbergen.

Er kniff die Augen zusammen und der Muskel in seiner Wange zuckte. Der vertraute Ausdruck von Wut zeigte sich auf seinem Gesicht. Als sie jünger waren, hatte sie diesen Ausdruck nicht oft bei ihm gesehen, nur zu ganz seltenen Anlässen. So wie damals, als einer der Biker in der Bar ihren Arsch gepackt hatte.

Jaxon hatte keine Worte verschwendet, sondern einfach sein Bier auf den Billardtisch gestellt und den Kerl mit einem Schlag zu Boden gebracht. Für den Rest des Abends achteten alle Männer, sowohl Menschen als auch Wölfe, darauf, ihre verdammten Hände bei sich zu halten und ihr nicht auf den Hintern zu gucken.

„Also, was machst du hier, Ginny?" Er verschränkte seine muskulösen Arme vor der Brust und funkelte sie an.

„Ich habe nur etwas getrunken." Sie zuckte mit den Schultern.

„So angezogen?" Sein Blick wanderte ihren Körper hinunter. Sie wollte sich unter seinem Blick winden, zwang sich aber, stillzustehen. „Nein, du bist aus einem anderen Grund hier. Du solltest es mir einfach sagen, bevor ich die Informationen aus dir herausquetsche."

Sie riss für einen Moment die Augen auf, bevor sie sich wieder beruhigte.

„Es geht dich wirklich nichts an."

„Nun, Schätzchen, als Wächter von Arkansas ist es meine Aufgabe, Ärger ausfindig zu machen. Und du riechst, als würdest du in riesigen Schwierigkeiten stecken."

Wächter? Heilige Scheiße, Jaxon war ein Wächter.

Sie trat einen Schritt zurück und stolperte. Er streckte die Hand aus und packte sie, bevor sie fallen konnte.

„Was ist denn in dich gefahren? Du bist ja total durch den Wind." Er kniff die Augen zusammen und sah sie mit prüfendem Blick an.

„Nichts." Sie räusperte sich und trat einen Schritt zurück.

„Klingt nicht nach nichts. Klingt eher so, als würdest du in irgendwelchen Schwierigkeiten stecken."

„Ich muss gehen." Als er ihr den Schlüssel nicht gab, schob sie ihre Hand in seine Hosentasche.

Sie hatte nicht erwartet, dass sie sein Alpha-Geruch so treffen würde. Und sie hatte sicher auch nicht erwartet, dass die Flut bittersüßer Erinnerungen sie so überschwemmen würde, wie es in diesem Moment geschah.

Er grinste, als er ihr in die Augen sah. „Ein bisschen nach links. Soweit ich mich erinnere, weißt du, was als Nächstes zu tun ist."

Sie riss ihre Hand heraus und starrte ihn mit intensivem Blick an, als würde sie ihn verbrennen wollen.

„Ich erinnere mich nicht daran, dass du so vulgär bist", spie sie.

„Ich kann mich nicht daran erinnern, dass du so kalt bist." Er zuckte mit den Schultern. „Leute ändern sich, nehme ich an."

„Ja, das tun sie."

„Ich gebe dir deine Schlüssel unter einer Bedingung zurück", sagte er.

„Und die wäre?"

„Du wirst mir sagen, warum du mich an unserem Hoch-zeitstag verlassen hast, ohne dich zu verabschieden."

Schmerz blitzte in seinen Augen auf. Die Linien um seine Augen verhärteten sich und Bitterkeit lag auf seinen grau-samen Lippen. Sie wünschte sich mehr als alles andere, seine Lippen zu berühren, den Schmerz zu lindern und ihn wieder zu ihrem zu machen.

So, wie sie früher waren.

Aber sie hatten vor einer Ewigkeit gemeinsam existiert, wo die Realität sie nicht einholen konnte und es keinen Schmerz gab.

Nein, sie und Jaxon waren jetzt nichts mehr als eine entfernte Erinnerung.

„Ich war nicht bereit, mich niederzulassen. Ich war nicht bereit, mich zu verpaaren, geschweige denn zu heiraten." Sie hob ihr Kinn, um ihm den letzten Schlag zu versetzen. „Du hättest mich niemals glücklich gemacht, Jaxon, und ich wusste, dass ich die letzte Frau auf der Welt war, die dich glücklich gemacht hätte."

Sein Blick wurde grimmig. Er lehnte sich näher zu ihr heran.

Sie zuckte zusammen. Dies war eine Reaktion, die durch die letzten Jahre ihres Lebens bedingt wurde. Sie wusste, was als Nächstes kommen würde. Innerlich bereitete sie sich auf die nun folgenden Schmerzen vor.

„Ginny, du erzählst nur Scheiße." Ein hartes Grinsen umspielte seine Lippen. „Du vergisst, Weibchen, dass ich immer weiß, wenn du lügst."

Sie ballte die Hände zu Fäusten und drehte sich weg. Er packte sie am Ellbogen, als ihr Handy in ihrer Tasche zu klingeln begann.

Sie spürte, wie sie blass wurde, und griff schnell danach, um auf die Uhr zu sehen. „Oh, Gott. Ich bin zu spät."

Sie drückte auf den Knopf, um den Anruf anzunehmen. „Hallo?"

Aber der Anruf war bereits an die Mailbox weitergeleitet worden.

Ihr Magen drehte sich um.

„Zu spät für was?" Jaxon runzelte die Stirn.

„Ich hätte bereits vor dreißig Minuten gehen müssen."

Sie eilte aus dem Hinterzimmer und rannte zur Tür. Ihr Herz schlug bis zu ihrem Hals.

„Ginny, wovor hast du solche Angst?" Er packte ihren Arm und verhinderte ihre Flucht.

„Nichts. Ich komme nur zu spät zu einem Treffen." Sie versuchte, ihren Arm wegzureißen, aber er verstärkte seinen Griff nur.

Sie zuckte zusammen und zischte.

Mit seiner freien Hand griff er nach unten und zog den Ärmel ihrer Bluse hoch.

„Was machst du da?" Sie versuchte, sich von ihm zu lösen.

„Was zum Teufel?" Sein grimmiger Blick fiel auf die dunkelblauen Blutergüsse, die ihren Arm bedeckten.

„Es ist nichts. Ich bin gefallen", log sie und riss ihren Arm weg. Sie schob den Ärmel hinunter und sah auf den Boden. Sie konnte fühlen, wie sein mit Ekel gefüllter Blick auf ihr brannte. Dafür, was sie war. Für das Leben, das sie jetzt führte.

„Wer hat dir das angetan?" Sein Blick wurde noch grimmiger und wütender Zorn zeigte sich in seinen blauen Augen.

Sie versuchte zu schlucken, aber ihre Kehle war wie zugeschnürt und schmerzte. Sie wollte ihren Blick von seinen Augen abwenden, sich vor seiner Verurteilung verstecken, aber sie konnte es nicht. Wenn sie wegschaute, würde er wissen, dass sie log.

Vor vielen Jahren hatte sie sich geschworen, dass sie es

31

ihm nie sagen würde. Sie war durch die Hölle gegangen, hatte ihre Seele geopfert und Tausende Tränen geweint.

Sie hatte das alles nicht umsonst getan.

„Ich sagte bereits, dass ich gefallen bin." Sie hob ihr Kinn, kniff die Augen zusammen und murmelte die Worte durch zusammengebissene Zähne.

„Lüge mich verdammt noch mal nicht an. Du weißt, wie sehr ich Lügner hasse."

„Wenn du mich so sehr hasst, sollte es dir egal sein, wie das passiert ist." Sie drehte sich zur Tür um. Sie musste hier raus.

Sie griff nach dem Türknauf und öffnete die Tür. Seine Hand schlug gegen die Tür und schloss sie wieder, bevor sie es nach draußen schaffte. „Wir sind noch nicht fertig, Ginny."

Flammende Wut nahm sie in Besitz. Sie war es leid, dass ihr immerzu gesagt wurde, was sie tun sollte.

Sie sollte gebrochen werden und wie ein gehorsames Hündchen bei Fuß stehen. Aber sie hatte es satt, unterwürfig zu sein.

Sie drehte sich zu ihm um und stieß ihn, so hart sie konnte, zurück. Sie konnte spüren, wie sich der Wolf in ihrem Körper regte. Wie er entfesselt werden und um sich schlagen wollte.

Ihr Kopf fiel zurück und sie vergrub ihre Fingernägel in ihren Handflächen. „Jaxon, lass mich in Ruhe."

„Das kann ich nicht …" Sein Telefon klingelte und lenkte seine Aufmerksamkeit ab.

Sie kniff die Augen zusammen und konzentrierte sich darauf, tief durchzuatmen, um ihren wildgewordenen Herzschlag zu beruhigen. *Sie würde sich nicht verwandeln. Sie würde sich nicht verwandeln.*

„Hallo?" Jaxon richtete seinen Blick weiter auf sie, als er sprach. Er kniff die Augen zusammen und ließ sie stillschweigend wissen, sie würde in der Hölle schmoren, wenn sie versuchen würde, jetzt zu gehen.

Sie konnte sich nicht daran erinnern, dass er so unversöhnlich war. Der Jaxon, den sie gekannt hatte, war großzügig, nett und liebenswert gewesen.

Die Jahre hatten ihn geprägt.

Zweifellos hatte das alles an ihr gelegen.

„Gut." Er beendete sein Gespräch und stopfte sein Handy zurück in seine Jeanstasche.

„Jaxon, ich brauche jetzt wirklich meine Schlüssel. Ich muss nach Hause."

„Und wo wäre das? Zuhause? Ist das der Ort, wo du dir diese blauen Flecke holst?" Sein Blick wurde grimmig. „Hat dir dein Ehemann das angetan, Ginny?"

„Lass es gut sein, Jaxon." Sie streckte die Hand aus. „Du weißt nicht, wovon du sprichst. Du bist kein Teil meines Lebens mehr. Lass es einfach bleiben."

„Nun, wenn es Schmerzen sind, worauf du stehst, hättest du es einfach nur sagen müssen. Vermutlich war ich zu sanft für dich, als wir damals zusammen waren. Vielleicht hast du mich deshalb verlassen."

Sie zuckte zusammen und seine Worte prasselten mit empörtem Unmut und Schmerz auf sie nieder.

Das dachte er also wirklich über sie.

„Dann ist es ja gut, dass unsere Beziehung nicht von Dauer war", konterte sie und zwang sich, ihre Gefühle beiseitezuschieben.

Sie konnte das jetzt einfach nicht tun. Nicht mit ihm.

Sie musste von ihm wegkommen und nach Hause zurückkehren. Andernfalls würde ihre Bestrafung schwerwiegend sein.

„Ist es das, was du willst? Weit weg von mir zu sein? Das kannst du haben." Jaxon steckte seine Hand in seine Tasche, um ihren Schlüssel herauszuziehen. „Ich zwinge meine Anwesenheit keiner Frau auf. Mensch oder Wolf."

Er runzelte die Stirn und zog seine leere Hand aus seiner Tasche. „Ich hätte schwören können, dass ich den Schlüssel in diese Tasche gesteckt habe." Er prüfte beide Taschen seiner Jeans.

„Jaxon, das ist nicht lustig." Angst stieg in ihrer Brust auf.

„Sie müssen hinter die Theke gefallen sein." Er ging zur Theke zurück und sie folgte dicht hinter ihm.

Panik stieg in ihr auf wie ein Taifun. Ihr Herzschlag wurde schneller und die Angst machte sich in ihrer Magengrube breit.

Er suchte den Boden hinter der Bar und das Hinterzimmer nach dem Schlüssel ab. Sie griff nach ihrem Handy und schaltete die Taschenlampe ein, um in alle Ecken und Kanten zu leuchten, in die der Schlüssel möglicherweise gefallen sein konnte.

Seine Hand landete auf etwas Hartem. Er griff danach und stand auf.

„Hier." Der Funkschlüssel baumelte an seinen Fingern. Sie riss ihn ihm aus der Hand.

Draußen sprang ein Motor an. Er runzelte die Stirn. „Ich dachte, dass alle gegangen wären."

„Das sind sie auch. Ich habe gesehen, wie sie alle weggefahren sind, als wir hineingerannt kamen." Ein unbehagliches Gefühl breitete sich in ihrem Bauch aus.

Jaxon rannte zum Eingang.

„Was? Was ist los?" Sie erreichte ihn, als er gerade die Tür öffnete. Sie sahen beide zu, wie ihre Rücklichter die Auffahrt hinunter und auf die Hauptstraße verschwanden.

„Diese verdammte Hexe hat dein Auto gestohlen. Wie zum Teufel konnte sie das Auto ohne den Schlüssel starten?" Er fuhr sich mit der Hand über sein Gesicht und knurrte.

„Oh Gott." Sie trat einen Schritt zurück. Übelkeit stieg in ihrem Bauch auf und sie rannte zur Toilette.

„Ginny? Alles in Ordnung?", rief Jaxon ihr nach.

Sie hörte, wie er versuchte, die Toilettentür zu öffnen, aber sie hatte sie hinter sich abgeschlossen. Sie wollte nicht, dass er sie so sah.

Ein paar Minuten später, kam sie wieder heraus.

„Ist alles in Ordnung? Bist du krank?" Er legte seine Hand auf ihre Stirn. Er verzog das Gesicht und Besorgnis zeigte sich auf seinem Mund und in seinen Augen.

„Nein. Ich bin schwanger."

apitel Drei
„Scheiße." Ein Gefühl des Verrats durch-
fuhr ihn wie die heiße Klinge eines silbernen Messers.

Schwanger.

Natürlich würde sie wahrscheinlich schwanger sein. Sie
war schließlich verpaart, nicht wahr?

„Jaxon, ich muss nach Hause." Sie sah ihn an und er
konnte etwas in ihren Augen aufflackern sehen.

„Ich bin mir sicher, dein Gefährte ... Ehemann ... was
auch immer, wird verstehen, dass du etwas später kommst."

„Nein, das wird er nicht." Sie strich mit ihrer Hand über
den Arm, auf dem er die blauen Flecken gesehen hatte.

„Ginny, diese blauen Flecken stammen nicht von einem
seltsamen Sexspiel, oder? Missbraucht er dich?" Mit was für
einem verfluchten Monster war sie zusammen? Wie konnte
sie das ihm vorziehen? Wie konnte ein Mann überhaupt
seine Gefährtin missbrauchen? Es ergab einfach keinen
Sinn.

„Es geht dich nichts an, Jaxon. Das tut es wirklich nicht."

„Der Schutz der bürgerlichen Werwolfbevölkerung ist

meine Aufgabe. Du bist ein Bürger. Also geht es mich etwas an."

„Ich befinde mich aber nicht in Arkansas. Also genau genommen fällt dies nicht in deinen Zuständigkeitsbereich. Was bedeutet, dass ich dich nichts angehe." Sie hob ihr Kinn und schlang ihre Arme wie eine Rüstung um sich.

„In welchem Staat wohnst du?"

„Louisiana."

Er spürte, wie sein Blut zu kochen begann. Jaxon wusste, was für ein Riesenarsch der Rudelführer von Louisiana war und er konnte sich gut vorstellen, dass er keinen seiner Wölfe dazu zwingen würde, aufzuhören, seine Gefährtin zu missbrauchen.

„Hast du jemals daran gedacht, ihn zu verlassen?"

„Nein. Das kann ich nicht." Sie schüttelte den Kopf und sah in die leere Einfahrt. „Im Moment muss ich einen Weg finden, wie ich nach Hause komme."

„Ich kann …" Sein Handy klingelte wieder und unterbrach ihre Unterhaltung.

Er zog es aus der Tasche und tippte auf den Bildschirm.

„Hallo?"

„Jaxon. Ich brauche ein Update." Barrett Middletons tiefe Stimme erklang am anderen Ende der Leitung. Sein Rudelführer war dafür bekannt, Dinge zu erledigen und zu Ende zu bringen.

„Sag mir, dass du diese Hexe hast", sagte Barrett.

„Ich wünschte, ich könnte das sagen. Aber leider kann ich das nicht." Er biss die Zähne zusammen. Er hasste es, seinen Rudelführer zu enttäuschen. Er hasste es, wenn er Barretts Aufträge nicht erledigen konnte.

„Hat sie sich nicht blicken lassen?" Seine Stimme veränderte sich und wurde härter. „Denn wenn uns dieser Barkeeper falsche Informationen geliefert hat, will ich, dass er dafür bezahlt. Wenn du verstehst, was ich meine."

„Das ist es nicht." Er holte tief Luft. Wie sollte er erklären, dass ein Geist seiner Vergangenheit aufgetaucht war und ihn abgelenkt hatte?

„Was war dann los?"

„Die Hexe hat sich blicken lassen. Sie gab zu, Blut von ihren Opfern genommen zu haben. Aber sie sagte, dass sie nicht für die Morde verantwortlich ist." Er fuhr sich mit der Hand durch sein Haar und stellte sich vor, wie Barretts Gesicht vor Wut rot wurde. „Es gab heute Abend einen Zwischenfall in der Bar. Der Barkeeper wurde getötet."

„War sie es?"

„Ich habe es nicht mit eigenen Augen gesehen. Aber ich vermute es, ja." Er schüttelte den Kopf. „Sie hat ein Auto gestohlen und ist entkommen."

„Lass mich das klarstellen. Wir haben eine psychotische Hexe auf freiem Fuß, die nicht nur wegen mehrfachen Mordes gesucht wird, sondern jetzt auch noch wegen Autodiebstahls?" Barretts Stimme war gleichmäßig, aber Jaxon konnte sich vorstellen, welche Art Blick ihm sein Rudelführer vom anderen Ende der Leitung zuwarf.

„Zusammengefasst ist das richtig." Er verzog das Gesicht.

„Das ist nicht gut genug!", knurrte Barrett. „Ich will, dass diese Hexe bis zum Ende der Woche von meinen Arkansas-Wächtern gefunden wird. Ich habe es satt, dass diese Schlampe immer wieder davonkommt!"

„Verstanden, Boss. Ich werde dich nicht noch einmal enttäuschen."

„Kümmere dich darum, Jaxon. Stelle sicher, dass es geregelt wird", knurrte Barrett.

Das Gespräch wurde unterbrochen.

„Ich entnehme deinem Gesichtsausdruck, dass dieser Anruf nicht gut gelaufen ist." Ginny sah ihn unter ihren langen Wimpern an.

„Damit hättest du recht. Ich muss sofort diese Hexe

finden." Jaxon blickte zum Himmel hinauf. Die Sonne senkte sich am Horizont und es würde bald dunkel werden.

„Ich muss mein Auto wiederfinden."

„Wie es scheint, sitzen wir im selben Boot. Es sieht so aus, als würden wir eine Weile zusammen feststecken."

* * *

„SCHEISSE." Barrett beendete das Gespräch mit Jaxon und knallte sein Handy auf den Schreibtisch.

„Wir haben sie nicht, nicht wahr?" Ryker sah aus seiner sitzenden Position zu ihm auf und verschränkte seine Finger.

„Nein. Jaxon hat sie gesehen, aber sie ist entkommen."

Ryker verkrampfte sich und richtete sich auf seinem Stuhl auf. „Wie zum Teufel konnte das passieren?"

„Er hat es nicht weiter ausgeführt." Er rieb sich die Schläfe und versuchte, sein Temperament in den Griff zu bekommen. Jaxon war begierig gewesen, auf diese Mission zu gehen, die Hexe von Yazoo zu fangen und sie zurück nach Mississippi zu bringen. Barrett wollte nicht, dass die Beziehung zu Jack Welbourn, dem Rudelführer von Mississippi, gefährdet wurde. Allianzen wurden schon für kleinere Zwischenfälle gebrochen.

Barrett hatte Jack ein Versprechen gegeben und er hatte vor, es zu halten. Er musste diese Hexe fangen.

„Scheiße. Ich wette, er wurde von irgendeinem Knackarsch abgelenkt", zischte Ryker.

„Wenn es um Jaxon geht, ist es immer irgendeine Frau." Er wusste nicht genau, warum das so war. Er kannte Jaxons Vergangenheit und wusste, dass ihm irgendeine Frau einst das Herz gebrochen hatte. Das war lange, bevor Jaxon Wächter geworden war. Bevor er sich dem Staat von Arkansas verpflichtet hatte.

Wenn irgendeine Frau Barretts Herz gebrochen hätte,

würde er sich von Frauen verdammt fernhalten. Nicht Jaxon. Wann immer der Wolf zwischen seinen Missionen etwas Freizeit hatte, warteten die Frauen reihenweise auf ihn. Jedes Mal, wenn Barrett sich umdrehte, hatte er eine Neue.

Das war ein weiterer Grund, warum Barrett nicht beabsichtigte, sich jemals zu verpaaren. Er wollte sich nicht auf die weiblichen Psychospielchen einlassen.

„Soll ich dort runterfahren und mich darum kümmern? Er ist im südlichen Teil des Staats, nicht wahr?" Ryker sah ihn an.

Barrett nickte. „Ja, fahre runter, aber halte dich bedeckt. Ich will sehen, ob Jaxon es wiedergutmacht und sie alleine erwischen kann. Aber halte mich auf dem Laufenden."

„Verstanden." Ryker erhob sich aus seinem Stuhl und nahm seine Sonnenbrille vom Schreibtisch, bevor er zur Tür hinausging.

Barrett lehnte sich in seinem Ledersessel zurück und griff nach einer Akte, die am Rand seines Schreibtischs lag. Jaxons Akte.

Vielleicht würde er besser verstehen, wie er seinem Wächter helfen konnte, wenn er Jaxons Vergangenheit ein wenig recherchierte.

Er blätterte durch die Seiten der Akte, bis er zur letzten Seite kam. Sein Finger blieb auf einem Namen hängen, der einen vertrauten Klang hatte. Ginny Wilson.

Er schaltete seinen Computer ein und tippte ihren Namen in die Datenbank der Werwölfe. Ein paar Sekunden später erschien ihr Bild auf seinem Bildschirm.

Ginny Wilson, alias Ginny Boudier.

„Scheiße." Es war wie ein Schlag in den Bauch.

Ginny Wilson war nicht nur das Mädchen, das Jaxons Herz gebrochen hatte.

Ginny war die Tochter des gefährlichsten Rudelführers in den Staaten. Sie war die Tochter von Edward Boudier, dem

Rudelführer von Louisiana, der es geschafft hatte, zwei seiner Wächter zu fangen, zu foltern und zu töten.

Er hatte Boudiers Tochter noch nie gesehen und die Leute sprachen nur selten von ihr. Tatsächlich war es Jahre her, seit jemand Ginnys Namen erwähnt hatte. Im Laufe der Zeit hatte Barrett angenommen, dass die Tochter gestorben war.

Er atmete tief durch und schüttelte den Kopf. Jaxon hatte Glück gehabt, dass er da rausgekommen war. Wäre er mit Ginny zusammengeblieben, wer wüsste dann schon, wie sein Leben verlaufen wäre?

Zumindest war er jetzt nicht mehr mit ihr zusammen und es war schon Jahre her, seit er es gewesen war.

Jaxons Ex war ihr Feind.

*K*apitel Vier

Ginny sah zu, wie Jaxon zu seiner Harley ging. Die Muskeln seiner breiten Schultern bewegten sich bei jedem Schritt und erinnerten sie daran, wie stark er unter seinem Baumwoll-T-Shirt wirklich war. Sie erinnerte sich daran, wie es sich anfühlte, in seinen Armen zu liegen und nah an seine Brust gedrückt zu sein. Es war der sicherste Ort auf der Welt. Sie hatte das schon seit tausend Jahren nicht mehr gefühlt.

Sie studierte sein Motorrad. Es hatte glänzendes Chrom mit etwas Rot auf dem Gastank und an den Kotflügeln. Es war ganz anders als der 69er Mustang, in dem er sie herumgefahren hatte, als sie jünger waren.

Er war zu einem echten, knallharten Biker geworden.

Als könnte er ihren Blick auf sich fühlen, drehte er sich um und schaute über seine Schulter. Als er bemerkte, dass sie ihm nicht folgte, funkelte er sie an.

„Komm schon." Sein Ton war hart und selbst aus dieser Entfernung konnte sie sehen, wie der Muskel in seiner Wange zuckte.

„Ich komme nicht mit dir mit." Sie faltete ihre zitternden Hände zusammen und sah sich um. Es sah vielleicht so aus, als wären sie hier draußen alleine, aber es fühlte sich nicht so an. John hatte immer und überall irgendwelche Augen.

Jaxon rieb sich den Nacken und sah auf den Boden. „Ich habe wirklich keine Zeit, mich mit dir zu streiten, Ginny. Wir müssen jetzt los." Seine Stimme war gleichmäßig und ruhig, aber sie konnte den Zorn darin hören, der unter der Oberfläche verborgen lag und nur darauf wartete, auszubrechen.

Sie schüttelte den Kopf und schluckte. „Ich kann nicht mit dir mitkommen." Täte sie das, wäre es ein Todesurteil.

Er stieß eine Reihe unverhohlener Flüche aus … Worte, die sie noch nie von ihm gehört hatte und dann kam er in ihre Richtung gelaufen.

Auf seinem Gesicht lag ein Sturm wilder Gefühle. Diesen Ausdruck hatte sie schon einmal gesehen. Sie hatte ihn auf Johns Gesicht gesehen, kurz bevor er die Hand gegen sie erhob. Sie trat einen Schritt zurück und duckte sich.

„Denkst du etwa, ich würde dich schlagen?" Verletztheit blitzte in seinen Augen auf. Er stemmte seine Hände in die Hüften und starrte sie an.

Sie schluckte ihre Angst hinunter. In diesem Moment hasste sie sich. Sie hasste, was aus ihr geworden war. Ängstlich und unsicher. Früher war sie keins dieser Dinge gewesen.

„Sag mir, Ginny. Wann hätte ich dich jemals geschlagen?" Sein Blick wurde hart.

„Niemals." Sie hob ihr Kinn.

„Du hast nicht das Recht, sauer auf mich zu sein. Ich bin derjenige, der das Recht hat, sauer zu sein. Ich bin derjenige, den du zerstört hast", sagte er.

Und ich bezahle jeden Tag meines Lebens dafür.

„Ich bin nicht sauer auf dich, Jaxon." Sie zwang ihre Arme,

sich an ihren Seiten zu entspannen, und hielt seinem Blick stand.

„Nun, du siehst auch nicht gerade glücklich aus." Er verschränkte die Arme vor seiner Brust.

„Mein Auto wurde gestohlen. Ich habe keine Möglichkeit, nach Hause zu gelangen." Sie kniff die Augen zusammen. „Du wärst auch ein bisschen verstört, wenn dir das passieren würde."

„Ich wäre nicht verstört. Ich wäre verdammt angepisst." Er runzelte die Stirn.

Sie prustete los und biss sich dann auf die Lippe, um nicht laut loszulachen.

„Aha, schau mal. Da ist ja ein Schimmer des Mädchens, das ich einmal kannte." Ein leichtes Lächeln umspielte die Mundwinkel seiner schönen Lippen.

Sie schüttelte den Kopf und hörte auf zu lachen. „Nein, dieses Mädchen gibt es nicht mehr." Es gab sie schon sehr lange nicht mehr.

Er öffnete den Mund und sah aus, als wollte er etwas sagen. Aber dann zuckte er nur mit den Schultern und blickte über seine Schulter auf sein Motorrad.

„Nun, wir müssen beide diese Hexe finden. Sie hat dein Auto und ich muss sie einliefern." Er sah sie wieder an. „Geh in die Bar und rufe jemanden an, der dich abholt."

Die Haut in ihrem Nacken kribbelte. Sie konnte nicht hineingehen und John anrufen. Sie würde schon deshalb eine Bestrafung bekommen, weil sie zu spät nach Hause kam. Wenn sie ihm auch noch sagte, dass ihr Auto gestohlen wurde, würde diese Bestrafung noch tausend Mal schlimmer werden.

„Glaubst du wirklich, dass du sie fangen kannst?", fragte sie.

„Selbstverständlich."

„Nun, worauf warten wir dann noch?" Sie ging an ihm vorbei zu seiner Harley. „Lass uns gehen."

* * *

JAXON SCHÜTTELTE den Kopf und folgte Ginny zu seinem Motorrad. Er verstand Frauen nicht. Er schwor zu Gott, er wusste nicht, wie Frauen tickten.

Zuerst war sie verdammt sauer gewesen, ihn zu sehen. Dann verhielt sie sich so, als würde sie erwarten, dass er sie schlug. Jetzt stand sie neben seinem Motorrad und wollte mit ihm fahren.

Irgendetwas war los. Sobald er die Hexe gesichert und sie nach Mississippi überführt hatte, würde er ein persönliches Gespräch mit Ginny führen und der Sache auf den Grund gehen.

Er schlenderte zum Motorrad hinüber. Er wünschte, er hätte einen Helm für sie, aber er trug selbst keinen.

„Deine Haare werden zerzaust werden." Er grinste. In ihrer weißen Hose und der passenden Bluse sah sie nicht so aus, als würde sie auf eine Harley gehören. „Brauchst du ein Bandana-Tuch?"

„Ja." Sie seufzte und wickelte das Tuch um ihren Kopf.

„Ich bin soweit." Sie hielt seinem Blick stand.

Er kämpfte mit einem Lächeln. Sie sah nicht so aus, als wäre eine Harley ein passendes Gefährt für sie, aber das wollte er ihr nicht sagen.

Er schwang sich auf sein Motorrad und wartete darauf, dass sie hinter ihm aufstieg.

Ihre Hände ruhten auf seinen Schultern, als sie hinter ihm auf die Harley kletterte. Sein Herzschlag beschleunigte sich und seine Muskeln spannten sich unter ihrer warmen Berührung an.

Trotz allem, was sie ihm angetan hatte, begehrte er sie

noch immer auf die animalischste Weise. Manchmal war es verdammt scheiße, ein Werwolf zu sein.

Er ließ den Motor an und das Motorrad erwachte zum Leben. Er würde nie genug von diesem Geräusch bekommen.

Er verließ den staubigen Parkplatz, bog auf die Straße ein und erhöhte seine Geschwindigkeit.

Ihre Hände glitten von seinen Schultern zu seiner Taille. Sie schlang ihre Arme um ihn und hielt sich fest, als sie über die Landstraßen von Arkansas rasten.

Die Sonne ging schnell unter. Schon bald würde das Tageslicht verschwinden. Er hatte keine Ahnung, wohin die Hexe gefahren sein konnte oder wie weit sie gekommen war. Das Einzige, worauf er sich verlassen konnte, war sein erhöhter Geruchssinn und sein Bauchgefühl.

Er näherte sich einer Kreuzung und hielt an. Das Land war flach und jede Richtung war von Reisfeldern umgeben.

Ginny lehnte sich näher an sein Ohr. „Sie ist nach rechts gefahren."

„Woher weißt du das? Er runzelte die Stirn und warf ihr einen Blick über die Schulter zu.

„Ich habe einen Tracker auf meinem Telefon." Sie hielt ihr Handy hoch.

„Warum zum Teufel hast du das nicht gesagt, bevor wir losgefahren sind?"

„Du schienst zu wissen, wohin du fahren solltest. Außerdem hast du nicht gefragt." Sie grinste.

Er blickte auf die Straße.

Sie dachte vielleicht, dass sie nicht dasselbe Mädchen sei. Aber ihr letzter Kommentar hatte etwas bewiesen.

Ginny war da. Sie war lediglich unter einer Menge Make-up und blauen Flecken versteckt.

* * *

„WAS LÄUFT, Granny?" Ava versuchte, ihren Ton lässig zu halten, während sie die ältere Frau über den Rand der Zeitschrift ansah, die sie vorgab zu lesen. Seit der Valentinstag-Katastrophe, als Granny ein Blind Date mit einem Flüchtling gehabt hatte, hatten alle in der Nähe der älteren Frau ein wachsames Auge auf sie geworfen, um sicherzustellen, dass sie in keine anderen Schwierigkeiten geriet.

Granny legte ihr Strickzeug beiseite und starrte Ava mit strengem Blick an.

„Ava, ich weiß, was du tust, und es funktioniert nicht."

„Was meinst du denn?" Ihre Augen weiteten sich und sie blinzelte.

„Du möchtest wissen, ob ich seit dem Valentinstag noch eine Verabredung hatte." Sie kniff ihre weisen alten Augen zusammen und spitzte die Lippen. „Du hast mich die letzten fünfzehn Minuten über den Rand dieser Zeitschrift angestarrt, die du verkehrt herum hältst."

Sie runzelte die Stirn und warf einen Blick auf die Zeitschrift. Granny hatte recht. Sie hielt das Magazin verkehrt herum.

Sie warf die Zeitschrift auf den Kaffeetisch und ließ sich in die Couch sinken.

„Gut. Du willst also, dass ich bettle. Ich bin mir nicht zu schade zu betteln, weißt du."

Sie warf Granny ihren besten Hundeblick zu.

„Kein Witz." Granny studierte die Zimmerdecke, bevor sie sie wieder ansah.

„Nun? Hattest du noch mehr Verabredungen?" Ava setzte sich auf.

„Du bist neugieriger, als du sein solltest, Ava", schimpfte Granny.

„Das musst *du* gerade sagen." Ava grinste.

„Also gut, du Frechdachs." Granny seufzte und lehnte sich in ihren grünweißen Lieblingspolstersessel zurück.

„Nach dem Valentinstag" – sie kniff die Augen zusammen – „bin ich nicht wieder auf diese Dating-Seite gegangen. Es klang, als wären die meisten dort ein Haufen Spinner." Sie schüttelte missbilligend den Kopf. „Irgendwann hat mich aber die Neugier gepackt und ich habe mich doch noch einmal angemeldet, um mein Profil anzusehen. Nur so zum Spaß."

„Und?" Ava lehnte sich vor.

„Ich hatte vierhundert Treffer." Sie verzog das Gesicht. „Nennt man das so? Treffer?" Sie zuckte zusammen. „Klingt, als würde jemand auf einen schießen."

„Heilige Scheiße, Granny! Vierhundert? Das ist eine riesige Menge."

„Deine Wortwahl, Ava." Granny spitzte die Lippen.

„Entschuldigung. Aber im Ernst, das sind sehr viele Antworten", sagte Ava. „Willst du mit allen ausgehen?"

„Ich weiß es nicht. Ich habe die meisten von ihnen gelesen und sie scheinen alle so … bedürftig. So, als würden sie nach einer Ehefrau suchen. Ich suche aber keinen Ehemann. Nur ein bisschen Gesellschaft von Zeit zu Zeit."

„Für Gelegenheitssex?", kicherte Ava.

„Wirklich, Ava? Dafür brauche ich keinen Mann, bei all den Produkten, die ich in die Hände kriegen kann", sagte Granny trocken.

Ava prustete laut los.

Granny verkaufte Spielzeuge für Erwachsene und verdiente verdammt gutes Geld damit. Sie verriet niemandem, wie viel es genau war, aber Ava wusste, dass es im sechsstelligen Bereich lag.

„Also wirst du allen antworten?"

„Wahrscheinlich nicht. Ich komme immer noch nicht über den Typen hinweg, der mir sein Wohnmobil geliehen hat." Granny runzelte die Stirn. „Ich habe das Ding in einem Stück zurückgebracht, und er hatte trotzdem noch die

Nerven, mich als Schwätzerin zu bezeichnen. Er hatte keine Ahnung, dass ich tief verdeckt gearbeitet habe."

Ava musste ein Grinsen unterdrücken. Granny war in New Orleans aufgetaucht und hatte Barrett und seine Wächter gerettet, nachdem Lucien gefangen genommen und gefoltert worden war. Granny hatte es geschafft, Kontrolle über das Wohnmobil eines älteren Herrn zu ergreifen, der es als Gegenleistung für ein bisschen romantische Zeit mit Granny angeboten hatte. Unnötig zu erwähnen, dass Granny ihren Teil der Vereinbarung nicht erfüllt hat. Sie hatte das Wohnmobil genommen, die Arkansas-Wächter gerettet und sie in Sicherheit gebracht. Barrett hatte das Wohnmobil schließlich zu dem Mann zurückgebracht, damit sie ihn nicht wiedersehen musste. Aber er war ein hartnäckiger Gentleman, hatte ihre Telefonnummer herausgefunden und Nachricht um Nachricht hinterlassen.

„Im Ernst, wenn er dich immer noch belästigt, bitte Jayden oder Damon, sich darum zu kümmern." Ava lehnte sich in die Couch zurück und studierte das Gesicht der alten Frau.

„Ich brauche niemanden, der sich darum kümmert. Ich habe eine versteckte Waffe. Ich schieße ihm direkt in seinen Pipi, wenn er es wagt, hier aufzutauchen." Sie verschränkte die dünnen Arme vor ihrer Brust. „Und das habe ich ihm auch gesagt. Ich glaube aber, das hat ihm gefallen. So wie es scheint, steht er auf solches SM-Zeug."

Ava runzelte die Stirn. Sie würde nicht sagen, dass SM damit gleichzustellen war, einem Mann in den Schwanz zu schießen, aber sie wollte sich nicht mit Granny streiten. Sie wusste, dass sie niemals gewinnen könnte.

„Du und die Jungs sollten Freitagabend zum Essen vorbeikommen." Granny entspannte sich. „Ich kann einen Schmorbraten machen. Ich weiß, dass Lucien sich inzwischen vollständig von seinen Verletzungen erholt hat. Wir haben, seitdem das alles in Louisiana passiert ist, kein richtiges Abendessen mehr zusammen gehabt."

„Ich weiß nicht, wer alles in der Stadt ist. Ich weiß nur, dass Damon und Jayden irgendetwas für Barrett überwachen. Er will mir nicht sagen, wo er ist, oder was er macht." Ava runzelte die Stirn. „Ich finde es sehr irritierend."

„Hmm. Es hat wahrscheinlich etwas mit Louisiana zu tun." Granny hob eine Augenbraue.

„Das habe ich mir auch gedacht." Nachdem er herausgefunden hatte, dass Louisiana hinter den Angriffen auf die Arkansas-Wächter steckte, hatte sich Barrett über das, was er als Nächstes tun würde, sehr bedeckt gehalten.

„Ich bin mir nicht sicher, ob ich es dieses Mal wissen will." Grannys Stimme war nur ein Flüstern. Falten zeigten sich um ihre Augen, als sie das Gesicht verzog.

„Was meinst du damit? Wenn Barrett genug Informationen über Louisiana hat, würde er es nicht einfach vor die anderen südstaatlichen Rudelführer bringen?"

„So einfach ist das nicht, Ava", sagte Granny. „Ich habe viele Rudelführer kommen und gehen sehen. Die Bösen bleiben immer länger als die Guten. Ich bin besorgt darüber, welche Art von Vergeltung Barrett droht, wenn er dies weiterverfolgt."

„Aber das ist nicht richtig. Louisiana kann nicht einfach so Verbrechen begehen und damit davonkommen." Hitze stieg in Avas Gesicht auf.

„Das Leben ist nicht immer fair, Schätzchen."

„Nun, ich vertraue Barrett und ich weiß, dass er immer bekommt, was er will. Er ist der beste Rudelführer, den ich je getroffen habe. Er wird uns nicht enttäuschen, Granny. So viel kann ich dir versprechen."

apitel Fünf

Jaxon versuchte, Ginnys sanfte Hände zu ignorieren, die sich um seine Taille klammerten. Er versuchte, den süßen Geruch zu ignorieren, der ihm jedes Mal in die Nase stieg, wenn er seinen Kopf ein kleines Stückchen nach rechts drehte. Aber am meisten versuchte er zu ignorieren, dass sein Herz in seiner Brust schneller schlug, nicht weil sie die Hexe verfolgten, sondern weil sie sein Herz schon immer hatte schneller schlagen lassen, wenn sie in seiner Nähe war.

Als er sie das erste Mal gesehen hatte, hatte er sofort gewusst, dass sie die einzige Frau für ihn sein würde. Jetzt war sie seine Achilles-Ferse geworden.

„Biege nach links ab", sagte sie nah an seinem Ohr und streckte ihr Handy aus, um ihm die Richtung anzuzeigen, in die der Pfeil auf ihrem Tracker-System zeigte.

Er wurde langsamer, damit er sich in die Kurve legen konnte. Sie schlang ihre Arme fest um seine Taille und klammerte sich an ihn. Ihre festen Brüste drückten sich gegen seinen Rücken und er stöhnte leise auf. Er hasste es, wie sehr er sich noch immer zu dieser Frau hingezogen fühlte, die nicht gezögert hatte, ihm sein Herz herauszureißen.

Er erhöhte seine Geschwindigkeit auf der einsamen Landstraße. Je schneller er die Hexe fand, desto schneller würde Ginny ihr Auto zurückbekommen und für immer aus seinem Leben verschwinden.

Er spürte ein Ziehen in der Magengegend.

Die Blutergüsse. Wie war Ginny mit jemandem zusammengekommen, der ihr so wehtat? Wie war das Mädchen, das er einmal gekannt hatte, oder das er zu kennen glaubte, an einen solchen Mann geraten?

Scheiße. Er musste aufhören, zu viel über Sachen nachzudenken. Ginny hatte ihre Wahl getroffen. Und sie hatte nicht ihn gewählt.

Trotzdem wusste er, dass er sie nicht einfach aus Arkansas zurück nach Louisiana fahren lassen konnte, ohne die ganze Geschichte darüber zu kennen, was vor sich ging. Selbst wenn er wusste, dass er sie nicht dazu zwingen konnte, eine gefährliche häusliche Situation zu verlassen. Zur Hölle, er hatte genug Zeit mit Braxton verbracht, um zu wissen, wie sich diese Art Scheiße entwickeln konnte.

Braxton, einer seiner Arkansas-Wächterkollegen, hatte jahrelang versucht, seine Mutter dazu zu bringen, seinen gewalttätigen Vater zu verlassen. Als der alte Mann tot aufgefunden worden war, war Braxton beschuldigt worden. Nachdem der echte Mörder geschnappt und vor Gericht gebracht worden war, hatte seine Mutter Louisiana trotzdem nicht verlassen. Sie trauerte noch immer um den Mann, der sie an jedem Tag ihres Lebens verprügelt hatte.

Er konnte den Schmerz in Braxtons Augen sehen, wenn er davon sprach, wie seine Mutter ihn aus ihrem Leben verbannt hatte. Braxton hatte ihr angeboten, nach Arkansas zu ziehen, um mit ihm und seiner Gefährtin Kate zu leben. Seine Mutter hatte es abgelehnt. Also hörte er auf zu versuchen, ein Teil ihres Lebens zu sein. Er schickte ihr noch immer jeden Monat Geld, aber sie meldete sich nie.

Würde Ginny genauso enden?

Übelkeit stieg in seinem Magen auf. Er wusste, dass er sie nicht einfach so gehen lassen konnte, ohne ihr einen Ausweg zu bieten. Eine Frau sollte ihr Leben nicht in Angst verbringen müssen.

„Verfluchte Scheiße." Er fuhr sich mit der Hand übers Gesicht. Wenn er nicht aufpasste, würde er wieder in alles hineingezogen werden und sich für sie verletzbar machen. Das war etwas, was er sich wirklich nicht leisten konnte.

* * *

GINNY UNTERDRÜCKTE IHR GRINSEN NICHT. Sie war noch nie in ihrem Leben mit einer Harley gefahren. Aber etwas an der Geschwindigkeit und dem Wind, der über ihre Haut wehte, ließ sie lebendig fühlen. Ein Gefühl, das sie schon seit sehr langer Zeit nicht mehr gespürt hatte.

Die Hitze des Auspuffs brannte an ihrem Knöchel und sie versuchte, ihn wegzuhalten. Jaxon drehte sich leicht zu ihr um und warf ihr einen finsteren Blick über die Schulter zu. Er musste die Veränderung im Gleichgewicht des Motorrads gespürt haben, aber sie machte sich keine Sorgen. Er war ganz eindeutig ein erfahrener Motorradfahrer. Er wusste, wie er mit der Maschine umgehen musste. Er wusste, wie er mit ihr umgehen musste.

Er wurde langsamer, als sie sich einer Tankstelle näherten. Er lenkte ein und hielt neben einer Zapfsäule an.

Sie drückte ihre Hände auf seine Schultern und stieg vom Motorrad ab. Ihr Absatz landete auf einem Kieselstein und sie stolperte. Jaxon stieg ab und fing sie auf, bevor sie zu Boden fallen konnte.

„Es geht schon." Sie löste sich aus seiner Umarmung und starrte zu ihm auf.

Er sagte nichts.

„Wir müssen uns beeilen, wenn wir das Auto erwischen wollen." Sie sah sich an der Tankstelle um. Es war eine ihrer Gewohnheiten, sich umzuschauen und ihre Umgebung abzusuchen. Die letzten Jahre ihres Lebens war es im Wesentlichen ums Überleben gegangen und sie legte großen Wert darauf, immer wachsam zu sein. Unachtsamkeit könnte sie teuer zu stehen kommen.

„Wir werden nirgendwo hinfahren, bis wir dir ein paar andere Klamotten zum Anziehen besorgt haben." Sein Blick glitt an ihrem Körper hinunter, bis er auf ihren Füßen ruhte. „Soweit ich informiert bin, sind Stöckelschuhe nicht gerade passende Motorradausrüstung."

„Wenn du noch ein Kopftuch oder einen Lappen hast, kann ich es um meinen Knöchel binden. Nicht nötig, neue Kleidung zu kaufen." Sie sah vielleicht so aus, als hätte sie eine Million Dollar, aber kein Cent davon war in ihrem Namen. Die einzigen Male, wenn sie Geld für etwas ausgab, benutzte sie ihre Kreditkarte. Sie durfte kein Bargeld bei sich führen. Sie wusste, warum. Es war nur ein weiterer Weg, wie John sie kontrollieren konnte.

„Nun, du ruinierst mein Image, Schätzchen. Ich kann mit keiner Frau auf meinem Motorrad herumfahren, die wie ein schicker Anwalt aussieht."

„Du hättest also lieber eine Bikerbraut."

Sie verschränkte die Arme vor ihrer Brust.

„Es gab eine Zeit, in der es dir gefallen hätte, eine Biker-braut zu sein." Er beugte sich zu ihr und lächelte.

Ihre Magengegend wurde warm und weich. Es war Jahre her gewesen, seit sie sich gesehen hatten. Er sollte nicht immer noch diese Wirkung auf sie haben.

„Ich habe kein Geld. Ich kann keine Klamotten kaufen."

Sie konnte ja ihre Kreditkarte nicht verwenden. Er würde sie innerhalb einer Stunde ausfindig machen und ihre Bestrafung würde die Hölle sein. So wie es war, hatte sie schon genug Ärger. Sie musste es nicht noch schlimmer machen.

„Machst du Witze, Schätzchen? Kein Geld? Allein der Ring an deinem Finger sieht so aus, als wäre er mindestens zwanzigtausend wert." Sein Blick fiel auf ihren Ehering.

„Dreißig", korrigierte sie ihn und drehte den Ring an ihrem Finger. Sie erinnerte sich an den Insignienring und schob ihre rechte Hand schnell in ihre Tasche, bevor er einen guten Blick darauf werfen konnte. Jaxon würde sie hassen, wenn er herausfand, wer sie wirklich war.

Wenn sie so richtig zickig wäre, würde er mehr als bereit sein, sie gehenzulassen, wenn sie ihr Auto wiedergefunden hatten.

Er würde sich wahrscheinlich glücklich schätzen, dass er sich nicht mit ihr verpaart hatte.

Es schnürte ihr die Kehle zu. Sie fühlte, wie ihr Herz noch ein klein wenig mehr brach.

Sie hob ihr Kinn und erinnerte sich, dass sie dies alles für Jaxon tat. Dass sie durchhalten musste. Wenn sie wollte, dass Jaxon lebte, musste sie sich selbst opfern.

Etwas blitzte in Jaxons Augen auf, aber er sagte nichts. Sie wusste, wenn sie ihn jetzt verletzte, würde sie sich späteren Ärger ersparen.

„Geh hinein und sieh nach, was für Klamotten sie haben." Seine Stimme war leise und emotionslos. Er zog seine Brieftasche heraus, entnahm ein paar Hundert-Dollar-Scheine und drückte sie ihr in die Hand. Er wartete nicht darauf, zu sehen, ob sie mit ihm diskutierte oder ob sie ihm gehorchte.

Stattdessen drehte er sich um und griff nach der Zapfpistole, um seine Harley aufzutanken.

Sie drehte sich auf dem Absatz um und schlenderte in die Tankstelle hinein. Der Kassierer sah von seiner

Zeitung auf. Er nickte ihr anerkennend zu, bevor sein Blick zurück auf die Zeitung fiel. Auf der linken Seite befand sich der Bereich, in welchem hauptsächlich frisch zubereitete Sandwiches serviert wurden. Links davon gab es Snacks und Kühlschränke mit Getränken. Sie warf einen Blick in den hinteren Bereich der Tankstelle und sah, dass dort eine Tür in einen anderen Bereich des Ladens führte.

Sie ging an den Snacks vorbei und betrat den benachbarten Raum. Dort befanden sich ein paar Regale mit Secondhandkleidung und einigen Schuhen sowie ein paar gebrauchte Möbel. Eine ältere Dame sah von der Theke auf und lächelte.

„Kann ich Ihnen helfen, meine Liebe?"

„Ich ... ähm ... suche nach ein paar Klamotten." Sie deutete auf die Regale.

„Oh." Das Lächeln auf dem Gesicht der älteren Frau verblasste, als ihr Blick über Ginnys Bluse und ihre schicke Hose glitt. „Ich glaube nicht, dass wir etwas haben, was Ihnen gefallen würde, Schätzchen. Wir haben hauptsächlich Jeans, T-Shirts und Stiefel."

„Tatsächlich ist das genau, wonach ich suche." Sie nickte und ging zu dem Ständer mit Jeans hinüber.

Nachdem sie sich alle angesehen und die Schilder geprüft hatte, fand sie eine Jeans in ihrer Größe und zog sie aus dem Regal. Die Taschen waren mit Pailletten besetzt und es handelte sich um eine beliebte Marke, die es überall in den Einkaufszentren gab. Sie warf die Jeans über ihren Arm und ging zu den T-Shirts hinüber. Sie entschied sich für ein ärmelloses Racerback-T-Shirt in Schwarz.

Sie brauchte Stiefel, die zumindest ihre Knöchel vor der Hitze des Motorradauspuffs schützten. Sie entdeckte ein paar Harley-Davidson Stiefel, die ein paar Zentimeter über ihre Knöchel ragten. Sie waren sehr abgenutzt, aber sie war nicht sonderlich besorgt darüber, wie sie aussahen. Sie griff danach und brachte ihre Funde zur Kasse hinüber.

Nachdem sie sich auf der Toilette umgezogen hatte, musterte sie ihr Spiegelbild. Ihr Blick fiel auf ihren Insignienring. Sie zog das Schmuckstück ab und stopfte es in ihre Hosentasche.

Ein paar Minuten später verließ sie die Tankstelle in ihren neuen Bikerklamotten und trug ihre alten Sachen ordentlich zusammengefaltet unter ihrem Arm.

Jaxon sah von seinem Handy auf und musste zweimal hinschauen.

Sehnsucht füllte seine Augen und sie wusste, dass er sich daran erinnerte, wie sie früher waren. An die Zeiten, in denen sie zusammen waren. Damals waren sie unbesiegbar gewesen. Das war, bevor sie etwas über Leben und Tod und die Realität gelernt hatte.

„Das alles hat weniger als hundert Dollar gekostet." Sie streckte ihm sein Geld entgegen. „Hier ist der Rest deiner Kohle."

Er nahm es aus ihrer Hand und stopfte es zurück in seine Jeanstasche. Er wandte seinen Blick dabei die ganze Zeit nicht von ihr ab.

„Sind wir soweit?" Ihr Herz schlug voller Angst in ihrer Brust und sie sah sich prüfend an der Tankstelle um. Sie mochte es nicht, zu lange an einem Ort zu bleiben. Sie wusste, dass sie weiterfahren mussten.

„Du siehst auf jeden Fall anders aus", sagte er schließlich. Sein Blick fiel auf ihre Stiefel. „Hübsche Stiefel." Ein Lächeln umspielte seine Lippen.

„Ich hatte nicht viel Auswahl. Ich brauchte etwas, um meine Knöchel zu schützen." Sie reichte ihm ihre Kleidungsstücke und er verstaute sie in der Satteltasche.

Er schloss die Schnalle der Tasche und stieg wieder auf. „Es sieht nicht so aus, als ob du versuchst, alles zu schützen."

Er streckte die Hand aus und drehte ihren Arm herum, sodass ihre Blutergüsse sichtbar wurden. Sein Daumen strich über die leicht bläulichen Flecken auf ihrem Unterarm.

Sie riss den Arm weg.

„Ginny, hast du jemals daran gedacht, ihn zu verlassen?" Er neigte seinen Kopf.

„Und dich zu finden?", grinste sie. „Spiel dich mal nicht so auf." Sie musste ihm wehtun, damit er seine Distanz wahrte. Nur so konnte sie ihn schützen.

„Nein. Nicht, um mich zu finden." Er seufzte. „Hast du jemals daran gedacht, ihn zu verlassen, damit du dich sicher fühlen kannst?"

Sie sagte nichts. Das konnte sie nicht. Würde sie antworten, würde sie sich selbst verraten.

„Du musst ihn sehr lieben, um zu tolerieren, was er dir antut." Er warf einen Blick auf den Boden und dann wieder zu ihr.

„Du weißt nichts von Liebe, Jaxon." Sie schluckte und kniff die Augen zusammen. „Bitte tu nicht so, als wäre das der Fall."

Er ballte seine Hände an seinen Seiten und für eine flüchtige Sekunde hatte sie Angst. Keine Angst, dass er sie schlagen würde. Sie glaubte nicht, dass Jaxon ihr je ein Haar krümmen würde. Sie hatte Angst vor sich selbst. Davor, was sie vielleicht sagen könnte, wenn sie nachgeben würde. Sie hatte Angst davor, die Wahrheit zu enthüllen.

Und sobald Jaxon die Wahrheit kannte, gäbe es keine Möglichkeit mehr, ihn aufzuhalten.

Und es würde zu seinem Tod führen.

Kapitel Sechs

„Ich werde mich mit den Rudelführern der Südstaaten treffen." Barrett musterte Damon, der ihm auf der anderen Seite seines Schreibtischs gegenübersaß. „Du musst mich hier vertreten, während ich weg bin."

Damon runzelte die Stirn. „Ich? Was ist mit Zane oder Ryker?"

Barrett sah den Werwolf mit zusammengekniffenen Augen an. „Ich hätte lieber dich. Versteh mich nicht falsch, sie sind beide mehr als fähig, aber nicht für diesen Auftrag."

Etwas hatte sich verändert, seit Damon in das Rudel gekommen war. Er war nicht länger der Einzelgänger, den Barrett einst kannte. Er hatte sich in das Rudel eingefügt und Barrett wollte sehen, wie viel Verantwortung er übernehmen konnte.

Er hob seine Hand, bevor Damon etwas sagen konnte. „Und fange bloß nicht an, allen zu erzählen, dass ich Zane für unzuverlässig halte."

„Das wollte ich nicht."

„Zane würde es nicht tun, selbst wenn ich ihn darum bitten würde. Er ist immer noch damit beschäftigt, sicherzustellen, dass er nicht wieder wild wird und beginnt, sich vor Menschen zu verwandeln." Barrett seufzte. „Ich habe die besten Ärzte, einen Test nach dem anderen an ihm durchführen lassen. Sie alle sagen, dass die Droge, die sein System außer Kontrolle gebracht hat, inzwischen aus seinem Körper verschwunden ist. Aber er traut sich immer noch nichts zu. Und jetzt ist wirklich nicht der beste Zeitpunkt, ihn deswegen zu stressen."

„Es wird eine Weile dauern. Aber er wird sein Selbstvertrauen wiederfinden." Damon zuckte mit den Schultern.

„Außerdem glaube ich nicht, dass ihm die Aufmerksamkeit, die Skylar ihm schenkt, etwas ausmacht."

„Kein Witz." Barrett grinste. „Ganz zu schweigen davon, dass er mithilft, SKYLARS HAUS fertigzustellen. Es sollte in weniger als einem Monat eröffnen."

„Ziemlich beeindruckend. Sie will es also sowohl für Menschen als auch für Werwolf-Mädchen zugänglich machen, die von Zuhause weggelaufen sind?" Damon kratze sich das Kinn. „Es wird schwierig sein, unsere Spezies vor den Menschen geheim zu halten. Ich bin mir nicht sicher, ob das eine gute Idee ist."

„Skylar besteht darauf, offen für alle zu sein. Sie möchte gefährdete Mädchen schützen, unabhängig ihrer Spezies. Sie hat gesagt, dass sie die Identität der Mädchen geheim halten kann." Barrett lehnte sich auf seinem Bürostuhl zurück. „Ich habe ihr gesagt, sie solle sich darum kümmern und mich wissen lassen, ob es irgendetwas gibt, worum ich mir Sorgen machen muss." Barrett griff unter seinen Schreibtisch und öffnete eine Schublade. Er zog eine dicke Akte heraus und schob sie zu Damon hinüber.

„Was ist das?" Damon runzelte die Stirn.

„Ein paar Informationen darüber, was politisch in unserem großartigen Bundesstaat Arkansas so los ist." Barrett grinste.

„Scheiße, Mann. Ich dachte, du sitzt den ganzen Tag mit finsterem Blick hier in deinem Büro und trinkst Cappuccinos. Ich wusste nicht, dass du dich mit all dieser Scheiße auseinandersetzen musst." Damon seufzte.

„Du hast ja keine Ahnung." Er tippte mit dem Finger auf die Akte. „Öffne sie."

Damon schlug die erste Seite auf.

„Das ist die Droge, mit der Zane infiziert wurde. Es ist dieselbe Droge, die die abtrünnigen Schurkenwölfe Ava gegeben haben, als sie entführt wurde."

Damon knurrte.

„Wir wissen, dass sie in Louisiana hergestellt und verkauft wird." Barrett kniff die Augen zusammen.

„Und der Rudelführer Boudier ..."

„Der Scheißkerl weiß wahrscheinlich darüber Bescheid. Sie zahlen ihm wahrscheinlich genug Schmiergeld, damit er darüber hinwegsieht. Ich würde ihm so etwas auf jeden Fall zutrauen."

„Warum zur Hölle ist er überhaupt an der Macht?" Damon schüttelte seinen Kopf.

„Weil es verdammt schwierig ist, einen Rudelführer loszuwerden, sobald er an der Macht ist." Barrett lehnte sich in seinen Lederstuhl zurück. „Genau genommen ist es praktisch unmöglich."

„Aber was ist mit dem Werwolfrat?"

Barrett schnaubte und schüttelte den Kopf. „Der Rat kann als Regierung fungieren, aber sie haben nicht viel Macht. Damals, vor Hunderten von Jahren, spielten sie noch eine größere Rolle. Aber als stärkere Rudelführer ankamen, hat der Rat begonnen, ihnen mehr und mehr Macht zu geben. Es macht ihnen nichts aus, solange im Staat alles reibungslos läuft. Aber sobald die Bevölkerung beginnt, sich zu beschweren, oder die Kriminalität ansteigt, fangen die bürgerlichen Wölfe damit an, darüber zu klagen, dass der Rat mehr Macht brauche, um sie zu schützen."

„Also was genau macht der Werwolfrat dann überhaupt?" Damon schüttelte den Kopf. „Ich weiß nur, dass sie an Tribunalen teilnehmen, die wir für Verbrechen gegen unsere Art abhalten. Aber wenn es um die Entsendung von Wächtern und die Überwachung der Staaten geht, sind sie daran beteiligt? Unterbreiten sie Vorschläge?"

„Nein. Sie sind froh, dafür bezahlt zu werden, dass sie in ihren Villen sitzen und sich jede Nacht betrinken können. Ihnen wird genauso viel bezahlt wie den Rudelführern, ohne jedoch irgendwelche Verantwortung zu haben."

„Es klingt so, als müssten sich ein paar Dinge ändern", knurrte Damon.

„Ja." Barrett sah ihn an. Er war völlig seiner Meinung. „Im Moment muss ich aber erst einmal ein anderes Feuer löschen und dabei geht es um diese verdammte Hexe aus Yazoo City."

„Lucien fühlt sich wegen der ganzen Sache wirklich schlecht, Barrett." Damon schüttelte seinen Kopf.

„Das sollte er nicht. Es war nicht seine Schuld. Die Hexe hat Catty mit einem Messer angegriffen, um zu fliehen. Ich hatte vorher Geschichten über die Hexe von Yazoo gehört, wusste aber nicht, dass sie so bösartig ist."

Sie sollte besser hoffen, dass sich ihre Wege nicht kreuzten, sonst würde sie sich wünschen, dass sie niemals aus Mississippi geflohen wäre.

„Sie ist total Psycho", sagte Damon.

„Auf jeden Fall. Ich habe keine Zweifel, dass wir sie schnappen werden." Er hatte bis jetzt noch jede Zielperson zu fassen bekommen. Dieses Mal würde es nicht anders sein.

Barrett atmete tief durch. „Es muss etwas gegen Boudier unternommen werden. Louisiana steckt in der Scheiße. Es gibt vermehrt gewalttätige Verbrechen von Werwölfen an Menschen und in den letzten drei Monaten hatte ich einen riesigen Zustrom von bürgerlichen Wölfen, die nach Arkansas flohen. Der Staat wird aus allen Nähten platzen, wenn wir nichts gegen den Rudelführer unternehmen."

„Weshalb du Boudier ständig im Auge behältst. Jayden und ich haben keine neuen Informationen gefunden, aber wir werden es weiter versuchen."

„Macht das. Ich hoffe, dass ich ausreichend handfeste Beweise sammeln kann, bevor ich ein Tribunal der Südstaaten einberufe", erklärte Barrett.

„Scheiße. Das hört sich ernst an." Ein sorgenvoller Schatten huschte über Damons Gesicht.

„Es ist ernst. Es gab bisher nur ein einziges Tribunal, von dem ich überhaupt weiß, bei dem es um einen Rudelführer ging", sagte Barrett.

„Oh, ja? Und wie ist das ausgegangen?"

Barrett sah Damon ernst an. „Sie haben ihn zum Tode verurteilt."

* * *

„Scheiße, Scheiße, Scheiße." Ella umklammerte das Lenkrad und drückte ihren Fuß auf das Gaspedal.

„Du musst langsamer fahren", fauchte Nyx und grub ihre Katzenkrallen in das Leder des Beifahrersitzes.

„Wo zum Teufel warst du, als die Kacke in dieser Bar am Dampfen war?" Ella wandte ihren Blick lange genug von der Straße ab, um ihren tierischen Wegbegleiter anzufunkeln.

„Ich besuche solche Etablissements nicht. Die Bar war schmutzig und stank und war voll von dummen Menschen."

Nyx starrte zurück. „Warum bist du überhaupt auf dieser Straße? Ich habe dir schon vor fünfzehn Kilometern gesagt, dass du links abbiegen sollst."

„Ich weiß, wo ich hinfahre." Auf gar keinen Fall würde sie Nyx verraten, dass sie sich verfahren hatte. Die Katze würde ihr das für immer vorhalten.

„Wo ist der Umschlag?" Ella schaute hinüber auf den Sitz und warf dann einen Blick auf den Fußboden.

„Behalte die Straße im Auge", zischte Nyx. „Du bringst uns noch beide um."

„Nun, das wird ziemlich schwierig werden, da ich unsterblich bin und du neun Leben hast", warf Ella zurück. Sie nahm eine Hand vom Lenkrad und tastete unter Nyx herum.

„Was machst du denn?" Nyx schlug ihr mit der Pfote auf die Hand.

„Wo ist der Umschlag? Dein stinkender Arsch sollte besser nicht darauf sitzen." Ella funkelte sie an.

„Mein Arsch stinkt nicht. Er ist ziemlich frisch. Was ist außerdem an ein paar blöden Papieren so wichtig?" Nyx hob ihr Kinn in die Luft.

„Diese Papiere sind meine Eintrittskarte in die Freiheit." Ellas Herz schlug heftig in ihrer Brust. Dieser Tag wurde ziemlich schnell immer schlimmer. Sie hatte nicht erwartet, dass sie einen Werwolf töten müsste. Sie würde vielleicht Blut vergießen, um sich von ihrem paranormalen Gefängnis fernzuhalten, aber sie hatte noch nie eines ihrer Opfer getötet.

„Fahre verdammt noch mal langsamer. Du fährst viel zu schnell." Nyx bohrte ihre Krallen tiefer in die weichen Ledersitze und fauchte.

„Habe ich dir schon jemals gesagt, was für eine riesige Nervensäge du bist?" Ella wandte ihren Blick für eine Sekunde von der Straße ab, um Nyx finster anzusehen.

Sie sah zurück auf die Straße. Das Auto war auf der falschen Straßenseite und die hellen Lichter eines entgegenkommenden Fahrzeugs blendeten sie. Sie schrie und riss das Lenkrad herum. Das Auto brach aus, verließ die Straße und landete mit einem dumpfen Aufprall in einem tiefen Graben.

* * *

„ICH VERSTEHE NICHT, warum wir das Auto noch nicht gefunden haben", rief Ginny in Jaxons Ohr. Laut ihrem Telefon sollten sie jede Sekunde hinter dem Fahrzeug ankommen. Sie blickte über Jaxons Schulter auf die Straße.

Vor ihnen gab es keine Rücklichter. Die Straße war völlig dunkel.

„Ich halte an", antwortete er.

„Nein, das kannst du nicht ..." Sie zog an seinem T-Shirt, aber er wurde bereits langsamer.

Er bog von der abgelegenen Straße auf eine Schottereinfahrt ein, bevor er den Motor abschaltete. Widerwillig stieg sie ab und er folgte ihr.

„Warum hast du angehalten?" Sie sah sich in der Dunkelheit um und ließ dann ihren Blick auf ihm ruhen.

„Lass mich dein Handy sehen." Er streckte seine Hand aus.

„Also gut." Sie reichte es ihm und verschränkte die Arme. Die kühle Nachtluft strich wie eine Liebkosung über ihre Haut und das einzige Geräusch in der Dunkelheit war der Schrei einer fernen Eule.

Er kniff die Augen zusammen, als er das Telefon ansah und blickte dann wieder zu ihr. „Aha. Genau wie ich gedacht habe."

„Was?" Sie nahm ihr Handy und schaute noch einmal auf den Bildschirm.

„Laut Anzeige ist das Auto nur ein paar Meter von hier entfernt."

„Aber ich sehe keine Rücklichter. Vielleicht funktioniert es nicht." Sie kaute auf ihrer Lippe. Wenn John sie nicht finden konnte, würde er seine Männer schicken, um sie zu suchen.

Würden sie sie mit Jaxon finden, wäre das ein automatisches Todesurteil für ihn. Das konnte sie nicht zulassen.

„Nicht unbedingt." Er öffnete seine Satteltasche und zog eine Taschenlampe heraus. Er ging die Straße hinunter und leuchtete das Licht zu beiden Seiten.

Sie folgte ihm.

„Dort", sagte Jaxon, nachdem er gerade mal sechs Meter die Straße hinuntergelaufen war. Er richtete seine Taschenlampe den steilen Abhang auf der rechten Seite hinunter. Etwas Metallisches reflektierte das Licht.

Es war der Kofferraum ihres Autos. Sie erkannte das Nummernschild.

„Oh Gott." Sie rannte an ihm vorbei zu dem Fahrzeug.

„Warte, wo willst du hin?" Er streckte den Arm aus und griff um ihre Taille, was sie daran hinderte, weiter zu rennen.

„Zu meinem Auto." Die Worte sprudelten nur so über ihre Lippen, während sie weiter das Auto anstarrte.

„Du kannst nicht einfach einsteigen. Es muss von einem Abschleppwagen herausgezogen werden." Seine leise und tiefe Stimme war viel zu nah an ihrem Ohr.

„Bleib hier und lass mich nachsehen, ob die Hexe noch da drin ist." Er lockerte seinen Griff und ging um sie herum. Sie sah zu, wie er die Böschung hinunter zu ihrem zu Schrott gefahrenen Mercedes lief.

Sie blickte zurück auf die Straße. Es gab noch immer keine Scheinwerfer oder Rücklichter. Sie waren mitten im Nirgendwo. Warum war die Hexe auf den Nebenstraßen geblieben? Es wäre schneller gewesen, wäre sie auf die Autobahn gefahren, als Straßen zu folgen, an denen es nichts gab. Es ergab keinen Sinn.

„Sie ist nicht hier." Jaxons Stimme hallte durch die Dunkelheit zu ihr hinüber. Er kam zu ihr zurück und blieb ein paar Meter entfernt von ihr stehen.

„Ist das Auto beschädigt? Ist sie gegen etwas gefahren? Und deshalb von der Straße abgekommen?" Trotz der Wärme der Nacht breitete sich eine Gänsehaut auf ihren Armen aus und sie rieb sich mit den Händen die Arme, um sich zu beruhigen.

„Es sieht nicht so aus, als hätte sie irgendetwas getroffen. Ich vermute, dass sie gemerkt hat, dass das Auto einen Sender hat und hat es von der Straße gefahren, um uns von ihrer Spur abzulenken."

Er sah das Auto wieder an. „So wie das Auto dort feststeckt, wirst du einen Abschleppwagen brauchen, um es wieder herauszuziehen."

„Dann rufe einen Abschleppwagen." Sie funkelte ihn an.

„Warum rufst du denn keinen Abschleppwagen?", erwiderte er.

„Weil ich nicht weiß, wo zum Teufel ich hier bin", schrie sie. „Und ich habe auch keinen Pannendienst."

Überraschung zeigte sich auf seinem markanten Gesicht und er starrte sie intensiver an.

„Du weißt nicht, wo du bist?" Er zeigte auf einen Briefkasten neben der Schottereinfahrt. Der Briefkasten war teilweise von überwuchertem Gras und Unkraut verdeckt. „Du erkennst diesen Briefkasten nicht? Oder vielleicht weißt du ganz genau, wo du bist, aber es interessiert dich einen Dreck." Er drehte sich um und ging zurück zu seiner Harley.

„Wovon sprichst du?", murmelte sie, als ihr Blick auf den Briefkasten fiel. Irgendwie kam er ihr bekannt vor. Von einer unbekannten Kraft angezogen, lief sie zu dem verrosteten Briefkasten hinüber.

Sie hob ihr Handy hoch und leuchtete auf das Metall. Mit vorsichtigen Fingern schob sie das Unkraut zur Seite.

Kalte Angst breitete sich in ihrer Magengrube aus und ihr Herz schlug höher.

Wieso hatte sie es nicht gewusst? Wie konnte sie es vergessen?

Madeline Wilson.

Sie ließ ihre Hand sinken und das Unkraut verbarg den Briefkasten erneut unter sich. Sie blickte die Schottereinfahrt hinauf. Sie konnte nichts sehen – es war zu dunkel. Aber sie musste nichts sehen. Sie wusste bereits, wo sie war.

Erneute Gänsehaut machte sich auf ihren Armen breit, als sie die Schottereinfahrt hinaufging. Der Kies knirschte unter ihren Stiefeln, als sie vorsichtig den Hügel hinaufstieg. Sie konnte sich an eine Zeit erinnern, in der sie es geliebt hatte, die Auffahrt hinunterzurennen, um die Post zu holen. Sie erinnerte sich daran, zu lachen und daran, wie sie losgerannt war, um nachzusehen, was ihr der Postbote gebracht hatte. Nicht heute. Heute Nacht waren ihre Schritte ungewohnt und unsicher. Sie wollte nicht wirklich sehen, was sie am Ende der Einfahrt erwartete.

Aber die Geister ihrer Vergangenheit riefen nach ihr und verlangten, dass sie weiterging.

„Ginny. Was machst du?", rief Jaxon ihr nach.

Sie konnte Jaxons Stimme hinter dem summenden Geräusch zwischen ihren Ohren kaum hören. Sie schluckte, aber ihr Mund war trocken geworden.

Sie schaltete die Taschenlampe an ihrem Handy ein und streckte die Hand nach vorn aus. Das Licht leuchtete auf das trostlose weiße Haus.

Das kleine weiße Haus mit der Veranda stand in einem überwucherten Hof und die Ranken der Pflanzen versuchten, durch die Fenster hineinzuwachsen.

Sie wollte nicht weitergehen, aber ihr Körper wusste das

nicht. Sie machte noch einen Schritt, als es ihr kalt den Rücken rauf und runter lief und sich Übelkeit in ihrem Magen ausbreitete.

Ihr Fuß berührte die erste knarrende Stufe und dann die nächste, bis sie oben auf der Veranda stand.

„Ginny." Jaxons Stimme war leise und entschlossen.

Sie ignorierte ihn, fühlte sich von der Vergangenheit angezogen und berührte den Knauf an der Vordertür. Ein Gewirr von Spinnenweben streifte ihre Handfläche, als sie den Türknauf drehte.

Die Tür knarrte, als sie aufsprang, und den pechschwarzen Flur enthüllte. Sie hob ihr Handy hoch und ließ das Licht in das Innere des Hauses scheinen. Unfähig sich zurückzuhalten, trat sie ein.

Das Haus war schon lange verlassen gewesen. Schmutz und Staub klebten an den alten Tapeten und überall auf dem Boden lag Müll herum. Alte Bilder, deren Glas zersprungen war, hingen in schiefen Winkeln an den Wänden.

„Was machst du denn?", rief Jaxon.

Sie ging weiter in Richtung Küche. Sie trat in den Raum und ihr Fuß schlug gegen ein altes Einmachglas, welches über den Kiefernholzboden rollte. Sie leuchtete mit der Lampe über die alten, vergilbten Arbeitsplatten. Traurigkeit umhüllte sie und Hunderte alter Erinnerungen kamen zu ihr zurück. Wie sie auf einem Stuhl stand und mit ihrer Großmutter Plätzchenteig ausrollte. Lachen war eine Hauptzutat in dieser Küche gewesen. Sie konnte sich an keine Zeit erinnern, zu der sie hier nicht glücklich gewesen war.

Sie drehte sich zur Hintertür um und stieß die Gittertür auf.

Entsetzen und Horror füllten ihre Brust, als sie nach draußen trat.

Sie erinnerte sich an den Zeitpunkt, als das Glück dieses

Haus verlassen hatte. Das einzige Mal, dass sie sich hier nicht sicher gefühlt hatte.

Trauer, tief und scharf, zerriss ihre Brust, als diese eine Erinnerung über sie kam und sie zurück ins Haus trat.

Das war der Tag, an dem ihr Vater aufgetaucht war und ihre Großmutter getötet hatte.

KAPITEL 7

Kapitel Sieben
Jaxon folgte Ginny ins Haus. Sein Magen zog sich zusammen.

Er hatte dieses Haus einst geliebt. Es war einmal wie ein zweites Zuhause für ihn gewesen. Aber das war viele Jahre her und wie alle Dinge, die im Laufe der Zeit vom Verrat in Mitleidenschaft gezogen worden waren, war es jetzt für ihn nichts anderes mehr als eine Hülle schmerzhafter Erinnerungen.

„Wir müssen gehen", sagte er. Er war jetzt in keiner sanften oder verzeihenden Stimmung mehr. Er wusste nicht, in welche Art Frau Ginny sich verwandelt hatte, ihm das hier zu zeigen, und ihn daran zu erinnern, wie sein Leben nicht ausgegangen war. Aber er wusste jetzt, dass er sie nicht länger kannte. Zur Hölle, vielleicht hatte er das nie.

„Ich sagte, wir müssen gehen", sagte er dieses Mal energischer.

Sie drehte sich um und er erwartete, eine ihrer frechen Antworten zu hören. Als er jedoch ihr blasses Gesicht im

Schein der Taschenlampe sah, wusste er, dass etwas nicht stimmte.

„Ginny, was ist ...“

Sie verdrehte ihre Augen. Sie sackte nach vorn. Er sprang in ihre Richtung und fing sie gerade rechtzeitig mit seinen Armen auf, bevor sie auf den Boden fallen konnte.

Ihr Handy rutschte aus ihrer Hand und schlug mit einem dumpfen Knall auf den Holzboden. Umgeben von Dunkelheit blinzelte er und passte seine scharfen Augen der Dunkelheit an.

Er ging zu dem zerbrochenen Fenster im hinteren Teil des Hauses. Der muffige Spitzenvorhang flatterte im Wind und eine ihrer Haarsträhnen streifte seine Wange.

Sie war sogar noch schöner, als er sie in Erinnerung hatte. Sie hatte offensichtlich abgenommen und sah blass aus, aber in ihrem entspannten Zustand mit den geschlossenen Augen wirkte sie friedlich und all der Stress, der vorher auf ihrem Gesicht gelegen hatte, war jetzt weg.

Der Drang, sich zu ihr hinunter zu beugen, und seine Lippen auf ihre zu drücken, war überwältigend. Er hatte sein Bestes getan, seinen Körper unter Kontrolle zu halten, seitdem er sie wiedergesehen hatte. Jetzt war das alles, was er tun konnte, um nicht durchzudrehen.

Ihre Augen öffneten sich unter ihren langen Wimpern und sie stöhnte leise. Sie sah Jaxon an und runzelte die Stirn.

„Was ist passiert?“ Sie drehte den Kopf zum Fenster.

„Du bist ohnmächtig geworden. Das ist passiert.“

Er neigte den Kopf. „Denkst du, dass du stehen kannst, wenn ich dich absetze?“

„Ja, natürlich.“ Der finstere Ausdruck lag wieder auf ihrer Stirn und sie drückte gegen seine Brust, um ihn dazu zu bringen, sich von ihr zu lösen. Er setzte sie langsam auf dem Boden ab, hielt aber seine Hände um ihre Arme.

„Es geht mir gut, Jaxon. Du kannst mich loslassen." Sie drückte gegen seine Brust, aber er bewegte sich nicht.

„Ich will nur sicherstellen, dass du nicht zu Boden gehst." Er musterte ihre Augen. „Was ist los?"

„Nichts ist los."

„Ach richtig. Es ist genauso nichts los wie mit den Blutergüssen auf deinen Armen." Er blickte mit zusammengekniffenen Augen nach unten.

Sie entzog sich seinem Griff und schüttelte den Kopf. „Du musst dich konzentrieren, Jaxon. Ich muss wissen, wie ich mein Auto aus diesem Graben ziehen kann und das schnell." Sie blinzelte hektisch.

Er rieb sich mit den Fingern über sein Kinn. „Nun, wir können einen Abschleppwagen rufen. Aber das wird Stunden dauern. Oder ich könnte dich einfach selbst nach Hause bringen."

„Wie soll ich mein Auto erklären?" Sie riss ihre Augen auf und ihre Atmung wurde schneller, als sie in die Leere starrte.

„Sag ihm einfach die Wahrheit. Dass es gestohlen wurde." Er musterte ihren Gesichtsausdruck. Es war ein Ausdruck, den er noch nie zuvor an Ginny gesehen hatte. Sie war nicht Seine. Sie war es schon eine ganze Weile nicht mehr. Vielleicht war sie es nie gewesen.

Sie schluckte. „Das kann ich nicht."

„Was kannst du nicht?" Er neigte seinen Kopf.

Sie begegnete seinem Blick und presste ihre Lippen zu einer dünnen Linie zusammen. Sie atmete tief durch und die Maske des Selbstvertrauens zeigte sich wieder auf ihrem hübschen kleinen Gesicht. „Ich muss nach Hause." Sie hob ihr Handy vom schmutzigen Fußboden auf und zuckte zusammen, als sie die Uhrzeit sah. „Es ist alles schon schlimm genug."

„Also, wo ist Zuhause?"

Sie biss sich auf die Lippen, als würde sie darüber nachdenken, ob sie es ihm sagen sollte oder nicht.

„Ginny, ich kann dich nicht einfach hier alleine
zurücklassen."

„Ich kann dich nicht bitten, mich mitzunehmen, da du
offensichtlich auf einer Mission bist, um diese Hexe zu
finden." Sie schüttelte den Kopf. „Was hat sie überhaupt
gemacht, das so schlimm war?"

„Sie hat eine Menge Leute verletzt. Und ich versuche, sie
zu schnappen, damit ich sie dorthin zurückbringen kann, wo
sie hingehört, bevor sie noch weiteren Leuten wehtun kann."

„Vielleicht hatte sie einen Grund für das, was sie getan
hat." Ginnys Stimme war leise.

Er wusste, dass sie Schuldgefühle hatte. In gewisser Weise
fühlte er sich bestätigt. Er hatte sich wegen ihr schon so
lange verletzt gefühlt.

„Es gibt keinen guten Grund, jemandem wehzutun.
Niemals", spie er.

Sie zuckte zusammen, als hätte er ihr ins Gesicht
geschlagen.

Er atmete tief ein und dann wieder aus. „Sie ist von dem
Ort … wo sie gefangen gehalten wurde … geflohen. Seit ihrer
Flucht hat sie eine Spur von Körpern hinterlassen, ganz zu
schweigen davon, dass sie es geschafft hat, einen weiblichen
Werwolf mit einem Messer anzugreifen. Ich muss sie fangen
und sie zurück nach Mississippi bringen …"

„Mississippi?" Sie riss den Kopf nach oben. „Willst du
damit sagen, dass sie die Hexe von Yazoo City ist?"

„Ja. Kennst du sie?"

Sie schüttelte den Kopf. „Nicht persönlich, aber ich habe
Geschichten über sie gehört. Ich dachte immer nur, sie sei
eine Legende."

„Nein. Es gibt sie wirklich. Und sie muss zum Friedhof
zurückkehren."

„Sie wird dort gefangen gehalten, nicht wahr?" Ginny neigte den Kopf. „Wie konnte sie überhaupt von dort fliehen? Ich habe immer gehört, dass sie unter einem Fluch steht."

„Das stimmt. Sie hat es geschafft, Catty mit einem Messer zu verletzen, die zufällig die Gefährtin einer der Wächter von Arkansas ist, als sie dorthin gereist sind, um ein paar verdächtige Dinge zu untersuchen, die in Louisiana vor sich gehen. So wie es scheint, kann die Hexe dem Friedhof entkommen, wenn sie das Blut eines paranormalen Wesens vergießt. Und sie muss ständig weiteres Blut vergießen, damit sie nicht wieder in den Friedhof zurückgezogen wird."

„Sie steht also unter einem Blutfluch." Ginny riss die Augen weit auf. „Ich habe gehört, dass Blutflüche nur bei den gefährlichsten Verbrechern angewendet werden."

„Oder den Verrücktesten." Jaxon schnaubte.

„Was hat sie denn getan, dass sie auf den Friedhof verbannt wurde?" Sie verschränkte die Arme vor ihrer Brust.

„Woher zum Teufel soll ich das wissen?", feuerte er zurück. „Was auch immer es war, es muss ziemlich schlimm gewesen sein."

„Du bist so verdammt voreingenommen."

„Voreingenommen? Ich? Willst du mich verarschen? Was ist denn mit dir in deinen teuren Klamotten und deinem Mercedes? Du bist diejenige, die auf mich herunterschaut." Seine Wut kochte und er ballte die Hände an seinen Seiten zu Fäusten.

„Ich habe nie auf dich herabgeschaut." Sie riss ihre Augen auf und ließ die Arme fallen. „Warum würdest du so etwas überhaupt sagen?"

„Ich bin nicht gerade in Geld geschwommen, als wir uns kennengelernt haben."

„Du warst nur ein Kind. Das waren wir beide. Ich hatte nicht erwartet, dass du in Geld schwimmst." Sie drehte sich um und blickte in den dunklen Raum. „Ich bin auch nicht gerade mit einem silbernen Löffel im Mund aufgewachsen."

„Nun, jetzt lebst du auf jeden Fall ein Leben in Luxus." Er warf einen Blick auf den großen Diamanten am Ringfinger ihrer linken Hand. „Vermutlich war dir der Ring, den ich für dich gekauft hatte, einfach zu klein."

Sie legte ihre rechte Hand über ihre linke, um den Ring zu verbergen. Sie sah ihn mit neuer Konzentration an.

„Ich muss nach Hause. Ich habe keine Zeit, die Vergangenheit aufzuwühlen. Ich muss nach Hause." Ihr Blick schweifte durch den Raum. „Wenn du mir nicht helfen kannst, leihe mir wenigstens kurz dein Telefon, damit ich ein Taxi rufen kann."

„Ein Taxi?" Er rieb sich die Augenbrauen und dachte über seine nächsten Worte nach. „Die Chancen, dass ein Taxi hier raus in die Mitte von Nirgendwo kommen würde, stehen gleich null. Du würdest es nicht vor Sonnenaufgang zurück nach Hause schaffen."

„Aber ich muss vor Tagesanbruch zurück sein. Ich muss …" Ihre Stimme zitterte und verstummte dann.

Sie hatte Angst. Und nachdem er die Blutergüsse auf ihrem Arm gesehen hatte, würde er sie auf gar keinen Fall nach Hause zurückkehren lassen, ohne herauszufinden, in welcher Art Hölle sie sich dort befand.

Er konnte sie nicht dazu zwingen, ihren Ehemann zu verlassen. Dass sie schwanger war, machte die Dinge noch schwieriger. Er hatte genügend Geschichten von Braxton gehört, um zu wissen, dass missbrauchte Frauen ihre Männer selten verließen. Er wusste auch, dass sie ihn für immer hassen würde, wenn er sie zu etwas zwang, was sie nicht tun wollte.

Ihr Leben war ihr Leben. Wenn es das war, was sie ihm vorgezogen hatte, dann war es wohl, was sie wollte.

Er hasste sich selbst dafür, dass er überhaupt darüber

nachdachte, diesen Weg mit ihr zu gehen. Er hatte sie nie vergessen, hatte es aber geschafft, sich selbst ein Leben aufzubauen. Er fand, dass Single zu sein, gut zu ihm passte. Er konnte ohne irgendwelche Verpflichtungen Verabredungen haben oder ficken, wen auch immer er wollte. Er verdiente verdammt gutes Geld damit, für Barrett als Wächter in Arkansas zu arbeiten, und er genoss seinen Job wirklich.

Die bürgerlichen Werwölfe im Staat zu schützen, gab seinem Leben einen Sinn und er konnte seinen Kopf nachts aufs Kissen legen und wissen, dass er gute Arbeit geleistet hatte, um das Leben anderer sicherer und besser zu machen.

Die einzigen Zeiten, zu denen er an Ginny dachte, waren, wenn Granny alle Wächter zum Abendessen oder zu den Feiertagen zu sich einlud. Er würde sich am Tisch umsehen und bemerken, wie sich nach und nach alle anderen Männchen mit Weibchen verpaarten. Zuerst Damon und Ava, dann traf Braxton Kate und sie verpaarten sich auch. Dann kam Jayden und er verpaarte sich nicht nur mit Haley, sondern wollte sie sogar heiraten. Das hatte alte Erinnerungen an seine Pläne mit Ginny wieder aufgewühlt. Zane hatte sich mit Skylar verpaart und Lucien und Catty verpaarten sich zum Valentinstag. Die Einzigen in ihrer kleinen Gruppe von Freunden, die außer ihm noch alleine waren, waren Ryker und Barrett.

Zumindest wusste er, dass Barrett sich niemals verpaaren würde. Der Rudelführer hatte das mehrfach deutlich gesagt.

„Woran denkst du?", fragte Ginny.

„Ich denke, dass ich das hier bereuen werde." Er fuhr sich mit der Hand durch die Haare und blickte an die Decke. „Ich werde dich zurück nach Louisiana bringen. Wenn wir jetzt losfahren, können wir vor Sonnenaufgang dort ankommen."

KAPITEL 8

Kapitel Acht

„Die Nachricht ist von Jaxon." Barrett runzelte die Stirn, als er auf das Handy in seiner Hand hinunterstarrte. Er las die Nachricht und las sie erneut. Ein weiblicher Werwolf steckte in Schwierigkeiten und er musste ihr helfen. Er sagte, dass er sie nach Louisiana bringen musste, und spät am nächsten Tag zurück sein würde.

Unbehagen umgab ihn wie ein dichter Nebel.

Er tippte eine Nachricht und schickte sie ab. *Wer ist dieses Weibchen?*

„Das Arschloch lässt sich besser nicht flachlegen", knurrte Damon und verschränkte die Arme vor seiner Brust. Er war bei Barrett im Büro und sie gingen gemeinsam die Dinge durch, die er tun musste, während Barrett sich mit den anderen Rudelführern traf.

„Er weiß es besser. Jaxon mag zwar ein Schürzenjäger sein, aber wenn es um seinen Job geht, nimmt er die Dinge ernst." Eine dunkle Vorahnung machte sich in Barretts Bauch breit. Sie hatte nichts mit Jaxon zu tun. Er vertraute dem

Wolf. Was er fühlen konnte, war etwas anderes, das er jetzt noch nicht kommen sehen konnte. Zu schade, dass er diese verdammte Hexe noch nicht in Gewahrsam hatte. Er hätte sie dazu zwingen können, irgendeine Art von Magie anzuwenden, um ihm zu sagen, welches zukünftige Ereignis ihn so nervös machte.

Sein Telefon summte wieder und er sah Jaxons Antwort.

Ihr Name ist Ginny.

„Verfluchte Scheiße." Jede Wette, dass es sich um Ginny Boudier McGregor handelte.

„Was ist los?" Damon sah von den Papieren auf und runzelte die Stirn.

Barrett sah Damon an und starrte ihm fest in die Augen. „Anscheinend hilft Jaxon einem Weibchen."

„Ja, das hast du bereits gesagt." Damon zuckte mit den Schultern.

„Und ihr Name ist Ginny."

„Wer zum Teufel ist das?"

„Edward Boudiers einzige Tochter." Er umklammerte das Telefon in seiner Hand und versuchte zu verstehen, was Jaxon gerade getan hatte.

„Verfluchte Scheiße."

„Wir werden diejenigen sein, die verflucht sind, wenn Boudier das herausfindet." Barrett schickte Jaxon eine schnelle Nachricht zurück. Eine rote Nachricht wurde auf dem Bildschirm angezeigt, die besagte, dass seine SMS nicht zugestellt werden konnte.

„Scheiße."

„Was ist denn jetzt?" Damon stand auf. „Weiß Jaxon, mit wem er es zu tun hat?"

„Das weiß ich nicht. Ich habe ihm eine SMS geschickt, um ihn darüber zu informieren, aber sie ist nicht durchgegangen." Er fuhr sich mit der Hand durch die Haare.

„Schicken wir jemanden dort runter?" Damon runzelte

die Stirn.

„Ich habe Ryker bereits losgeschickt. Er versucht, diese Hexe zu finden." Er setzte sich auf seinen Stuhl und lehnte sich zurück. Dann verschränkte er die Finger.

„Wir können einen anderen Wächter abziehen", sagte Damon.

„Nein." Er schüttelte seinen Kopf. „Ryker ist an der Grenze zwischen Arkansas und Louisiana. Er weiß, dass er die Staatsgrenze nicht überschreiten soll. Ich habe das ungute Gefühl, dass Jaxon bereits in Louisiana ist. Wenn wir noch einen Wächter dorthin schicken, gießen wir mit Boudier nur noch mehr Öl ins Feuer. Wenn Jaxon es schafft, Louisiana zu verlassen, bevor Boudier merkt, dass einer meiner Männer dort war, haben wir möglicherweise noch eine Chance."

„Eine Chance auf was?", fragte Damon.

„Eine Chance, einen Krieg mit Louisiana zu vermeiden."

„Krieg? Die Rudel haben keinen Krieg mehr miteinander geführt seit, verdammt noch mal, ich kann mich nicht mal daran erinnern, seit wann."

„Boudier würde einen Krieg darüber anfangen, wenn sein Steak nicht so gebraten wurde, wie er es gerne hätte. Boudier denkt an nichts anderes als an sich selbst. Seine Wächter sind nur angeheuerte Soldaten, die jederzeit auf Abruf stehen, und seinem Willen gehorchen."

„Klingt wie ein noch größeres Arschloch, als ich es in Erinnerung habe", sagte Damon.

„Ach stimmt ja." Barrett neigte seinen Kopf. „Du warst ja einmal ein Wächter in Louisiana."

Damon schnaubte. „Bevor ich rausgeschmissen wurde. Das Beste, was mir je passiert ist."

Barrett lehnte sich vor und musterte den Wolf. „Als du für Boudier gearbeitet hast, konntest du da sehen, was seine Wächter so loyal zu ihm macht?"

„Nun, zuallererst war ich erst seit einem knappen Jahr ein Wächter in diesem Staat, bevor ich rausgeschmissen wurde. Und ich habe den Rudelführer nie selbst getroffen. Mir wurde die Wächterposition von einem seiner Attentäter angeboten. Boudier umgab sich nie mit Wächtern, nur mit Attentätern. Die Wächter durften außerdem nie über ihn sprechen oder irgendwelche Sachen rumerzählen.“ Damon schüttelte seinen Kopf. „Ich glaube nicht, dass es Loyalität ist, die sie ihm gegenüber fühlen. Sie haben Angst vor ihm.“

„Das habe ich mir gedacht. Wenn Boudier merkt, dass einer meiner Wächter in seinem Staat ist, wird er nicht zögern, sich zu revanchieren. Es ist genau das, was er will.“ Barrett ging zu der Karte hinüber und studierte die Staatsgrenze zwischen den beiden Staaten.

Er wollte seine Rache an Boudier, aber er würde verdammt noch mal keinen seiner eigenen Wächter dafür opfern. Jaxon musste so schnell wie möglich nach Arkansas zurückkehren, ohne Ginny.

Das war der einzige Weg, die Zukunft ihres Rudels zu retten.

* * *

GINNY schlang ihre Arme um Jaxon, als er die Autobahn in Richtung Lafayette hinunterraste. Sie hatte in ihrem Auto vier Stunden gebraucht, um nach El Dorado zu fahren. Aber der Geschwindigkeit nach zu urteilen, mit der Jaxon seine Harley anheizte, nahm sie an, dass sie diese Zeit um mindestens vierzig Minuten verkürzen würden.

Sie genoss die Nachtluft, die um ihr Gesicht wehte. Ihre Haare hatten sich schon längst gelöst, flogen um ihr Gesicht herum und behinderten ihre Sicht. Es machte ihr nichts aus. Sie musste die Straße nicht sehen. Jaxon hatte die Kontrolle und sie fühlte sich sicher, dass er tun würde, was er versprochen hatte, und sie nach Hause bringen würde.

Nach Hause. Das überwucherte Haus, in das sie heute Abend getreten war, war das einzige Zuhause gewesen, das sie jemals gekannt hatte. Wohin sie jetzt fuhren, war nicht Zuhause. Es war ein Gefängnis.

Ihre Gedanken flogen zurück zu dem Tag, an dem sich ihr Leben für immer verändert hatte. Was ihr Hochzeitstag hätte sein sollen, war zu einer Beerdigung geworden.

Nicht nur war ihre Großmutter gestorben, als sie versuchte, sie vor ihrem Vater, den sie nicht kannte, zu schützen, sondern an diesem Tag war auch ihre Zukunft gestorben.

Sie hatte kein Leben. Sie existierte einfach nur. Sie existierte, damit andere leben konnten. Es war ein Leben, das sie ihrem schlimmsten Feind nicht wünschen würde.

Ihr Magen zog sich zusammen, als sie an einem Autobahnschild für Lafayette vorbeifuhren. Die Haut auf ihren Armen zitterte vor Entsetzen. Sie war fast Zuhause.

Die Lichter der Stadt kamen in Sichtweite und Jaxon verlangsamte seine Geschwindigkeit. Anstatt auf der Straße zu bleiben, bog er zu einer Tankstelle ab.

Es schnürte ihr die Kehle zu.

„Was machst du denn? Wir können nicht anhalten. Nicht jetzt." Ihr Herz schlug heftig in ihrer Brust.

„Ich brauche Benzin", sagte er über seine Schulter und hielt an einer Zapfsäule an.

Ihr Blick schweifte zu den wenigen Menschen hinüber, die um ihre Autos herumlungerten. Sie atmete tief ein. Ihren Gerüchen nach zu urteilen, waren keine von ihnen Werwölfe.

Es war egal. John beschäftigte sowohl Menschen als auch Werwölfe. Er hatte seine Augen überall im Bundesstaat Louisiana verteilt. Die Tatsache, dass sie gerade mit einem Mann, der nicht ihr Gefährte war, an einer Tankstelle mit einem Motorrad vorgefahren war, würde ganz sicher zu John gelangen. Das würde nicht gut für sie enden.

Sie musste außer Sichtweite gelangen. Sie sprang vom Motorrad ab und fummelte an den Satteltaschen herum. Endlich öffnete sie eine und griff nach ihrer Kleidung. Sie schob ihre Hand in ihre Tasche, zog den Insignienring heraus und schob ihn auf den Zeigefinger ihrer rechten Hand.

„Was machst du denn?" Jaxon packte ihren Armen und kniff die Augen zusammen.

„Ich kann von hier alleine nach Hause gelangen. Danke, dass du mich soweit gebracht hast." Sie schaute sich um und suchte nach bekannten Gesichtern.

„Aber es sind noch ein paar Kilometer."

„Ist schon gut. Ich muss gehen." Sie entriss sich seinem Griff und eilte die Straße hinunter. Es war spät und es gab kaum Verkehr, also sollte sie es schaffen. Die Straßenlaternen beleuchteten ihren Weg und sie wusste, solange sie in ihrem Schein weiterlief, würde ihr nichts passieren.

Das Komische daran war, dass sie hier draußen auf der Straße sicherer war als Zuhause.

Denn sobald sie zu Hause ankommen würde, würde sie höllisch für alles bezahlen müssen.

* * *

„DAS IST DIE HARTNÄCKIGSTE FRAU, der ich jemals begegnet bin", murmelte Jaxon leise, als er seine Harley auftankte. Er fuhr bereits auf Reserve und wusste, dass er tanken musste, bevor er ihr folgen konnte. Er sah immer wieder auf, um sie im Auge zu behalten, während sie davonmarschierte. Die wenigen Leute, die unterwegs waren, ließen sie in Ruhe. Ein zwielichtig aussehender Mensch musterte sie und wollte sich ihr nähern, überlegte es sich dann aber anders und rannte in die andere Richtung.

Es schien, als hätten sie Angst vor ihr. Oder Angst davor, was passieren würde, wenn sie ihr zu nahekämen.

Als er an der Tankstelle angehalten hatte, hatte er ein Bauchgefühl gehabt, dass sie versuchen würde, von ihm wegzulaufen, bevor sie ihr Haus erreichten. Er hatte sich bereits entschieden, ihr zu folgen, bis sie zu Hause ankam. Vielleicht war ihr die missbräuchliche Situation, in der sie lebte, zu peinlich. Vielleicht liebte sie ihren Gefährten wirklich und wollte ihn nicht verlassen.

Wer zum Teufel wusste das schon. Er hatte geglaubt, er würde Frauen kennen. Aber Ginny hatte ihm das Gegenteil bewiesen.

Er hängte die Zapfpistole wieder ein und bezahlte seine Rechnung. Er kniete sich hin und schloss die Satteltaschen, die Ginny offengelassen hatte.

„Nettes Gefährt, Mann." Ein großer kräftiger menschlicher Mann mit Muskeln und einer Glatze schlenderte auf ihn zu. „Ich bin auf der Suche nach einem Motorrad wie diesem."

„Nicht zu verkaufen." Er setzte sich auf die Harley.

Der Mann trat vor die Harley und packte den Lenker. „Nun, Mann, warum gibst du es mir dann nicht einfach?"

„Einen Scheiß werde ich dir geben. Aber ich kann dir gerne den Kopf einschlagen", knurrte Jaxon.

Der Typ stieß ein Lachen aus. „Schau mal, du kleines Stück…"

„Ich habe keine Zeit für diese Scheiße." Jaxon stellte seine Füße auf den Boden und stand auf. Er schlug den Kerl zwischen die Augen.

Der Mann blinzelte und fiel wie ein Baumstamm um, wobei sein Kopf mit einem widerlichen Geräusch auf den Boden schlug.

Jaxon ließ den Motor an und das Motorrad erwachte brüllend zum Leben. Er raste von der Tankstelle und fuhr dabei über die Finger des Mannes.

Er fuhr soweit, wie er Ginny hatte laufen sehen, und atmete dann tief ein, um ihr mit seinem Geruchssinn tiefer in die Stadt zu folgen.

Er donnerte an Reihen und Reihen von Villen vorbei, während er sie suchte und ihren Geruch aufspüren wollte. Ihm fiel auf, dass viele der Häuser mit hochmodernen Kameras ausgestattet waren, die auf die Einfahrt gerichtet waren, und einige von ihnen waren sogar eingezäunt.

Die großen Häuser waren ganz anders als das, in dem Ginny aufgewachsen war. Sie war durch und durch ein Mädchen vom Lande gewesen und war lieber angeln und picknicken gegangen, als einzukaufen oder auszugehen, um schick zu Abend zu essen.

Sie war nur noch die Hülle der Person, die sie einst gewesen war.

Er verlangsamte sein Motorrad vor einer großen Villa. Das Tor war betätigt worden und der elektrische Zaun schloss sich gerade. Er sah ihre kleine Gestalt die Auffahrt hinaufgehen.

Ohne darüber nachzudenken, fuhr er durch das Tor und schaffte es kaum hinein, bevor es sich hinter ihm schloss.

Im Haus brannten keine Lichter. Ungewöhnlich für jemanden, der darauf wartete, dass seine Frau nach einem ganzen Tag der Abwesenheit wieder nach Hause kam.

Das Tor knallte hinter ihm zu.

„Was zum Teufel mache ich hier?", murmelte er vor sich hin. Jetzt war er auf der falschen Seite des Tores gefangen und konnte es nicht öffnen, ohne alle im Haus aufzuwecken.

Aber er hatte diese Reise begonnen und jetzt musste er sie zu Ende bringen.

KAPITEL 9

Kapitel Neun

Ginny hielt den Atem an, als sie die Hintertür zu ihrem Haus öffnete. Das Licht war aus und es war unheimlich still.

Das war merkwürdig.

Obwohl sie noch nie zuvor zu spät nach Hause gekommen war, hatte sie erwartet, dass John an der Tür auf sie warten würde, um sie sofort zu bestrafen.

Sie hasste John mit aller Macht. Das Einzige, was sie an diesem Ort hielt, war das Versprechen, das sie vor so langer Zeit gegeben hatte.

Sie sah auf ihre Kleidung hinunter und zuckte zusammen. Vor John in Jeans und Motorradstiefeln aufzutauchen, würde das Feuer seiner Wut noch mehr schüren.

Sie ging in das kleine Bad, das von der Küche abging, und schloss leise die Tür. Sie zuckte zusammen, als das Scharnier knarrte.

Als sie keine Schritte auf dem Holzfußboden hören konnte, schaltete sie das Licht ein und beeilte sich, sich umzuziehen.

Sie betrachtete ihr Spiegelbild und erstarrte. Anstatt tot auszusehen, lag ein Funkeln in ihren Augen. Ihr normalerweise blasses Gesicht war von der berauschenden Fahrt auf der Harley gerötet und ihre Lippen wurden rosa, wenn sie an Jaxon dachte.

Sie hätte in einer Million Jahre nicht geglaubt, dass sie Jaxon jemals wiedersehen würde.

Sie hatte nie darüber nachgedacht, was sie zu ihm sagen würde, wenn es dazu käme.

Der heutige Tag war ein riesiger Schock für sie gewesen. Genau wie das Haus ihrer Großmutter in Arkansas war auch ihre Beziehung zu Jaxon bereits vor langer Zeit gestorben.

Dafür hatte sie gesorgt.

„Ginny!", schrie John.

Beim Klang seiner Stimme schlug ihr das Herz bis zum Hals.

Sie stopfte die Kleidungsstücke in den Schrank unter dem Waschbecken und versteckte sie hinter einem Stapel Toilettenpapier und bestickten Handtüchern. Sie strich sich mit den Fingern die Haare glatt und betrachtete ihr Spiegelbild. Sie hatte keine Zeit, über eine Lüge nachzudenken, die John glauben würde.

Die Tür flog auf. Dort stand John mit seiner übermächtigen Präsenz mitten im Türrahmen.

Ihr Herz schlug heftig in ihrer Brust und sie riss die Augen auf.

„Wo zum Teufel warst du?" Er kniff seine blauen Augen zusammen und ballte seine perfekt gepflegten Hände zu Fäusten. Er trug noch immer sein Oberhemd und eine hellbraune Hose, beides komplett faltenfrei. John verlangte immer nach Perfektion, angefangen damit wie er selbst aussah, bis hin zu seiner Frau. Äußerlichkeiten waren ihm sehr wichtig.

Mit zornigem Blick musterte er ihr zerzaustes Erscheinungsbild.

„Mein Auto wurde gestohlen." Sie hob ihren Kopf. Zumindest war dieser Teil keine Lüge.

„Ich musste einen Weg nach Hause finden. Ich habe versucht, so schnell wie möglich hierher zurückzukommen." Sie schluckte. „Ich wusste, dass du dir Sorgen machen würdest."

„Warum hast du mich nicht angerufen?"

„Mein Akku war alle. Das Ladegerät war im Auto und ich hatte keine Möglichkeit, mein Handy zu laden." Die Lüge ging ihr leicht genug über die Lippen.

Er neigte den Kopf und musterte sie. Er wollte prüfen, ob sie log oder nicht. Sie hatte gelernt, einzuschätzen, wie heftig er sie schlagen würde, indem sie ihm in die Augen schaute. Sie konnte es in seinem Blick sehen.

Sie bereitete sich auf die nächste Frage vor.

„Also, wie bist du nach Hause gekommen?" Er verschränkte die Arme vor der Brust und wartete.

Für jeden Außenstehenden war John gutaussehend – mehr als gutaussehend. Mit seinen dunklen Haaren, den blauen Augen und seinem muskulösen Körper sah er aus wie ein perfektes männliches Prachtexemplar. Er hätte ein Model werden können und hätte damit sicher viel Erfolg gehabt. Wenn man jedoch hinter Johns Fassade blickte und in seinen bösen Geist und das Herz voller Sünde starren könnte, würde man etwas anderes sehen.

Er war nicht nur ein Werwolf. John war ein Monster, ein blutrünstiges Monster ohne Gewissen.

„Ich bin mit einem Motorradfahrer mitgefahren." Sie holte tief Luft. „Es war die einzige Option, die ich hatte. Es gab niemanden sonst auf der Landstraße."

Sie schluckte. „Ich hatte keine Wahl."

„Wer war dieser Biker?"

Ginny zuckte mit den Schultern. Er benahm sich nicht so, als wüsste er, dass Jaxon sie nach Louisiana gebracht hatte. Aber er war auch gut darin, seine Gedanken wie hinter einer Maske zu verbergen. Er würde zuschlagen, wenn sie es am wenigsten erwartete.

„Nur ein Fremder."

„Hat er dich angefasst? Auf irgendeine Weise?" Er kniff die Augen zusammen.

„Nein. Er war sehr höflich. Er hat nichts probiert."

„Was ist mit dem Umschlag?" Seine Augen weiteten sich leicht. „Hat der Barkeeper ihn erhalten?"

„Ja, ich habe ihn dem Barkeeper gegeben, so wie du es angewiesen hast. Ich war in dieser Bar, als mein Auto gestohlen wurde." Sie wandte den Blick ab.

Scheiße. Sie hatte den Umschlag völlig vergessen, nachdem der Barkeeper getötet worden war.

„Von wem wurde es gestohlen?" Er trat zur Seite, damit sie das Badezimmer verlassen konnte.

Die Spannung löste sich aus ihren Schultern. Wenn er sich so um den Umschlag sorgte, wusste er vielleicht wirklich nichts über Jaxon.

Sie ging in die Küche und nahm ein Glas aus dem Schrank. Sie füllte es mit eiskaltem Wasser und trank einen Schluck, bevor sie sich wieder zu ihm umdrehte.

„Ich weiß es nicht. Jemand sagte, dass sie eine Hexe sei."

Seine Hand schlug quer über ihr Gesicht. Sie ließ das Glas fallen und es zerbrach in tausend kleine Scherben. Schmerz explodierte hinter ihren Augen und sie sah buchstäblich Sterne. Sie hielt ihr Gesicht mit ihren Händen und sank auf die Knie. Sie umschlang ihren Bauch, um das Baby zu schützen.

Er liebte es, sie in den Bauch zu schlagen. Die so verursachten Blutergüsse waren in der Öffentlichkeit nicht sichtbar.

Er schlug sie nur sehr selten ins Gesicht. Er wollte keine blauen Flecken auf ihrem Gesicht zurücklassen.

Wenn er herausfand, dass sie schwanger war, würde er das Baby töten. Er würde sicherstellen, dass er keinen Erben hatte, der ihm die Zukunft als Rudelführer nehmen konnte.

„Du verlogene Schlampe." Er packte sie an den Haaren und riss ihren Kopf nach oben. Er schlug mit der Faust in ihren Bauch. Die Luft verließ mit einem Schlag ihre Lunge und sie ging zu Boden. Ihre Arme umschlangen ihren Bauch, als sie versuchte zu atmen.

„John, bitte." Sie keuchte. *Was hatte sie gesagt? Was hatte sie falsch gemacht?*

„Es ist nicht irgendeine Hexe. Es ist die Hexe von Yazoo City. Dieselbe Schlampe, die Barrett Middleton versucht zu fangen, seit einer seiner Wächter sie von diesem Friedhof hat entkommen lassen."

„Das wusste ich nicht", heulte sie. Der Schmerz in ihrem Bauch breitete sich wie ein weißglühendes Feuer aus.

„Und meinen Quellen zufolge hat sie nicht nur dein Auto gestohlen. Sie hat außerdem den Barkeeper getötet und meinen Umschlag mitgenommen." Er biss die Zähne zusammen und ballte die Hände zu Fäusten.

Sie rollte sich in die Embryonalstellung zusammen und machte sich gedanklich auf den nächsten Schlag gefasst. Sie konnte bei ihm niemals sagen, wie heftig er sein würde.

„Es tut mir leid. Es tut mir leid", flüsterte sie, unsicher, ob er sie überhaupt hören konnte. Bilder von Jaxon schossen ihr durch den Kopf. „Ich habe alles genauso gemacht, wie du es von mir verlangt hast. Es ist nicht meine Schuld, dass sie ihn gestohlen hat."

„Es ist deine Schuld, Ginny. Du hättest mich anrufen sollen, nachdem dir aufgefallen ist, dass das Auto weg war." Er trat sie erneut in den Bauch. Sie schrie.

„Du hättest mir sagen sollen, dass es die Hexe war, die es

gestohlen hat." Er ging um ihren Körper herum und trat sie in den Nierenbereich am unteren Rücken. Sie schrie erneut vor Schmerzen auf.

„Und was am wichtigsten ist, du verfluchte Schlampe, dass du mir hättest sagen sollen, dass Jaxon Taylor dich nach Hause gefahren hat."

Fast vergaß sie die ungeheuren Schmerzen, die ihren Körper plagten.

Er weiß es. Er weiß es. Er weiß es.

Diese Worte tanzten wie lodernde Flammen in ihrem Kopf herum, die nicht aufgehalten oder kontrolliert werden konnten.

Sie kniff die Augen zu.

Seit sie Johns Frau geworden war, kannte sie Angst. Seit sie in seinem Haus lebte, kannte sie Horror. Aber jetzt, genau jetzt in diesem Moment, konnte sie nur noch Tod sehen.

Ihren und Jaxons.

*K*apitel Zehn

Jaxon näherte sich der Villa und achtete darauf, sich im Schatten der Bäume versteckt zu halten. Seine scharfe Sehkraft hatte ihn auf jede einzelne Kamera rund um das Haus aufmerksam gemacht und er wusste, wie er vermeiden konnte, auf Video aufgezeichnet zu werden.

Wer auch immer dieses Arschloch war, er hatte haufenweise Geld.

Trotz all der Kameras und des elektrischen Tores vor dem Haus sah er keine Wachen. Das kam ihm seltsam vor.

Drinnen, in dem abgedunkelten Haus, hörte er Glas zersplittern und er lief schnelleren Schrittes, um näherzukommen.

Vielleicht hatte Ginny etwas umgeworfen, als sie im Dunkeln herumgestolpert war. Er hatte ungefähr zehn Minuten gewartet, nachdem sie hineingegangen war, um zu sehen, ob sie ein Licht einschalten würde. Sie tat es nicht. Während er wartete, stellte er sicher, dass ihn niemand beobachtete.

Ein Schrei zerriss die Stille im Haus. Jeder Muskel in seinem Körper spannte sich an. Seine Herzfrequenz stieg und seine Atmung wurde schneller. Er eilte zur Hinterseite des Hauses, wo er sie hatte hineingehen sehen. Hinter sich hörte er etwas in den Bäumen rascheln. Er hielt inne und drehte sich um.

Etwas Schwarzes sprang ihm ins Gesicht und kratzte ihn mit Krallen.

„Was zum Teufel!" Er griff nach dem schwarzen Fellknäuel und riss es von sich ab. Er warf es zu Boden und starrte es an. „Eine verfluchte Katze."

„Ich bin nicht nur irgendeine Katze, du Arschloch." Die schwarze Katze fauchte und versuchte ihn zu kratzen.

„Eine sprechende Katze, perfekt", sagte er.

„Und das kommt von einem sprechenden Wolf." Die schwarze Katze drehte sich um und spazierte in Richtung Bäume davon.

Er machte sich gerade daran, der Katze zu folgen, um herauszufinden, ob sie ein Spion sei, als er einen weiteren Schrei hörte.

Ginny.

Er rannte nach hinten und blieb stehen, als sich die Tür öffnete. Er versteckte sich hinter einem großen Baum im Hinterhof und wartete.

Ein großgewachsener Mann eilte die Stufen zum Auto hinunter, das hinter dem Haus geparkt war. Er blickte über seine Schulter zurück. „Solltest du dieses verdammte Haus noch einmal verlassen, bevor ich zurückkomme, werde ich sicherstellen, dass du dir wünschst, du wärst tot, Ginny."

Eine unkontrollierbare Wut stieg in Jaxons Brust auf und nahm sein Herz in ihren Besitz. Er würde diesen Scheißkerl umbringen.

Der Mann sprang ins Auto und raste die Einfahrt hinunter.

Jaxon rannte ins Haus und erstarrte. Eine kleine Gestalt lag zusammengekauert auf dem Fußboden.

„Ginny?" Seine Stimme zitterte.

„Oh Gott, Jaxon, du musst gehen." Sie versuchte, sich auf ihre Ellbogen zu stützen, rutschte aber wieder zu Boden.

Er griff nach dem Lichtschalter.

„Nein. Schalte das Licht nicht an."

Er kniete sich neben sie. Sanft half er ihr in eine sitzende Position. Sie keuchte und umklammerte ihren Bauch.

„Ich werde dir aufhelfen."

„Nein, warte. Gib mir einfach noch eine Minute." Sie schüttelte ihren Kopf und atmete schmerzverzerrt durch.

„Großer Gott, Ginny. Ich gehe davon aus, dass ich dich nicht fragen muss, ob es dein Ehemann war, der dir das angetan hat. Du wirst verdammt noch mal nicht länger hierbleiben." Seine Stimme schwankte. Sein Magen drehte sich förmlich um, wenn er sie so zusammengeschlagen und verletzt am Boden sah.

„Du verstehst es nicht, Jaxon."

„Dass du bei einem Mann bleibst, der dich schlägt? Nein, das verstehe ich verdammt noch mal nicht. Schau, es ist mir egal, ob du mich nie wiedersehen willst. Ich bitte dich nicht, mit mir zu leben. Ich bitte dich lediglich darum, diesen Ort zu verlassen. Ginny, ich kann dich mitnehmen und du wirst diesen Kerl nie wiedersehen müssen." Jaxon wischte die Tränen weg, die ihre Wangen hinunterrollten.

„Du verstehst es nicht, Jaxon." Sie schniefte.

„Dann erzähl es mir, Ginny. Sag mir etwas, das mir hilft, es zu verstehen. Erklär es mir. Liebst du ihn wirklich so sehr? Dass du ihm erlauben würdest, dich zusammenzu-schlagen? Du weißt, dass das keine Liebe ist, oder nicht?"

„Ich liebe ihn nicht, Jaxon. Ich hasse ihn mehr als alles andere auf der Welt." Sie sah zu ihm auf. „Hilf mir aufzustehen."

Er half ihr auf die Beine, behielt aber seine Hand um ihre Taille, um sie abzustützen. Sie fühlte sich gebrechlich und dünn an, viel zu dünn. Dies war nicht seine Ginny.

Aber er wollte ihr helfen, einen Ausweg zu finden.

„Du hasst ihn also?", sagte er.

„Mehr als du es dir vorstellen kannst."

„Und du bleibst trotzdem bei ihm." Er schüttelte seinen Kopf. „Das ergibt keinen Sinn, Ginny. Du ergibst keinen Sinn." Er kniff die Augen zusammen. „Nimmst du Drogen? Hat er dich unter Drogen gesetzt?"

„Ich nehme keine Drogen, Jaxon. Ich trinke sogar nur selten." Sie lächelte ein wenig. Er strich mit seinem Daumen über einen Schnitt an ihrer Lippe.

„Dann erzähl es mir. Erklär es mir."

„Ich habe keine andere Wahl. Wenn ich ihn verlasse, wird er meine Mutter töten." Sie sah ihm in die Augen.

Er schüttelte den Kopf. „Aber deine Mutter ist gestorben, als du ein Baby warst. Und dein Vater auch. Deshalb hast du doch bei deiner Großmutter gewohnt."

„Das habe ich auch gedacht. Ich dachte, ich hätte keine Eltern." Sie wandte den Kopf von ihm ab.

„Willst du damit sagen, dass sie beide am Leben sind?" Ihre Worte ergaben überhaupt keinen Sinn.

„Ja", sagte sie leise.

„Also warum bist du dann bei deiner Großmutter aufgewachsen?" Er schüttelte den Kopf.

„Meine Mutter lief kurz vor meiner Geburt von meinem Vater davon. Kurz nachdem sie bei meiner Großmutter angekommen war, setzten die Wehen ein." Sie schüttelte ihren Kopf. „Es blieb keine Zeit für einen Arzt, also hat meine Großmutter mich zur Welt gebracht. Meine Mutter hatte geplant, am nächsten Tag zu fliehen und so weit wie möglich wegzurennen. Sie wollte es nach Alaska schaffen und mich dort großziehen, ohne Angst haben zu müssen, dass mein Vater uns jemals findet."

„Was ist passiert?"

„Am nächsten Tag sah meine Mutter, wie mein Vater die Auffahrt hinaufgefahren kam. Sie übergab mich meiner Großmutter und zwang sie dazu, ihr zu schwören, dass sie mit mir in den Wald rennen würde, um mich zu verstecken. Sie zwang meine Großmutter zu versprechen, dass sie mich mit ihrem Leben beschützen würde." Sie sah ihm in die Augen. „Also hat sie das getan."

„Mein Vater kam ins Haus und war wütend darüber, dass meine Mutter geflohen war und versucht hatte ihn zu verlassen. Als sie herausgefunden hatte, dass sie mit mir schwanger war, hatte sie Angst gehabt, mich mit ihm als Vater im Haus großzuziehen. Deshalb ist sie weggelaufen." Sie zuckte zusammen, als er ihr geschwollenes Gesicht berührte.

„Er hat deine Mutter gefunden." Er schüttelte den Kopf. „Aber warum hat er nicht versucht, auch dich zu finden?"

Sie lächelte ein wenig. „Meine Großmutter ist eine sehr kluge Frau. Als meine Mutter auftauchte und mich zur Welt brachte, wusste sie, dass mein Vater nach mir suchen würde. Sie wusste, dass er meine Mutter einholen würde. Nach meiner Geburt ging sie in den hinteren Garten und begann, ein Loch zu graben. Sie grub die ganze Nacht, bis das Loch tief genug für ein Grab war." Sie sah ihn an. „Sie hatte eine Holzkiste in der Scheune. Es gab ein Kalb, das einen Tag vor der Ankunft meiner Mutter gestorben war, also wickelte sie dessen Körper in Laken und legte ihn in die Kiste. Sie vergrub es in zwei Metern Tiefe und markierte das Grab mit einem Holzkreuz."

„Also wollte deine Großmutter deinem Vater erzählen, dass deine Mutter bei der Geburt gestorben war und du auch nicht überlebt hast." Er hatte ihre Großmutter immer gemocht. Die Frau war weise und liebevoll.

„Ja. Als mein Vater ankam, log meine Mutter ihn an und sagte, ich wäre tot geboren worden." Sie schüttelte ihren Kopf. „Er glaubte ihr nicht, bis sie ihm das Grab zeigte. Wäre das schnelle Denken und Planen meiner Großmutter nicht gewesen, hätte er sie gejagt, bis er mich gefunden hätte."

„Also hat dein Vater deine Mutter mitgenommen und du wurdest achtzehn Jahre lang vor ihm versteckt." Er trat einen Schritt zurück, schockiert über die Geschichte, die sie ihm gerade erzählt hatte.

„Ja."

„Als dein Vater dich gefunden und zurückgebracht hat, warum hat deine Mutter dich dann nicht genommen und ist mit dir abgehauen? Ihr hättet beide gemeinsam verschwinden können."

„Meine Mutter war zu diesem Zeitpunkt schon zu konditioniert. Achtzehn Jahre mit ihm zusammenzuleben hatte sie verändert und fast verrückt gemacht. Sie war ihm hörig geworden. Als er mich gefunden und hierher zurückgebracht hat, hat sie mich angebettelt, ihr zu versprechen, niemals zu versuchen, von hier wegzugehen."

„Das verstehe ich nicht." Er fuhr sich mit den Fingern durch die Haare.

„Du musst es auch nicht verstehen, Jaxon." Ihre Stimme war leise und traurig. „So ist das Leben eben manchmal."

„Du hast also vor, einfach hierzubleiben und weiter mit deinem gewalttätigen Gefährten zu leben?" Zorn erwachte in seinem Bauch und durchflutete schon bald jede Zelle seines Körpers. Ginny sollte Seine sein. Er hätte Ginnys Gefährte sein sollen.

„Er ist nicht mein Gefährte. Nicht auf eine Weise, die zählt", sagte sie.

Er sagte nichts. Er nickte nur.

„Also, wie hat dein Vater herausgefunden, dass du noch

lebst?" Er musste den Rest der Geschichte hören. Er musste es einfach wissen.

„Als ich unsere Hochzeit geplant habe, wurde ich eines Abends bei meiner Großmutter wirklich emotional. Ich erzählte ihr, dass das Einzige, was meinen Hochzeitstag perfekt machen würde, wäre, wenn ich meine Mutter dabeihaben könnte. Ich war doch nur ein Mädchen, das seine tote Mutter an ihrem besonderen Tag bei sich haben wollte. Ich hatte keine Ahnung, dass ich es bereuen würde, dies laut gesagt zu haben. Meine Großmutter dachte, sie könnte einen Brief an meine Mutter schicken, ohne dass mein Vater davon erfahren würde. Sie hatte noch immer ein paar Leute in Louisiana, denen sie vertraute. Sie wollte ihr von der Hochzeit erzählen. Es sollte eine Überraschung für mich werden. Ich war Zuhause, oben in meinem Zimmer. Ich hörte, wie ein Auto die Einfahrt hinaufgefahren kam. Ich habe ihm nicht wirklich viel Aufmerksamkeit geschenkt. Ich probierte gerade mein ..." Ihre Worte verstummten.

Er wusste genau, was sie sagen würde, bevor sie die Worte leise murmelte.

„... dein Hochzeitskleid an", sagte er. Er fühlte ein schweres Gewicht auf der Brust, etwas, das sich wie eine riesige Menge Trauer anfühlte.

Sie nickte und musterte den Boden. Sie schlang ihre Arme um ihre Taille.

„Ich habe gehört, wie meine Großmutter mit jemandem sprach und als sie zu schreien begann, bin ich hinuntergerannt, um zu sehen, was los war."

„In dem Moment als er mich sah, packte er meine Großmutter, schlang seinen Arm um ihren Hals und brach ihr das Genick." Ein Schluchzen entwich ihrer Kehle, aber sie behielt ihre Fassung und winkte nur ab, als er auf sie zukam. „Als meine Großmutter zu Boden sackte, sagte er mir, dass er die

Schlampe schon immer gehasst hatte. Dann schoss er ihr mit einer Silberkugel in den Kopf."

Das Verlangen nach Rache durchströmte ihn und alles, was er sehen konnte, war rot. Eine Frau zu töten war unerhört. Aber eine ältere Frau zu töten war noch viel schlimmer.

„Wo wohnt dein Vater, Ginny? Ich will seinen Namen", forderte er.

Sie schüttelte den Kopf. „Nein, Jaxon. Er wird dich töten."

„Das kann er versuchen. Und vielleicht hat er damit Erfolg. Aber dieser Dreckskerl wird mit mir zu Boden gehen." Es war ihm egal, ob er starb. Alles, was er wollte, war eine Chance, ihm die Kehle herauszureißen und ihn zu enthaupten.

Aber zuerst würde er ihren Ehemann auf die schmerzlichste Weise töten.

„Jaxon." Sie legte ihre Hände auf seine Brust. Der Himmel draußen begann sich grau-lila zu färben, was die bevorstehende Dämmerung ankündigte. Sie drehte sich um und schaute aus dem Küchenfenster. Er konnte die Schwellung ihrer Wange sehen.

Es schürte seine Wut und Entschlossenheit.

„Ich werde deinen Vater töten, Ginny."

„Das kannst du nicht. Er ist sehr mächtig. Alle haben Angst, sich ihm entgegenzustellen. So hat er über all die Jahre seine Macht bewahrt."

„Es ist ihm also egal, dass dein Mann dich schlägt?" Der Gedanke machte ihn krank.

Sie sah ihn mit weit aufgerissenen Augen an. „Sie sind aus demselben Holz geschnitzt. Mein Vater wusste, dass John ein gewalttätiger Mann war, aber es war ihm egal. John ist reich, wie du sehen kannst. John hat all sein Geld geerbt. Er hat nichts davon selbst verdient. Und mein Vater kümmert sich nur darum, wie viel mehr Macht er bekommen kann. Er wusste, dass er durch meine Heirat mit John Zugriff auf unbegrenzten Reichtum haben würde."

„Ich werde zuerst deinen Mann erledigen und dann töte ich deinen Vater."

„Er ist nicht irgendein Kleinkrimineller. Er ist sehr mächtig." Sie schüttelte ihren Kopf und erstarrte dann. „Wie bist du überhaupt hier reingekommen?"

„Ich bin reingefallen, bevor sich das Tor geschlossen hat. Ich habe dich ins Haus gehen sehen und wollte sicherstellen, dass es dir gut geht." Sein Blick fiel auf ihre Wange. „Und dem Aussehen der Dinge nach zu urteilen, hatte ich recht. Nichts ist hier in Ordnung."

„Oh Gott, Jaxon." Sie wurde blass. „Wenn du hier hereingekommen wärst, während er noch hier drin war, hätte er dich getötet."

„Ich war bereits auf meinem Weg, als ich dich habe schreien hören. Aber eine Katze ist aus den Bäumen auf mich gesprungen." Sein Magen rutschte in seine Kniekehlen. „Ich hätte für dich da sein sollen, Ginny."

„Ich bin froh, dass du es nicht warst." Sie kniff die Augen zu. „John hätte dich getötet und mich gezwungen, dabei zuzuschauen."

„Du traust mir nicht gerade viel zu, stimmt's?" Ihr mangelndes Vertrauen begann ihn zu irritieren.

Sie löste sich von ihm und zuckte. Sie umklammerte ihren Bauch und trat ein paar weitere Schritte zurück. „Warum glaubst du, hat er Tore dort draußen?"

„Um Leute davon abzuhalten, hier hereinzumarschieren und ihm den Arsch wegzublasen."

„Damit liegst du falsch." Sie schüttelte den Kopf, als Tränen ihr Gesicht hinunterliefen. „Es gibt diese Tore, damit hier niemand rauskommt." Sie sah zu ihm auf. „Ich weiß nicht, wie du hier wieder rauskommen wirst. Jaxon, du bist gefangen."

*K*apitel Elf
Barrett zog sein klingelndes Handy aus der Tasche seiner braunen Lederjacke und nahm den Anruf entgegen, bevor er in seinen roten Mustang stieg.

Normalerweise bevorzugte er es, seine Harley zu fahren, hatte sich aber heute dazu entschieden, das Auto zu nehmen. Heute Abend brauchte er Musik und ein schnelles Auto.

„Hallo?" Er drehte den Zündschlüssel um und der Motor heulte auf. Das Geräusch schien seine Seele zu beruhigen.

„Barrett …"

Er erstarrte, als er die weibliche Stimme am anderen Ende der Leitung hörte. Es war eine Stimme, die er in seinem Leben nur ein paar Male gehört hatte.

„Barrett, wir brauchen deine Hilfe in Vermont", sagte sie leise.

Er runzelte die Stirn. „Vermont oder irgendein Staat in Neuengland ist nicht mein Territorium. Das war es niemals und wird es niemals sein." Er hatte bereits genug eigene Probleme, ohne noch die anderer hinzuzufügen. Er brauchte

Urlaub. Einen langen Urlaub an einem Strand mit ein paar nackten Frauen, die er um den Verstand vögeln konnte.

Das war es, was er brauchte.

„Ich verstehe. Und du hast recht", sagte sie leise.

Er knurrte. „Du weißt, dass es mir nicht erlaubt ist, mich in die Angelegenheiten anderer Spezies einzumischen. Ich bin der Rudelführer von Arkansas. Werwölfe sind die einzigen Kreaturen, die mir in meinem Staat unterstellt sind. Keine …"

„Keine Feen?" Sie lachte. „Wir wollen auch nicht, dass du die Fabelwelt von Neuengland regierst. Deshalb rufe ich dich nicht an."

„Was ist es dann? Ich versuche, hier den Frieden zu wahren und zu verhindern, dass ein Bürgerkrieg ausbricht. So wie es ist, habe ich bereits alle Hände voll zu tun." Er hatte das Gefühl, dass mit jedem Tag mehr Scheiße passierte, die Louisiana und Arkansas in einen Krieg der Rudel trieb. Arkansas mochte die Stärke und Entschlossenheit haben, aber Louisiana hatte die Feuerkraft.

„Nun, ich weiß, dass du uns keine Armee schicken kannst. Aber ich habe mich gefragt, ob du ein paar deiner Wächter entbehren könntest", sagte sie.

Er zerbrach sich den Kopf, um eine Ausrede zu finden. Werwölfe und Feen verstanden sich nicht. Sie hatten nichts gemeinsam außer ihrer Abneigung gegen Metall. Während Eisen für Feen giftig war, war Silber für Werwölfe tödlich.

„Ryker. Ich werde Ryker schicken." Er beschleunigte und schaltete den Gang hoch, als er seine Geschwindigkeit erhöhte. Er musste Ryker sowieso aus dem südlichen Teil des Staates abziehen. Ryker tat sich mit Anweisungen ohnehin schwer und wenn er wüsste, in welcher Gefahr Jaxon schwebte und mit wem er zusammen war, würde Ryker nicht zögern, die Staatsgrenze nach Louisiana zu überqueren, um seinen Wächterkollegen zu retten.

Das konnte Barrett nicht riskieren.

„Ich weiß es zu schätzen, Barrett. Das tue ich wirklich."

„Sarah, du schuldest mir etwas. Wirklich." Er beendete das Gespräch und warf sein Handy auf den Beifahrersitz.

* * *

„Du wirst also das Sagen haben? Und den Rudelführer vertreten?" Ava strich mit ihrer Hand über Damons Brust und spürte jeden Muskel unter ihren Fingerspitzen.

„Nur während Barrett weg ist." Er schlang seine Arme um ihre Taille und zog sie nah an sich heran.

„Ich habe noch nie mit dem Boss geschlafen." Sie öffnete seinen Gürtel und schob ihre Hand in seine Hose. Selbst ohne Erektion war Damon groß.

„Ava", warnte er sie in einem Ton, den er benutzte, wenn er versuchte, die Kontrolle zu behalten. Aber sie kannte ihn besser. Sie würde nur ein bisschen fester zudrücken und er würde all seine Zurückhaltung verlieren. Sie würde ihn wildmachen, bis er außer Kontrolle geriet. Genau wie sie ihn mochte.

„Zieh dich aus, sofort", knurrte er.

„Huch?" Sie schenkte ihm ein unschuldiges Lächeln, als ihr Körper von seinem Befehl zu kribbeln begann.

„Zieh deine verdammten Klamotten aus, bevor ich sie dir herunterreiße." Sein Blick wanderte über ihren Körper. „Ich weiß, wie sehr du dieses Oberteil liebst. Aber glaube ja nicht, dass ich es nicht runterreißen würde, und dir ein Neues besorge."

Sie trat einen Schritt zurück und quietschte. „Warte! Ich habe dieses Oberteil gerade erst gekauft." Sie funkelte ihn an, entledigte sich jedoch schnell des Shirts.

Sie schob ihre Hände in ihre Jeanstaschen und streckte die Brüste heraus.

„Und die Jeans. Zieh die Jeans auch aus."

Er kniff seine lustvollen Augen zusammen.

„Was auch immer du sagst, Boss." Sie grinste und ließ sich Zeit damit, ihre Jeans über ihre Hüfte zu schieben. Sie musste ihn nicht ansehen, um zu wissen, dass er sie beobachtete. Sie konnte seine heißen Augen wie Feuer auf ihrem Körper spüren.

In dem Moment, als sie aus ihrer Jeans stieg, packte Damon sie und warf sie über seine Schulter.

„Ich habe lange genug gewartet." Er schlug ihr mit der Hand auf ihren Arsch.

„Damon." Sie zischte bei der Empfindung des scharfen beißenden Schmerzes.

„Nicht reden." Er ging zu ihrem Bett hinüber und legte sie in die Mitte. „Das einzige Geräusch, das ich aus deinem Mund hören möchte, ist Stöhnen."

Sie sah ihm in die Augen und fühlte, wie sie nass wurde.

Er kroch zu ihr aufs Bett und schob seine Daumen unter ihr Höschen. Er zog es über ihre Hüften hinunter und warf es über seine Schulter.

Er vergrub sein Gesicht zwischen ihren Beinen und genoss ihr zartes Fleisch.

Sie spitzte die Lippen und stöhnte, als seine Zunge über ihre Perle glitt. Sie fuhr mit den Fingern durch sein dunkles Haar und zog sein Gesicht näher an sich heran. Er sah zu ihr auf und in ihre Augen, während er sie mit dem Mund verwöhnte.

„Das fühlt sich so gut an." Sie stöhnte, als ihr Herz begann zu rasen.

Er knurrte zwischen ihren Beinen und saugte dann ihre Klitoris in seinen Mund.

Lust durchströmte ihren Körper und sie stieß einen Schrei aus, als sie sich ihrem Orgasmus hingab. Er sah von seinem Platz zwischen ihren Beinen auf, sein Mund glänzte von ihrer Süße und grinste.

Er kroch an ihrem Körper hinauf und hielt sie unter sich gefangen. Mit einer schnellen Bewegung stieß er in sie hinein.

Er dehnte sie und füllte sie mit seiner Größe. Sie krallte ihre Fingernägel in seinen Rücken, wollte ihn näher spüren, brauchte ihn bei sich.

Als er sie ansah, waren seine Augen mit so viel Liebe gefüllt, dass sie am liebsten weinen wollte. Sie hatte so großes Glück, Damon zu haben. Sie war wahrlich gesegnet.

Er verschränkte seine Finger in ihren und hob ihre Hände über ihren Kopf, wobei er sich mit rhythmischer Verführung an ihrem Körper rieb.

Sein Körper bewegte sich und sie spürte, wie sich die Muskeln über ihrem Bauch anspannten. Sie wollte ihn berühren, mit ihren Händen über seinen Rücken streichen, seinen Hintern packen, aber er hielt sie gefangen.

„Damon", wimmerte sie und schlang ihre Beine um seine Taille. Sie schnappt nach Luft, als sie spürte, wie ihr zweiter Orgasmus in ihr aufstieg.

„Komm für mich", forderte er mit kratziger, rauer Stimme.

Das war alles, was es brauchte.

Ihr Orgasmus war so intensiv wie eine Explosion weißen Lichts vor einem dunklen Nachthimmel. Sie zitterte unter seinem Körper, während die Wellen der Lust durch sie strömten. Er beschleunigte seine Stöße und vergrub sein Gesicht in ihrer Nackenbeuge. Er biss in ihren Hals, als er seinen heißen Samen in ihren Körper spritzte.

Heiß und verschwitzt löste er sich von ihr, um ihr Gesicht zu mustern.

„Es wird nie langweilig", flüsterte er und drückte seine Lippen auf ihre.

„Das wird es niemals." Sie lächelte frech, ließ ihre Hände hinuntergleiten und kniff ihn in den Hintern.

* * *

„Was meinst du damit, dass wir gefangen sind?" Jaxon sah sich im Raum um, konnte aber nichts erkennen.

„Ich meine, findest du es nicht merkwürdig, dass dich niemand daran gehindert hat, hereinzukommen?" Ihre Augen waren mit Traurigkeit gefüllt.

„Ich fand es seltsam, dass du freiwillig nach Hause gegangen bist, Ginny. Außerhalb dieser Tore und Mauern hattest du Freiheit. Du hättest einfach weitergehen können. Stattdessen bist du hierher zurückgekommen."

„Du verstehst es nicht. So einfach ist das alles nicht." Sie wandte sich ab.

„Dann erklär es mir." Er legte seine Fingerspitze sanft unter ihr Kinn. „Wenn ich dich heute Nacht hier rausholen würde, würdest du mit mir kommen?"

„Er würde mich nur verfolgen, würde ich gehen. Außerdem wären andere Menschen in Gefahr, wenn ich gehe."

Er neigte den Kopf. „So wie deine Mutter."

„Sie ist eine von ihnen." Sie schüttelte den Kopf.

„Dann überrede deine Mutter dazu, mit uns mitzukommen. Sie muss wirklich nicht so leben. Ihr beide könntet sicher sein."

„Ich habe bereits versucht, ihr das zu sagen. Aber er hat sie so manipuliert und sie hat Angst vor ihm."

Das war beschissener als alles, was er je gehört hatte. Eine Mutter sollte ihr Kind immer beschützen, sogar mit ihrem eigenen Leben. Ginnys Mutter hatte sie definitiv im Stich gelassen.

„Dann steht es ihr frei hierzubleiben. Sie kann dir keine

Schuldgefühle dafür einreden, dass du gehen willst. Das ist so was von egoistisch", stieß er hervor. Es war ihm egal, ob es sie sauer machte oder nicht. „Wem sonst wird er wehtun, wenn du gehst?"

Sie sah ihn an, die Augen mit unvergossenen Tränen gefüllt. Wahrscheinlich hatte sie schon vor sehr langer Zeit gelernt, wie man den Schmerz erträgt, die Schläge hinnimmt und nicht zuließ, dass ihr Mann sie je weinen sieht. Sie wusste, dass es Schwäche zeigen würde.

Männer wie John würden von Schwäche nur noch mehr angestachelt werden.

„Sag es mir, Ginny." Er beugte sich zu ihr vor. „Sag mir, mit wem er dich so bei der Stange hält."

„Mit dir, Jaxon. Er hat mir gesagt, dass er dich töten wird, würde ich jemals gehen."

Kälte traf ihn mitten ins Herz und breitete sich in seiner Brust aus, bis er keuchte. Er ließ seine Arme fallen und ballte seine Hände zu Fäusten, als er sie ansah.

„Mich?" Er schüttelte seinen Kopf. „Aber ich dachte …"

„Du dachtest, ich hätte wegen unserer Hochzeit oder unserer Verpaarung kalte Füße bekommen." Sie schüttelte den Kopf. „Nein, als mein Vater auftauchte und meine Groß-mutter tötete, sagte er mir, wenn ich nicht mit ihm käme, würde er dich töten. Er sagte, er sei mächtig genug, um dich überall zu finden."

Sie schluckte und schlang ihre Arme um ihren zarten Bauch. „Ich war jung und habe ihm geglaubt. Also bin ich mitgegangen. Und sobald ich bei ihm zu Hause ankam, zwang er mich, John zu heiraten. Er sagte, er brauche diese Verbindung, weil John reich war. Ich wusste es damals noch nicht, aber John hofft, dass er der nächste Rudelführer wird."

Seine Nackenhaare stellten sich auf. „Ginny, wer ist dein Vater?"

Sie streckte ihre rechte Hand aus und sah ihm in die

Augen. Seine Brust zog sich zusammen, als er sah, dass sie einen Insignienring des Staates von Louisiana trug. Nur Rudelführer erhielten einen Insignienring. Er hatte Barretts Ring in einer Schüssel auf seinem Schreibtisch liegen sehen. Er trug seinen nie.

„Mein Vater ist Edward Boudier." Sie schluckte und wandte sich ab.

„Scheiße." Er starrte sie lange an. „Edward Boudier ist dein Vater." Das war ernster, als er gedacht hatte. Barrett würde verdammt noch mal ausflippen.

„Ich bin deine schlimmste Feindin, Jaxon. Ich bin mir sicher, dass du dein Hilfeangebot zurückziehen möchtest. Ich werfe es dir nicht vor. Ich schäme mich so, dass sein Blut in meinen Adern fließt." Stille Tränen liefen ihre Wangen hinunter.

„Jaxon, bitte geh, bevor John zurückkommt. Wenn er dich hier findet, wird er dich töten."

Er schüttelte den Kopf. „Ich kann dich nicht hier zurücklassen. Das weißt du." Er strich sich mit den Fingern durchs Haar. „Dein Mann denkt also, dass er der nächste Rudelführer wird?"

„Ja. Mein Vater hat ihm die Position versprochen, wenn er mich heiratet."

„Ich kann mir nicht vorstellen, dass Edward Boudier die Führung demnächst abgibt." Jaxon schnaubte. Er kannte Boudier. Er wusste, wie weit der Scheißkerl gehen würde, um zu verhindern, dass irgendjemand etwas nahm, was er für seinen rechtmäßigen Besitz hielt.

„Das wird er nicht. Im Moment genießt John die Ehre, der Schwiegersohn und nächstfolgende Rudelführer zu sein. Das gibt ihm Macht, die ihm sein Reichtum nicht geben konnte. Und mein Vater hat durch ihn den Reichtum, den er braucht, um die Leute zu bezahlen, die sicherstellen, dass er seine Position halten kann." Sie wischte sich über die Lippen und blickte auf das Blut an ihrer Hand.

„Ich habe keine Wahl." Sie sah ihn an. Eine Träne lief ihr Gesicht hinunter und fiel zu Boden.

„Du hast immer eine Wahl." Er zog sie in seine Arme. Sie sank bereitwillig, ohne einen Kampf, in seine Umarmung.

„John weiß, dass du mich nach Hause gebracht hast, Jaxon. Er weiß alles." Sie schlang ihre Arme um seine Taille und schluchzte leise. „Wir können jetzt nicht entkommen. Er wird dich töten und mich dazu zwingen, dabei zuzuschauen."

„Jemand wird sterben, aber das werde verdammt noch mal nicht ich sein, Baby."

Sie versteifte sich in seinen Armen und er spürte sofort den Geruch ihrer Angst in der Luft.

„Er wird schon bald zurückkommen. Du musst jetzt gehen." Sie löste sich aus seinen Armen und trat einen Schritt zurück. Ihr wildgewordener Blick huschte durch den Raum.

„Dann werde ich mich um ihn kümmern."

„Nein!" Sie stieß gegen seine Brust und er wurde von ihrer starken Reaktion überrascht.

Sie griff nach seiner Hand und flehte. „Hör zu, wenn er dich hier in seinem Haus erwischt, wird er dich töten. Bitte zwing mich nicht, dabei zusehen zu müssen."

„Ich kann dich aber nicht hier bei ihm lassen."

„Er wird mir nicht wehtun, heute nicht noch einmal. Wenn er zurückkommt und den Zustand meines Gesichtes sieht, wird er mich nicht noch einmal schlagen. Er weiß, dass er mich so nicht mit in die Öffentlichkeit nehmen kann." Sie breitete ihre Arme aus.

„Aber …"

„Verlasse zumindest das Haus. Versteck dich irgendwo draußen oder wenn du kannst, klettere über die Mauern", sagte sie. „Wenn du es ernst meinst, mich hier rausholen zu wollen, muss ich mich um ein paar Sachen kümmern. Ich muss es meiner Mutter sagen. Du wirst mich doch zumindest zuerst mit meiner Mutter sprechen lassen."

„Dafür haben wir keine Zeit." Sie mussten jetzt gehen.

„Jaxon, vertraust du mir?" Sie griff nach seiner Hand und zog sie an ihre Brust.

„Ginny." Sein Herz taumelte und er wusste, dass er nie aufgehört hatte, die Frau, die vor ihm stand, zu lieben. Die Zeit war vergangen, aber das hatte seine Liebe zu ihr nie geschwächt. Ihm wurde klar, dass er sie jetzt noch mehr liebte, als vor all den Jahren.

„Jaxon, bitte. Ich kann dich kein zweites Mal verlieren." Tränen liefen ihr über das Gesicht. Er konnte es keine Sekunde länger aushalten. Er schloss sie in seine Arme und zog sie an seine Brust. Er drückte seine Lippen auf ihre.

Sie küsste ihn sanft und vorsichtig zurück. Sie öffnete ihren Mund unter seinen Lippen und ließ ihn die Süße schmecken, die er all die Jahre vermisst hatte.

Er stöhnte und fühlte, wie sein Körper vor Lust hart wurde.

Sie schlang ihre Arme um seine Taille und hielt ihn fest, als wäre er ihre Erlösung.

Er hielt sie in seinem Arm und achtete darauf, nicht zu fest gegen ihre Verletzungen zu drücken. Gott, er hatte so lange darauf gewartet, zu erfahren, warum sie ihn verlassen hatte.

Jetzt, da sie in seinen Armen lag, wurde ihm klar, dass sie ihn überhaupt nicht verlassen hatte. Sie hatte versucht ihn zu beschützen, indem sie ihren eigenen Körper missbrauchen ließ. Er würde sie niemals wieder gehenlassen. Er schwor sich in seinem Herzen, er würde sie immer beschützen … sie mit seinem Herzen, seinem Körper und seinem Leben schützen.

Hoffnung stieg in seiner Brust auf und quoll in seinem

Herzen über. Es füllte ihn mit unglaublicher Entschlossenheit, die Dinge mit ihr in Ordnung zu bringen.

Er küsste sich seinen Weg von ihrem Mund über ihre
Wange. Er schloss die Augen und flüsterte ihr ins Ohr: „Ich
liebe dich."

„Ich liebe dich auch, Jaxon. Ich habe nie aufgehört, dich
zu lieben." Ein Schluchzen zerriss ihre Brust, als sie sich an
seiner vergrub. „Es tut mir so leid, dass du dachtest, ich hätte
dich verlassen. Ich wollte nur nie, dass du ..."

„Schhh. Schhh. Du musst nichts sagen. Nicht jetzt." Er
drückte seine Lippen auf ihre und brachte alle weiteren
Worte zum Schweigen.

Er trat einen Schritt zurück und löste seine Lippen von
ihren, als er ihr in die Augen sah. „Ist noch irgendjemand
hier mit dir im Haus?" In einem so großen Haus musste es
Personal geben.

„Nein, aber meine Mutter kommt jeden Morgen vorbei."
Sie warf einen Blick auf die Uhr an der Mikrowelle. „Sie
sollte jeden Moment hier sein."

Er nickte.

„Jaxon, ich habe dir doch gesagt, dass niemand hier je
rauskommt."

„Nun, ich bin ja nicht gerade niemand. Und wir werden
verdammt noch mal hier rauskommen. Ich gehe hinaus und
prüfe die Umgebung. Während ich draußen bin, musst du
mit deiner Mutter sprechen und sie davon überzeugen mit
uns zukommen. Sag ihr, dass ich euch beide vom Rudelführer von Arkansas beschützen lassen kann." Er gab
Versprechen in Barretts Namen. Sein Rudelführer würde
ihm dafür die Hölle heißmachen, aber es gab keinen Weg
daran vorbei. Er würde mit den Konsequenzen leben müssen.

„Jaxon ..."

Er legte einen Finger auf ihre Lippen, um sie zum

Schweigen zu bringen. Er konnte die Unsicherheit in ihren Augen sehen und hörte das Zittern in ihrer Stimme. Er wusste aber auch, dass irgendwo unter dieser zerbrechlichen Hülle noch immer das Mädchen verborgen lag, in das er sich als Teenager verliebt hatte. Sie war die einzige andere Person auf dieser Welt, die sein Leben vollständig machen konnte.

Und er würde sie nicht gehenlassen.

„Vertrau mir", flüsterte er.

Sie blinzelte und eine Träne lief ihre seidige Wange hinunter. Er wischte sie mit dem Daumen weg.

„Ich vertraue dir, Jaxon. Das habe ich schon immer getan", flüsterte sie.

Eine Leichtigkeit, die er noch nie zuvor gefühlt hatte, füllte seine Brust. Es würde klappen. Sie würden zusammen sein. Alles würde gut werden.

Das Geräusch eines Autos, das in die Einfahrt fuhr, erregte seine Aufmerksamkeit und er riss seinen Kopf zum Küchenfenster herum.

„Es ist in Ordnung. Es ist nur meine Mutter." Sie sah ihn an. „Ich muss allein mit ihr sprechen."

Er nickte. „Ich komme zurück, nachdem ich mir den Zaun angeschaut habe."

Er gab ihr einen schnellen Kuss und stürmte zur Hintertür hinaus, bevor ihre Mutter hinter das Haus gefahren kam.

Er rannte in Richtung Zaun und benutzte den Schutz der Bäume, um sich dahinter zu verstecken. Er duckte sich hinter einer Eiche, als das Auto in der Nähe der Hintertür zum Stehen kam. Er sah kurz hinüber, als eine kleine Frau vorsichtig aus dem Mercedes stieg, und ihre Handtasche unter ihren Arm schob.

Sogar aus dieser Entfernung konnte er sehen, wie sehr Ginny ihrer Mutter ähnelte. Sie war genauso blond und wunderschön wie Ginny. Aber etwas fehlte auf ihrem

Gesicht – sie hatte keinerlei Lachfalten. Sogar ihre Augen waren leer, so als ob ihre Seele vor vielen Jahren aus ihnen verschwunden war.

Er musste sie hier rausholen und das schnell. Er würde nicht zulassen, dass Ginny hier starb – oder noch schlimmer, dass sie wie ihre Mutter endete.

Kapitel Zwölf
Ginny hielt den Atem an und bereitete sich auf die Reaktion ihrer Mutter vor, wenn sie zur Tür hereinkommen würde.

Caroline Boudier öffnete die Tür und trat ein.

Ginnys Blick schweifte zu ihrer Mutter und sie wurde wieder einmal daran erinnert, wie ähnlich sie ihrer Mutter sah. Trotzdem war Caroline Boudier überhaupt nicht wie sie. Nicht in den Dingen, auf die es ankam.

„Hallo Ginn ..." Die Worte ihrer Mutter verstummten. Sie schloss die Tür hinter sich. Sie blinzelte in den dunklen Raum hinein und schaltete das Licht ein.

Ihr Blick fiel auf Ginnys Gesicht. Besorgnis schoss durch ihre Augen und dann schüttelte ihre Mutter den Kopf und seufzte. „Wie ich sehe, ist dein Gesicht verletzt. Was hast du dieses Mal gemacht, Ginny?"

Ginny stellten sich bei der Frage ihrer Mutter die Nackenhaare auf. Normalerweise spürte sie keine Emotionen, wenn ihre Mutter sie dafür tadelte, geschlagen worden zu sein. Aber jetzt, nachdem sie ein paar Stunden mit Jaxon verbracht hatte, brodelten ihre Gefühle aus den Tiefen ihres Herzens hervor, wo sie sie vor langer Zeit begraben hatte. Offensichtlich hatte Jaxon das Tier in ihr erweckt.

„Was wäre, wenn ich dir sage, dass ich überhaupt nichts getan habe?", konterte sie.

„Er schlägt dich nicht ohne Grund." Ihre Mutter legte ihre teure Handtasche auf die Quarztheke und sah zu ihr auf.

„Was wäre, wenn ich dir sage, dass ich ihn angelogen habe?"

„Ich würde sagen, dass du es besser wissen solltest, als zu lügen. Das Lügen hat eben Konsequenzen. Das weißt du doch, Liebes." Caroline seufzte schwer, ging zum Schrank hinüber und nahm sich eine Kaffeetasse. Sie schob eine Kapsel in die Kaffeemaschine, stellte die Tasse darunter und drückte auf den Knopf.

„Wann ist dir das passiert?" Ginny wischte sich über die Lippen und schaute ihre Fingerspitzen an. Kein Blut. Das bedeutete, dass ihr Körper schnell von den Schlägen heilte.

„Wann ist was passiert?" Ihre Mutter sah sie müde an.

„Wann hast du dich entschieden, dass es in Ordnung ist, wenn ein Mann eine Frau schlägt? Was zum Teufel ist in deinem Kopf passiert, um das zu rechtfertigen?" Nur mühsam verborgene Wut pulsierte direkt unter der Oberfläche ihrer Adern. Sie ballte ihre Hände zu Fäusten und sah in die überraschten Augen ihrer Mutter.

„Du verstehst es nicht. Es geht ums Überleben." Ihre Mutter kniff die Augen zusammen und griff nach ihrer Kaffeetasse.

„Es wäre besser gewesen, wenn du mich getötet hättest, als ich geboren wurde." Ginny spie die Worte heraus und war unfähig, ihren Ärger oder ihre Verletztheit zu verbergen.

„Wahrscheinlich hast du recht." Ihre Mutter trank einen Schluck und seufzte.

„Hätte, wäre, könnte."

Ginny war über die Worte ihrer Mutter überrascht und trat einen Schritt zurück. „Du bist noch kranker als mein Vater oder mein Ehemann."

„Wir alle werden in diesem Leben mit bestimmten Umständen konfrontiert. Und wir müssen sie ertragen, so gut wir es können." Ihre Mutter stellte die Kaffeetasse ab und wedelte mit den Händen in der Luft herum. „Außerdem hast du es hier nicht schlecht, Ginny. Du wohnst in einer Villa, fährst einen Mercedes, gehst jeden Tag einkaufen. Du musst nicht arbeiten und es fehlt dir an nichts. Alles, was du tun musst, ist hin und wieder einen Botengang für deinen Vater oder für John zu erledigen." Sie zuckte mit ihren schlanken Schultern. „Manchmal denke ich, du bist einfach undankbar."

„Und manchmal denke ich, dass du zu einem Monster geworden bist. Mein Vater, dein Ehemann, hat deine eigene Mutter getötet. Er hat ihr vor meinen Augen das Genick gebrochen und dir ist das völlig egal." Sie trat einen Schritt auf ihre Mutter zu. Sie ballte ihre zitternden Hände zu Fäusten.

„Meine Mutter hätte nicht in diesem Haus bleiben dürfen." Caroline schüttelte den Kopf. „Ich weiß nicht, was in diese Frau gefahren ist, dass sie dich nicht einfach genommen hat und mit dir weggelaufen ist, als sie die Chance dazu hatte. Aber nein. Sie ist dortgeblieben, obwohl sie genau wusste, dass er wusste, wo sie wohnt."

„Sie war nicht irgendeine Frau. Sie war meine Großmutter. Sie dachte, sie könnte mich beschützen." Es schnürte Ginny die Kehle zu, wenn sie an ihre Großmutter dachte.

„Ich gebe ja zu, dass sie dich für eine kurze Weile beschützt hat." Sie schüttelte ihren Kopf. „Sie hätte mir niemals diesen Brief schicken dürfen, in dem sie mir über deine Hochzeit und deine Verpaarung mit diesem Werwolf erzählte. Wie heißt er gleich? Es fing mit J an, Jack oder so."

„Jaxon. Sein Name ist Jaxon."

„Deine Großmutter hätte wissen müssen, dass Edward diesen Brief abfangen würde. Dass er kommen würde, um nach dir zu suchen. Du bist sein einziges Kind, sein einziger Erbe auf dieser Welt." Ihre Mutter hob das Kinn.

„Er ist ein Monster", zischte Ginny.

„Er ist immer noch dein Vater." Ihre Mutter wandte sich ab.

„Mutter, wenn du gehen könntest und dir die Sicherheit in einem anderen Staat versprochen werden könnte, würdest du dann gehen?"

„Sicherheit gibt es nicht. Edward Boudier besitzt mich und er besitzt dich ebenso. Er besitzt sogar deinen Ehemann. Vergiss das ja nie." Ihre Mutter funkelte sie an und hob belehrend ihren Finger vor ihrem Gesicht.

„Du bist ein Feigling."

„Ich bin eine Kämpferin, ich kämpfe ums Überleben. Und ich weiß, wann ich aufhören muss, mich zu beklagen und dankbar für die Dinge sein sollte, die ich habe." Sie blickte mit finsterem Blick auf.

Ginny erkannte die Frau, die vor ihr stand, kaum. „Für so viele Jahre in meiner Kindheit habe ich meine Großmutter immer wieder nach meiner Mutter gefragt. Ich habe mich danach gesehnt, eine Mutter zu haben." Sie schüttelte ihren Kopf. „Sie sagte mir nur, dass meine Mutter und mein Vater von Eindringlingen mit silbernen Messern getötet worden waren. Es hat für mich nie Sinn ergeben, warum jemand so guten Menschen wie meinen Eltern etwas so Schreckliches antun würde."

Ginny ging um die Küchentheke herum. Sie brauchte Abstand von ihrer Mutter.

„Eines Tages hat mir meine Großmutter schließlich die Wahrheit erzählt. Es war eine Woche vor meiner Hochzeit mit Jaxon. Sie erzählte mir, dass beide meiner Eltern am Leben waren, aber dass meine Mutter mich bei ihr versteckt hatte, um mich vor meinem Vater zu schützen. Sie sagte, dass meine Mutter ihre Freiheit für mich aufgegeben hatte."

„Ginny …"

Ginny hob ihre Hand, um ihre Mutter zum Schweigen zu bringen. Sie hatte viel zu sagen und sie würde es verdammt noch mal tun.

„Weißt du eigentlich, was mein Vater getan hat, als er mich gesehen hat?" Sie neigte den Kopf. „Weißt du es?"

Caroline seufzte. „Du hast mir die Geschichte schon einmal erzählt, Ginny. Warum musst du die Vergangenheit jetzt wieder aufwühlen?"

„Wir werden darüber reden, weil du die Geschichte nie hören wolltest. Jetzt wirst du sie hören." Sie ballte ihre Hände zu Fäusten. „Dein Ehemann, mein Vater, packte meine Groß-mutter, deine Mutter, und brach ihr das Genick. Vor meinen Augen. Dann schoss er zwei Silberkugeln in ihren Kopf, um sicherzustellen, dass sie wirklich tot war. Weißt du, was dein Mann danach zu mir gesagt hat?"

Sie wollte ihrer Mutter keine Chance zum Antworten geben. „Er stieg über den Körper meiner Großmutter und packte mich. Er sagte, ich könnte mit ihm mitkommen und er würde Jaxon leben lassen. Aber wenn ich mich weigere, würde er ihn innerhalb eines Tages töten lassen. An unserem Hochzeitstag."

„Die Vergangenheit ist die Vergangenheit. Wir müssen uns auf die Gegenwart konzentrieren", sagte Caroline bestimmt.

„Ich habe erkannt, was für ein Monster mein Vater wirk-lich ist. Und ich habe einen Ehemann, der in jeder Hinsicht genauso grausam ist wie mein Vater. Jetzt fange ich an zu denken, dass sie nicht die einzigen Monster in dieser Familie sind." Sie funkelte sie an. Das war alles, was sie tun konnte, um ihrer Mutter nicht in ihr stoisches Gesicht zu schlagen.

„Bist du fertig mit deinem dramatischen Benehmen?

Wenn ja, können wir bitte einen Kaffee im Esszimmer trinken und gemeinsam deinen Zeitplan durchgehen? Es gibt eine Menge bevorstehender gesellschaftlicher Ereignisse, die deine Anwesenheit in New Orleans erfordern."

„Ich werde nicht hinfahren." Diese Worte nur auszusprechen, ließ sie eine Leichtigkeit in ihrer Brust fühlen.

„Du hast keine Wahl." Ihre Mutter nahm ihre Kaffeetasse und ging in Richtung Esszimmer.

„Du verstehst mich falsch, Mutter. Ich werde nicht hier sein, um an diesen Veranstaltungen teilnehmen zu können." Ihr Herz hämmerte heftig in ihrer Brust.

„Hast du eine Reise geplant, von der ich nichts weiß? Mailand? Vielleicht Paris?" Ihre Mutter lief weiter.

„Ich werde abhauen. Ich werde heute abhauen und zwar mit Jaxon." Die Worte laut zu sagen, gab ihr Kraft und sie fühlte, wie ihr Körper vor Aufregung, Motivation und purer Entschlossenheit zitterte.

Ihre Mutter schaffte es ins Esszimmer und blieb plötzlich stehen. Sie drehte sich langsam um und starrte sie mit großen Augen an. „Was hast du gesagt?"

Ginny leckte sich die Lippen und hob den Kopf. „Ich sagte, dass ich mit Jaxon abhauen werde. Ich weiß, dass du schon sehr lange so gelebt hast und nicht mehr weißt, wie anders es sein könnte. Aber dort draußen gibt es ein anderes Leben. Ein Leben ohne Angst, ein Leben ohne Horror, ein Leben ohne Schmerzen. Er hat mir gesagt, dass er uns hier rausholen und nach Arkansas bringen kann, wo wir unter den Schutz seines Rudelführers Barrett gestellt werden können."

„Barrett Middleton?" Ihre Mutter holte tief Luft und sah sich nervös im Raum um.

„Ist Jaxon hier? Bitte sag mir, dass er nicht in diesem Haus ist." Das Gesicht ihrer Mutter wurde blass und sie sah sich suchend im Raum um.

„Nicht im Haus. Aber er ist draußen."

„Du egoistische Schlampe." Caroline schlug Ginny mitten ins Gesicht.

Ginny schnappte nach Luft und hielt sich die Wange. Ihre Mutter hatte noch nie eine Hand gegen sie erhoben. Es waren immer die Männer in ihrem Leben gewesen.

„Schick ihn sofort weg. Es ist immer noch Zeit, es zu beheben, bevor John etwas herausfindet." Ihre Mutter packte sie an den Armen und schüttelte sie wie eine Stoffpuppe.

„Lass mich sofort los." Ginny schüttelte den festen Griff ihrer Mutter ab. „Ich werde abhauen und das heute. Wenn du hier in diesem Höllenloch bleiben willst, dann bleibe doch. Aber ich weigere mich."

„Du weißt nicht, was du sagst." Caroline schüttelte heftig den Kopf. „John wird dich verfolgen und finden. Und wenn er dich findet, wird er dich töten. Das muss dir doch klar sein."

Sie wusste es. Sie wusste es nur zu gut. Ihre Brust schmerzte und die Haut kribbelte, als sich eine dünne Schweißschicht auf ihrem Körper bildete. Sie konnte keine Sekunde länger hierbleiben, selbst wenn sie es wollte. Sie konnte es einfach nicht. Sie würde wahnsinnig werden.

Jaxon hatte ihr Hoffnung gegeben und dies war der dünne Strohhalm, an den sie sich jetzt klammerte.

„Du kannst nicht gehen." Ihre Mutter riss die Augen weit auf, rannte zu ihr hinüber und versperrte ihr den Weg zum Esszimmer. Sie stemmte die Hände in ihre Hüften und hinderte sie daran, weiterzugehen.

„Du kannst mich nicht aufhalten." Ginny versuchte, um ihre Mutter herumzulaufen.

Caroline packte ihren Arm und grub ihre langen Fingernägel in Ginnys Fleisch.

Ginny entriss ihren Arm aus dem festen Griff und war

schockiert und verärgert über die Aggression ihrer Mutter. Sie hatte noch nie zuvor gesehen, dass sie sich so verhielt.

„Was zur Hölle ist in dich gefahren?" Ginny neigte ihren Kopf und sah ihre Mutter an. Die Haare in ihrem Nacken standen ihr zu Berge. Sie hatte ein sehr schlechtes Gefühl.

„Du bist nicht meine Tochter. Meine Tochter würde alles tun, um ihre Mutter zu beschützen. Sie würde sich für das Wohl der Familie opfern. Ich kann dich nicht aus dieser Tür gehen lassen." Caroline kniff die Augen zusammen.

„Eine wahre Mutter würde ihre Tochter beschützen. Du bist diese Art von Mutter vielleicht vor langer Zeit einmal gewesen, aber jetzt bist du es nicht mehr. Jetzt denkst du nur noch an dich selbst. Du bist keine Mutter. Und du bist verdammt noch mal ganz sicher nicht meine Mutter. Meine Großmutter war eine bessere Mutter für mich als du", sagte Ginny.

Carolines Hand schlug über ihre Wange. Das Echo der Ohrfeige hallte an diesem dunklen Morgen in dem leeren Raum wider.

Ginny biss die Zähne zusammen, als der stechende Schmerz die Nervenenden in ihrem Gesicht in Brand setzte. Sie hielt sich die Wange und sah die Frau mit zusammenge-kniffenen Augen an.

„Du kannst nicht gehen. Ich werde es nicht zulassen."

Carolines Augen weiteten sich und wurden wild, wie die eines gefangenen Tieres, das zum Angriff bereit war. Ihre Brust hob und senkte sich schnell, als ihre Atmung zu einem Keuchen wurde und die Nasenflügel bebten.

„Du kannst mich nicht aufhalten. Ich werde heute gehen und wenn es sein muss, bei dem Versuch sterben." Ginny hob ihren Kopf und drehte sich in Richtung Schlafzimmer um, um ein paar Sachen zu packen. Wenn sie von Louisiana nach Arkansas fliehen würde, musste sie sicherstellen, dass ihr Vater gestoppt werden würde.

„Du egoistische Schlampe!", kreischte Caroline.

Glas zersplitterte.

Ginny riss bei dem Krach ihren Kopf herum. Ihr Porzellangeschirr lag in tausend Scherben auf dem Boden. Ihre Mutter riss einen weiteren Porzellanteller vom Esstisch und warf ihn neben Ginnys Füße auf den Boden.

Sie sah in die hasserfüllten Augen ihrer Mutter und zuckte mit den Schultern. „Ich habe dieses Muster sowieso schon immer gehasst."

Sie drehte sich um, um das Zimmer zu verlassen. Sie war so lange geblieben und hatte all den Missbrauch auf sich genommen, weil sie glaubte, damit ihre Mutter zu beschützen. Sie hatte immer gedacht, dass sie das Richtige tat und eine gute Tochter war. Sie hatte auf den Rat ihrer Mutter gehört, wie sie handeln und sich benehmen sollte, damit sie verhindern konnte, von ihrem Ehemann geschlagen zu werden.

Jetzt wurde ihr klar, dass sie angelogen worden war. Jetzt wurde ihr klar, dass sie an dem Tag gestorben war, als sie Jaxon verlassen hatte. Aber heute würde sie ihre Seele wiederfinden. Heute würde sie das Leben wählen.

Sie spürte das beißende Stechen von etwas Scharfem zwischen ihren Schulterblättern. Dann kann der Schmerz.

Sie hustete und versuchte zu Atem zu kommen. Sie drehte sich panisch um. Sie sah ihre Reflexion im Spiegel über dem Büffet. Ihre Mutter hatte mit einer Silbergabel auf sie eingestochen.

Ihre Mutter starrte sie mit weit aufgerissenen Augen an. Sie hob die Hände hoch und schüttelte ihren Kopf. „Ich kann dich nicht gehen lassen. Das weißt du."

„Also versuchst du mich zu töten?" Schmerz breitete sich in ihrem Rücken aus und strahlte in ihre Brust.

„Die Silbergabel wird dich nicht töten, wenn ich sie herausziehe."

Ginny versuchte, ihren Arm zu verdrehen, und nach der Gabel zu greifen. Aber der Winkel war falsch. Sie konnte sie nicht erreichen. Schmerz und Angst und Panik rasten durch ihren Körper. Sie atmete in kurzen Stößen und spürte, wie ihr Herz schneller schlug, so schnell, dass sie glaubte, es würde zerplatzen.

„Ich kann nicht atmen", brachte sie gequält heraus. Ihre Beine begannen zu kribbeln und sie wusste, dass sie in ein paar Sekunden am Boden liegen und handlungsunfähig sein würde. Sie war gefangen.

„Kämpfe nicht dagegen an, Ginny. Sobald du ohnmächtig wirst, ziehe ich die Gabel heraus. Dein Körper kann von dem Silber heilen." Die Stimme ihrer Mutter war auf unheimliche Weise ruhig und glich keinem Ton, den sie jemals von ihr gehört hatte.

Sie packte ihre Mutter am Kragen ihrer makellosen weißen Bluse mit Knöpfen. Die Augen ihrer Mutter waren gefühllos und tot. Sie hatte das Gefühl, dass sie etwas aus einem Horrorfilm anstarrte.

Sie stolperte und stürzte gegen ihre Mutter, wobei sie beide gegen die Wand gedrückt wurden. Unfähig weiterhin auf den Beinen zu bleiben, sackte Ginny zu Boden. Sie erwartete, die Stimme ihrer Mutter zu hören, die sich darüber beklagte, dass sie ihre Bluse beschmiert und sie geschubst hatte. Ihre Mutter war sehr um ihr Äußeres besorgt. In dieser Hinsicht war sie John sehr ähnlich. Sie hatte sich oft gefragt, ob ihre Mutter nicht lieber hätte John heiraten sollen.

Unfähig sich aufzusetzen rollte sich Ginny auf ihre Seite und machte sich für den Zorn ihrer Mutter bereit.

Sie sah zu ihr hinüber. Ihr Magen verkrampfte sich. Sie schrie.

Der Körper ihrer Mutter wurde von einem der silbernen Geweihe, die als Wandlampen an beiden Seiten des Büffets an der Wand hingen, aufgespießt. Das Geweih hatte sich durch ihren Hinterkopf gebohrt und war vorn zwischen ihren Augen wieder ausgetreten.

Ginny hatte diese Geweihe schon immer gehasst. Sie hasste es, überhaupt irgendetwas aus Silber im Haus zu haben. Es war schon schlimm genug, Sterling Silber Besteck zu haben. John wusste, dass die Geweihlampen sie einschüchterten und ihr und ihren Gästen Angst machten. Also ließ er sie an der Wand hängen. Er würde ihr Gesicht oft in die Nähe der kalten silbernen Hörner drücken, wenn er wütend wurde, um sie daran zu erinnern, wie es sein würde, wenn er mit ihr unzufrieden wäre. Er hatte gedroht, sie wie ein halbes Rind auf das Geweih zu hängen, bis sie langsam an einer Silbervergiftung verendete.

Ihre Mutter hatte mehr Glück gehabt, als einen langsamen qualvollen Tod zu erleiden. Das Silber war in ihr Gehirn gedrungen und hatte sie augenblicklich getötet.

Blut tropfte in einem dicken roten Rinnsal an ihrem Gesicht hinunter. Ihre Augen waren offen und der Mund leicht geöffnet, so als ob sie ihr Schicksal nicht glauben konnte.

Ihre Mutter war tot.

Es gab kein Zurück mehr.

Ginny sackte auf dem Boden zusammen und schrie.

KAPITEL 13

K apitel Dreizehn

Aus dem Haus erklang ein furchterregender Schrei.

Ginny.

Jaxon rannte zum Haus und quer durch die Einfahrt. Er stürmte in die Küche, aber der Raum war leer. Er eilte tiefer ins Haus hinein und die Absätze seiner Stiefel hallten lautstark auf dem Hartholzfußboden wieder.

„Ginny!"

„Jaxon." Ihre Stimme brach, als sie sprach.

Er betrat das Esszimmer und es drehte ihm den Magen um. Sein Blick landete auf ihrer kleinen Gestalt, die auf dem Boden lag. Sie lag mit dem Gesicht von ihm abgewandt auf ihrer Seite. Blut tropfte von ihrem T-Shirt auf den Boden. Etwas Silbernes ragte aus ihrem Rücken.

Übelkeit und Angst breiteten sich in seinem Magen aus.

Eine silberne Gabel.

Er konnte sie doch unmöglich gerade erst wiedergefunden haben, nur um sie sofort wieder zu verlieren. Es würde ihn zerstören. Er würde es nicht zulassen. Das konnte er nicht.

Er kniete sich neben sie und strich ihr die Haare aus dem Gesicht. „Was zur Hölle ist passiert? Ist John zurückgekommen? Hat er dir das angetan?" Wie konnte es sein, dass er nicht gesehen hatte, wie John zurück ins Haus gekommen ist? Er hatte das Tor die ganze Zeit genau beobachtet. Vielleicht gab es einen zweiten Eingang, von dem er nichts wusste.

„Nein. Meine. Mutter …" Sie hatte Schwierigkeiten zu sprechen. Sie deutete mit dem Finger auf die Wand. Er drehte sich um und blickte in Richtung Esszimmerwand, wo ihre Mutter aufgespießt an der Wand hing. Tot.

Scheiße. Er atmete tief ein, sagte aber kein Wort. Es war ihm scheißegal, dass die Mutter jetzt tot war. Die Schlampe hatte versucht, Ginny umzubringen. Er war froh, dass sie tot war.

Er wandte sich wieder zu ihr. „Ich muss die Gabel aus deinem Rücken ziehen."

„Warte." Sie ergriff seine Hand und hinderte ihn daran, nach der Gabel zu greifen.

„Es war ein Unfall, Jaxon. Ich wollte nicht, dass sie stirbt." Tränen strömten aus ihren Augen und rollten über ihre Wange zu Boden. Sie mischten sich mit dem Blut.

„Ich weiß, mein Schatz", sagte er leise.

„Ich bin gegen sie gestürzt und sie ist rückwärts gegen das Geweih gefallen." Sie hatte Schwierigkeiten, zu sprechen und zu atmen.

„Schhh. Hör auf zu reden und lass mich das Ding rausziehen."

„Ich werde dafür sterben. Jaxon. Das ist das Gesetz." Ihr ängstlicher Blick traf seinen.

„Nein, das wirst du nicht. Die Todesstrafe wird nur dann

verhängt, wenn du deine Eltern absichtlich tötest. Das hier war ein Unfall."

„Niemand wird mir glauben." Sie schloss ihre Augen.

„Ich glaube dir. Und vertraue mir, wenn ich dir sage, dass du dafür nicht getötet werden wirst." Er wusste, dass das Werwolfgesetz vorschrieb, die Strafe für das Töten der eigenen Eltern musste der Tod sein. Er hatte noch nie von einem Tribunal gehört, bei dem ein Werwolf freigesprochen wurde. Sie wurden alle des Mordes schuldig gesprochen und zum Tode verurteilt.

Nicht Ginny. Er musste einen Weg finden, dem Tribunal zu beweisen, dass sie unschuldig war. Er musste es einfach.

„Das wird jetzt wehtun." Er schloss seine Hand um den Griff der Gabel und zog sie mit einer schnellen Bewegung heraus.

Ginny schrie und sackte zu Boden. Sie war von den Schmerzen ohnmächtig geworden.

Er holte tief Luft. Ihm lief die Zeit davon. Er musste sie hier rausholen, bevor ihr Mann wieder auftauchte.

„So, so, so", rief eine männliche Stimme hinter Jaxon.

Jaxon sprang auf und wirbelte herum, bereit, sich John entgegenzustellen.

Ein langsames Grinsen huschte über Johns böse Lippen, als er Jaxon in die Augen sah. „Ginny hat recht, weißt du. Sie wird dafür sterben, dass sie ihre Mutter getötet hat. Ich werde verdammt noch mal sicherstellen, dass sie es tut."

„Es war ein Unfall." Jaxon richtete sich auf und ballte die Hände zu Fäusten.

„Nicht, wenn ich sage, dass es nicht so war." Sein Grinsen verschwand. „Ich werde diese Schlampe bei lebendigem Leib häuten lassen, bevor ich ihr eigenhändig eine Kugel in den Kopf schieße."

„Nicht, wenn ich dich zuerst töte, Arschloch." Jaxon

stürzte auf John zu. Sein Instinkt sich zum Wolf zu verwandeln und ihn zu töten war so stark, dass sein Körper summte.

Jaxon sprang in die Luft und verwandelte sich in seine Wolfsform, als John sich für den Aufprall bereitmachte. Sie kollidierten mit solcher Kraft, dass Jaxons Zähne klapperten.

Jaxon grub seine Zähne in Johns Schulter. John schrie vor Schmerz und schlug Jaxon gegen den Kopf. Jaxon ließ seinen Griff los. Er wollte seine Zähne in der Kehle des Arschlochs versenken, damit er sie herausreißen konnte.

John warf den Kopf zurück und verwandelte sich zum Wolf. Er war größer als Jaxon, aber Größe war Jaxon egal. Er würde John dafür töten, dass er sich an Ginny vergriffen hatte. Er würde ihn leiden lassen wie nie zuvor.

Jaxon stürzte sich auf ihn und versuchte, Johns Kehle zu packen. John sprang durch die Luft und verdrehte seinen Körper so, dass er Jaxon mit den Zähnen an der Schulter erwischte.

Schmerz durchschoss Jaxons Körper, als Muskeln rissen und Knochen brachen. Er hatte schon öfter gekämpft und wurde schon öfter von anderen Wölfen gebissen, aber dieser Schmerz fühlte sich anders an. Es war, als würde es ihm die Kraft rauben und ihn schwächen.

„Seine Zähne, Jaxon", schrie Ginny. Er blickte in ihre Richtung. Sie hatte es geschafft, sich aufzusetzen und versuchte, wieder auf die Beine zu kommen.

„Seine Zähne sind aus Silber" Sie sah ihm in die Augen. Angst verzerrte ihre hübschen Züge. Ihre blauen Augen waren weit aufgerissen und er konnte in ihnen sehen, dass sie die Hoffnung verlor.

Das Arschloch hatte silberne Zähne. Kein Wunder, dass der Schmerz so intensiv war.

Aber er würde auf gar keinen Fall so untergehen. Unmöglich.

Er stürzte sich mit vollem Gewicht gegen den anderen

Wolf. John lockerte seinen Griff um Jaxons Schulter und fiel zu Boden. Jaxon blinzelte und wehrte sich gegen den brennenden Schmerz in seiner Schulter und die Schwäche, die seine Venen füllte. Das Silber befand sich nicht in seinem Körper, aber er spürte die Auswirkungen trotzdem solange, bis sein Körper eine Chance hatte, davon zu heilen.

Jaxon sah sich um und suchte nach einer Waffe, die genauso effektiv wie Johns Zähne wäre. Sein Blick landete auf dem Tisch. Er rammte sich dagegen. Die Teller und das Besteck fielen zu Boden. Er neigte seinen Kopf und packte ein Messer zwischen seinen Zähnen. Er wirbelte herum, um sich seinem Angreifer entgegenzustellen.

John warf den Kopf zurück und knurrte, wobei er zwei große silberne Eckzähne entblößte. Er war eine tödliche Waffe gegen jeden lebenden Werwolf.

Er rannte auf Jaxon zu und fletschte die silbernen Zähne.

Jaxon neigte den Kopf und täuschte seine Unterwerfung vor. Seine Muskeln spannten sich an und sein Herz schlug wild, während er auf den perfekten Moment wartete.

John sprang in die Luft. Er landete auf Jaxon.

Jaxon biss stärker um den Griff des Messers und rammte die Klinge in Johns Herz.

John stolperte rückwärts und blickte auf seine Brust hinunter. Jaxon wusste, was der Werwolf dachte. Er würde sich wieder in seine menschliche Form verwandeln müssen, um das Messer herausziehen zu können. In Wolfsform konnte er die Klinge nicht mit den Pfoten packen.

Jaxon konnte sich nicht zurückverwandeln, noch nicht. Das Silber des Bisses hatte seinen Körper in Mitleidenschaft gezogen. Er musste nach dem Biss erst heilen, bevor er sich wieder verwandeln konnte.

John knurrte und zwang seinen Körper, in seine menschliche Form zurückzukehren.

Jaxon sprang auf und landete auf John, wobei er das

Messer tiefer in die Brust seines Feindes stieß. John, der jetzt völlig menschlich war, schrie und legte die Hände um den Griff der Klinge, aber Jaxon war schneller. Er biss ihn in die Kehle und riss das Gewebe und die Knorpel auf.

Blut spritzte und pulsierte und tropfte auf den teuren Hartholzfußboden. Jaxon warf den Kopf zurück, riss Johns Kehle heraus und warf die Stücke auf den Boden.

John blinzelte schockiert über Jaxons Tat und versuchte, das Messer herauszuziehen. Die Eigenschaften des Silbers hielten John davon ab zu heilen und er würde langsam bis zu seinem Tode vergiftet werden. Mit seiner verletzten Kehle war der Tod nur noch Sekunden entfernt.

Johns weit aufgerissener Blick suchte verzweifelt den Raum ab. Er kniff seine Augen zusammen, als sie auf Ginny landeten.

Jaxon spürte, wie sein Körper schwächer wurde. Es hatte ihn alle Kraft gekostet, mit seinem Gewicht auf das Messer zu drücken. Er rutschte auf dem Blut aus. Wenn John das Messer herauszog, waren sowohl er als auch Ginny erledigt.

John stemmte Jaxon von seinem Körper und griff mit beiden Händen nach der Klinge.

Jaxon brüllte und zwang sich auf die Füße, rutschte aber erneut im Blut aus.

John sah ihn an und grinste. Langsam zog er das Messer aus seiner Brust. Er rappelte sich auf und hob das Messer über seinem Kopf, bereit, Jaxon damit zu erstechen.

Was für eine verfluchte Art zu sterben, dachte Jaxon zu sich selbst.

„Ich werde nicht zulassen, dass du ihm wehtust, John", sagte Ginny.

„Halt die Fresse, du Schlampe, und schau zu, wie ich deinen Wolf töte." Er knurrte und machte sich nicht einmal die Mühe, sich zu ihr umzudrehen.

„Nicht heute." Sie schlug etwas glänzend Silbernes über

Johns Kopf. Er blinzelte und fiel zu Boden, als sich die Spitze des silbernen Geweihs durch seinen Schädel bohrte.

John lag regungslos da, als das Blut von seinem Kopf tropfte und eine rote Pfütze auf dem Boden bildete. Ginny rannte zu Jaxon hinüber.

Sie vergrub ihr Gesicht in seinem pelzigen Nacken und klammerte sich an ihn, als Tränen über ihr Gesicht hinunterliefen.

Jaxon schloss die Augen und spürte, wie die Kraft langsam in seinen Körper zurückkehrte. Als er endlich genug Energie hatte, verwandelte er sich zurück in seine menschliche Form.

Er öffnete die Augen. Er sah, wie Ginny ihn anstarrte.

„Ich dachte, er würde dich töten, Jaxon", schluchzte sie.

Er zog sie in eine Umarmung. „Es ist in Ordnung, mein Schatz. Es geht mir gut."

Der Schmerz in seinem Körper war intensiv, aber Ginny in seinen Armen zu halten, machte ihn erträglich.

„Jetzt ist alles in Ordnung. Du bist jetzt in Sicherheit", flüsterte er in ihr Ohr. „Was ist mit dem Baby? Geht es dem Baby gut?" Er legte seine Hand auf ihren Bauch.

„Ja." Sie löste sich von ihm und starrte ihn mit Entsetzen an. „Aber du liegst falsch. Ich bin nicht sicher. Nicht jetzt." Ihr tränenverhangener Blick wanderte durch den Raum und landete zuerst auf der aufgespießten Gestalt ihrer Mutter an der Wand und dann zu ihrem toten Ehemann auf dem Boden, dem das zweite Geweih aus dem Schädel ragte.

„Ginny …"

„Jaxon." Sie löste sich aus seiner Umarmung und drückte sich auf ihre wackligen Füße. „Es gibt kein Zurück mehr. Für mich wird es keine Gnade geben." Sie schüttelte ihren Kopf. „Niemand tötet seine Mutter und seinen Ehemann und überlebt das."

Er biss die Zähne zusammen, rappelte sich auf und zwang

sich aufzustehen. Schmerz schoss durch jede Zelle seines Körpers und setzte ihn in Brand. „Du musst mir vertrauen, in Ordnung? Du musst tun, was ich sage, und alles wird gut werden."

Seit ihrem gescheiterten Hochzeitstag war sein Leben lediglich ein Existieren gewesen, aber kein wirkliches Leben. Sie hatten nur noch wenige Stunden, bestenfalls Tage, bevor das Böse, das sie damals auseinandergerissen hatte, sie wieder erwischen und sie zwingen würde, den Preis dafür zu zahlen.

Er wusste, was er tun musste. Dieses Mal würde er sicherstellen, dass Ginny in Sicherheit war. Selbst, wenn es ihn sein eigenes Leben kosten würde.

„Du weißt nicht …"

„Was weiß ich nicht? Ich verstehe es nicht?" Er neigte seinen Kopf. „Ich weiß, dass du mit einem skrupellosen Mann verheiratet warst und dass dein Vater der verdorbenste Werwolf ist, den es gibt. Aber der Rudelführer von Arkansas ist gut. Er hat Wunder vollbracht und tut alles, um seine Wächter zu schützen. Wenn wir es dorthin schaffen, kann ich ihm erklären, was passiert ist. Dass all das hier Selbstverteidigung war. Dass du missbraucht wurdest."

Sie senkte den Blick zum Boden.

„Und wenn Barrett die ganze Geschichte kennt, wird er alles tun, um sicherzustellen, dass du für unschuldig erklärt wirst. Dass du nicht verletzt wirst. Das verspreche ich dir, Ginny. Ich verspreche es dir mit meinem Leben."

Sie sah ihm in die Augen. Ein Hoffnungsschimmer flackerte durch ihren Blick wie die Flamme einer Kerze.

Er wusste, dass Barrett alles tun würde, was in seiner Macht stand, um ihnen zu helfen. Er wusste auch, dass er bereit war, den Preis für Ginny zu zahlen. Die Regeln des Werwolfgesetzes waren sehr streng. Regelrecht gnadenlos.

Er wusste, dass Blut vergossen werden musste, um den Kodex zu erfüllen.

Er würde nicht zulassen, dass Ginny verletzt wurde. Nicht noch einmal.

Er war bereit, sein eigenes Leben zu opfern, um ihre Schuld mit seinem eigenen Blut zu bezahlen.

Kapitel Vierzehn

„Scheiße", meckerte Barrett, als er in die Einfahrt zu Jack Welbourns Haus einbog. Jack war der Rudelführer von Mississippi und Barrett betrachtete ihn als Freund.

Worauf er sich nicht freute, war es, die anderen Werwölfe zu sehen, die heute Abend anwesend sein würden. Er wusste, dass das Treffen der Südstaaten-Rudelführer alle einschließen musste. Inklusive Edward Boudier aus Louisiana.

Das Arschloch hatte es geschafft, ein paar von Barretts Wächtern aus Arkansas gefangen zu nehmen. Er hatte sogar die Niedertracht besessen, einen von ihnen zu häuten und zu töten, bevor er seinen Körper an die Alligatoren verfütterte.

Es gab keine soliden Beweise, die Boudier tatsächlich mit der Tat in Verbindung brachten. Alles, was er hatte, waren die Aussagen von Lucien und seinem Bruder Lorcan, einem von Boudiers tödlichen Attentätern, die Barrett geholfen hatten, aus New Orleans zu entkommen. Er hatte nichts mehr von Lorcan gehört, seit der Attentäter alles über die schmutzigen Geschäfte des Louisiana-Rudelführers ausgeplaudert hatte. Nachdem er geholfen hatte, Lucien und dem Rest der Werwölfe von Arkansas die Flucht aus New Orleans zu ermöglichen, hatten sich ihre Wege getrennt.

Barrett war dankbar für seine Hilfe gewesen, aber er vertraute Lorcan ganz sicher nicht. Soweit es ihn betraf, gehörte er noch immer dem Louisiana-Rudel an und man konnte ihm nicht über den Weg trauen.

„Barrett." Jack begrüßte ihn an der Tür. „Komm rein, komm rein."

„Jack, vielen Dank, dass du das Treffen organisiert hast." Barrett betrat den Eingangsbereich des Plantagen-Anwesens in Mississippi. Irgendetwas an Jack war anders. Obwohl sie nie die besten Freunde gewesen waren, hatte Barrett immer das Gefühl gehabt, er könne auf den Wolf zählen, wenn er ihn brauchte. Heute Abend schien etwas anders zu sein.

„Hast du meine Hexe schon gefunden, Barrett?" Jack neigte den Kopf und kniff die Augen zusammen. Da die Hexe von Yazoo City noch immer auf freiem Fuß war, würde Jack Barrett unter Druck setzen, bis er sie gefunden hatte.

„Sie wurde im südlichen Teil von Arkansas gesehen. Mein Wächter verfolgt sie jetzt." Oder zumindest hoffte er das. Wenn Jaxon diese Hexenschlampe nicht bald erwischen würde, würde Barrett wie ein wirklich inkompetenter Anführer aussehen.

Das war etwas, das er sich nicht leisten konnte.

„Also hast du sie entkommen lassen?" Die Furchen auf Jacks Stirn wurden tiefer.

„Nein. Sie ist geflohen." Barrett drehte sich und sah den Rudelführer direkt an. Er würde sich von Jack auf gar keinen Fall einschüchtern lassen, egal wie sehr er den Wolf respektierte.

„Ich kann nicht genug betonen, wie viel Ärger sie verursachen kann, wenn sie nicht gefasst und auf diesen Friedhof zurückgebracht wird."

„Ich verstehe." Barrett funkelte ihn an. „Wie ich schon sagte, mein Wächter arbeitet an dem Fall. Sie wird gefunden und nach Mississippi zurückgebracht werden."

Jack blinzelte und nickte abschließend. „Es ist nicht so, dass ich dir nicht vertraue. Aber diese Hexe hat mehr Blut vergossen, als du dir vorstellen kannst. Sie ist ein Schandfleck in Mississippi und das lässt mich schlecht aussehen."

„Was hat sie denn getan, um überhaupt auf diesen Friedhof verbannt zu werden?" Er hatte sich das schon immer gefragt, aber Jack hatte die Einzelheiten zu diesem Thema immer gemieden.

Barrett hatte im Laufe der Jahre verschiedene Geschichten gehört. Er hatte nie sonderlich viel Wert darauf gelegt, was andere zu sagen hatten. Er hatte immer der Wahrheit vertraut. Aber Wahrheit war heutzutage ein seltenes Gut.

„Würdest du mir glauben, wenn ich dir sage, dass es mit einem Mann zu tun hatte?" Ein langsames Grinsen umspielte Jacks Lippen.

„Hat es das nicht immer?" Er wusste nur, dass Ella gefährlich war und gefangen werden musste. „Mach dir keine Sorgen um sie. Ich habe meinen besten Wächter auf sie angesetzt. Er wird sie schnappen. Das verspreche ich dir."

Jack atmete erleichtert auf und Barrett konnte sehen, wie die Spannung von den Schultern des Rudelführers abfiel.

„Ich weiß, Barrett. Du hast mich noch nie im Stich gelassen. Und du wirst es auch dieses Mal nicht tun."

„Verdammt richtig", sagte er und sah sich dann in dem riesigen Wohnzimmer um. Jacks Zuhause schien wie ein Haus aus *Vom Winde Verweht*. Der Rudelführer hatte das Haus auf seiner Plantage in Mississippi so lange unverändert gelassen, wie Barrett ihn kannte, und nie irgendetwas an seinem Haus modernisiert.

„Es sind schon alle da. Sie sind draußen." Jack legte seinen Arm um Barretts Schulter und lächelte. „Ich habe ein paar Arbeiten im Außenbereich vornehmen lassen. Eine neue Feuerstelle und ein neuer Sitzbereich."

„Also hast du endlich mal etwas an diesem alten Haus verändert." Barrett grinste.

„Verdammt richtig." Jack lachte gutmütig. „Komm und sieh es dir an. Außerdem gibt es eine Bar."

„Hoffentlich muss ich für die Drinks nicht in bar bezahlen."

„Ich lehne diese Aussage ab. Wie du weißt, gilt es im Süden nicht als gastfreundlich, eine kostenpflichtige Bar zu haben. Deshalb wäre jeder sich selbst respektierende Südstaatler von deiner Aussage schockiert und empört."

„Ja, ja", meckerte Barrett.

Jack öffnete die Hintertür und winkte Barrett hinaus.

Barrett holte tief Luft und trat hinaus. Die hohe Luftfeuchtigkeit von Mississippi schmerzte in seinen Lungen und machte ihn sofort nervös.

Eine kleine Gruppe von Herren stand um die Feuerstelle herum. Ein einzelner Mann stand in der Nähe der Bar, wo der Barkeeper gerade ein Getränk mischte. Obwohl Barrett sein Gesicht nicht sehen konnte, wusste er, wer der Wolf war. Edward Boudier.

Er spannte seine Muskeln an und musste seinen inneren Wolf zurückhalten.

Er wandte seine Aufmerksamkeit wieder den Männern am Feuer zu und ging zu ihnen hinüber.

„Barrett. Schön zu sehen, dass du dich uns anschließen konntest." Charles Price, der Rudelführer von Tennessee, lächelte und streckte seine Hand aus. Barrett schüttelte sie zur Begrüßung.

„Charles, schön dich zu sehen, Mann", sagte Barrett. Charles war liebenswürdig, aber weich, wenn es um bestimmte Themen ging. Er mochte es nicht, Unruhe zu stiften, und wollte sich nirgends einmischen. Wenn es um schwierige Themen wie Louisiana ging, war er so neutral wie die Schweiz.

„Hey, Gerald, wie geht es dir?" Barrett wandte sich an den Rudelführer von Alabama und schüttelte seine ausgestreckte Hand. „Ich habe gehört, in Alabama läuft es gut."

„Das tut es. Die Kriminalitätsrate ist niedrig und das ist immer ein gutes Zeichen." Gerald Davidson lächelte und nahm einen Schluck von seinem Whisky. „Ich habe gehört, du hast Arkansas auch fest im Griff."

„Eine stetige Aufgabe, so viel kann ich dir versichern", murmelte Barrett und blickte zur Bar hinüber. „Hast du schon mit Boudier gesprochen?"

„Nein. Er hängt allein an der Bar rum, seit er angekommen ist. Er weiß es besser, als hierherzukommen und mit seiner Scheiße anzufangen."

Gerald nahm einen weiteren Schluck. „Ich will keinen Ärger. Aber wenn der Arsch heute Abend versucht, einen Streit mit mir zu beginnen, werde ich es mit Sicherheit ein für alle Mal klären." Er kniff die Augen zusammen.

Barrett grinste. Er wusste, dass er den Rudelführer von Alabama schon immer gemocht hatte. Er hatte vielleicht nicht die besten Umgangsformen, aber er zog eine klare Linie, wenn es um seine Prioritäten ging.

„Ich glaube nicht, dass er dich im Visier hat. Ich glaube, er hat es auf einen anderen Rudelführer abgesehen." Barrett wusste ohne Zweifel, dass Boudier ihn im Fadenkreuz hatte. Barrett hatte sich schon einen Plan für den Moment bereitgelegt, in dem er ihn attackierte.

„Ich schätze, ich sollte hinübergehen und Hallo sagen", knurrte Barrett.

„Mach das. Und gib ihm einen schnellen Tritt in die Eier für mich, wenn du schon mal da bist", sagte Gerald.

Barrett ging zur Bar hinüber und hatte seinen Blick fest auf Boudier gerichtet. Sein Magen zog sich zusammen, als er sich seinem Feind näherte. Er hatte noch nie zuvor jemanden so sehr gehasst wie Edward Boudier und das bereits, bevor der Wolf versucht hatte, Lucien zu töten. Als er Heimy getötet hatte, war Barretts Hass für den Rudelführer von Louisiana nur noch stärker geworden. Seitdem hatte er jede wache Minute damit verbracht, seine Rache zu planen. Zu planen, wie er ihn ausschalten konnte. Wie er ihn dafür bezahlen lassen konnte, was er getan hatte. Boudier musste getötet werden. Barrett würde die ganze Welt zu einem sichereren Ort machen, wenn er Boudier ausschaltete.

Es interessierte niemanden, ob Boudier lebte oder starb. Er war völlig unnütz.

„Barrett." Edward Boudier wandte sich langsam vom Barkeeper ab und sah Barrett an. „Ich habe mich schon gefragt, wann du zu mir kommen und mich willkommen heißen würdest."

„Leck mich am Arsch", spie Barrett und funkelte dann den Barkeeper an. „Gib mir einen Bourbon."

„Sofort, Sir." Der Barkeeper nickte, goss die dunkle Flüssigkeit schnell in ein Glas und stellte es vor Barrett hin.

Barrett steckte einen Zehn-Dollar-Schein in das Trinkgeldglas. Dann warf er einen Blick in Boudiers Richtung. Barrett wusste, dass der Rudelführer von Louisiana kein Trinkgeld gab. Boudier hatte einmal gesagt, dass Angestellte kein zusätzliches Geld dafür verdienten, einfach nur ihre Arbeit zu tun.

„Ahh, bei deinem vornehmen, südstaatlichen Benehmen wird mir immer ganz warm ums Herz, Barrett."

„Wie wäre es, wenn ich dir deine verdammte Leber rausreiße? Ich wette, davon kriegst du einen riesigen Ständer."

Boudier prustete laut los. „Komm schon, Barrett. Wir sind nicht im Krieg. Schließlich sind wir doch Nachbarn."

Barrett knallte sein Glas auf die Theke. Das Glas zersplitterte und brachte alle Stimmen rund um das Feuer zum Schweigen. „Wir sind im Krieg, Boudier. Der Krieg hat begonnen, als du meinen Wächter gehäutet und getötet hast."

„Das ist nur Hörensagen. Es gibt keine Spur von Beweisen, die belegen, dass ich es war oder es befohlen habe." Er hob den Kopf. „Außerdem klingt es eher nach einem verärgerten Angestellten, der mich in einem schlechten Licht darstellen will." Er kniff die Augen zusammen. Sein falscher Humor war jetzt verschwunden.

Jetzt sah Barrett das Monster hinter der Maske. Jetzt konnte er den echten Edward Boudier sehen.

„Was ist los?" Jack kam zu ihnen hinüber, sein Gesichtsausdruck ernst und schmerzverzerrt. „Wir sind hier, um die Zukunft zu diskutieren. Die Zukunft unserer Rudel. Nicht um vergangenen Groll wieder aufzuwühlen."

„Wie es scheint, weiß Barrett nicht, wie man ein Gespräch unter Erwachsenen führt. Er schmollt über einen Wächter, den er verloren hat."

Barretts Wut drang in jeden Muskel seines Körpers. Er ballte die Faust und schlug Boudier direkt ins Gesicht. Der Werwolf stürzte rückwärts zu Boden. Sein Kopf knackte widerlich, als er auf dem Beton aufschlug.

Gerald Davidson lachte und leerte sein Glas.

Charles Price stand von seinem Platz auf und sah sich besorgt um. Er sah so aus, als würde ihn jemand bitten, Partei zu ergreifen, obwohl alle wussten, dass Charles Price niemals Partei ergriff.

„Wir sind nicht hier, um uns gegenseitig anzugreifen", brüllte Jack. Er sah mit scharfem Blick zwischen Boudier und Barrett hin und her.

Barrett wollte mehr als Boudier nur einen Schlag zu verpassen. Er wollte ihm die Eingeweide rausreißen.

„Er hat angefangen", jammerte Boudier und sah Jack an. „Ich habe ihm keinen Grund gegeben, mich zu schlagen."

„Einen von Barretts Wächtern zu häuten und zu töten, ist mehr als ein Grund dich zu schlagen, Boudier." Gerald hatte keine Angst davor, sich Boudier entgegenzustellen.

Barretts Blut kochte.

„Für diese Behauptung gibt es keine Beweise. Und wenn ihr weiter andauernd solche Sachen erzählt, werde ich euch wegen Verleumdung und übler Nachrede vor ein Tribunal bringen", knurrte Boudier.

„Bist du ein solcher Psychopath, dass du töten kannst, ohne etwas zu fühlen?", knurrte Barrett. Er ballte seine Hände an seinen Seiten zu Fäusten. Er wusste, dass Boudier gern schmutzige Spielchen spielte und wartete darauf, dass der Rudelführer sich zum Wolf verwandeln und auf ihn stürzen würde.

Barrett war bereit.

„Genug!" Jack schlug mit der Faust auf die Theke an der Bar. „Das ist nicht der Grund, warum ich euch heute Abend hierher einberufen habe."

„Aber sollte es nicht der wahre Grund sein, warum wir hier sind? Ich meine, komm schon. Wir können weiter um die Scheiße, die Louisiana abgezogen hat, herumreden, oder wir können es direkt ansprechen." Gerald stand auf und leerte den Rest seines Glases. Er stellte das Glas auf den Rand der Feuerstelle.

„Es gibt Unterschiede und Missstände zwischen den Staaten. Wenn wir nicht beginnen zusammenzuarbeiten, um sie zu lösen, werden wir uns gegenseitig zerstören. Ich für meinen Teil möchte nicht, dass das passiert." Jack starrte sie alle ernst an, bevor er seinen Blick schließlich auf Barrett richtete.

Mit Louisiana würde es keine Zusammenarbeit geben. Nicht solange Boudier an der Macht war. Barrett würde niemals vergessen, was er einem seiner Wächter angetan hatte.

„Wir als Rudelführer unserer Staaten müssen zusammenarbeiten. Wenn wir es nicht tun, werden wir alle scheitern", argumentierte Jack.

„Was ist mit Gerechtigkeit? Was ist mit Ehre?" Barrett wandte sich an Jack, behielt Boudier jedoch im Auge.

„Was ist mit tatsächlichen Beweisen?" Boudier funkelte ihn an. „Vorwürfe gegen einen anderen Rudelführer zu erheben, ohne dass tatsächliche Beweise vorliegen, ist ein Spiel mit dem Feuer." Der Hauch eines Grinsens spielte um seine Lippen.

„Ich mag es, mit Feuer zu spielen." Barrett beugte sich zu ihm vor und knurrte.

„Darauf würde ich wetten." Alabama grinste. „Ich wette zehntausend Dollar, dass Barrett dir die Kehle herausreißen wird, ohne sich auch nur zu verwandeln." Er sah sich zu Charles um und lächelte. „Wer wettet dagegen?"

„Du bist nicht sehr hilfreich, Gerald", knurrte Jack. Er stellte sich zwischen sie und legte jedem von ihnen eine Hand auf die Brust. „Wenn ihr nicht miteinander auskommen könnt, werde ich euch beide bitten zu gehen."

„Mach dir keine Mühe." Barrett schob Jacks Hand weg. „Ich werde gehen." Er warf Boudier einen Blick zu und ging in Richtung Haus. Schnelle Schritte folgten ihm.

Er musste sich nicht umdrehen, um zu wissen, dass es Jack war.

„Ich werde mich nur dafür entschuldigen, dass ich versucht habe, ihn auf deinem Grundstück anzugreifen. Ich hätte warten sollen, bis es nur wir beide irgendwo sind, bevor ich mir seinen Hintern vorknöpfe." Barrett stürmte durch das Haus und ging direkt zur Tür.

„Barrett."

Seine Muskeln spannten sich beim Klang seines Namens an. Er atmete tief durch, bevor er sich zu seinem alten Freund umdrehte.

„Diese Situation ist völlig außer Kontrolle geraten." Jack beugte sich vor und senkte die Stimme. „Ich weiß, dass du sauer wegen Heimy bist, aber denke daran, was das Beste für die Mehrheit ist."

Er ballte die Hände zu Fäusten. „Verdammt richtig, ja, ich bin sauer wegen Heimy. Ich bin auch sauer wegen Mitchel und Lucien." Er neigte den Kopf. „Weißt du, wie lange es gedauert hat, bis Lucien von seinen Narben geheilt ist? Und was es für seine Gefährtin Catty bedeutet hat, ihn so zu sehen? Zu sehen, dass ihm das Fleisch vom Körper gerissen wurde? Was ist mit ihrer Gerechtigkeit?"

Jack schluckte und leckte sich die Lippen. Zum allerersten Mal hatte Barrett ein unbehagliches Gefühl im Bezug auf den Rudelführer von Mississippi.

„Was passiert ist, ist sehr … bedauerlich. Für alle Beteiligten", gab Jack zu.

Sein Unbehagen verzehnfachte sich.

Barrett trat einen Schritt zurück. „Bedauerlich?" Er drehte sich um, um zu gehen, aber Jack packte ihn am Arm. Er wandte sich wieder dem älteren Mann zu.

„Was ist los mit dir, Jack? Das klingt nicht wie du. Du warst einmal ein Mann von großem Respekt und großer Integrität. Der Rudelführer, den ich einst kannte, würde sofortige Gerechtigkeit fordern."

Jack schüttelte seinen Kopf. „Wir haben abgestimmt und die Rudelführer haben dir nicht genug Stimmen gegeben, um eine offizielle Untersuchung dieses mutmaßlichen Vorfalls zu veranlassen."

„Eine Abstimmung? Ich habe nichts von einer Abstimmung gehört. Warum wurde mir nichts davon gesagt?", fragte Barrett.

„Weil du die Beschwerde eingereicht hast, konntest du nicht abstimmen. Boudier hatte ebenfalls kein Stimmrecht. Alabama, Tennessee, Kentucky und Mississippi hatten jeweils eine Stimme. Nur ein Staat hat zu deinen Gunsten gestimmt." Jack schüttelte den Kopf.

„Lass mich raten, wer auf meiner Seite steht. Alabama." Barrett schluckte den Kloß, der sich in seinem Hals gebildet hatte, hinunter.

„Hör zu, lass mich bitte mit den anderen Rudelführern sprechen, wenn Boudier nicht dabei ist. Ich weiß, dass Kentucky ihn gerne loswerden würde, aber keine Unruhe stiften will, da Boudier seinen Staat bislang in Ruhe gelassen hat. Tennessee wird sich nicht gegen Edward Boudier stellen, auf gar keinen Fall."

„Was ist mit dir, Jack?" Barrett neigte den Kopf. „Wo stehst du mit alledem?"

Jack riss die Augen auf. „Du weißt genau, wo ich stehe. Wie kannst du mich das überhaupt fragen?"

„Bevor ich heute Abend hierhergekommen bin, hätte ich schwören können, dass du auf der richtigen Seite stehst. Dass du auf meiner Seite stehst. Aber jetzt bin ich mir da nicht mehr so sicher."

Jack trat einen Schritt zurück und spitzte die Lippen. „Ich ärgere mich sehr über deine Aussage, Barrett. Ich bin für dich immer ein guter Freund und Unterstützer des Bundesstaates von Arkansas gewesen. Ich habe auf die Abstimmung verzichtet, weil ich dachte, dass es einen Interessenkonflikt geben würde, da jeder weiß, dass ich dein Freund bin." Er hob den Kopf.

„Ja. Nun, Dinge ändern sich. Die Leute werden es leid, das Richtige zu tun. Sie wollen tun, was leicht ist." Barrett ging durch die Vordertür und knallte sie hinter sich zu.

*K*apitel Fünfzehn

„Bist du stark genug, um aufs Motorrad zu steigen? Bist du dir sicher, dass es dem Baby gut geht?" Jaxon trat vom Fenster zurück und wandte sich wieder an Ginny. Die Blutergüsse, die John verursacht hatte, als er sie geschlagen hatte, waren jetzt geheilt und die Blutflecke auf ihrem T-Shirt waren der einzige Beweis dafür, dass sie von ihrer psychotischen Mutter fast erstochen worden war. Er kam näher und legte seine Hand auf ihren Bauch.

„Ich kann mitfahren. Das Baby ist ein Werwolf. Es wird heilen." Sie sah ihn mit zusammengekniffenen Augen an. „Was ist mit dir? Du bist derjenige, der mit Silber gebissen wurde."

Er rollte die Schulter, wo Johns Zähne in sein Fleisch gesunken waren. Sie tat noch immer weh, aber die Wunde schloss sich schnell.

„Mir geht es gut." Er betrachtete die Leiche ihres Mannes. „Ich kann einfach nicht glauben, dass das Arschloch silberüberzogene Zähne hatte." Es war ein sadistischer Schachzug.

„Hätte er sich in seine eigene Wange gebissen, hätte er sich selbst vergiften können."

„Er hat es machen lassen, kurz nachdem wir geheiratet haben. Er sagte, er möchte, dass jeder Teil seines Körpers eine Waffe ist, damit jeder Werwolf, der sich ihm entgegenstellt, den Biss des Todes spürt." Sie schluckte und wandte sich ab.

„Ginny?" Sein Bauch krampfte sich zusammen.

„Ja?"

„Hat er dir mit diesen Zähnen jemals wehgetan?" Er zwang sich, die Worte auszusprechen, aber er musste die Wahrheit wissen. „Hat er dich je gebissen?"

„Jedes Mal, wenn er mich zum Sex gezwungen hat." Ihre Stimme war distanziert, aber sanft.

Er trat einen Schritt auf sie zu, aber sie hob die Hand, um ihn aufzuhalten.

„Du musst wissen, dass ich mich nie mit ihm verpaart habe. Niemals. Ich wurde gezwungen, ihn zu heiraten und mich wie seine Ehefrau zu verhalten." Sie schüttelte ihren Kopf. „Aber ich habe ihm nie gehört. Nicht auf eine Art, die wichtig wäre." Sie sah zu ihm auf und hob den Kopf.

„Ich erwarte nicht, dass du mich nach alledem noch haben willst … nachdem er mich hatte. Ich weiß, dass ich ruiniert wurde. Ich bin nicht mehr das perfekte Mädchen, das du einst kanntest." Sie schüttelte ihren Kopf. „Aber wenn wir es hier herausschaffen, kann ich vielleicht eine Art Frieden finden, weg von diesem Leben, weg von der Gewalt. Das wäre genug für mich." Sie leckte sich über die Lippen.

„Ginny" – er trat einen Schritt auf sie zu – „wir werden hier rauskommen. Und dann werden wir uns unterhalten. Wenn du denkst, dass du mich so schnell loswerden kannst, kennst du mich wirklich nicht sehr gut." Er sah auf den Boden.

„Außerdem ist es ja nicht so, als wäre ich unbefleckt. Ich hatte auch andere Frauen. Das musst du wissen." Er sah sie an. „Aber ich habe mit keiner von ihnen je dasselbe empfunden wie mit dir. Sie waren nur da, um die Leere zu füllen. Aber sie konnten es nie. Du wirst dich mit der Tatsache abfinden müssen, dass du mich nicht loswerden wirst. Nicht jetzt oder jemals. Was mich betrifft, bist du die einzige Gefährtin für mich."

Ihre blauen Augen füllten sich mit lang zurückgehaltenen Tränen und ihre Lippe zitterte. Er war alles, was sie brauchte.

Er zog sie nah zu sich heran und drückte seine Lippen auf ihre. Es war ein Kuss, der ihr ein Versprechen für die Zukunft gab. Als er sich von ihr löste, blickte er auf ihr Gesicht hinunter.

„Ich verspreche dir, dass wir hier rauskommen und nach Arkansas zurückkehren werden. Dort ist es sicher. Dafür wird Barrett sorgen. Ich verspreche es dir bei meinem Leben."

* * *

„DANKE, dass du uns alle zum Abendessen eingeladen hast. Es tut mir sehr leid, dass Damon nicht kommen konnte." Ava schloss Granny in eine feste Umarmung. Der Duft von Nachtisch und dem Parfüm der alten Dame brachten Ava zum Lächeln.

„Komm rein, meine Liebe. Lucien und Catty sind hier. Und Jayden und Haley auch."

Granny winkte sie ins Esszimmer.

Beim Geruch des hausgemachten Essens knurrte Avas Magen. Sie lächelte, als sie ihre Freunde bereits um den Tisch sitzen sah.

„Da bist du ja", meckerte Jayden. „Dann können wir endlich essen."

Haley kicherte, stand auf und gab Ava einen Kuss auf die Wange. Ava mochte Haley. Sie war für sie wie eine Schwester und Ava wusste, dass sie gut zu Jayden passte.

„Hallo, Liebes." Ava umarmte Catty und wandte ihre Aufmerksamkeit dann Lucien zu. Sie tätschelte ihm die Brust. „Sieht so aus, als wärst du so gut wie neu."

„Das bin ich." Er grinste und zog Catty in eine Umarmung. „Es hilft, dass Catty weiß, wie man einen Werwolf schnell besser fühlen lässt."

„Vielleicht sollte ich lieber Medizin als Jura studieren", witzelte Catty.

„Wann fängt das Studium an?" Ava setzte sich auf einen Stuhl am Esstisch und sah sich nach Granny um. Die ältere Dame war wieder in der Küche verschwunden.

„Im Herbst. Aber ich lese jetzt schon alles nach. Und ich habe mit meinem Vater gesprochen." Sie grinste. „Er ist froh, dass sich zumindest eines seiner Kinder dazu entschlossen hat, in seine Fußstapfen zu treten und Jura zu studieren. Er hätte gedacht, dass es Zane sein würde, aber wie sich zu jedermanns Überraschung herausstellt, bin ich es."

„Ich bin nicht überrascht." Ava legte sich ihre Serviette über ihren Schoß und wünschte sich plötzlich, dass Damon hier bei ihr wäre. Jetzt, wo er Barrett vertrat, fühlte sie sich einsam. Der Blick um den Tisch herum auf die Paare machte sie etwas traurig darüber, dass ihr Gefährte nicht bei ihr war.

„Ich vermisse meinen Komplizen. Ich meine, wer geht mir denn um zehn Uhr abends Schokolade kaufen, wenn ich etwas Süßes brauche?" Ava verschränkte die Arme und täuschte einen Schmollmund vor.

„Ich dachte, dafür wäre Damon da." Jayden schnaubte. Er seufzte erleichtert auf, als Granny mit einer großen Platte Rinderbraten aus der Küche kam.

„Nicht mehr. Nicht, seit er für Barrett eingesprungen ist, während er unterwegs ist, um zu tun, was er eben tut." Ava seufzte und hielt ihr leeres Weinglas hoch. Catty lächelte und goss eine großzügige Menge Rotwein in ihr Glas. Gott sei Dank, gab es bei Granny immer Unmengen von Wein zum Abendessen.

„Wo ist Barrett denn hingefahren?", fragte Granny und setzte sich ans Kopfende des Tisches. Sie reichte Jayden den Braten, dessen Augen weit aufgerissen waren und Ava war sich ziemlich sicher, dass sie ein kleines Sabbern in seinen Mundwinkeln sehen konnte.

„Irgendein Rudelführertreffen. Ich glaube, sie halten es bei Jack Welbourn in Mississippi ab", sagte Ava, trank einen Schluck Wein und zuckte bei dem sauren Geschmack zusammen. Sie griff sich stattdessen ihr Wasser.

„Jack Welbourn. Das ist einer der bestaussehenden Gentleman, die ich je gesehen habe." Granny grinste leicht. „Wenn ich ein paar Jahre jünger wäre, würde ich es mit ihm vielleicht versuchen."

Jaydens Gabel klapperte auf seinen Teller und er warf seiner Großmutter einen entsetzten Blick zu. „Definitiv nicht! Du hast dir bei deiner höllischen Valentinstagverabredung schon genug Ärger eingehandelt."

„Woher sollte ich denn wissen, dass er ein Verbrecher ist?" Granny zuckte mit den Schultern.

„Vielleicht vom Blick in seine Augen?" Jayden runzelte die Stirn.

„Um ehrlich zu sein, dachte ich, dass er leicht verstopft aussah. Ich dachte, sobald wir Nachtisch und Kaffee hinter uns gebracht hätten, würde sich sein Darm etwas lockern. Ich dachte, nach einem Ausflug zur Toilette, würde er ein ganz neuer Mann sein."

„Jesus, Granny." Jayden zuckte zusammen. „Ich versuche hier zu essen."

„Achte auf deine Wortwahl, wenn du an meinem Tisch sitzt, Jayden." Granny kniff die Augen zusammen. „Du bist nicht zu alt dafür, dass ich dich übers Knie legen könnte."

„Genau genommen bin ich das." Er zeigte mit seiner Gabel auf sie. „Außerdem bin ich schneller. Ich kann vor dir wegrennen."

Ava brach in Gelächter aus. Wann immer sie sich ein bisschen niedergeschlagen fühlte, konnte sie sich darauf verlassen, dass ein Besuch bei Granny sie aufmunternd würde.

„Also wie lange wird Damon Barrett denn vertreten?" Lucien sah sie an. Der große Werwolf mochte zwar riesig und einschüchternd aussehen, aber er war immer nett zu ihr gewesen. Er hatte in den letzten Monaten viel durchgemacht, nachdem er gefangen genommen und gefoltert worden war. Aber seine Gefährtin Catty, hatte ihn wieder aufgepäppelt. Sie schienen sich gegenseitig dabei zu helfen, sich von ihren schmerzhaften Vergangenheiten zu heilen.

„Nicht für lange. Nur bis er von dem Treffen der Rudelführer zurückkommt." Sie zuckte mit den Schultern. Sie kümmerte sich nicht so sehr um diese Seite der Rudelangelegenheiten. Sie zog es vor, wenn Damon seine Missionen erfüllte und abends zu ihr nach Hause zurückkam. Es war ein einfacheres Leben als all der politische Mist, mit dem sich Barrett auseinandersetzen musste.

„Ich bin ein bisschen überrascht, dass er Zane nicht darum gebeten hat, für ihn einzuspringen." Catty runzelte die Stirn und füllte ihren Teller mit Kartoffeln. „Ich dachte immer, er wäre Barretts rechte Hand."

Dieser Gedanke war ihr auch durch den Kopf gegangen. Sie sah zu ihrer Freundin auf und zuckte mit den Schultern. „Ich weiß es nicht. Ich glaube, er hatte das Gefühl, dass Zane genug damit zu tun hat, SKYLARS HAUS für die Eröffnung vorzubereiten."

Catty wandte ihren Blick von Ava ab.

Unbehagen breitete sich in Avas Magen aus. Sie sah ihre Freundin an. „Catty, bist du etwa sauer, dass er Damon gefragt hat und nicht deinen Bruder?"

„Das ist es nicht, Ava." Catty legte ihre Gabel hin und lehnte sich in ihrem Stuhl zurück.

„Was ist es dann?" Sie sah die anderen um den Tisch herum an, um zu sehen, ob sie wussten, wohin dieses Gespräch führen würde.

„Bin ich der Grund, warum Barrett Zane die Aufgabe nicht angeboten hat?" Catty schaute ihr in die Augen.

„Worüber redest du? Warum würde es irgendetwas mit dir zu tun haben?", fragte Ava.

Catty senkte den Blick zu ihrem Schoß. „Schau mal, ich weiß, dass die Leute großen Wert darauf legen, was man mit seinem Leben anstellt. Und die Tatsache, dass ich früher eine Stripperin war …"

„Moment." Ava hob ihre Hand, um ihre Freundin davon abzuhalten, noch mehr zu sagen. „Sprich nicht weiter. Ich kann dir von ganzem Herzen sagen, dass deine Vergangenheit keinen Einfluss darauf hatte, warum er Damon das Kommando übergeben hat."

„Catty." Lucien drehte sich zu ihr und legte seinen Arm um Cattys Schultern. Er zog sie in eine schützende Umarmung. „Warum würdest du so etwas überhaupt sagen?"

„Weil ich weiß, welche Fehler ich in meiner Vergangenheit gemacht habe. Ich stehe zu ihnen. Sie sind das, was mich zu der Person gemacht hat, die ich heute bin. Aber ich möchte nicht, dass meine Familie für meine Entscheidungen oder meine Fehler bezahlen muss." Sie hob den Kopf und sah sich am Tisch um.

„Und du kennst unseren Rudelführer." Jayden nickte und hörte auf zu essen. „Er würde niemals jemanden wegen seiner Vergangenheit verurteilen. So ist er nicht." Er sah Ava an. „Ich stimme Ava zu. Seit Zane und Skylar zusammen sind, habe ich auch eine Veränderung in Zane gesehen."

„Eine Veränderung?" Catty runzelte die Stirn.

„Ich meine, er ist immer noch ein knallharter Schweinehund", gab Jayden zu.

„Jayden, deine Wortwahl." Granny sah finster aus.

„Entschuldige, Granny." Jayden sah zurück zu Catty. „Aber ich sehe jetzt noch etwas in ihm. Er scheint jetzt ruhiger zu sein. Ich meine, er ist bei jeder Gelegenheit drüben bei SKYLARS HAUS für Kinder. Er liebt seinen Job als Wächter, aber wenn er dort drüben bei Skylar ist, ist er ein anderer Wolf. Ich glaube nicht, dass er der nächste Rudelführer werden möchte."

„Moment. Warte mal. Eine Sekunde." Ava stellte ihr Wasser ab. „Was Damon macht, ist nur Vertretung. Es ist doch keine Vorbereitung darauf, permanent für Barrett einzuspringen." Sie griff nach ihrer Gabel und zeigte auf jeden in der Runde. „Lasst uns das hier einmal klarstellen."

„Würde es dir nicht gefallen, die Frau des Rudelführers zu sein, Ava?" Haley grinste und trank einen Schluck ihres Weins.

„Oh, nein." Sie schüttelte den Kopf und konzentrierte sich darauf, ein Stück von ihrem Braten abzuschneiden. Die Richtung, in die sich dieses Gespräch entwickelt hatte, gefiel ihr überhaupt nicht.

„Warum denn nicht? Ich wette, du würdest zu vielen Partys und Bällen eingeladen und ..." Granny hatte einen verträumten Ausdruck in ihren Augen, während sie sprach.

„Bälle? Partys?" Jayden riss die Augen auf. „Er ist doch nicht der Präsident der Vereinigten Staaten. Es ist ein Rudelführer. Barrett hat Glück, wenn ihn jemand zum Grillen einlädt." Er schnaubte. „Und hast du mal sein Haus gesehen?"

„Barrett hat ein Haus?" Catty setzte sich auf und wurde aufmerksam.

„Nun, er hat eins in Fayetteville, wenn er sich mal ein Footballspiel ansehen möchte. Es ist ein älteres Haus, aber es wurde renoviert." Jayden hatte sich in diesem Haus aufgehalten, während er Haley vor einem Stalker beschützt hatte.

„Was ist mit hier? Ich sehe ihn nie das Büro verlassen. Hat er im Büro einen Schlafplatz?" Granny runzelte die Stirn.

„Ich wette es. Ich wette, der ist hinter einer dieser Wände. So wie diese geheime Waffenkammer." Lucien nickte.

„Er hat eine geheime Waffenkammer?" Granny setzte sich in ihrem Stuhl auf.

„Ja. Und du wirst sie niemals zu sehen kriegen, also schlage es dir gleich wieder aus dem Kopf." Jayden runzelte die Stirn.

„Ich persönlich glaube, dass er niemals schläft." Lucien zuckte mit den Schultern, steckte sich ein Stück Braten in den Mund und kaute nachdenklich. „Ich meine, ich habe ihn die Wächterbasis noch nie verlassen sehen, es sei denn, es ist geschäftlich oder für ein Meeting. Er ist immer schon da, wenn alle ankommen und immer noch da, wenn alle gehen."

Ava runzelte die Stirn. Sie schlug die Beine übereinander und trank einen Schluck. „Ich glaube nicht, dass es zu Damon passen würde, Rudelführer zu sein."

„Du meinst, es würde dir nicht passen." Granny warf ihr einen wissenden Blick zu. „Ich kann mir nicht vorstellen, dass ihr zwei für längere Zeit getrennt sein könntet."

„Ja, ich mir auch nicht." Sie verschränkte die Arme. Sie hoffte wirklich, dass Barrett sich beeilen würde, seinen Hintern zurück nach Arkansas zu schwingen, damit Damon wieder zu ihr nach Hause kommen konnte. Sie war stolz auf ihren Mann, das war sie wirklich. Sie wollte nur einfach nicht für seinen Job in den Hintergrund gedrängt werden.

„Granny, macht es dir etwas aus, wenn ich Damon einen Teller bringe?", fragte Ava.

„Gar kein Problem, meine Süße. Nachdem wir gegessen

haben, füllen wir ihm einen großen Teller voll. Und erinnere mich daran, ihm auch ein großes Stück Hummingbird-Torte einzupacken. Das wird ein breites Lächeln auf das Gesicht deines Gefährten zaubern."

„Dafür brauche ich keinen Kuchen, Granny. Das schaffe ich alleine." Ava grinste.

*K*apitel Sechzehn

Jaxon wusste, dass es ein Rennen gegen die Zeit war. Sie befanden sich buchstäblich auf feindlichem Territorium und mussten hier schnellstmöglich raus.

„Ich möchte, dass du das Tor öffnest." Jaxon sah Ginny an, die vor ihrer toten Mutter stand.

„John hatte den Code. Er hat ihn jeden Tag morgens als erstes geändert, für den Fall, dass ich jemals versuchen würde, abzuhauen." Sie sah ihn an.

Großer Gott. Was für eine Hölle hatte sie in den letzten Jahren durchlebt?

„Unsere Möglichkeiten sind begrenzt. Nun, wir könnten über den Zaun klettern und zu Fuß fliehen, bis wir ein Transportmittel finden."

Sie schüttelte heftig den Kopf. „Das wird nicht funktionieren. Mein Vater hat in dieser Stadt seine Augen überall. Kameras an jeder Straßenecke, Leute, die für ihn arbeiten und bereit sind, ihm für Geld ein paar Informationen zu liefern. Die einzige Person, der ich in dieser Stadt jemals vertraut habe, war meine Mutter." Sie sah Caroline wieder an. „Und anscheinend habe ich mich auch in ihr geirrt. Ich dachte, ich wäre ihr wichtig. Ich dachte, dass sie mich liebt."

„Schatz, der Kopf deiner Mutter wurde bereits vor sehr langer Zeit von deinem Vater vergiftet. Er hat sie einer Gehirnwäsche unterzogen." Er holte tief Luft. „Im Moment müssen wir darüber nachdenken, wie wir hier rauskommen. Da du den Code nicht kennst, kann ich versuchen, das Tor lange genug zu deaktivieren, um meine Harley durchzufahren."

„Es wird einen Alarm auslösen. Und der geht direkt zu meinem Vater." Sie zuckte die Schultern und starrte auf den Boden. „Ich habe gehört, wie mein Vater John davon erzählt hat, dass er jede meiner Bewegungen kontrollieren wollte."

Jaxon nickte. „Ich dachte mir schon, dass es einen Alarm gibt, aber es muss auch eine Verzögerung geben. Wahrscheinlich ein oder zwei Minuten. Aber es würde uns genug Zeit geben, das Tor zu öffnen, hinauszufahren und die Stadt zu verlassen, wenn ich so richtig Gas gebe." Er neigte den Kopf. „Bist du stark genug, um dich gut festzuhalten?"

„Ja." Sie nickte.

„Beeil dich und zieh dir die Sachen wieder an, die du vorhin anhattest. Ich bringe solange die Harley in die Nähe des Tores. Sobald ich das Tor öffne, müssen wir los." Er trat näher und berührte ihr Kinn mit seiner Fingerspitze. „Es gibt kein Zurück."

„Kein Zurück." Sie lächelte.

Er gab ihr einen schnellen Kuss und ging zur Hintertür hinaus. Er sah sich draußen um und stellte sicher, dass er niemanden sehen konnte, bevor er zurück zur Baumgrenze ging, um seine Harley zu holen.

Die Morgendämmerung brach ein und warf ihr weiches gräuliches Licht über den dunklen Boden. Schon bald würde die verschlafene Stadt hellwach und in Alarmbereitschaft sein.

Er schob seine Harley die Auffahrt hinunter. Als er nah genug am Tor war, stellte er sie auf den Ständer. Er drehte sich um, als er Ginnys leise Schritte die Asphaltauffahrt hinuntereilen hörte.

„Geh und steige auf das Motorrad auf. Sobald ich das Sicherheitssystem am Tor deaktiviere und es öffne, sind wir hier raus."

Sie kletterte auf das Motorrad und wartete auf ihn.

Er ging zu dem Alarmkasten hinüber. Er war verkabelt, anstatt drahtlos zu sein. Er benutze sein Taschenmesser, um die Tür aufzustemmen. Dann erblickte er das Bündel farbiger Kabel. Er war kein Elektronikguru wie einige der anderen Wächter. Er bedauerte jetzt, dass er Jayden nicht zugehört hatte, als er ihm zeigte, wie man Alarme deaktiviert. Jetzt war es zu spät. Er griff das Kabelbündel und riss es heraus.

Winzige Funken flogen in alle Richtungen und das Licht auf dem Kasten ging aus. Er griff nach dem schmiedeeisernen Tor und schob es auf.

Adrenalin füllte seine Adern und er sprang auf die Harley und ließ den Motor an. Ginnys Hände schlangen sich um seine Taille und ihre Wange drückte sich gegen seinen Rücken, als sie ihren Körper an seinen schmiegte. Er ließ den Motor aufheulen und raste durch das offene Tor. Er bog auf die Straße ab und beschleunigte.

Er schaute auf seine Uhr und zählte im Kopf die Sekunden, die sie noch hatten, bevor Boudiers Handlanger kommen würden, um zu sehen, was zum Teufel im Haus los war.

Die Harley brummte unter seinen Fingerspitzen, als er durch die Stadt raste. Er versuchte dabei, sich von den Hauptstraßen fernzuhalten, aber das würde sie Zeit kosten. Und Zeit hatten sie nicht.

Er hatte keinen Zweifel daran, dass Boudier innerhalb

weniger Minuten einen vollständigen Bericht darüber erhalten würde, dass seine einzige Tochter auf dem Rücksitz einer Harley mit einem Arkansas-Wächter abgehauen war.

Wenn sie hier erwischt würden, gäbe es für Ginny keine Gerechtigkeit. Für sie beide würde es nur den Tod geben. Er raste durch die Stadt. Als er die Autobahn erreichte, wagte er es nicht, sich zu entspannen. Er prüfte seinen Rückspiegel, um zu sehen, ob sie verfolgt wurden. Glücklicherweise wurden sie es nicht. Seit Boudier Louisiana übernommen hatte, war der Staat feindliches Territorium geworden. Ein Feind für Arkansas und jeden anderen gesetzestreuen Staat.

Was gerade passiert war, würde eine Kettenreaktion auslösen, die in jedem Aspekt der Werwolfwelt zu spüren sein würde. Barrett würde zweifellos stinksauer sein. Aber Jaxon wusste, dass sein Rudelführer fair war. Er würde immer zu seinen Wächtern stehen. Jaxon brauchte ihn jetzt auf seiner Seite. Ohne ihn wären sie so gut wie tot.

* * *

SIE WAREN eine Weile gefahren und Jaxon wusste, dass sie sich der Grenze zu Arkansas näherten. Ein Auto rauschte an ihre Seite und er wartete darauf, dass es sie überholte. Als das Auto nicht an ihnen vorbeifuhr, warf er einen Blick hinein.

„Scheiße." Es war Ella. Diese verfluchte Hexe aus Yazoo City. Sie fuhr eine braune Limousine und grinste ihn an wie ein verdammtes Opossum. Auf dem Beifahrersitz saß eine schwarze Katze. Die Katze heulte, als sie das Fenster hinunterkurbelte. Ihre Ohren wurden vom Wind erfasst und sie sah nicht besonders glücklich aus.

Ella sah ihm in die Augen, grinste und riss das Lenkrad nach rechts. Er trat auf die Bremse, um sie davon abzuhalten, sie zu rammen. Ginny schrie und klammerte sich enger an ihm fest.

„Ich hasse diese Schlampe", murmelte Jaxon. Er griff in sein Holster und zog seine Waffe heraus. Er löste die Sicherung und richtete die Sig Sauer auf die Reifen des Autos.

„Was machst du denn?", schrie Ginny.

„Es sind entweder wir oder sie."

„Sie ist eine unsterbliche Hexe, Jaxon. Man kann sie nicht töten."

„Ich töte sie nicht. Ich hindere sie daran, uns zu töten." Er richtete die Waffe auf den Reifen und drückte den Abzug.

Der Schuss ertönte. Der Reifen platzte. Funken flogen über den Asphalt. Das Auto kam ins Schleudern. Die Katze sprang auf Ellas Kopf. Ella schrie. Das Auto kam von der Straße ab, stieß gegen einen Baum und kam zum Stehen.

Jaxon bremste das Motorrad ab und verließ die Straße. Er warf einen Blick auf das Auto.

„Glaubst du, dass sie in Ordnung ist?", fragte Ginny.

Die Fahrertür flog auf. Eine sehr wütende rothaarige Hexe mit Kratzspuren auf ihrer Wange sprang aus dem Auto.

„Du Arschloch!", schrie sie ihn an.

„Ja. Es geht ihr gut." Jaxon bog wieder auf die Straße und raste weiter in Richtung Arkansas.

* * *

„Lass mich verdammt noch mal los, du verrückte Schlampe", schrie Ella und schüttelte Nyx von ihrem Bein ab. Die Katze fauchte und löste ihre Krallen von ihren Beinen.

„Wen nennst du verrückt?" Nyx kniff die gelben Katzenaugen zusammen.

„Es stört dich mehr, dass ich dich verrückt nenne, als dass ich dich eine Schlampe nenne?" Ella schüttelte den Kopf und berührte ihr brennendes Gesicht mit den Fingerspitzen.

„Es scheint, dass wir es beide nicht mögen, wenn uns die Leute in Schubladen stecken. Außerdem bist du eine psychopathische Hexe. Ich bin nur dein harmloser, magischer Wegbegleiter." Nyx hob ihre Pfote und leckte sie.

„Es ist eher eine Borderline-Persönlichkeitsstörung, als dass ich eine Psychopathin wäre." Ella funkelte sie an. „Wenn du mich schon diagnostizieren willst, stelle sicher, dass es die richtige Störung ist."

„Wie dem auch sei." Nyx warf einen Blick über ihre Schulter auf die Straße. „Dein Werwolf ist weg."

„Er ist nicht mein Werwolf." Ella lehnte sich zum Spiegel an der Fahrertür hinunter und zuckte beim Anblick der Kratzspuren auf ihrem Gesicht zusammen. „Heilige Scheiße, Nyx." Sie drehte sich zu ihrer Katze um. „Schau mal, was du mit meinem Gesicht gemacht hast."

„Eine große Verbesserung, wenn du mich fragst", grinste Nyx.

„Was zum Teufel habe ich getan, dass ich mit Kreaturen wie dir rumhängen muss?", fragte Ella.

„Nun, es fing damit an, dass du verflucht wurdest." Nyx hielt eine Pfote hoch.

„Halt einfach die Fresse", spie Ella. „Ich will es nicht hören."

„Also, was ist dein Plan, du Genie? Du hast versucht, diesen Werwolf auszuschalten, damit er dich nicht fängt und zurück zum Friedhof bringt. Aber du hast nur erreicht, ihn wütend zu machen. Aus irgendeinem Grund glaube ich, dass er nicht zurückkommen wird. Und jetzt sind wir diejenigen im Straßengraben. Zum zweiten Mal heute."

Ella kniff die Augen zusammen und zählte bis zehn. Als sie sie wieder öffnete, funkelte sie Nyx an.

„Ich weiß nicht, warum du das mit dem Zählen machst. Es hält dich nicht wirklich davon ab, in die Luft zu gehen. Leute wie du ändern sich nie", stellte Nyx fest.

„Leute wie ich?" Ella wünschte sich, sie könnte einen großen schwarzen Topf mit brodelndem Fett herbeizaubern.

„Du weißt schon, Psychopathen." Nyx zuckte mit den Schultern.

„Borderline-Persönlichkeitsstörung", warf Ella erneut ein und sah in den Spiegel.

„Hörst du jetzt endlich auf, dich anzuschauen? Du wirst selbst dann noch flachgelegt werden, wenn dein Gesicht aussieht, als hätte dich Freddy Krüger geküsst."

„Ich glaube, ich habe im Handschuhfach des Autos, das wir gestohlen haben, ein Taschenmesser gesehen. Wenn du nicht gleich still bist, werde ich dir die Zunge herausschneiden, Katze." Ihre Hände ballten sich zu Fäusten.

„Siehst du, das klingt genau nach etwas, was ein Psychopath tun würde. Mörder sind Psychopathen. Leute mit Persönlichkeitsstörungen scheren sich einen Scheißdreck um so etwas. Sie würden einfach gehen", sagte Nyx selbstgefällig.

„Gute Idee." Ella biss die Zähne zusammen und stiefelte aus dem Graben. Mit jedem Schritt, den sie tat, versanken ihre Absätze etwas tiefer im Dreck. „Schau dir mal meine Schuhe an. Ich habe für diese Schuhe einen Haufen Geld bezahlt."

„Du meinst wohl, du hast dir große Mühe gegeben, diese Schuhe zu stehlen", schnaubte Nyx.

„Wie dem auch sei. Jetzt sind sie ruiniert."

„Was machen wir jetzt?" Nyx lief neben ihr die Straße entlang.

„Ich werde bei jemandem mitfahren, der Katzen hasst." Sie funkelte sie an. „Ich bin mir also nicht sicher, was du machen wirst."

„Du bist ja nur sauer, weil dieser Werwolf das Weibchen, das er hinter sich auf der Harley hatte, dir vorgezogen hat."

Es hatte tatsächlich ihr Ego verletzt, dass Jaxon sich nicht für sie interessierte. Aber in dem Moment, in dem er sie geküsst hatte, hatte sie sofort gewusst, dass er es nur tat, um das Werwolfweibchen eifersüchtig zu machen. Es war egal. Es zählte nur sicherzustellen, dass sie nie wieder auf dem Friedhof von Yazoo City eingesperrt werden würde. Sie hatte zu viele Jahre in diesem Höllenloch verbracht. Sie war schon einmal von dort geflohen und hatte es bis nach New Orleans geschafft. Aber es hatte nicht lange gedauert und schon bald war sie zurück auf dem Friedhof. Dann waren Lucien und sein Weibchen zu Besuch bekommen. Es war die Gelegenheit gewesen, die sie für ihre Flucht brauchte. Sie hatte geschworen, dass sie niemals dorthin zurückkehren würde. Egal, was passierte. Was der Grund war, warum sie nach Louisiana kam. Wenn jemand die Regeln brechen oder ihr helfen könnte, wäre es Boudier. Sie hatte von seinem Ruf als Rudelführer von Louisiana gehört. Er brach ständig die Regeln. Und Ella hatte ein paar Informationen, die er möglicherweise für notwendig und faszinierend hielt.

Sie hatte vorgehabt, beim Haus seines Schwiegersohns aufzutauchen und John zu erzählen, dass Jaxon mit seinem kleinen Frauchen zusammen gewesen war. Aber dann war er ermordet worden, bevor sie mit ihm sprechen konnte. Also war sie Jaxon und der mordenden Ehefrau in der Hoffnung gefolgt, sie könne sie von der Straße drängen und sie gefangen nehmen.

Sie wollte Johns Frau bei Boudier abliefern. Alles in einem hübschen Paket. Aber Jaxon hatte ihren Plan ruiniert und ihren Reifen zerschossen. Jetzt war sie diejenige, die gerettet werden musste.

„Deshalb bin ich nicht sauer. Ich brauche diesen Werwolf und seine Schlampe lebend. Je mehr Druckmittel ich gegen Boudier habe, desto besser wird meine Position sein, um meine Freiheit zu verhandeln."

„Warum klimperst du nicht einfach mit deinen hübschen kleinen Wimpern und gehst auf die Knie …"

Ella trat Nyx mit der Spitze ihres Stöckelschuhs in die Seite und die Katze flog in den Straßengraben.

„Habe ich dir heute schon gesagt, wie sehr ich dich hasse?", zischte Nyx und schüttelte sich, bevor sie sich wieder zu Ella an den Straßenrand gesellte.

„Ja. Viermal um genau zu sein." Ella schenkte ihr ein süßes Lächeln. „Aber ich zähle nicht mit."

„Also, was ist der Plan?", fragte Nyx.

„Der Plan ist, dass wir uns ein anderes Auto besorgen, und dann diesen Werwolf finden. Ich tausche die Frau mit Edward Boudier gegen meine völlige Freiheit ein. Und außerdem habe ich das hier." Sie hielt den Umschlag in die Luft, den sie in der Bar geklaut hatte.

„Woher weißt du, dass er dir Amnestie gewähren wird?"

„Er wird es tun, weil ich diejenige bin, die gesehen hat, wie seine Tochter seine Frau und seinen Schwiegersohn ermordet hat." Sie funkelte Nyx an. „So wie ich diese verdammten Werwölfe kenne, werden sie alles tun, um die Frau zu retten, die sie lieben. Jaxon wird versuchen, es so darzustellen, als wäre es alles Selbstverteidigung gewesen."

„Das war es doch auch. Hast du nicht gesehen, wie die Mutter der Tochter die Gabel in den Rücken gestochen hat? Es war tatsächlich ein Unfall. Sie ist gegen die Mutter gestürzt, woraufhin sich die Mutter buchstäblich das Geweih aus der Nähe angesehen hat." Nyx schauderte.

„Ja. Aber ich werde ihm eine andere Geschichte erzählen, die Geschichte eines Mordes. Jeder Werwolf, der seine Eltern tötet, wird zum Tode verurteilt. Ganz zu schweigen davon, dass ich den Umschlag habe, den Ginny in der Bar abgegeben hat. Ich bin mir sicher, dass Boudier sehr glücklich darüber sein wird, ihn zurückzubekommen. Kannst du dir vorstellen, was passieren würde, wenn der in die falschen Hände gerät?" Ella zog den dicken Umschlag aus ihrer Tasche und fuchtelte damit in der Luft herum.

„Also würdest du den Rudelführer anlügen, um deinen eigenen Arsch zu retten."

„Es ist entweder sie oder ich, und ich werde mich nicht wieder fangen oder zurückbringen lassen. Ich werde keine Gefangene mehr sein. Ich würde es vorziehen, dem Tod ins Auge zu sehen."

KAPITEL 17

*K*apitel Siebzehn

„Er wird inzwischen wissen, was passiert ist, Jaxon. Ich kenne meinen Vater. Er wird Männer an der Staatsgrenze positionieren, die auf uns warten." Ginny schlang ihre Arme um Jaxons schlanke Taille und sprach in sein Ohr.

Jaxon hatte ihr versichert, dass alles in Ordnung kommen würde. Aber ihr Bauchgefühl sagte ihr etwas anderes. Die Dinge würden nicht einfach so in Ordnung sein. Sie hatten eine Kettenreaktion ausgelöst, die ihrer beide Ende sein würde. So wie sie ihren Vater kannte, würde er sie vor den Augen des Mannes töten, den sie liebte, nur um sie zu bestrafen.

So sadistisch war er.

Viele Nächte hatte sie wach gelegen und sich schlecht gefühlt, weil sie wusste, dass das Blut ihres Vaters durch ihre Adern floss. Sie hatte Angst gehabt, dass sie sich in die gleiche Art Monster verwandeln würde, die er war.

Jedes Mal, wenn John sie zum Sex zwang, war sie vor Angst versteinert gewesen, dass sie schwanger werden

165

könnte. Ihr Körper war nicht länger ihr eigener gewesen. Dann kam der Tag, an dem ihr schlimmster Albtraum wahr geworden war. Der Tag, an dem sie herausfand, dass sie schwanger war.

Sie war ruiniert für Jaxon.

Ein Windstoß drückte stille Tränen aus ihren Augen und ihr Gesicht hinunter. Sie entkam einer Hölle, nur um sich der ultimativen Hölle stellen zu müssen, wenn Jaxon sie zurückweisen würde.

„Du musst an mich glauben, Ginny", sagte er über seine Schulter.

Glauben. Das war etwas, das sie schon vor langer Zeit verloren hatte. Sie war sich nicht sicher, ob sie ihren Glauben jemals wiederfinden würde. Nicht an ihn und schon gar nicht an sich selbst.

„Scheiße." Jaxon verlangsamte seine Geschwindigkeit.

Sie blickte über seine Schulter. Einen halben Kilometer vor ihnen hielt eine Reihe von Autos an einem Polizeikontrollpunkt an. Sie kniff die Augen zusammen. Angst machte sich in ihrem Bauch breit.

„Ich erkenne diese Männer, Jaxon. Sie arbeiten für meinen Vater."

„Dein Vater beschäftigt Menschen?"

„Mein Vater beschäftigt jeden in diesem Staat", antwortete sie.

„Nicht jeden." Er drehte das Motorrad auf der Autobahn um und fuhr in die entgegengesetzte Richtung. Er nahm die nächste Ausfahrt, ohne langsamer zu werden. Sie schloss ihre Arme fester um seine Taille.

Er fuhr nicht sehr weit auf der neuen Straße, bevor er wieder abbog. Er bog noch ein paarmal in verschiedene Seitenstraßen ab. Sie fragte ihn nicht, hoffte aber, dass diese Richtung sie näher und näher an die Staatsgrenze zu Arkansas bringen würde.

Er verlangsamte das Motorrad und bog in eine unbefestigte Straße ein. Er hielt seine Geschwindigkeit konstant, während er weiterfuhr. Er hielt an, als sie etwas erreichten, das wie ein sehr langer Pfad aussah, der in ein dichtes Waldstück führte.

„Was ist los? Geht es hier nicht mehr weiter?" Angst flatterte in ihrem Bauch und sie klammerte sich an ihn. Sie hatte das Gefühl, dass sie schon bald gefunden werden würden, und wollte es sich genau einprägen, wie sich sein Körper gegen ihren anfühlte.

„Ich habe einen Plan." Er bog auf den Pfad ab.

Sie kniff die Augen zusammen, als die Äste über ihr Gesicht streiften.

„Jaxon, ich glaube nicht, dass dieser Weg irgendwohin führt. Ich denke, dass es ein alter Tier Pfad ist."

Er warf einen Blick über seine Schulter und grinste. „Alle Pfade führen irgendwohin, Schatz. Man muss nur dem Richtigen folgen."

Sie war sich nicht so sicher, beschloss aber, den Mund zu halten. Sie befand sich eindeutig in einer Situation, in der sie keine Kontrolle hatte.

Sie suchte tief in ihrem Inneren, dort wo sie ihre Hoffnungen und Träume begraben hatte, und fand den kleinen Funken Hoffnung, der noch immer in ihr lebte, dass alles gut werden würde.

* * *

EDWARD BOUDIER WAR KEIN WOLF, den man verarschte. Er dachte, dass alle das wüssten.

Als also sein Bote zu ihm kam und ihm erzählte, dass seine Frau und sein Schwiegersohn ermordet worden waren und dass seine einzige Tochter auf dem Rücksitz einer Harley die Stadt verlassen hatte, sah er sofort rot. Dann drehte er sich um und riss dem Boten den Kopf ab. Alles vor den Augen seiner Louisiana-Wächter.

„Lass mich raten, wer der Wolf war, mit dem Ginny abgehauen ist", knurrte Boudier und leckte sich das Blut von seinen Händen. Er wurde sofort hart und wollte ficken. Blut hatte immer diese Wirkung auf ihn. Er sah sich im Raum um. Alle seiner Wächter vermieden es, Blickkontakt herzustellen. Außer seine Louisiana-Attentäter.

Er kniff die Augen zusammen und neigte den Kopf. „Lorcan."

Der Wolf, der einst unerbittlich darauf bedacht war, sein dunkles Haar platinblond zu färben, war nun zu seiner natürlichen dunklen Farbe zurückgekehrt. Mit dem dunklen Haar und den blauen Augen sah Lorcan umwerfend aus.

Boudier war nicht schwul. Er betrachtete Sex lediglich als einen Appetit, der gestillt werden musste. So wie foltern und töten. Er sehnte sich nach Dingen, von denen andere Rudelführer rot werden würden. Es war nicht genug, eine Frau zu vergewaltigen. Er wollte sie schreien hören, sehen, wie viel Schmerz er ihr zufügen konnte, ohne dass sie davon ohnmächtig wurde.

Manche dachten, er sei ein Monster. Andere dachten, er wäre der Teufel.

Er wusste es besser.

Er war Macht. Macht war allumfassend und viel besser als Geld, Sex oder Blut.

Macht war alles. Die Kontrolle zu haben, stellte sicher, dass die Dinge weiterhin so liefen, wie er es wollte.

„Lorcan, erzähl mir etwas. Hast du jemals herausgefunden, wie dieser Wächter Lucien entkommen konnte?"

Lorcans Blick schwankte nicht. Für die meisten war sein Blick einschüchternd. Er wäre auch für ihn einschüchternd gewesen, würde er nicht Lorcans Körper und seine Seele besitzen.

„Nein."

Ein Grinsen umspielte Boudiers Lippen und er winkte den Attentäter zu sich heran, um ein Stück mit ihm zu gehen.

„Ich könnte deinen Kopf innerhalb weniger Sekunden auf einem Dolch haben", sagte Boudier.

„Ja", sagte Lorcan. „Aber dann würde Ihnen ein Attentäter fehlen und Sie müssten mich ersetzen."

Er funkelte ihn an. „Jeder ist ersetzbar."

„Ich werde mich daran erinnern." Lorcans Worte hatten eine tiefere Bedeutung, aber sein Gesicht blieb ausdruckslos.

„Hast du deinen Bruder in letzter Zeit gesehen?"

Er strich mit seiner Hand über Lorcans schwarze Lederweste. Der Wolf trug immer schwarzes Leder – alle Attentäter taten dies, aber er fühlte sich von Lorcans Blick immer mehr angezogen als von den anderen beiden, Brutus und Killian.

„Nein", antwortete Lorcan. „Lucien ist für mich gestorben."

„Weißt du, Lorcan, ich ziehe dich den anderen Attentäter vor." Boudier grinste und sah über Lorcans Schulter zu Brutus und Killian.

Die anderen beiden Attentäter starrten emotionslos geradeaus.

„Es wäre mir lieber, wenn Sie das nicht täten", sagte Lorcan schlicht.

Er warf Lorcan einen Blick zu. „Ja? Und warum das?"

„Weil Brutus größer ist als ich und mir deswegen in den Arsch treten wird, wenn wir hier rauskommen."

„Gott, Lorcan. Zeige etwas Respekt", fluchte Brutus leise.

„Deshalb bevorzuge ich dich, Lorcan. Wegen der klugen Fresse, die du an dir hast." Er trat näher an ihn heran.

„Wenn Sie auf Klugscheißer stehen, sind Sie bei Killian richtig", schnaubte Lorcan.

„Scheiße, Mann", zischte Killian und blickte zu Boden.

Im Raum machte sich eine tödliche Stille breit.

Boudier versuchte, ein Grinsen zu unterdrücken, und prustete dann plötzlich laut los. „Verdammt, Junge." Er schlug ihm hart auf die Schulter und lachte laut. „Du bist der einzige Wolf, den ich kenne, der mich an dem Tag zum Lachen bringen kann, an dem ich meine Frau und meinen Schwiegersohn verloren habe."

Lorcan sagte nichts.

Boudier lehnte sich näher zu ihm heran. „Das Problem ist nicht, dass meine Frau tot ist. Ich habe die Schlampe genauso gehasst, wie ihre verfluchte Mutter. Ich bin nur sehr enttäuscht, dass ich nicht derjenige war, der sie töten durfte." Er lehnte sich zurück und wandte sich an den Rest der Wächter und Attentäter. „Mein Schwiegersohn war ein ziemliches Arschloch." Er zuckte mit den Schultern. „Aber er hat es geschafft, meine Tochter in Schach zu halten. Und er hatte Geld. Für mich war es also eine Win-Win-Situation."

„Aber sie gehörten beide mir." Er wandte sich an seine Wächter und begegnete jedem einzelnen der stählernen Blicke. Er wollte, dass sie wussten, dass dies kein Witz war. Er machte mit diesen Arschlöchern wirklich keine Scherze.

„Und es gefällt mir nicht, wenn mir meine Sachen wegge-nommen werden." Er sah jeden seiner Wächter an und ließ seinen Blick lange genug auf jedem von ihnen ruhen, bis sie wussten, dass er sie ohne zu zögern ausschalten würde, wenn sie auch nur darüber nachdachten, sich ihm zu widersetzen.

„Die Strafe für Mord ist der Tod. Wir brauchen kein Tribunal. Dies ist ein klarer Mordfall. Meine Tochter hat ihre eigene Mutter ermordet. Ich fordere Gerechtigkeit. Caro-lines Blut fordert Gerechtigkeit."

„Was ist mit dem Arkansas-Wächter, mit dem sie zusammen war?", fragte Brutus.

Er drehte sich zu dem Attentäter um und begegnete seinem Blick. „Ich habe Pläne für ihn. Ich will, dass er zu mir gebracht wird. Ich werde ihm persönlich die Haut von seinem Fleisch reißen und sie als Geschenk zu seinem Rudelführer schicken."

„Sie befehlen also nicht, ihn zu töten?" Brutus neigte seinen Kopf.

„Nein. Ich will, dass er lebt und ich möchte, dass ihr drei ihn mir in einem Stück hierherbringt."

Er grinste, als ein grausames Bild in ihm aufstieg, und in seinem Kopf Wurzeln schlug. „Ich möchte derjenige sein, der ihn in Stücke reißt. Ein kleines Stückchen nach dem anderen."

*K*apitel Achtzehn

Jaxon fuhr langsam den überwucherten Pfad entlang, der immer tiefer in den Wald hineinführte. Es gab ein paar Stellen, an denen der Weg so eng war, dass er befürchtete, seine Harley würde nicht durchpassen. Aber sie hatten das Glück auf ihrer Seite und er schaffte es, überall durchzukommen und weiterzufahren.

Die Bäume waren dichtgewachsen und Moskitos summten als ständige Begleiter um seine Ohren. Bis zum Einbruch der Nacht würde er wahrscheinlich von ihren Bissen aufgefressen werden, aber er wusste, dass er weiterfahren musste. Auf der Autobahn befanden sich zu viele von Boudiers Männern, die nur darauf warteten, dass er einen Fehler machte.

Er konnte sich keinen Fehler erlauben. Er musste Ginny in Sicherheit bringen. Vor all den Jahren hatte er damit versagt. Dieses Mal würde er sie nicht im Stich lassen.

Er war sich nicht sicher, warum er diesen Pfad gewählt hatte. Er hatte einen Blick auf das GPS seines Motorrads geworfen und gesehen, dass es möglicherweise einen Weg gab, die Staatsgrenze von Arkansas zu überqueren, ohne die Hauptverkehrsstraßen zu nehmen. Er wusste aber auch, dass Boudier gründlich war und dass er ebenfalls Männer haben würde, die die kleineren Straßen im Auge behielten.

Er hatte die unbefestigte Straße aus einem Bauchgefühl heraus gewählt.

Da er im ländlichen Arkansas aufgewachsen war, liebte er es, draußen in der Natur zu sein. Er kannte die Landstraßen wie seine Westentasche.

Ginny klammerte sich fester um seine Taille. Sie war es nicht gewohnt, auf einer Harley zu fahren, geschweige denn durch einen Wald.

Er verzog das Gesicht, als Äste über die Seite seines Motorrads kratzten. Er wusste, dass die Lackierung ruiniert sein würde, wenn sie hier rauskamen. Aber es war egal. Es war ein kleiner Preis, den er gern bezahlte, wenn es bedeutete, er könnte sie beschützen.

Der süße Duft der Kiefern und der muffige Geruch von Moos stiegen ihm in die Nase. Die Blätter tanzten im Wind, als die Brise durch die zarten Zweige wehte. Das Dröhnen seiner Harley übertönte alle Geräusche von Vögeln, die vielleicht in den Bäumen sangen.

Die Mündung des Waldweges weitete sich und enthüllte ein baufälliges Gebäude, das zwischen den dichten Bäumen versteckt war.

Er hielt an und schaltete den Motor aus.

„Was machen wir?" Ginny stieg hinter ihm ab, ihre Augen waren weit aufgerissen und unsicher.

„Ich muss mich bei Barrett melden. Ihm ein Update geben."

„Du meinst, du willst ihn vor mir und dem, was ich getan habe, warnen." Ihre Zunge schoss aus dem Mund und leckte über ihre Mundwinkel. Sie schluckte und sah so aus, als wäre sie bereit loszurennen.

Er legte seine Hand sanft auf ihre schmale Schulter. „Ginny. Sag mir mal etwas."

„Was?" Sie sah ihn mit großen Augen an.

„Habe ich dir jemals etwas versprochen, das ich nicht gehalten hätte?" Er wollte, dass sie ihm vertraute – sie musste es einfach. Er wusste, dass sie traumatisiert war, aber sie musste jetzt einfach ein bisschen an ihn glauben.

„Nein. Du hast immer getan, was du versprochen hast."

„Dann höre mir zu und vertraue mir, wenn ich dir sage, dass ich dich zurück nach Arkansas bringen werde. Zurück dorthin, wo du hingehörst. Vertraue mir."

Sie blinzelte und sah ihn lange an. Dann senkte sie ihren Kopf. „Du bist nicht derjenige, dem ich nicht vertraue, Jaxon. Ich bin es."

Er runzelte die Stirn, als sein Handy zu vibrieren begann. Er zog es aus seiner Jackentasche. Es war Barrett.

Er nahm den Anruf entgegen und hielt sich das Telefon ans Ohr.

„Barrett, ich wollte dich gerade anrufen …"

„Jaxon, hör mir zu." Barretts Ton war abgehakt, eindringlich und unverfroren.

„Okay."

„Du musst schnellstmöglich aus Louisiana raus. Ich weiß, dass ich dir gesagt habe, du sollst diese Hexe fangen, aber die Situation hat sich jetzt verändert. Verlasse Louisiana und vergewissere dich, dass du alleine bist", forderte Barrett.

Das Blut gefror in seinen Adern. „Geht es dabei um Boudier?" Wie hatte Barrett so schnell davon erfahren?

„Ja. Und je länger du oder ein anderer Arkansas-Wächter in seinem Staat bleiben, desto höher ist das Risiko, dass du gefunden und getötet wirst."

„Schau, Barrett, das ganze war ein Unfall. Caroline Boudier sollte nicht getötet werden." Er fuhr sich mit der

Hand über sein Gesicht. Er musste es Barrett verständlich machen. Er hatte keine andere Wahl.

„Was hast du gesagt? Wer wurde getötet?" Barretts Stimme klang tief und brummend. Er hatte seinen Rudelführer noch nie so sprechen gehört. So als ob gleich eine Riesenscheiße passieren würde.

„Caroline Boudier."

„Boudiers Frau wurde heute getötet?", fragte Barrett.

„Ja und sein Schwiegersohn, John." Jaxon runzelte die Stirn.

„Scheeeeeiiiiße." Barretts zischender, lang gezogener Fluch klang, wie ein Messer, das einem Opfer die Kehle aufschlitzt.

„Moment, ist das nicht der Grund, warum du mir sagst, dass ich Louisiana verlassen soll?" Sein Magen krampfte sich zusammen.

„Nein, ist es nicht. Aber das hat gerade dazu geführt, dass die Situation zu Alarmstufe Eins übergegangen ist."

Furcht breitete sich in seiner Magengrube aus. „Nun, ich vermute, was ich dir als Nächstes sagen werde, wird es zu Alarmstufe Hundert hochkatapultieren. Ich habe jemanden bei mir", sagte Jaxon.

„Bitte sag mir, dass du diese verfluchte Hexe bei dir hast, Jaxon. Das bedeutet, dass ich die Dinge mit Mississippi möglicherweise noch retten kann."

„Nein, nicht sie. Aber sie ist in Louisiana und hat versucht, mich von der Straße abzudrängen." Er ballte die Hände zu Fäusten. „Moment, was meinst du damit, die Dinge zu retten? Ich dachte, wir hätten eine Vereinbarung mit Mississippi, dass die Dinge, solange wir Ella zurückbringen, zwischen uns klar sind."

„Das war vorher."

„Vor was?"

„Vor dem Treffen der Rudelführer, bei dem Boudier

aufgetaucht ist und die Scheiße aus dem Ruder gelaufen ist. Jetzt bin ich mir nicht mehr so sicher, wie wir mit Mississippi stehen. Ich beginne zu glauben, dass viele Rudelführer zu ängstlich sind, um sich Boudier entgegenzustellen."

Scheiße. Das war nicht gut.

„Aber was ist mit Alabama? Und Tennessee? Die lassen sich doch sicher nicht Boudiers Scheiße einreden."

„Ich vertraue niemandem", knurrte Barrett.

Jaxon warf einen Blick über seine Schulter und schaute Ginny an, die das verlassene Gebäude anstarrte. Er ging ein paar Schritte weiter, um sich aus ihrer Hörweite zu entfernen.

„Es ist Ginny. Ginny McGregor. Aber du würdest sie unter ihrem Mädchennamen kennen. Boudier." Sein Magen sank in seine Kniekehlen, als er sich zwang, die Worte auszusprechen. Dies war der schlimmstmögliche Moment, Barrett davon zu erzählen.

„Setze sie ab und verschwinde aus dem verfluchten Staat", befahl Barrett.

„Das kann ich nicht. Wenn ihr Vater sie findet, wird Boudier sie sofort hinrichten lassen."

„Scheiße, Jaxon." Barretts Knurren wurde noch tiefer. „Sag mir nicht, dass sie diejenige ist, die Caroline und John getötet hat."

Jaxon holte tief Luft, bevor er sich dazu zwang, die nächsten Worte auszusprechen. „Dann werde ich dir sagen, dass ich es getan habe."

Am anderen Ende des Telefons herrschte Totenstille.

Jaxon blinzelte. „Barrett, bist du noch da?"

„Jaxon, du musst verdammt noch mal sofort Louisiana verlassen. Halte nicht an. Warte nicht. Steig einfach auf deine Harley und verlasse zum Teufel noch mal diesen verfluchten Staat."

„Die Autobahn ist gesperrt. Die Bullen haben allen Verkehr angehalten und überprüfen Führerscheine."

„Dann finde eine andere Straße. Irgendeine Straße. Zur Hölle, krieche in einem Graben über die Staatsgrenze. Es ist mir egal, wie du es machst, aber mach es."

„Ich bin im Moment auf einem Waldweg. Ich wollte versuchen zu sehen, ob es einen Weg durch den Wald gibt, um die Grenze zu überqueren."

„Gut. Tu es", sagte Barrett. „Und Jaxon?"

„Ja?"

„Wenn ich du wäre, würde ich mich nicht so sehr um die Bullen sorgen. Ich würde mich noch nicht mal um die Wächter von Louisiana sorgen. Wenn ich du wäre, würde ich mich um die Attentäter sorgen, die jeden Moment auf die Jagd nach deinem Arsch gehen werden."

Barrett legte auf.

Scheiße. Er hatte die Attentäter völlig vergessen.

Die Attentäter waren drei der tödlichsten lebenden Werwölfe. Sie wurden ausgesandt, um Werwölfe hinzurichten, die ihre Eltern oder Ehepartner ermordet hatten. Nach dem Werwolfgesetz kam kein Attentäter, der einmal auf eine Mission geschickt worden war, nach Hause zurück, bevor diese Mission erfüllt war.

Braxton war vor einiger Zeit von den Attentätern verfolgt worden, als sein Vater tot aufgefunden worden war. Er hatte versucht, nach Missouri zu gelangen, wo Werwölfe vor der Auslieferung geschützt wurden. Aber die Attentäter hatten eine Silberkugel in seinem Fell versenkt, wodurch er die Kontrolle über seine Harley verlor und einen Berghang hinunterstürzte. Am Ende gab es Beweise, dass ein Mensch Braxtons Vater getötet hatte, und Braxton wurde von allen Anklagepunkten freigesprochen. Barrett hatte eine Ausnahme wegen der Tatsache gemacht, dass die Attentäter in seinen Staat eingedrungen waren, ohne ihn auf ihre

Anwesenheit aufmerksam zu machen. Damit hatte all das böse Blut mit Louisiana begonnen.

Jaxon sah zu Boden und beschloss dann, seinen besten Freund anzurufen. Er sah zu Ginny hinüber, die sich jetzt gegen seine Harley lehnte und geduldig wartete.

„Hallo?"

„Lucien, ich brauche deine Hilfe." Jaxon sprach mit gedämpfter Stimme.

„Was ist los, Jaxon? Hast du Schwierigkeiten mit dieser verdammten Hexe? Ich schwöre zu Gott, wenn ich sie in die Hände bekomme, erwürge ich sie selbst", donnerte Lucien.

„Nein, Mann, es ist etwas anderes." Er warf Ginny einen Blick zu. Sie grinste, als ein braunes Kaninchen vor ihre Füße hüpfte, um an einem Büschel hellgrünen Grases zu knabbern. „Ich muss wissen, ob du noch Kontakt zu Lorcan hast."

Es gab einen kurzen Moment der Stille.

„Jaxon, wo bist du? Bitte sage mir, dass du nicht in Louisiana bist."

„Das kann ich nicht, Bruder. Du weißt, dass ich kein sehr guter Lügner bin." Er kicherte und schob dann seine Hand in die Tasche.

„Mann, du musst sofort da raus. Sag mir, wo du bist und ich komme, um dich zu holen."

„Ich kann es dir nicht sagen. Hör zu. Ich weiß, dass Lorcan uns geholfen hat, Louisiana zu verlassen, als Boudier euch gefangen genommen hat. Glaubst du, er könnte mir jetzt auch helfen?"

„Ich habe seit dieser Nacht nichts mehr von Lorcan gehört. Ich habe versucht, ihn anzurufen, aber es herrscht Funkstille. Mom sagt, dass er seitdem auch nicht nach Hause gekommen ist. Das klingt nicht nach ihm. Er mag vielleicht meine Anrufe nicht beantworten, aber er meldet sich normalerweise immer bei Mom."

„Nun, ich habe das Gefühl, dass er mir schon bald einen Besuch abstatten wird. Ich muss wissen, wo seine Loyalitäten liegen."

„Jaxon, was zur Hölle hast du getan?" Besorgnis schwang in Luciens Stimme mit und es drehte Jaxon den Magen um.

„Sagen wir einfach, es gibt zwei Leichen."

„Nun, ich weiß, dass du deine Eltern nicht töten würdest, denn sie sind in Vermont." Luciens Stimme wurde tiefer. „Sag mir, was los ist. Hast du jemanden getötet? Und wenn ja, wen?"

„Sagen wir mal, die Attentäter sind hinter mir her, weil ich jemanden bei mir habe. Und ja, ich habe jemanden getötet."

„Möchte ich wissen, wen du bei dir hast?"

„Nein, aber ich sage es dir trotzdem. Ich bin nun mal so ein Typ." Er lachte. „Ginny. Ich habe Ginny."

„Ginny Wilson? Deine Ginny?"

Unglaube schwang in Luciens Ton mit.

„Ja."

„Also, warum wollen sie sie?", fragte Lucien langsam.

„Nun, sie suchen nach ihr, weil sie glauben, dass sie ihre Mutter und ihren Ehemann ermordet hat."

„Ehemann?"

„Sie waren nicht verpaart. Es war eine arrangierte Ehe", versicherte er dem Wolf.

„Hat sie es?"

„Nein." In seinen Augen hatte sie sie nicht ermordet. Eines war ein Unfall gewesen, das andere Selbstverteidigung.

„Dann werden sie einfach ein Tribunal abhalten. Alle Fakten abwägen, bevor ein Urteil gefällt wird. Du weißt, dass das Werwolfgesetz sehr fair ist."

„Das ist noch nicht alles." Jaxon rieb sich den Nacken und musterte die Ansammlung von dunkelrotem Unkraut in der Nähe seines Fußes.

„Was noch, Jaxon? Spuck es aus." Luciens Ton veränderte sich.

„Sie sind wegen dem hinter uns her, wer sie ist. Wer ihr Vater ist."

„Ich dachte, du hättest gesagt, Ginny wäre eine Waise gewesen. Die bei ihrer Großmutter aufgewachsen ist."

Er hatte sich in einer langen Nacht des Trinkens Lucien anvertraut. Er war ziemlich angeheitert gewesen, was fast nie passierte, und hatte seinem Freund sein Herz ausgeschüttet. Er hatte Lucien davon erzählt, dass Ginny die Liebe seines Lebens gewesen war, und wie sie ihn verlassen hatte, kurz bevor sie heiraten und sich verpaaren sollten. Er hatte ihm erzählt, dass sie ihm eine Nachricht hinterlassen hatte, die besagte, dass sie ihn nie wiedersehen wollte. Und dass ihn zu heiraten ein riesiger Fehler wäre. Darin stand auch, dass sie nach Westen gehen würde, um von vorne zu beginnen. Er hatte versucht, ihre Großmutter zu finden, um Antworten zu erhalten, aber ihr Haus war leer und vorn im Hof stand ein willkürlich platziertes *Zu verkaufen*-Schild.

„Das dachte sie auch. Aber offensichtlich waren beide ihre Eltern am Leben. Ihre Großmutter hatte versucht, sie zu beschützen, indem sie ihr erzählte, dass sie gestorben waren. Wie dem auch sei, der Vater fand heraus, dass Ginny lebte, und hat sie entführt."

„Sie entführt? Was für ein Vater macht denn so etwas?", knurrte Lucien.

„Die schlimmste Art von Männchen."

„Ihr Vater muss ziemlich einflussreich sein, dass er sie all die Jahre vor dir verbergen konnte."

„Ihr Vater ist unser schlimmster Albtraum." Jaxon warf einen Blick über seine Schulter zu Ginny hinüber.

„Jaxon, hör auf, in Rätseln zu sprechen, und sag es mir einfach." Lucien seufzte.

Er holte tief Luft und ließ es heraus. „Ihr Vater ist Edward Boudier."

„Der Rudelführer von Louisiana?", fragte Lucien. „Heilige Scheiße."

„Heilige Scheiße ist richtig. Und jetzt gerade versuche ich, unsere Ärsche über die Staatsgrenze nach Arkansas zu bringen. Aber Boudier hat seine Männer an jeder Hauptautobahn und Hauptstraße stationiert und unter dem Vorwand, Führerscheine zu überprüfen, Straßensperren eingerichtet."

„Weiß Barrett Bescheid?" Luciens Ton war eindringlich.

„Ja. Er hat mir gesagt, ich solle Louisiana verdammt noch mal verlassen. Und genau das versuche ich gerade." Er schüttelte seinen Kopf. „Kannst du auf irgendeine Weise mit Lorcan in Kontakt treten und vielleicht irgendwie herausfinden, wo seine Loyalitäten liegen? Ich meine, Scheiße, Mann, nachdem er uns allen in dieser Nacht in New Orleans geholfen hat, kann er Boudier doch nicht immer noch treu sein."

„Ich weiß es nicht, Jaxon." Luciens Stimme war schwer. „Ich habe versucht, mit ihm in Kontakt zu treten, aber er ruft nie zurück."

„Du glaubst nicht, dass dieses Arschloch Boudier ihm irgendetwas angetan hat, oder?"

„Ich glaube nicht, dass er tot ist. Ich meine, wir sind Brüder und wenn er Lorcan getötet hätte, hätte ich das sicherlich gespürt. Das Familienblut in Wölfen ist stark. Selbst wenn wir nicht gut aufeinander zu sprechen waren und uns nicht verstanden, konnte ich trotzdem noch spüren, wie er sich fühlt."

„Also kannst du ihn immer noch spüren. Du weißt, wie er sich fühlt?"

„Ja, aber es ist wirklich merkwürdig."

„Was meinst du damit?", fragte Jaxon.

„Lorcan war schon immer ein Hitzkopf. Der Typ hat ein

riesiges Temperament. Und ich konnte immer spüren, wenn er angepisst war oder wenn ihn jemand amüsierte. Aber jetzt ist es anders. Jetzt ist es, als würde er sich weder auf die eine noch die andere Weise fühlen lassen. So, als wäre er total gleichgültig."

„Vielleicht tut er das, um sicherzustellen, dass Boudier glaubt, er wäre ihm immer noch loyal ergeben. Ich hätte gedacht, dass Boudier ihn tötet, nachdem er uns bei der Flucht geholfen hat." Jaxon zuckte zusammen. „Gott, Lucien, es tut mir leid, das habe ich nicht so gemeint."

„Keine Sorge, Mann. Ich weiß, was du gemeint hast. Um ehrlich zu sein, dachte ich auch, er würde ihn umbringen lassen. Für eine Weile war ich besorgt, aber jetzt weiß ich es nicht mehr." Luciens Stimme wurde leiser.

„Hör mal, ich werde versuchen, mich mit meiner Mutter in Verbindung zu setzen. Vielleicht hat sie etwas von ihm gehört. Hast du in der Zwischenzeit einen Platz, wo ihr bleiben könnt?"

„Wir sind sicher. Fürs Erste." Er sah zu Ginny hinüber und schenkte ihr ein beruhigendes Lächeln. „Und danke für deine Hilfe, Lucien. Ich weiß es wirklich sehr zu schätzen."

„Selbstverständlich. Wir sind vielleicht nicht blutsverwandt, aber wir sind Brüder, wenn es drauf ankommt." Lucien legte auf.

KAPITEL 19

*K*apitel Neunzehn
Jaxon starrte das Handy in seiner Hand an. Es war kurz nach Mittag.

Sie hätten es bereits über die Staatsgrenze nach Arkansas geschafft, wenn die Straßen nicht blockiert worden wären. Aber all die Umwege hatten sie Zeit gekostet.

Er konnte wirklich nirgendwo hingehen, bis er von Lucien etwas über Lorcan hörte.

Lorcan würde das Insiderwissen haben, wenn der Wolf sich dazu entschloss, seine Loyalitäten zu ändern. Im Moment war er sich nicht sicher, wem er vertrauen konnte.

Er schob das Telefon zurück in seine Tasche und ging zu Ginny hinüber. Seine Schritte wurden von dem dunkelgrünen Gras gedämpft.

„Also, was ist der Plan?" Sie kaute an ihren Nägeln und verschränkte die Arme vor der Brust.

„Ich habe jemanden angerufen, der uns vielleicht helfen könnte. Im Moment müssen wir hierbleiben. Versteckt und außer Sichtweite."

Er betrachtete die alte überwucherte Scheune, an deren

Fenster sich die Weinreben rankten und vor deren Türen hohes Unkraut wuchs. Das rote Blechdach war schon lange verblasst und verrostet und er war sich ziemlich sicher, dass es einige Löcher darin gab, aber das würde man erst sehen, wenn man hineinging.

Donner rollte über ihren Köpfen. Ginny sprang erschrocken auf.

„Das kann nicht dein Ernst sein!" Sie schaute zum Himmel und verdrehte die Augen.

„Versuch, das Positive daran zu sehen", sagte er.

„Das Positive? Was ist denn daran positiv?" Sie runzelte die Stirn.

„Zumindest haben wir einen trockenen Ort, an dem wir Unterschlupf finden können, anstatt durch den Regen zu fahren." Er grinste.

„Du kannst doch nicht ernsthaft wollen, dass wir da reingehen, oder?" Sie hob eine Augenbraue. „Ich verstecke mich nicht in einer von Schlangen befallenen Scheune."

„Wo ist denn dein Abenteuersinn geblieben? Die Ginny, die ich kannte, würde sich nicht von einer kleinen Königsnatter verunsichern lassen." Er ging zu seiner Harley und öffnete die Satteltaschen. Er kramte ein wenig darin herum und zog ein großes Messer heraus.

„Ich mache mir keine Sorgen um die Königsnattern. Ich sorge mich um die Klapperschlangen." Sie zeigte auf das Messer in seiner Hand. „Hast du dafür diesen Säbel?"

„Ich brauche das Messer, um das Unkraut vor der Tür zu entfernen." Er lächelte und begann damit, das hochgewachsene Unkraut abzuschneiden, das die Scheunentore blockierte.

Ein paar Feldmäuse huschten aus den Büschen und rannten in die Sicherheit des Waldes. Als die Türen vom Unkraut befreit waren, zog er sie auf.

Die Türen knarrten in den rostigen Scharnieren und der

Geruch von altem Heu kam ihnen entgegen. Er spähte in das dunkle Gebäude hinein. Ein paar alte Heuballen lagen unter einem Fenster gestapelt. Der Boden war mit losem Stroh bestreut und eine Leiter führte auf den Dachboden. Er betrat den Raum, stieß mit dem Fuß gegen die Heuballen und suchte in den Ecken nach Schlangen, die sich möglicherweise darin versteckten.

„Wie sieht's aus?", rief Ginny ihm zu.

„Es ist ziemlich sauber. Warte einen Moment und lass mich oben auf dem Dachboden nachschauen." Er stütze den Fuß auf die Leiter und kletterte zum Dachboden hinauf. Die Dielen knarrten unter seinen Schritten, schienen aber zu halten. Der Dachboden war bis auf ein paar alte, leere Fässer relativ sauber.

Er stieg wieder hinunter und ging zu Ginny hinaus.

„Ich werde das Motorrad drinnen parken." Er packte die Harley am Lenker und klappte den Ständer hoch. Er schob das Motorrad hinein und stellte es in der Nähe des Fensters ab.

„Kommst du rein oder was?" Er drehte sich zu ihr um.

„Ich weiß nicht, Jaxon. Ich meine, bist du dir sicher, dass es sicher ist?" Ein weiterer Donnerschlag erschütterte die Scheune und rüttelte an den Fenstern.

„Ich bin mir sicher. Hier ist nichts drin versteckt, was dir wehtun könnte." Er streckte seine Hand aus und winkte sie hinein.

Sie zögerte. Als jedoch die großen fetten Regentropfen zu fallen begannen, huschte sie doch hinein.

Er sah sie an, als sie sich umschaute und ihren vorübergehenden Unterschlupf genau überprüfte.

„Es ist weit entfernt von dem, was du gewöhnt bist, da bin ich mir sicher", sagte er leise, als er eine Decke aus seiner Satteltasche zog.

Sie runzelte die Stirn und zeigte auf die dünne Decke.

„Trägst du immer eine Decke in deiner Satteltasche mit dir herum?"

„Das tue ich. Die ist für den Fall, dass ich am Straßenrand an meinem Motorrad herumschrauben muss. Ich musste schon zu oft auf dem Asphalt liegen, wenn ich irgendetwas reparieren musste. Nicht gerade die bequemste Sache der Welt."

„Oh." Sie entspannte sich und lächelte.

Er sah ihr in die Augen. Er wusste, was sie gedacht hatte. Dass er die Decke bei sich trug, damit er immer darauf vorbereitet war, mit einem Mädchen zu schlafen, wenn er einer willigen Dame begegnete.

„Also warten wir?" Sie sah ihn an und zitterte.

„Ja, fürs Erste." Er zog seine Jacke aus und legte sie um ihre Schultern. „Ich werde hinausgehen, um nachzusehen, dass uns niemand hierher gefolgt ist. Dann werde ich unsere Spuren verwischen. Ich möchte nicht, dass sie irgendjemanden zu uns führen."

Er zog eine Regenjacke aus der Satteltasche und stülpte sie über seinen Kopf. „Wenn dir kalt ist, stell dich neben die Harley. Die Hitze des Motors wird dich aufwärmen."

„Jaxon, sei vorsichtig."

Er lächelte und ging wieder zu ihr hinüber. Er legte seine Hände um beide Seiten ihres Gesichts. Seine Daumen streichelten die zarte Haut ihrer Wangen. Ihre Lippen öffneten sich leicht und gaben ihm die Einladung, auf die er gewartet hatte. Er neigte seinen Kopf und bedeckte ihre Lippen sanft mit seinen.

Er küsste sie zart und langsam. Es fühlte sich an, als würde die Zeit stillstehen, als sich ihre Körper wieder neu entdeckten. Sie stöhnte unter seinem Mund und ließ Schauer durch seinen Körper rasen.

Gott, er hatte sie vermisst.

Bis zu diesem Moment war ihm nicht klar gewesen, wie

sehr er sie tatsächlich vermisst hatte. Es war, als würde er jeden Tag ein bisschen mehr sterben, wenn er von ihr getrennt war. Aber jetzt ... jetzt begann er wieder zu leben, sein Leben erwachte erneut.

Er würde sie nie wieder gehenlassen. Nicht in diesem Leben oder im Nächsten.

Sie schlang ihre Hände um seinen Hals und zog ihn näher zu sich heran. Sie öffnete ihren Mund unter seinem und er ließ seine Zunge hineingleiten und schmeckte ihre Süße.

Seine Hände glitten über ihren Rücken. Er ließ sie auf ihrem Hintern ruhen und zog sie gegen seinen Körper.

„Jaxon", stöhnte sie und drückte ihren Mund gegen seinen Hals.

Verlangen pulsierte durch seinen Körper und Lust breitete sich in ihm aus. Noch nie zuvor hatte er jemanden so sehr begehrt, wie er sie begehrte.

Er zwang sich dazu, sich von ihr zu lösen.

Enttäuschung machte sich auf ihrem Gesicht breit und er fühlte genauso. „Bleib hier und ich bin gleich wieder da. Das verspreche ich."

Sie nickte und trat einen Schritt zurück.

Er lächelte und ging durch die offenen Scheunentore hinaus. Regen strömte über seinen Kopf und lief sein Gesicht hinunter. Er begann, den winzigen Pfad entlangzulaufen, den sie gekommen waren. Sorgfältig inspizierte er die Strecke. Er entdeckte ihre Reifenspuren. Er hob einen gefallenen Ast auf und strich damit über die Spuren im Dreck um die Anzeichen, dass sie hier gewesen waren, zu verbergen.

Als er zur Scheune zurückkehrte, achtete er darauf, im Gras zu laufen und nicht in den Schlamm zu treten. Er wollte keine schlammigen Fußspuren auf seinem Weg zurücklassen.

Zurück an der Scheune drehte er sich noch einmal um und ließ seinen Blick über die Umgebung schweifen.

Er roch keine Gefahr und sah auch keine. Sie würden hier, wenn auch nur für eine Weile, in Sicherheit sein. Er bezweifelte, dass Boudier über genügend Männer verfügte, um jeden Feldweg und jeden Pfad absuchen zu lassen.

Er ging in die Scheune und zog sich den Regenmantel aus. Ginny, die auf der Harley gesessen hatte, stand auf und sah ihn mit erwartungsvollen Augen an.

„Alles gesichert. Es gibt keine Spuren." Er schüttelte die Regenjacke aus und faltete sie zusammen, bevor er sie wieder in der Satteltasche verstaute. Er schüttelte seinen Kopf und spritzte überall Wassertropfen herum.

„Jaxon." Ginny wischte sich die Regentropfen vom Arm. „Jetzt werde ich nach nassem Hund stinken", grinste sie.

„Haha. Sehr lustig." Er gluckste.

„Wie lange, denkst du, werden wir wohl hierbleiben?" Sie stemmte die Hände in ihre Hüften und ging in der Scheune umher. Sie trat gegen einen Heuballen und sprang rückwärts, als erwarte sie, dass eine Königskobra aus dem alten Stroh herausgesprungen kam.

„Nicht sicher. Lucien versucht, ein paar Informationen zu bekommen. Es kann eine Weile dauern. Möglicherweise verbringen wir die Nacht hier." Er schloss die Satteltasche und drehte sich wieder zu ihr um.

„Hier?" Sie breitete die Hände aus und musterte den dreckigen Boden.

„Nun, dort oben." Er zeigte auf den Dachboden über ihren Köpfen. „Zumindest werden wir da oben nicht im Dreck schlafen. Es ist ziemlich leer und relativ sauber."

„In Ordnung." Sie klang nicht sonderlich überzeugt von seiner Entscheidung.

„Dort oben ist es nicht so schlimm." Er wandte seine Aufmerksamkeit der Ecke der Scheune zu, wo der Regen von der Decke tropfte. Dann drehte er sich wieder zu ihr um.

„Außerdem gibt es keine Löcher in der Decke, wo der Dachboden ist. Also wird es zumindest trocken sein."

„Gib mir eine Minute, bevor du nachkommst." Er nahm die Decke und eine kleinere Tasche aus seiner Satteltasche und kletterte die Leiter hinauf.

Kapitel Zwanzig

Ginny holte tief Luft und sah zu, wie Jaxon auf dem Dachboden verschwand. Dies war der letzte Ort, den sie heute erwartet hätte. Ihr Ziel war es, mitten im Nirgendwo zu überleben, und wenn das bedeutete, die Nacht in einer baufälligen Scheune zu verbringen, die möglicherweise alle möglichen Kreaturen beherbergte, dann würde sie sich der Herausforderung stellen müssen.

Etwas bewegte sich in einer Ecke. Eine winzige braune Maus rannte über ihren Stiefel. Sie sprang rückwärts und schrie.

„Was ist los?" Jaxons Kopf tauchte an der Kante des Dachbodens auf und er sah zu ihr hinunter.

„Nichts. Nur eine doofe Maus." Sie verzog das Gesicht und behielt den Fußboden im Auge, um nach weiteren Nagetieren Ausschau zu halten, die sie möglicherweise anfallen könnten.

„Sie hat mehr Angst vor dir als du vor ihr", sagte Jaxon.

„Das ist mir egal. Nagetiere sind schmutzig und übertragen Krankheiten." Sie suchte mit finsterem Blick den

Boden ab, um zu sehen, ob sich irgendwo noch etwas bewegte.

Jaxon lachte und verschwand wieder auf dem Dachboden.

Ein paar Sekunden später rief er zu ihr hinunter: „In Ordnung, du kannst jetzt raufkommen."

Sie kletterte die Leiter hinauf. Obwohl das Holz knarrte, fühlte es sich stabil genug an, um ihr Gewicht zu halten.

Sie krabbelte auf den Dachboden und stand dann auf den alten Holzdielen auf.

„Wow. Das sieht gemütlich aus." Der Dachboden war in das warme, gelbe Licht einer Solarlampe getaucht, die Jaxon aus seiner Satteltasche gezogen hatte. Die Decke lag ausgebreitet auf dem Boden und in der Mitte standen ein Thermobehälter und eine große Flasche Wasser.

Sie schaute ihm in die Augen.

Er zuckte mit den Schultern. „Ich dachte, du hättest inzwischen Hunger. In dem Thermobehälter befindet sich Chili und zum Nachtisch gibt es ein paar Schokoladenkekse."

Sie runzelte die Stirn. „Machst du dir immer ein Mittagessen zum Mitnehmen, wenn du zur Arbeit gehst?"

„Ich habe es nicht gemacht." Er lachte.

Ihr Magen zog sich zusammen. Eine Frau musste für ihn gekocht haben.

„Das war Granny. Sie kocht immer für die Wächter und wenn sie weiß, dass wir auf eine Mission gehen, stellt sie sicher, dass wir etwas zum Essen mitnehmen."

„Oh." Sie entspannte sich. „Das ist wirklich nett." Dann runzelte sie die Stirn. „Wer ist Granny?"

„Granny ist Jaydens Oma. Sie hat früher mit ihm in Louisiana gewohnt. Aber sie leben jetzt in Arkansas und sie kümmert sich um die Wächter, so als wären es ihre eigenen Enkel."

Sie ließ sich auf der Decke nieder und setzte sich auf ihre

Unterschenkel. Ein gequältes Lächeln huschte über ihre Lippen. „Das klingt wirklich schön. Ich bin mir sicher, ihr alle wisst sie sehr zu schätzen."

„Das tun wir", sagte er leise. Er setzte sich neben sie.

„Wie heißt ihr Enkel noch mal?"

„Jayden. Jayden Parker."

„Der Name kommt mir bekannt vor. Wie lange leben sie schon in Arkansas?"

„Noch nicht sehr lange. Gerade mal ein Jahr vielleicht."

„Vielleicht habe ich seinen Namen von meinem Vater gehört, als er über die Wächter von Arkansas sprach, die er ausschalten wollte." Sie schaute ihm in die Augen. „Jaxon, weißt du, dass er eine Liste hat? Eine Liste mit allen von Barretts Männern. Er will Barrett und alle seine Wächter vernichten."

Jaxons Blick verhärtete sich. „Das kann das Arschloch mal versuchen. Aber wir gehen nirgendwohin."

Sie schluckte und wandte sich ab. „Es tut mir leid wegen Heimy und Mitchell."

„Du weißt davon?" Jaxon neigte den Kopf. Die Muskeln in seinen Unterarmen und in seinem Nacken spannten sich an.

„John kam eines Abends nach Hause und prahlte damit, was Vater bezüglich des Wächters Heimy befohlen hatte." Sie blinzelte unter Tränen. „John war derjenige, der den Wächter gefoltert hat. Aber es war mein Vater, der es befohlen hat." Sie schluckte den Kloß in ihrer Kehle hinunter. Wenn Jaxon sie bisher nicht gehasst hatte, würde er es mit Sicherheit jetzt tun.

„Dein Mann war derjenige, der Heimy das angetan hat?"

„Ja", flüsterte sie. „Er wollte Mitchell ebenfalls ausschalten, aber dann sind die Arkansas-Wächter aufgetaucht und haben den Ort gefunden." Sie schüttelte ihren Kopf. „Als er mir von Heimy und Mitchell erzählte, sagte er mir, wenn ich irgendetwas versuchen würde, wenn ich versuchen würde abzuhauen oder mich umzubringen, dann wirst du der nächste Werwolf sein, den sie töten würden." Sie schüttelte ihren Kopf.

Er streckte den Arm aus und griff nach ihrer Hand. „Was John und dein Vater getan haben, hat nichts mit dir zu tun. Es ist nicht deine Schuld. Nichts davon ist deine Schuld."

„Aber die Situation, in der wir uns jetzt befinden, ist meine Schuld, Jaxon. Ich habe meine Mutter und das Monster, das mein Ehemann war, getötet. Die Rudel, sowohl Louisiana als auch Arkansas, werden mich nicht einfach mit einem Klaps auf das Handgelenk davonkommen lassen. Es wird Konsequenzen geben." Angst wühlte ihren Magen auf und sie wollte am liebsten schreien.

„Komm her." Er zog sie auf seinen Schoß. „Lass mich dir mal etwas sagen." Er strich ihr die Haare aus den Augen und sah sie fest an. „Alles wird gut werden. Ich weiß, nach allem, was du durchgemacht und gesehen hast, ist es schwierig, jemandem zu vertrauen." Er strich mit dem Daumen über ihre Unterlippe. „Aber ich bitte dich, tief durchzuatmen und mir zu vertrauen."

Sie blinzelte die Tränen weg, die in ihren Augen brannten. Sie weinte nie. Sie hatte gelernt, ihre Gefühle zu unterdrücken, bis sie unter Kontrolle waren. Jetzt, da sie bei Jaxon war, wollte sie wie ein Baby heulen.

Es gefiel ihr nicht. Sie mochte es nicht, ihre Emotionen nicht unter Kontrolle zu haben.

„Sag es, Ginny. Ich muss es von dir hören."

Sie holte tief Luft und stieß die Worte hervor: „Ich vertraue dir, Jaxon."

Ein Lächeln breitete sich auf seinem Gesicht aus. „Siehst du, das war doch gar nicht so schwer, oder?"

„Schwerer, als du denkst." Sie schlug ihm spielerisch gegen den Arm.

Er kniff die Augen zusammen und seine Mundwinkel zogen sich zu einem Grinsen nach oben. „Ach ja?"

Er zog sie an sich und kitzelte ihre Rippen. Sie quietschte und lachte und versuchte, ihm zu entkommen.

„Jaxon, hör auf." Sie lachte und rollte sich zu einer Kugel zusammen.

„Noch nicht." Er grinste und griff ihre Arme mit einer seiner Hände und hob sie über ihren Kopf. Er kitzelte sie gnadenlos mit seiner freien Hand.

„Jaxon!", quietschte sie.

Endlich hörte er auf, hielt aber ihre Arme weiterhin über ihrem Kopf fest. Er neigte sich zu ihr hinunter. Sein spielerischer Ausdruck wandelte sich zu einer anderen Emotion.

Das Lächeln verschwand von ihrem Gesicht, als sie sah, wie sich seine Pupillen weiteten. Sie wusste, was er wollte. Aber sie wusste nicht, ob sie schon bereit dazu war.

„Jaxon?" Sie leckte ihre trockenen Lippen und starrte zu ihm hinauf. Ihr Herz schlug heftig in ihrer Brust und ihr Atem wurde schnell zu einem Keuchen. Sie war sich nicht sicher, ob es Angst oder Verlangen war, das ihren Bauch mit Schmetterlingen füllte.

Es war so lange her, dass jemand sie so angesehen hatte. So, als wäre sie eine Frau und nicht irgendein Ding, das man besitzen könnte.

Etwas flackerte in seinen Augen auf und er löste sich langsam von ihr. Er stand auf und ging zur Leiter hinüber.

„Wohin gehst du?" Sie setzte sich mit keuchendem Atem auf.

„Ich muss draußen nach etwas sehen. Ich bin gleich wieder da." Er kletterte die Leiter hinunter.

Sie sah ihm von ihrem Platz auf dem Dachboden hinterher und beobachtete, wie er schnell durch die großen Scheunentore trat.

* * *

Was zum Teufel war mit ihm los? In einer Minute spielten sie herum wie in alten Zeiten und in der Nächsten sah sie ihn mit angsterfüllten Augen an. Wusste sie denn nicht, dass er ihr niemals wehtun würde?

Er fuhr sich mit den Fingern durch die Haare und lief um die Scheune herum.

Es machte ihm nichts aus, dass der Regen sein T-Shirt und seine Jeans durchnässte. Zumindest kühlte es seinen Körper und sein Verlangen ab. Er blieb stehen, als er hinter die Scheune kam, sah zum Himmel auf und kniff die Augen zusammen.

Donner rollte und Blitze schossen durch den dunklen Himmel. Es regnete jetzt in Strömen und er wusste, dass die Wächter von Louisiana auf gar keinen Fall in diesem Scheißwetter fahren würden. Sie würden sich irgendwo verstecken und darauf warten, dass es aufhörte. Genau wie sie.

Die Louisiana-Attentäter hingegen … nun, die waren eine ganz andere Sache.

Er sah sich in der Umgebung um, bemerkte aber nichts Ungewöhnliches. Er holte tief Luft und schaffte es, seinen Körper wieder unter Kontrolle zu bringen. Dann ging er zurück in die Scheune.

„Ist alles in Ordnung?", rief Ginny vom Dachboden zu ihm hinunter.

Er sah zu ihr auf und begegnete ihrem besorgten Blick. Er lächelte. „Alles ist sicher." Er schaute aus dem Fenster. „Bei diesem Regenwetter werden die Wächter von Louisiana sicherlich nicht fahren."

Er griff in seine Satteltasche und zog sein Handy heraus, um zu sehen, ob er Luciens Anruf verpasst hatte.

Sein Telefon zeigte keine Anrufe.

Er schob das Handy zurück in die Satteltasche und zog seine Ersatzkleidung heraus, die er immer bei sich trug.

Er sah hinauf und bemerkte, dass Ginny nicht nach unten schaute. Er zog sich sein nasses T-Shirt über den Kopf und warf es auf den Sitz seiner Harley.

Dann zog er sich das trockene T-Shirt an, öffnete seine Jeans und schob sie schnell seine Hüften hinunter. Er schlüpfte in die trockene Jeans und griff nach den nassen Kleidungsstücken. Er hing sie zum Trocknen über die Leiter, bevor er wieder hinaufkletterte.

„Du hast dich umgezogen." Ginnys Augen musterten seinen Körper von oben bis unten. Er zuckte mit den Schultern.

„Ja. Ich wusste nicht, dass es draußen so stark regnet. Gut, dass ich immer Ersatzkleidung dabeihabe."

„Ich habe das Chili probiert. Es ist wirklich lecker. Ich habe eine Gabel gefunden, die an die Seite des Thermobehälters geklebt war. Granny war wirklich schlau, daran zu denken."

Er nahm den Thermobehälter und lachte. „Du hast ja keine Ahnung. Die Frau ist schlau wie ein Fuchs."

„Wirklich?" Sie neigte den Kopf.

„Ja. Und sie ist stur und hartnäckig, aber sie liebt alle Wächter." Er zuckte mit den Schultern. „Ich weiß auch nicht. Aber sie hat uns alle im Griff."

„Was ist mit Barrett?", fragte Ginny.

„Sie versucht, Barrett im Zaum zu halten, aber er hört nicht auf sie."

Ihr Mund klappte auf. „Granny hat keine Angst vor Barrett?"

„Granny hat vor niemandem Angst." Er sah sie an und sein Lächeln verschwand. Er verstand, worauf sie hinauswollte.

„Ginny, nicht alle Rudelführer sind gleich. Sie sind nicht alle so wie dein Vater", sagte er leise.

Sie wandte sich ab.

„Ich weiß nicht, vor wem Granny Angst hat, aber ich weiß, wer vor Granny Angst hat."

Sie sah ihn scharf an. „Wer?"

„Lorcan."

„Lorcan? Der Attentäter?" Ihre Augen wurden groß. „Du machst wohl Witze."

„Glaub mir, das tue ich nicht." Er setzte sich neben sie und nahm einen Bissen Chili. „Die Attentäter wurden Braxton auf den Hals geschickt. Nachdem sie ihn angeschossen hatten, gelang es ihm, sich in einem Bed and Breakfast in Eureka Springs zu verstecken. Lorcan tauchte dort auf und angeblich waren in dem Bed and Breakfast ein paar Schriftstellerinnen und außerdem Granny untergebracht. Was auch immer sie zu ihm gesagt oder mit ihm gemacht haben, sie lachen ihn noch immer deshalb aus."

„Sie haben Lorcan ausgelacht?" Sie schüttelte den Kopf. „Diese Schriftstellerinnen müssen irgendwelche Magie besitzen, um einen solchen Effekt auf einen Attentäter zu haben."

„Du, meine Liebe, warst anscheinend noch nie in der Nähe von Schriftstellerinnen. Sie sind eine ganz eigene Spezies."

*K*apitel Einundzwanzig

„Ich habe ein Meeting. Ich weiß noch nicht genau, wie lange ich weg sein werde. Du musst mich wieder vertreten." Barrett ging zu der geheimen Wand, die die Waffenkammer versteckte und drückte auf einen Knopf. Er wartete nicht darauf, dass Damon zustimmte, für ihn einzuspringen. Das musste er nicht. Er wusste, dass er es nicht ablehnen würde.

„Was ist los? Hat es irgendetwas mit dem Rudelführertreffen von neulich Abend zu tun?" Damon folgte ihm in die Waffenkammer.

Barrett griff nach einer Neun-Millimeter Sig Sauer und schob sie in den Hosenbund seiner Jeans. Er zog seine Lederjacke an und drehte sich zu seinem Wächter um.

„Manche Dinge kann ich dir nicht erzählen. Aber es gibt etwas, das du wissen musst." Er fuhr sich mit der Hand über sein Gesicht.

„Was?", fragte Damon.

„Jaxon ist nicht länger in Arkansas auf der Suche nach der Hexe."

„Wo ist er dann?" Damon runzelte die Stirn.

„Er ist in Louisiana."

„Was zum Teufel macht er denn dort?", fragte Damon mit finsterer Miene.

„Er behauptet, die Hexe sei ihm entkommen und er hat es geschafft, ihr über die Staatsgrenze zu folgen. Ich hatte gehofft, er würde sie festnehmen und verdammt noch mal aus diesem Staat herauskommen, bevor Boudier es herausfindet, aber damit scheint es ein Problem zu geben."

„Sprich weiter."

„Irgendwie ist er jetzt mit Ginny Wilson, seiner Ex-Freundin, zusammen ... die zufällig Edward Boudiers Tochter ist."

„Leck mich am Arsch." Damon atmete tief ein und stieß die Luft wieder aus.

„Oh und das ist noch nicht alles." Barrett kniff die Augen zusammen. „Ginnys Mutter und ihr Ehemann sind beide tot. Ginny hat es getan, aber Jaxon nimmt die verdammte Schuld auf sich." Er hob seine Hand, um Damon davon abzuhalten, ihn zu unterbrechen. „Ich bin mir nicht sicher, ob Boudier seine Frau übermäßig wichtig war, aber die Tatsache, dass sein Schwiegersohn derjenige war, der seinen Weg zur Macht und Zerstörung finanziert hat, wird Boudier nicht in den Kram passen."

„Scheiße." Damon schüttelte den Kopf. „Wie nah ist Jaxon an der Stadtgrenze zu Arkansas?"

„Verdammt nah. Aber er kann sie nicht überqueren. Boudier hat auf allen wichtigen Autobahnen und Straßen Verkehrskontrollen eingerichtet. Er hat die Polizei in der Tasche und die Macht, weiter nach ihnen suchen zu lassen." Er zog sein Handy aus der Tasche und drückte ein paar Tasten.

„Im Moment hängt ein Sturm über dem Gebiet, in dem

sich Jaxon befindet. Er hat eine Nachricht geschickt, dass er an einem sicheren Ort wartet."

„Lucien hat mich gerade angerufen und mir erzählt, dass Jaxon ihn kontaktiert hat." Barrett sah Damon mit festem Blick an. „Er hat ihn gefragt, ob Lorcan dabei helfen könnte, ihn dort rauszuholen."

„Großer Gott. Kumpel, ich weiß nicht. Ich hätte gedacht, nachdem er uns geholfen hat, Lucien aus New Orleans zu befreien, wäre Lorcan in Arkansas geblieben und hätte dir die Treue geschworen." Damon schüttelte seinen Kopf. „Ich verstehe nicht, wie er, nach allem was Boudier gemacht hat, zusehen und immer noch für ihn arbeiten kann."

„Es ist eine beschissene Situation, um es gelinde auszu-drücken." Barrett schüttelte den Kopf.

„Weißt du, dein Job ist manchmal echt zum Kotzen, Kumpel", knurrte Damon.

„Ja. Ja, damit hast du recht", stimmte er ihm zu. „Boudier hat mir gerade eine Nachricht geschickt. Er will sich mit mir treffen."

Damon wurde unruhig. „Du hast doch nicht etwa vor, dort alleine hinzugehen, oder?"

„Doch."

„Nichts für ungut, aber das wirst du verdammt noch mal nicht machen. Du brauchst Rückendeckung. Der Dreckskerl könnte auf dich warten, um dir eine Silberkugel in den Schädel zu blasen." Damon knurrte, ging zur Wand hinüber und nahm sich einen 45er Revolver.

„Wohin zum Teufel willst du mit dem Ding?" Barrett stellte sich ihm in den Weg und funkelte ihn an.

„Ich komme mit dir mit."

„Nein. Das wirst du nicht. Ich brauche dich hier." Barrett drückte mit einem Finger gegen Damons Brust. „Denke bloß nicht, dass du meine Anweisungen missachten kannst, weil ich dir erlaube, mich hier zu vertreten. Du stehst immer noch unter meinem Kommando."

„Und du musst verdammt noch mal vernünftig werden", konterte Damon.

Barrett funkelte ihn an und brach dann zum ersten Mal in sehr langer Zeit in lautes Gelächter aus.

„Was ist so lustig? Verlierst du jetzt deinen Verstand, Barrett?" Damon runzelte besorgt die Stirn.

„Ja, Damon. Ich verliere meinen Verstand." Er wurde ernst und sah seinen Wächter an. „Wer hätte gedacht, dass du einmal hier vor mir stehen wirst und mir sagen würdest, ich solle vernünftig werden. Ich erinnere mich noch gut daran, dass du mir vor gar nicht allzu langer Zeit den Kopf abreißen wolltest, weil du dachtest, ich wäre an Ava interessiert."

Damon sah finster auf. „Ja, nun, wenn Leute anfangen, mit Wörtern wie *Gefährten* und *Schicksal* um sich zu werfen, ist es schwer, vernünftig zu sein."

„Ich habe euch noch nie im Stich gelassen. Und ich habe nicht vor, jetzt damit anzufangen."

„Boudier ist ein hinterhältiger Hurensohn. Geh bloß nicht dorthin und denke, dass er nichts probieren wird."

„Ich habe keine andere Wahl, Damon. Mein Wächter ist in seinem Staat. Ich habe ihn nicht darüber informiert und jetzt wird er mir die Scheiße unter die Nase reiben. Ich werde versuchen, einen Weg auszuhandeln, dass ich Jaxon zurückbekomme, ohne dass jemand verletzt wird. Was unsere Rache für Heimy, Mitchell und Lucien angeht, werden wir unsere Verluste möglicherweise einfach hinnehmen müssen."

„Meinst du das ernst? Du kannst ihn mit dieser Scheiße doch nicht einfach davonkommen lassen", knurrte Damon.

„Oh, glaub mir. Ich lasse ihn nicht davonkommen. Ich will Boudier nur glauben lassen, dass ich es tue."

*K*apitel Zweiundzwanzig

Ginny stand von der Decke auf und stellte sich an das kleine Dachbodenfenster. Sie hatten seit Stunden in der baufälligen Scheune festgesessen und dem Regen dabei zugehört, wie er auf das Blechdach prasselte, während fortwährender Donner die alten Fenster erschütterte. Langsam machten die dunklen Gewitterwolken dem Einbruch der Dunkelheit Platz.

Panik stieg in ihrer Brust auf und sie versuchte, ihre hektische Atmung vor Jaxon zu verbergen. Er wartete schon seit Stunden angespannt darauf, weitere Anweisungen von Barrett zu erhalten, wann und wie sie weiter vorgehen sollten.

Angst lastete auf ihr wie ein schweres Gewicht und sie musste sich zwingen, nicht nervös in dem kleinen Raum auf und abzugehen. Je unbehaglicher und ängstlicher sie erschien, desto mehr Sorgen würde sich Jaxon um sie machen.

Sie wollte nicht, dass er sich um sie sorgte. Sie hatten bereits genügend andere Probleme.

Furcht flatterte in ihrem Bauch herum und trotz seiner beruhigenden Worte, dass alles in Ordnung kommen würde, konnte sie sich nicht erlauben, das zu glauben.

Ihre Tage waren gezählt. Tief in ihrem Inneren wusste sie das. Jaxons auch. Er wusste es nur einfach noch nicht.

Ihr Vater würde Jaxon nicht leben lassen. Er würde Jaxon töten, nur um sie zu ärgern. Wahrscheinlich würde er sie dazu zwingen, ihn sterben zu sehen, bevor er sie auch tötete.

Donner erschütterte den Himmel. Sie sprang zurück und drückte ihre Hand auf ihr Herz, als sie herumwirbelte.

„Ich hätte gedacht, dass du dich inzwischen an den Klang gewöhnt hast", sagte Jaxon von seinem Platz auf der Leiter. Er war gerade wieder hereingekommen, nachdem er sich draußen umgesehen hatte, um sicherzustellen, dass ihre kleine Festung noch immer sicher war.

„Es fällt mir schwer, nicht so schreckhaft zu sein, wenn es so laut ist", hauchte sie. „Es regnet schon seit Stunden. Irgendwann muss es doch mal aufhören."

Er kletterte auf den Dachboden und zog sein Handy aus der hinteren Jeanstasche.

„Laut Wetter-App wird es bis in die frühen Morgenstunden regnen."

„Also müssen wir hierbleiben." Ihr Herz schlug schmerzhaft in ihrer Brust.

„Bis es aufhört zu regnen oder ..." Seine Stimme verstummte.

Sie hob den Kopf. „Oder bis wir fliehen müssen." Plötzlich wurde ihr das Ausmaß ihrer Situation klar. Die Wahrscheinlichkeit, bei diesem Wetter erfolgreich fliehen zu können, war ziemlich gering. So viel wusste sie.

„Hast du etwas von deinem Rudelführer gehört?" Sie schluckte und starrte zum Fenster hinaus. Sie wollte nicht, dass er die Angst in ihren Augen sah. Sie hatte so lange Zeit in verdammter Angst gelebt, dass sie eigentlich immun dagegen sein sollte.

Das war die Sache mit dem Glauben, mit der Hoffnung und mit zweiten Chancen. Sobald sie das kleinste Fünkchen von allen dreien erhascht hatte, hatte sie tatsächlich begonnen, wirklich Hoffnung zu haben. Sie wusste aber auch, dass die Hoffnung die Angst mit sich brachte, dass ihr alles genommen werden könnte.

Das hier war das echte Leben, kein Märchen.

„Nein, aber ich habe von Damon gehört."

„Wer ist Damon?"

„Er ist einer der Wächter. Anscheinend vertritt er Barrett, während er sich um ein paar Dinge kümmert."

„Was für Dinge?" Sie verschränkte die Arme und sah ihn mit großen Augen an. „Wie wäre es, wenn er sich um seine Wächter kümmert? Wie wäre es, wenn er versuchen würde, einen Weg zu finden, uns zu helfen?" Es machte keinen Sinn, zu versuchen, die Angst in ihrer Stimme zu verbergen. Sie hatte sich in ihr ausgebreitet und machte keine Anstalten so schnell wieder zu gehen.

„Ich bin mir sicher, er tut, was er kann. Er steckt in einer heiklen Situation und muss den diplomatischsten Weg finden, um die Dinge zu klären."

Plötzlich wurde sie von Reue ergriffen.

„Es tut mir leid." Sie schüttelte den Kopf. „Es tut mir wirklich leid, Jaxon. Wir sind meinetwegen in diesem Schlamassel. Ich habe kein Recht, solche Dinge zu dir zu sagen." Sie sah ihm in die Augen. „Es ist alles meine Schuld, nicht deine. Ich bin mir sicher, dein Rudelführer tut alles, was in seiner Macht steht, um dir zu helfen."

„Und um dir zu helfen, Ginny." Jaxon runzelte die Stirn und kam näher. „Und hör auf das zu sagen. Es ist nicht deine Schuld. Du hast jahrelang unter gewalttätigen Umständen gelebt. Was mit deiner Mutter passiert ist, war ein Unfall,

Selbstverteidigung. Du hast nicht beabsichtigt, dass sie stirbt."

„Und mein Ehemann? Das war kein Unfall", sagte sie leise.

„Ja, nun, der Dreckskerl hat bekommen, was er verdient." Jaxon blinzelte.

Ein nervöses Lachen stieg in ihrer Brust auf, bis es aus ihrem Mund strömte. Sobald sie anfing zu lachen, schien sie nicht mehr aufhören zu können.

Ihr Lachen war so ansteckend, dass Jaxon schon bald mit ihr lachte.

Als sie endlich wieder ernst wurde, ging sie zu ihm hinüber und legte ihren Kopf auf seine Brust.

„Vielen Dank dafür. Du wusstest schon immer, was du sagen musst, damit ich mich besser fühle", sagte sie leise. Sie drückte ihre Hand auf seine Brust und konnte fühlen, wie seine Kraft in ihre Handfläche ausstrahlte. Die bloße Berührung ließ sie besser fühlen, sich stärker fühlen und so, als könnte sie es mit der Welt aufnehmen.

Er schlang seine starken Arme um sie und hielt sie fest. Er kuschelte sein Gesicht in ihr Haar, als seine Atmung schneller wurde. Ihr Herz schlug höher und dieses Mal lag es nicht an Angst oder Furcht. Dieses Mal lag es an ihrem Verlangen nach Jaxon.

Sie sollte noch nicht einmal über solche Dinge nachdenken. Sie befanden sich in einer lebensgefährlichen Situation und mussten jederzeit bereit sein, falls sie fliehen mussten. Aber das konnte sie ihrem Herz nicht erklären.

„Jaxon." Sie hob ihr Gesicht. Langsam strich sie mit ihren Händen über seine Brust und spürte die Konturen jedes einzelnen seiner harten Muskeln. Sie fühlte, wie sein Herz unter ihrer Handfläche schlug. Dann verschränkte sie ihre Finger hinter seinem Nacken und zog ihn zu einem Kuss nach unten.

Sie drückte ihre Lippen auf seine und wollte ihn dabei ganz nah bei sich spüren.

Er knurrte und schlang seine Arme noch fester um sie, wobei er ihre Kurven gegen seine Muskeln drückte.

Er griff mit seinen Händen in ihr Haar und neigte ihr Gesicht zu ihm, damit er sie besser und noch tiefer küssen konnte.

„Mehr", flüsterte sie und öffnete ihren Mund unter seinem. Seine heiße Zunge schlängelte sich hinein und neckte und reizte sie mit dem Versprechen der Lust und allen wilden Dingen, von denen sie jemals geträumt hatte, die er mit ihr machen könnte.

Als er sich von ihr löste, war seine Atmung schwer und er sah sie mit großen Augen an.

„Ich will dich nicht drängen. Ich weiß ..." Seine Worte verstummten und sie wusste, woran er dachte.

„Ich weiß, was ich will, Jaxon. Und ich will dich." Er war alles, was sie jemals gewollt hatte. Er war ihr an diesem Sommertag genommen worden, genau wie das Versprechen auf ihre Zukunft. Jetzt stand er hier vor ihr und sie würde sich diese Gelegenheit nicht entgehen lassen.

Er knurrte tief und zog sie nah an sich. Er küsste sie leidenschaftlich und Schmetterlinge wirbelten durch ihren Bauch.

Sie bohrte ihre Fingernägel in seine Schultern und spürte, wie sich ihr Körper unter jeder seiner Berührungen lebendiger anfühlte.

Seine Hand glitt unter ihr T-Shirt und seine Finger wanderten ihren Brustkorb hinauf zu ihren Brüsten. Sie schnappte nach Luft und ihre Atmung wurde schneller. Seine Fingerspitzen streichelten ihre Brustwarze durch die Spitze ihres BHs und sandten Wellen der Lust durch ihren Körper.

„Ausziehen", sagte er und löste sich genug von ihr, um ihr

T-Shirt über den Kopf zu ziehen, und es neben sie auf die Decke zu werfen. Sein lustvoller Blick fiel auf ihren BH und sie fühlte, wie sich die Wärme in ihrem gesamten Körper ausbreitete.

„Deine Klamotten auch", sagte sie mit vor Verlangen heiserer Stimme. Sie packte sein T-Shirt und er neigte seinen Kopf, damit sie es ausziehen und auf den Boden fallen lassen konnte. Sie zeichnete den Umriss seiner muskulösen Brust und dem Waschbrettbauch nach, bis sie am Bund seiner Jeans verharrte. Sie atmete seinen männlichen Duft und tauchte in seine Wärme ein.

Er nahm ihr Gesicht zwischen seine Hände und zwang sie, ihn anzusehen. Sie standen so da und ihre Augen sprachen Bände, ohne dass sie auch nur ein einziges Wort sagen mussten, und hielten an diesem Moment fest.

„Ich habe nie aufgehört, dich zu lieben", sagte er.

Tränen stiegen in ihre Augen und sie nickte. „Gut."

„Ist das alles, was du dazu sagen willst?" Er runzelte die Stirn, hörte aber nicht auf, in ihre Augen zu schauen.

„Nein. Ich habe noch mehr zu sagen. Viel mehr. Aber jetzt brauche ich das hier, Jaxon. Ich brauche dich." Sie blinzelte, um die Tränen zu unterdrücken, und verschränkte ihre Finger hinter seinem Kopf.

Er küsste sie und sie öffnete sich unter seinem Mund. Gemeinsam trieben sie die Hitze auf eine ganz neue Ebene.

Sie saugte an seiner Zunge und küsste ihn fest und leidenschaftlich, um die verlorene Zeit wettzumachen.

Sie musste ihm zeigen, wie sehr sie ihn liebte, wie wichtig er ihr war. Worte waren schließlich nur Worte. Aber Taten bedeuteten alles.

Sie strich mit der Hand über seine Schultern und fummelte am Knopf seiner Jeans herum. Als sie ihn geöffnet hatte, schob sie blitzschnell die Jeans über seine schmalen Hüften hinunter.

Sie küsste ihn, als sie ihre Hand um seine steife Erektion legte. Er knurrte und stieß in ihre Hand. Angeheizt von seiner Reaktion drückte sie zu.

„Das ist nicht fair. Du hast einen Vorteil." Er löste sich von ihr und öffnete mit einer geschickten Handbewegung ihren BH, um ihre Brüste zu befreien. „Aber nicht für lange." Er grinste frech und senkte dann seinen Kopf. Er saugte ihre harte Brustwarze in seinen heißen Mund.

„Oh Gott", rief sie, als seine Zunge um ihre zarte Knospe kreiste. Verlangen stieg in ihrem Bauch auf und sie bohrte ihre Nägel in seine Schultern, während sie versuchte, sich darauf zu konzentrieren, ihre Hand um seinen Schaft zu drücken.

„Ich bin noch lange nicht fertig." Seine Stimme klang scharf, lüstern und hart. Er hielt seinen Mund auf ihrer Brust, als seine Finger geschickt ihre Jeans öffneten. Er schob sie ihre Beine hinunter. Seine Fingerspitzen berührten die Vorderseite ihres Höschens und ließ Wellen der Lust durch ihren Körper strömen. Ihr Körper stand in Flammen und jedes Streicheln und jede Liebkosung verstärken die Intensität seiner Berührung.

Er zog den BH von ihren Schultern, ließ die feine Spitze auf den Boden fallen und wandte seine Aufmerksamkeit ihrer anderen Brust zu. Er schloss seine Lippen um ihre Brustwarze und saugte.

Sie zog seinen Kopf an sich, hielt ihn fest und atmete heftig.

„Du schmeckst so verdammt süß. Genau wie ich es in Erinnerung habe", sagte er und saugte weiter mit seinen Lippen an ihrem empfindlichen Fleisch.

Sie krümmte sich ihm entgegen und wandte sich unter seinem heißen Mund.

„Jaxon", hauchte sie.

„Sag das noch mal. Sag meinen Namen noch einmal. Ich

will, dass du meinen Namen schreist, wenn ich dich zum Höhepunkt bringe", befahl er.

Sie kam nicht dazu ihm zu antworten, bevor er vor ihr auf die Knie ging und ihr Höschen in einem heißen Ansturm der Lust hinunterzog. Sie stützte sich auf seinen Schultern ab, als er ihr half, aus der Hose und dem Höschen zu steigen. Er schob die unnötigen Kleidungsstücke aus dem Weg und sah sie dann an.

Er packte sie bei den Hüften und drückte einen Kuss auf ihren Bauch. Sie legte ihre Hände auf seine Schultern, damit sie nicht umfiel.

„Du gehörst mir, Ginny", sagte er gegen das weiche Fleisch ihres Bauchs.

„Ich habe schon immer dir gehört, Jaxon."

Sie sah zu ihm hinunter. „Ich liebe dich. Das hat für mich nie aufgehört."

Sein Blick wurde dunkel vor Lust.

Er legte seine Hände auf ihre Hüften und vergrub sein Gesicht zwischen ihren Beinen.

Sie stöhnte und fuhr mit ihren Fingern durch sein seidenblondes Haar, als sein Mund ihr zartes Fleisch neckte. Seine Zunge umspielte ihre Perle und sie wäre fast gekommen. Er spürte ihre Dringlichkeit und saugte sie tief in seinen Mund.

„Jaxon", schrie sie auf, als die Lust sie überkam und ihren Körper überschwemmte.

Er verwöhnte sie mit dem Mund, bis sie von ihrem Orgasmus mitgerissen wurde. Sie versuchte, zu Atem zu kommen, und blickte zu ihm hinunter.

Er grinste, sein Mund feucht von ihrer Nässe, und stand langsam auf.

„Jetzt, da der Erste aus dem Weg ist, wird der Nächste langsamer." Er grinste und drückte seinen Mund auf ihren.

Ginny sah ihn unter schweren Augenlidern an. Ihre Haut kribbelte und das Verlangen nahm überhand. Sie hatte gerade einen der intensivsten Orgasmen gehabt, den sie je erlebt hatte, und jetzt versprach er ihr mehr davon.

„Warte mal kurz." Sie kniete sich vor ihm hin und lächelte ihn von unten an.

„Ginny." Seine Stimme enthielt eine Warnung.

Aber sie hatte genug von Warnungen. Sie würde sich nehmen, was sie wollte. Das Leben war zu kurz, um zu zögern.

„Jaxon." Sie sagte seinen Namen, öffnete dann ihren Mund und leckte die Länge seines Schwanzes entlang.

Er knurrte und legte seine Hand auf ihren Kopf, um sie näher an sich zu ziehen.

Sie leckte ihn noch weiter, bevor sie ihre Lippen öffnete und ihren Mund mit ihm füllte.

Sie saugte ihn tief hinein und wirbelte ihre Zunge um seine Erektion. Sie benutzte ihre Hände nicht, nur ihren Mund.

„Aaaahhh." Er warf den Kopf zurück und sie spürte unter ihren Fingerspitzen, mit denen sie seine Hüfte hielt, wie er zitterte. Sein Atem wurde schneller.

Verlangen breitete sich in ihrem Innersten aus und schon bald war sie von der Sehnsucht erfüllt, ihn zwischen ihren Beinen zu spüren. Sie sah zu ihm auf und begegnete seinem heißen Blick.

„Das fühlt sich zu gut an", war alles, was er schaffte zu sagen, bevor sie spürte, dass er die Kontrolle verlor. Sie umschloss seinen Schwanz noch fester und saugte an ihm, bis er seine Erlösung in ihren gierigen Mund spritzte.

Schließlich löste sie sich von ihm und sah zu ihm auf. Er zog sie zu sich hoch. Er nahm ihr Gesicht zwischen seine Hände, bedeckte ihren Mund mit seinem, küsste sie und schmeckte sich selbst dabei, als er das tat.

Es machte sie sogar noch mehr an.

Sie klammerte sich an ihn, als er seine Hand zwischen

ihre Beine schob und über ihre sensible Klitoris kreiste.

„Wir sind noch lange nicht fertig, Baby" flüsterte er ihr ins Ohr, bevor er ihr Ohrläppchen in seinen heißen Mund saugte. Sie zitterte unter ihm und dachte, sie würde explodieren, bevor er es schaffte, in sie zu gleiten.

Sie spürte, wie sein Schwanz wieder hart und länger wurde, und gegen ihren Bauch drückte. Er begehrte sie genauso sehr, wie sie ihn.

„Ich möchte jetzt in dir sein." Er sah ihr in die Augen und wartete auf ihre Antwort. Sie wusste, warum.

Sie hatte unter dem Missbrauch eines gewalttätigen Mannes gelitten, der sich gewissenlos nahm, was auch immer er wollte. Jaxon wusste, dass sie die Kontrolle über diese Situation haben musste, wenn es um ihren Körper ging. Er ließ sie wissen, dass es ihre Entscheidung sein würde, ihn sowohl physisch als auch emotional hineinzulassen.

Es hob ihr Herz geradezu aus den Angeln.

„Ja." Sie zog seinen Kopf zu einem weiteren Kuss hinunter, um ihm zu zeigen, dass sie ihn wählte und ihn immer wählen würde. Noch nie in ihrem Leben hatte sie für irgendwen so viel Liebe empfunden wie für Jaxon Taylor.

Er hob sie in seine Arme und stand für einen Moment still da. Er sah sie mit so viel Liebe an, dass ihre Brust schmerzte.

„Es ist vielleicht keine Hochzeitsreise und kein Champagner, aber ich werde immer dir gehören, Ginny. Mein Herz und mein Körper", flüsterte er in der alten Scheune.

Er versuchte, dies so besonders zu machen, wie ihre Hochzeitsnacht vor all diesen Jahren gewesen sein würde.

Eine Träne lief über ihre Wange und er neigte seinen Kopf zu ihr hinunter. Sie vergrub ihr Gesicht in seiner Nackenbeuge und umarmte ihn fest.

Er kniete sich mit ihr in den Armen hinunter und legte sie sanft auf die kleine Decke auf dem alten Holzfußboden.

Er küsste sie, als er sich zwischen ihren Beinen in Position brachte. Seine Erektion, hart und fordernd, stieß gegen ihren nassen Eingang und sie spreizte die Beine, um ihn in sich aufzunehmen.

„Jetzt, Jaxon", flüsterte sie in sein Ohr.

Er drang in sie ein und sie keuchte, als er ihren Körper dehnte. Sie war keine Jungfrau, aber ihr Ehemann war in dieser Abteilung nicht gerade groß gewesen. Jaxon hingegen, war von den Genitaliengöttern gesegnet worden. Sehr, sehr gesegnet.

Er schaute sie mit besorgten Augen an.

Sie drückte ihre Fingerspitze auf seine Lippen und brachte alle Sorgen zum Schweigen, bevor er sie äußern konnte.

„Wage es ja nicht aufzuhören. Nicht jetzt. Ich habe so lange auf dich gewartet. Ich will alles von dir haben", flüsterte sie.

Er grinste und männlicher Stolz breitete sich auf seinem hübschen Gesicht aus. Er drückte seine Lippen auf ihre, bewegte seinen Körper langsam und glitt mit Präzision und Sorgfalt hinein und wieder hinaus.

Sie stöhnte, als seine Finger ihre harten Brustwarzen fanden, und krallte sich in seinen Rücken, als er ihren Hals küsste. Er hatte immer gewusst, wie er sie berühren und streicheln musste, um sie zum Stöhnen zu bringen. Aber sie hatten niemals miteinander geschlafen. Sie wollten sich das für ihre Hochzeitsnacht aufheben.

Es war so falsch gewesen zu warten. Sie wünschte sich tausend Mal, Jaxon hätte ihr ihre Jungfräulichkeit genommen anstatt John.

Aber jetzt, mit seinen Händen auf ihrem Körper und seinem Mund auf ihrem, lösten sich all diese Gedanken und Bedauern in Luft auf. Er ersetzte ihr Bedauern langsam durch Glauben und Hoffnung an ihre neue gemeinsame

Zukunft. Eine Zukunft, die in diesem Moment wie eine starke Möglichkeit erschien.

„Ich werde jeden Abend zu dir nach Hause kommen und dich genauso lieben." Er sprach, während er stieß, und seine Augen waren dunkel vor Verlangen, seine Stimme heiser. „Du kommst nie wieder von mir weg. Du gehörst mir und niemand wird dich mir je wieder wegnehmen."

„Ja", murmelte sie, als sich die Lust in ihrem empfindlichen Körper ausbreitete. Sie vergrub ihre Fingerspitzen in seinen Schultern und biss ihn in den Hals.

Er knurrte und bewegte sich schneller, stieß tief und kraftvoll in ihre feuchte Hitze hinein. Ihre Körper waren schweißnass, angespannt und klammerten sich aneinander. Alles, was sie wollte, war er.

Die Lust schwoll in ihr an und wuchs stetig. Versprechen hingen in der dunklen Nacht und die Hoffnung wuchs in ihrer winzigen Scheune.

Er hob den Kopf und sah ihr im sanften Licht der Solarlampe in die Augen. In der kurzen Sekunde bevor ihr Höhepunkt anschwoll und drohte sie mitzureißen und als die Sehnsucht sie überrollte, flatterte ihr Herz in ihrer Brust.

„Jaxon." Dieses Mal flüsterte sie seinen Namen, als sie kam und versprach, von diesem Tag an für immer Seine zu sein.

* * *

JAXON KONNTE die Augen nicht von Ginny abwenden, als sie nah an seine Brust gekuschelt neben ihm schlief. Sie hatten sich gerade zum ersten Mal geliebt; in einer Scheune, die drohte, gleich einzustürzen.

Es war perfekt gewesen.

Und es war mehr, als er sich je erhofft hatte.

Er hatte eine zweite Chance bekommen. Mit jemandem,

von dem er geglaubt hatte, sie hätte ihn verlassen.

Er würde sie kein zweites Mal verlieren. Dieses Mal würde er sie festhalten.

Dieses Mal würden sie es schaffen.

* * *

JAXON VERSUCHTE das Summen an seinem Kopf wegzuwischen. Er hasste Mücken und er hasste es, neben Ginny aus dem Schlaf gerissen zu werden.

Als das Summen nicht verschwand, wischte er stärker. Seine Hand landete auf etwas Hartem aus Plastik. Er blinzelte mit schläfrigen Augen und bemerkte, dass es sich nicht um eine Mücke handelte, sondern dass sein Handy neben ihm klingelte.

Mit Bedauern löste er sich schnell aus Ginnys Armen und beantwortete das Telefon.

„Hallo?"

„Jaxon, was zum Teufel dauert so lange? Bist du mit irgendwas beschäftigt?" Luciens Ton war schroff.

„Bitte sag mir, dass du gute Nachrichten von Lorcan hast." Er rieb sich den Schlaf aus den Augen und blinzelte ein paarmal.

„Ich habe endlich eine Nachricht von ihm erhalten."

„Du hast also direkt mit ihm gesprochen?" Er hatte keine Zeit, Spielchen zu spielen. Er brauchte Antworten und Anweisungen. Lorcan musste ihm das Insiderwissen liefern, wie er in einem Stück aus Louisiana verschwinden konnte.

„Ich habe eine Nachricht hinterlassen und die Dinge erklärt."

„Ist das sicher? Eine Nachricht auf seinem Handy zu hinterlassen? Ich meine, wer weiß, wer das sonst noch abrufen könnte? Oder vielleicht wird sein Telefon abgehört?" Er wäre nicht erstaunt, wenn Boudier alle seine Wächter und

Attentäter überwachte. Insbesondere, weil er vielleicht sogar vermutete, dass Lorcan ihnen bei der Flucht geholfen hatte. Vielleicht würde er ihn genauer beobachten als die anderen.

„Ich habe sie verschlüsselt hinterlassen."

„Verschlüsselt?"

„Ja. Als wir klein waren, haben wir eine Geheimsprache verwendet. Wir waren in der Lage, ein komplettes Gespräch vor unseren Eltern zu führen. Sie dachten, wir sprachen über Mädchen oder Fußball. In Wirklichkeit haben wir darüber geredet, uns hinauszuschleichen und das Auto des Nachbarn zu stehlen, um auf eine nächtliche Spritztour durch New Orleans zugehen."

„Und ich habe immer gedacht, du stammst aus einer tugendhaften, wohlhabenden Familie", schnaubte Jaxon. Er sah hinunter, als Ginny langsam aufwachte. Sie blinzelte und lächelte. Sie setzte sich auf, als sie bemerkte, dass er am Telefon war.

„Wir haben auf dem Land gelebt. Uns wurde langweilig. Verklage mich ruhig." Lucien schniefte.

„Da deine Familie stinkreich ist, werde ich das auf jeden Fall tun. Aber im Moment brauche ich einen Weg aus Louisiana zurück nach Arkansas."

„Er sagt, es wäre am besten, jetzt sofort loszufahren. Während es noch regnet. Auf den kleineren Straßen gibt es nur minimale Überwachung. Boudier hat den größten Teil seiner Männer auf die Autobahnen und Schnellstraßen umgeleitet. Er vermutet, dass du wegen der starken Regenfälle über die Autobahn nach Arkansas fahren wirst."

Jaxon warf einen Blick aus dem Fenster und runzelte die Stirn. Der Donner und die Blitze hatten nachgelassen, aber es regnete immer noch. Er freute sich wirklich nicht darauf, mit Ginny durch dieses Scheißwetter zu fahren.

„In Ordnung. Ein paar Meilen von hier gibt es eine kleinere Straße, auf der ich die Staatsgrenze möglicherweise überqueren kann. Ich habe die Karte studiert und sie ist uns neben der Autobahn am nächsten."

„Dann mach das." Luciens Ton wurde leiser. „Jaxon, du hast mit Barrett gesprochen, richtig? Ich meine, er hat dir gesagt, dass ich dich mit Lorcan in Verbindung bringen soll, nicht wahr?"

Jaxons Magen verkrampfte sich. Er hasste es, zu lügen, aber er musste Ginny gesund und in einem Stück nach Arkansas bringen.

„Barrett sagte, ich soll tun, was auch immer nötig ist, um zurück nach Arkansas zu kommen. Dazu gehört auch ein Gespräch mit Lorcan." Jaxon fuhr sich mit der Hand übers Gesicht. „Sieh mal, Kumpel, wenn ich nach Hause komme, schulde ich dir dafür gewaltig."

„Ist schon okay, Mann. Außerdem warst du in New Orleans und hast mir geholfen dort rauszukommen. Wir sind Wächter. Das ist unsere Aufgabe." Lucien legte auf, bevor Jaxon antworten konnte.

„Ist alles in Ordnung?" Ginny zog ihre Knie unter ihr Kinn und sah ihn mit großen Augen an.

Sein Kopf explodierte fast vor Liebe, die er für diese Frau spürte. Er hatte noch nie jemanden so sehr geliebt wie sie.

„Ich habe gute und schlechte Nachrichten." Er neigte den Kopf.

„Was sind die guten Nachrichten?" Sie zog ihre perfekten Augenbrauen hoch und musterte ihn.

„Wir haben einen Weg aus Louisiana zurück nach Arkansas."

„Und die schlechten Nachrichten?" Sie biss sich auf die Lippe.

„Wir müssen sofort los." Er warf einen Blick über die Schulter und auf das Fenster, wo der Regen noch immer heftig gegen das Glas prasselte. „Und wir müssen im Regen fahren."

KAPITEL 23

*K*apitel Dreiundzwanzig

Edward Boudier saß hinter seinem eindrucksvollen, goldenen Schreibtisch und ließ sich die aktuellen Updates seiner Wächter über den Aufenthaltsort seiner wertlosen Tochter und des verdammten Werwolfs aus Arkansas, mit dem sie sich herumtrieb, berichten. Seine Wächter waren noch nie zuvor in seinem Büro gewesen. Er konnte die Angst riechen, die den Raum füllte.

Keiner von ihnen wusste von dem Anruf, den er vor ein paar Minuten von einer gewissen Hexe aus Yazoo City erhalten hatte, die sich als außerordentlicher Vorteil herausstellte. Normalerweise hielt er sich von Hexen fern, aber diese hier würde sich als äußerst nützlich erweisen.

Er hob sein Kristallglas mit Sherry, ließ die granatrote Flüssigkeit darin kreisen und beobachtete, wie sich die Farbe im Licht veränderte.

„Was meint ihr damit, ihr habt sie aus den Augen verloren?" Er blickte wieder in sein Glas. Dies war kein gewöhnliches Glas. Es war um 1900 herum, den ganzen Weg aus

Frankreich gekommen, als sich seine Vorfahren in New Orleans niedergelassen hatten.

„Sir, wir haben die Straßen und Autobahnen weiter überwacht. Es gab keine Anzeichen dafür, dass Jaxon versucht hat, nach Arkansas zu gelangen. Es liegt wahrscheinlich am Regen, dass er sich irgendwo abseits der Straßen aufhält, bis sich das Wetter verbessert." Mannys Stimme dröhnte wie das Summen von Zikaden.

„Sag mir mal was, Manny." Er hob seinen Blick und sah sich in seinem Büro um, das mit wertvollen Gemälden, antiken Artefakten und Schwertern aus allen Ländern der Welt gefüllt war. „Wenn du auf der Flucht wärst, was würdest du tun?"

Boudier ließ die Stille den Raum füllen. Er wusste, dass seine anderen Wächter auf Mannys Antwort warteten. Er wusste, dass sie darauf warteten zu sehen, was er mit Manny machen würde, wenn er die falsche Antwort gab. Er wusste auch, dass sie, obwohl sie ihm treu ergeben waren, Angst vor ihm hatten. Und so behielt er die Kontrolle über seinen Staat und die Kontrolle über seine Wölfe. Indem er sicherstellte, dass sie Angst hatten, damit sie ihm treu blieben.

„Wenn ich auf der Flucht wäre, würde ich …"

Er stand von seinem Schreibtisch auf, hob die Hände und brachte Manny zum Schweigen. Die Luft im Raum wurde so dick, man hätte sie in Scheiben schneiden können.

„Sag mir, Manny. Wenn du vor mir fliehen würdest. Was würdest du tun?" Manny blinzelte und sagte: „Ich würde weiter versuchen, einen Weg nach Arkansas zu finden."

Boudier lächelte. „Würde der Regen dich aufhalten? Würdest du dir die Zeit nehmen, anzuhalten und einen romantischen Ort zu finden, an dem du dich mit meiner Tochter verstecken könntest, während du sie zur Besinnungslosigkeit vögelst?"

„Nein, Sir."

Er sah Manny mit zusammengekniffenen Augen an und Wut entzündete sich wie ein Streichholz in seinem Bauch.

„Willst du damit sagen, dass meine Tochter kein gutes Fickmaterial ist?"

„Nein, Sir, ich wollte nicht sagen ..." Manny riss die Augen weit auf und räusperte sich.

„Willst du damit sagen, dass du meine Tochter ficken willst?", knurrte Boudier. Manchmal waren diese Wächter verdammte Tiere. Unfähig, ihre Triebe und Begierden zu kontrollieren.

„Nein, Sir." Manny schüttelte wie wild seinen Kopf, hob die Hände und senkte den Kopf. „Ich wäre Ihnen oder Ihrer Tochter gegenüber niemals so respektlos."

Er wandte seinen Blick von Manny ab und musterte die Wächter im Raum. Er wusste, dass sie auf seine Antwort warteten.

„Was ist mit dir, Brutus?" Er neigte den Kopf und sah den Anführer der Attentäter an. Brutus sah mit seinem Kurzhaarschnitt, dem schwarzen Kampfanzug und seiner kompromisslosen Einstellung aus, als gehörte er zum Militär.

„Ich bin darauf trainiert, Typen aufzuspüren und hinzurichten. Das ist mein Job und das ist mein einziger Job." Brutus begegnete seinem Blick mit stählerner Entschlossenheit.

„Aha. Du hast also keine Zeit zum Ficken." Er nickte zustimmend. „Das gefällt mir. Das gefällt mir wirklich gut."

Er wandte seine Aufmerksamkeit Killian zu, seinem anderen Attentäter. „Killian, was ist mit dir? Ich kann deine Antwort kaum erwarten."

„Ich bin ein Attentäter. Ich habe einen Eid geschworen, jede Anweisung, die Sie geben, auszuführen. Genau wie Brutus ist auch mein Job das Töten."

Boudier warf einen Blick auf Lorcan. Er ging durch den

Raum, bis er direkt vor seinem dritten Attentäter stehenblieb. Er grinste und zeigte mit dem Finger in Lorcans Richtung. „Lorcan. Dieselbe Frage für dich."

„Sir, genau wie meine Attentäter-Kollegen bin auch ich darauf trainiert zu töten. Ich habe keine Zeit, jemanden zu ficken", sagte Lorcan trocken.

Boudier lächelte breit. „Wie immer bin ich von deinem frechen Mundwerk nicht enttäuscht, Lorcan." Er schlug dem Attentäter auf den Rücken und kam näher. Er wählte seine nächsten Worte sorgfältig, als er sprach. „Lass uns nicht vergessen, dass denjenigen, die mich verraten, die grausamsten Strafen bevorstehen, die man sich vorstellen kann. Schlimmer als der Tod."

Lorcan blinzelte weder, noch zuckte er zusammen. Das bedeutete, dass der Attentäter seriös war, und nichts mit Luciens Flucht zu tun gehabt hatte. Oder vielleicht war Lorcan einfach ein wirklich, wirklich, wirklich guter Lügner.

Was auch immer es war, Boudier würde es herausfinden.

Er trat zurück und ging zu seinem Schreibtisch hinüber. Er hob sein Glas Sherry und nahm einen Schluck. Er stellte sich wieder vor Manny hin und streckte dem Wolf das Glas entgegen.

„Einen Schluck?"

„Nein danke, Sir." Manny riss die Augen auf. „Ich bin im Dienst und solch teuren Schnaps nicht wert."

„Mach schon. Nimm es. Ich bestehe darauf." Er drückte Manny das Glas gegen die Brust und zwang den Wächter, es entgegenzunehmen.

Manny nahm es und blinzelte.

„Trink einen Schluck", befahl er.

Manny hob das Glas an seine Lippen und nahm einen Schluck. Der Wolf zuckte leicht zusammen, überspielte es jedoch schnell und stellte den neutralen Gesichtsausdruck wieder her.

„Viele Leute mögen Sherry nicht. Es ist ein Getränk, das man nach dem Abendessen trinkt. Oder am Nachmittag mit Keksen serviert." Er lächelte. „Ich weiß, dass man es in Charleston so macht. Mit Keksen. Es ist eine feine Sache, die ich gerne am Leben halten möchte. Ich liebe Traditionen. Das ist es sozusagen, was uns von Tieren unterscheidet." Er lächelte und sah sich in der Runde der Wächter um.

„Schaut euch in meinem Zimmer um. Alles in meinem Büro ist wertvoll." Er zeigte auf das Gemälde zu seiner Linken. „Dieses Gemälde stammt von einem berühmten Künstler aus Frankreich. Ich habe über zwanzigtausend Dollar dafür bezahlt." Er drehte sich um und zeigte auf ein paar Tafeln, die aussahen, als wären sie aus Zement. „Und die hier. Die wurden in einer Pyramide in Ägypten entdeckt. Im Grab eines Pharaos."

Er ging zu der Wand hinüber, an der seine wertvollsten Schwerter hingen. „Und hier. Direkt an der Wand neben meinem Schreibtisch. Schwerter aus aller Herren Länder." Er strich mit dem Finger über die Spitze eines Samurai-Schwerts. Blut quoll heraus und tropfte von seinem Finger auf den Boden.

„Es ist schärfer als jedes Schwert, das ihr je finden werdet. Genug Druck und es würde meinen Finger sauber von meiner Hand abtrennen." Er neigte den Kopf und steckte sich den Finger in den Mund. Er saugte das kupferfarbene Blut von seiner Fingerkuppe.

„Warum glaubt ihr, habe ich diese Sachen?" Er wartete auf eine Antwort, aber niemand sagte ein Wort.

„Gebt ihr auf? Ich sage es euch." Er wedelte mit der Hand durch den Raum und deutete auf die Dinge, über die er gerade gesprochen hatte.

„Seht ihr, alles hier hat Wert, egal ob es ein Gemälde, ein Artefakt oder ein Schwert ist. Es ist wertvoll." Sein Blick fiel auf Lorcan. „Sogar meine Attentäter sind wertvoll, weil sie eine besondere Funktion ausüben. Sie sind wahrscheinlich meine Lieblingsgegenstände hier im Raum."

So viel musste er Lorcan lassen. Der Werwolf zuckte nicht zusammen oder unterbrach den Augenkontakt.

Er nahm das Schwert und ging zu Manny hinüber. Er drückte das Metall gegen die Mitte der Brust des Wächters. Nicht hart genug, um die Haut aufzuschlitzen – nur hart genug, um ihn wissen zu lassen, dass es da war.

„Sag mir, wann sollte ich damit rechnen, dass Jaxon gefangen genommen und meine Tochter zu mir zurückgebracht wird?" Er neigte den Kopf.

Manny schluckte.

„Vor Tagesanbruch, Sir." Eine Schweißperle rollte über seine Schläfe und tropfte auf sein T-Shirt.

„Nun, dann denke ich, solltet ihr alle mal losgehen. Er wird nicht erwischt werden, wenn ihr Arschlöcher hier rumsteht und euch die Schwänze haltet." Er riss das Glas aus Mannys Hand und warf es gegen den Kamin. Das Kristall zerbrach in tausend Scherben. Es würde ein Mordsaufwand werden, den Scheiß aus dem Teppich zu entfernen.

Alle im Raum drehten sich um und eilten zur Tür.

„Außer du, Manny", sagte er langsam. „Du bleibst hier."

Manny drehte sich mit weit aufgerissenen Augen um und suchte im Raum nach Verbündeten. Er wusste jedoch nicht, dass es im Louisiana-Rudel keine Verbündeten gab. Dafür hatte Boudier gesorgt.

Der beste Weg, seine Werwölfe zu kontrollieren, bestand darin, ihre ungeteilte Loyalität zu ihm zu erzwingen und nicht zueinander. Barrett Middleton war ein schwacher und dummer Anführer, der seine Wächter dazu ermutigte, sich aufeinander zu verlassen. Er erreichte nichts damit, außer das Rudel zu schwächen. Ein schwaches Rudel würde sich nicht sonderlich bemühen, seinen Rudelführer zu beschützen.

Deshalb forderte er völlige Loyalität zu sich selbst. Es sicherte sein Überleben. Und das Überleben seines Rudels.

„Sir, ich …" Manny schluckte und blinzelte so schnell, dass er glaubte, der Werwolf würde vor seinen Augen in Tränen ausbrechen. Manny war ein Weichei. Und er tolerierte keine Weicheier.

„Komm schon, Manny. Du hast doch nicht ernsthaft geglaubt, dass ich dich diesen Raum lebend verlassen lassen würde, oder?" Er grinste und drehte sich um, um zu sehen, ob seine Attentäter noch im Raum waren.

„Lorcan, was soll ich mit Manny machen?" Er warf dem Wolf einen scharfen Blick zu.

„Wenn er mangelhaft ist, müssen Sie ihn loswerden", sagte Lorcan ohne Emotionen.

Boudier kniff die Augen zusammen. „Gute Antwort."

„Aber wenn Sie einen Wolf ohne ausreichend Beweise hinrichten, kann dies Fragen unter den anderen Wächtern aufwerfen", fuhr Lorcan mit unbeeinflusster Stimme fort. Er klang, als würde er eine Anleitung vorlesen, wie man ein Waschbecken repariert.

„Ist das so?" Er ging langsam auf Lorcan zu. Brutus atmete tief ein und Killian runzelte die Stirn. Er wusste genau, was die anderen beiden Attentäter dachten. Oder zumindest war es früher so. Es schien, als würde es immer schwieriger werden, diese Scheißkerle zu lesen. Nach außen sahen sie alle bereit dazu aus, für ihn loszufahren und für seine Sache zu sterben. Aber wer zum Teufel wusste das schon. In letzter Zeit hatte er bei all dem Ärger mit Arkansas von einigem Gemurmel des Unbehagens in seinen eigenen Reihen gehört.

Jetzt, da seine Frau und sein Schwiegersohn ermordet worden waren, wusste er, dass es einige in seinem Rudel geben würde, die dachten, er wäre ein schwacher Anführer. Sie würden darüber nachdenken, das Rudel zu verlassen.

Er war nicht schwach. Er war noch nie schwach gewesen. Noch nicht mal als Kind. Wenn die menschliche Bevölkerung etwas von all der Scheiße wüsste, die er als Kind bereits angestellt hatte, würden sie ihn als psychopathischen Serienmörder anklagen und einsperren lassen. Aber Menschen waren dumm und leicht mit Geld und dem Versprechen auf Macht zu manipulieren. Bürgerliche Wölfe sogar noch mehr.

„Sag mir, Brutus. Was ist deine Meinung zu Manny?" Er richtete seinen kalten Blick auf den Anführer der Attentäter. „Soll ich ihn hinrichten? Oder ihn mit einer Warnung davonkommen lassen?"

„Sie haben noch nie jemanden mit einer Warnung davonkommen lassen, Boss." Brutus erwiderte seinen kalten Blick.

Boudier spürte ein breites Grinsen auf seinem Gesicht aufsteigen. „Weißt du was, Brutus. Ich denke darüber nach, dich anstelle von Lorcan zu meinem Lieblingsattentäter zu machen." Er funkelte Lorcan an. „Weißt du, ich mochte dich mehr, als deine Haare noch blond waren. So wie du jetzt aussiehst, siehst du deinem Scheißkerl von einem Bruder auf unheimliche Art ähnlich." Er wusste, dass er seinem Schwiegersohn hätte befehlen sollen, Lucien zu töten, als er das Arschloch in den Händen hatte. Aber nein, John konnte den Wolf nicht einfach nur töten und es hinter sich bringen. Er brauchte Zeit, um mit seiner Beute zu spielen.

Er ergriff das Schwert und stieß es durch Mannys Bauch. Manny schnappte schockiert nach Luft und blickte auf seinen Bauch hinunter. Blut quoll heraus, durchtränkte sein T-Shirt und tropfte auf den Boden.

„Entschuldige, Manny. Du bist nicht länger nützlich. Wie ich schon gesagt habe, behalte ich nichts, das für mich wertlos ist." Er grinste breit und zog das Schwert heraus. Er packte den Griff mit beiden Händen, schwang das große Schwert herum und enthauptete den Wächter mit einer schnellen Bewegung.

Mannys Kopf landete mit einem dumpfen Schlag auf den Boden. Sein Körper viel zu einem Häufchen zusammen.

„Nun, das war enttäuschend." Er stützte eine Hand in seine Hüfte, lehnte sich gegen das Schwert und schüttelte den Kopf. „Ich wünschte, ich hätte mehr Zeit gehabt, um Manny die Ernsthaftigkeit der Situation verständlich zu machen. Aber ich habe einen Haufen andere Scheiße zu tun." Er sah zu seinen Attentätern auf.

„Wer von euch möchte sich freiwillig melden, um die Scheiße aufzuräumen? Es wird ein Haufen Arbeit werden, den Dreck aus meinem antiken Teppich zu säubern." Er hätte sicherstellen sollen, dass Manny weit genug von seinem Teppich entfernt stand, bevor er anfing, das Schwert zu schwingen.

„Ich mache es." Lorcan ging zur Tür.

„Warte mal, Lorcan." Er musterte den Werwolf und suchte nach Anzeichen von Täuschung. Er fand keine. Aber das bedeutete gar nichts.

„Ich habe eine bessere Verwendung für deine Zeit, als sie damit zu verschwenden, das hier zu putzen." Er brauchte seine Attentäter noch immer. „Lass es einen der anderen Wächter machen. Ich will euch alle auf der Straße haben. Findet Jaxon und bringt ihn zu mir."

„Was ist mit Ginny?", fragte Brutus.

„Was soll mit ihr sein?" Boudier zuckte mit den Schultern.

„Wenn wir sie gemeinsam finden, sollen wir sie nicht beide herbringen?" Killian runzelte die Stirn.

Boudier dachte einen Augenblick darüber nach und sah seine Attentäter einen Moment lang an.

„Du hast recht. Bringt Ginny ebenfalls unversehrt zu mir. Und stellt sicher, dass Jaxon bei ihr ist. Ich will sicherstellen, dass sie ihren Geliebten sieht, wenn ich das Fleisch von seinem Körper schabe. Frauen scheinen Männer ohne ihre Haut nicht sonderlich attraktiv zu finden." Er grinste, als sein

Magen vor Aufregung flatterte. „Und wenn ich Jaxon getötet habe, gebt ihr Ginny meinen Wächtern, damit sie mit ihr machen können, was sie wollen." Er nickte langsam, als seine Aufregung wuchs. „Und ich meine das im animalischsten Sinne überhaupt."

„Ich bin mir sicher, dass sie nicht einmal einen ganzen Tag mit den Biestern durchhalten wird. Sie hat alles für ihre Liebe riskiert. Jetzt will ich im Gegenzug ihr Leben dafür haben."

*K*apitel Vierundzwanzig

Lorcan richtete seinen Blick stur geradeaus, als er Boudiers Haus verließ und in die dunkle, sternenlose Nacht marschierte.

„Lorcan, was zum Teufel ist mit dir los?", rief Brutus hinter ihm her.

Er machte sich nicht die Mühe, seinen Schritt zu verlangsamen, bis er an seiner Harley-Davidson Breakout ankam. Er drehte sich um und blickte in die wütenden Gesichter, mit denen Brutus und Killian ihn ansahen.

„Ich tue, was mir gesagt wurde. Befehle befolgen." Trotz der Wut, die tief in seinem Inneren brodelte, hielt er seinen Gesichtsausdruck neutral. Er hasste Boudier. Er hasste es, unter Boudiers Fuchtel in Louisiana zu sein. Aber er hatte keine Wahl. Obwohl der Rudelführer keine Beweise dafür hatte, dass Lorcan Lucien bei der Flucht geholfen hatte, war Boudier paranoid genug, um ihn zu verdächtigen.

Lorcan hatte Familie in Louisiana und er konnte nicht einfach abhauen und sie dadurch für die Dinge anfällig machen, die Boudier tun würde, um sich zu rächen.

„Hör auf, Mann." Killian verpasste ihm einen Stoß, genug um seine Aufmerksamkeit zu erregen.

„Womit soll ich aufhören, Killian?" Er hielt dem Blick des Werwolfs stand.

„Kumpel, wir sind es. Nur wir und sonst niemand." Killian warf einen Blick über seine Schulter in Richtung Haus. „Erzähl uns, was mit Lucien passiert ist."

Lorcan hob seine Hand, um zu stoppen, was auch immer es war, dass Killian sagen wollte. „Ich weiß nicht, was du mir unterstellen willst, aber du musst jetzt sofort dein verdammtes Maul halten. Lucien ist nicht länger mein Bruder. Er hat seine Familie für Arkansas verlassen. Er hat uns betrogen. Wenn du denkst, ich werde sentimental, weil ich meinen Bruder vermisse, liegst du falsch."

Killian seufzte und ließ Lorcan wissen, dass er ihm kein Wort glaubte.

„Du musst dir deiner Position bewusst sein, Lorcan. Wir sind Attentäter. Das ist eine begehrte Aufgabe, die nur die Elite erfüllen kann." Brutus stieß Killian aus dem Weg und stellte sich Lorcan direkt gegenüber.

„Ich bin mir sicher, dass der Gesichtsausdruck auf Mannys Visage, als Boudier ihm mit dem Schwert den Bauch aufschnitt, bedeutete, dass er sich ganz sicher wünschte, einer von uns zu sein. Einer der Elite." Er machte sich nicht die Mühe, den Sarkasmus in seinem Ton zu verbergen. Sollten sie doch denken, was sie wollten. Er wusste, dass er keinem von ihnen trauen konnte. Noch nicht einmal Brutus und Killian.

„Es gibt Gerüchte" – Brutus senkte seine Stimme – „dass du Lucien geholfen hast, aus New Orleans zu entkommen."

Killian neigte seinen Kopf und sah Lorcan an. Lorcan schaute von einem der Attentäter zum anderen und zuckte mit den Schultern.

„Es gibt immer Gerüchte, Brutus. Du solltest mal hören, was sie über dich erzählen, wenn du nicht in der Nähe bist."

„Es interessiert mich einen Scheißdreck, was sie über mich sagen. Ich weiß, wer ich bin und wo ich hingehöre."

Lorcan ballte seine Hände zu Fäusten und beugte sich zu dem riesigen Attentäter hinüber, der für ihn wie ein Bruder geworden war. „Und vielleicht weiß ich jetzt auch wo ich hingehöre, Brutus. Du scheinst zu glauben, dass all diese Scheiße, die hier vor sich geht, auf Gerechtigkeit und Ordnung beruht. Aber du weißt ganz genau, dass es verdammt noch mal nicht so ist. Einschüchterung, Folter und Mord sind keine guten Mittel, ein Rudel zu führen."

„Lorcan", zischte Killian und sah sich um, um sicherzustellen, dass niemand sie beobachtete.

Lorcan lächelte nur. „Macht euch keine Sorgen. Ich werde meine Pflicht erfüllen und meine Anweisungen befolgen. Ich habe meine Treue geschworen." Er schwang sich auf seine Harley und startete das Motorrad. „Es ist seltsam."

„Was ist seltsam?" Brutus kniff die Augen zusammen.

„Wir haben geschworen, Gerechtigkeit zu vollziehen und unser Rudel zu verteidigen. Aber in Wirklichkeit ermorden wir die Unschuldigen und verteidigen Satan selbst." Er blickte zurück zum Haus und schüttelte seinen Kopf.

„Wir machen uns besser auf den Weg. Die Fahrt zur Hölle wird lang werden." Er raste aus der Einfahrt auf die Straße hinaus und ließ seine Worte in der Luft hängen.

* * *

„Was hat dein Bruder gesagt?" Barrett sah Lucien mit funkelndem Blick an. Er war mit Lucien an seiner Seite zur Grenze von Louisiana und Arkansas gefahren. Jaxon zurück nach Arkansas zu bringen, war seine oberste Priorität.

Sie bogen von der Straße ab und fuhren an eine kleine

Tankstelle. Sie mussten ihre Motorräder auftanken, bevor sie weiterfahren konnten.

„Lorcan sagte, es wäre am besten, wenn Jaxon jetzt sofort versuchen würde, den Staat zu verlassen. Vom GPS an Jaxons Motorrad sieht es so aus, als ob Jaxon nicht weit von einer Straße entfernt ist, auf der er die Grenze nach Arkansas überqueren könnte." Lucien runzelte die Stirn und sah weg.

„Was ist los, Lucien?" Barrett wollte nicht, dass Lucien irgendwelche Informationen zurückhielt. Nicht jetzt. Es könnte für alle in einer Katastrophe enden.

„Du musst verstehen, dass ich all diese Infos von Lorcan habe. Aber ich bin mir nicht ganz sicher, was er im Moment denkt. Ich habe ihn nicht mehr gesehen, seit …"

„Seit New Orleans. Ich weiß." Barrett stemmte die Hände in die Hüften und starrte in die Dunkelheit hinaus. Sie hatten am Straßenrand angehalten, damit er mit Lucien sprechen konnte. Er warf einen Blick über die Schulter. Der Rest seiner Wächter saß noch immer auf ihren Harleys und wartete auf Befehle.

„Ich hasse es, das zu sagen, aber woher wissen wir …" Lucien warf ihm einen gequälten Blick zu.

„… ob wir ihm vertrauen können", beendete Barrett seinen Satz. „Ich denke genau dasselbe." Er fuhr sich mit der Hand durch die Haare und Regentropfen spritzen von seinem Kopf.

„Hier ist das Problem, Lucien. Wir müssen Jaxon zurückholen. Ich werde nicht noch mehr Wächter verlieren oder noch mehr Wächter foltern lassen. Sobald Jaxon zurück ist, werde ich mich selbst um Boudier kümmern."

„Du wirst nicht gerade alleine sein. Alle deine Wächter wollen ebenfalls ein Stück von dem Arschloch erwischen", knurrte Lucien.

Der Hauch eines Lächelns flog über Barretts Lippen. Er nickte Lucien zu. „Wie geht es dir?"

„Alles geheilt. Wer es nicht weiß, könnte nie sagen, dass Boudiers Männer versucht haben, mich wie eine verdammte Forelle zu filetieren."

„Er wird bekommen, was er verdient. Darauf kannst du dich verlassen, Lucien", sagte Barrett und wandte sich ab.

„Die ganze Angelegenheit wird eine Riesenscheiße werden. Vergeltung für alles." Barrett verschränkte die Arme. „Ich stecke in der Scheiße, wenn ich Boudier angreife und genauso, wenn ich es nicht tue."

„Ich verstehe nicht, warum sich die anderen Rudelführer nicht darüber aufregen." Lucien schüttelte den Kopf.

„Weil sie nicht in Boudiers Fadenkreuz geraten wollen." Er zuckte mit den Schultern. „Ich kenne sie alle und sie sind keine schlechten Männer. Sie haben nur Angst, dass Edward Boudier, sollten sie sich gegen ihn stellen, sie und ihre Wächter jagen wird. Niemand verliert gern seine Männer."

„Außer Boudier. Dem Dreckskerl ist es egal, ob seine Wächter leben oder sterben", knurrte Lucien.

„Und von dem, was ich gehört habe, hat er nicht vor, sie noch viel länger zu behalten." Barrett sah Lucien an. „Mein Rat an dich ist, Lorcan zu warnen, dass er von dort abhauen soll, bevor ihm die Scheiße um die Ohren fliegt. Sage ihm, dass ich meine Schulden nicht vergesse. Und ich habe nicht vergessen, was er getan hat, um uns in New Orleans zu helfen."

Er legte eine Hand auf Luciens Schulter. „Jetzt lass uns Jaxon dort rausholen und in Sicherheit bringen."

* * *

GINNY KLETTERTE auf die Harley und schlang ihre Arme um Jaxons Taille. Sie war sich nicht sicher, ob sie sich bei dem Wetter festhalten konnte, aber sie betete, dass sie es schaffen würde.

Unbehagen stieg in ihr auf und machte sich in ihrem Körper breit. Sie festigte ihren Griff um Jaxon noch mehr, als er das Motorrad startete. Sie kniff die Augen zusammen und versuchte, das Gefühl abzuschütteln, dass etwas nicht stimmte. Sie wollte nicht hierbleiben, aber sie wollte auch nicht gehen. Sie kannte ihren Vater und wusste, dass er nicht der Typ Mann war, der etwas aufgab, das er für sein Eigentum hielt.

Nachdem ihr Vater sie gefunden und ihre Großmutter ermordet hatte, war Ginny in eine schwere Depression gefallen. Sie hatte um ihre Großmutter getrauert, um die Frau, die sie großgezogen hatte, war aber gleichzeitig froh gewesen, herauszufinden, dass ihre Mutter am Leben war. Doch nach einer Weile hatte Caroline begonnen, sich darüber zu ärgern, dass Ginny so oft von ihrer Großmutter sprach.

Ihre Mutter begann sich auch auf andere Weise zu verändern. Sie wurde kälter und distanzierter. Ginny hatte gedacht, dass es daran lag, dass ihr Vater jeden Aspekt des Lebens ihrer Mutter kontrollierte, angefangen von dem, was sie aß, bis hin zu dem, wo sie hinging oder wie sie sich kleidete. Aber jetzt wurde ihr klar, dass es auch noch etwas anderes war. Ihre Mutter hatte alles Gute, das noch in ihr steckte, verrotten und verschimmeln lassen, solange bis das Einzige, was noch übrig war, ihr Bedürfnis zu überleben war. Koste es, was es wolle. Sogar die Sicherheit ihrer Tochter.

Ginny öffnete ihre Augen und blinzelte, als Jaxon den schmalen Pfad zurück zu der Straße fuhr, von der sie gekommen waren.

Das gelegentliche Donnern und die vereinzelten Blitze am Himmel erschreckten sie jetzt nicht mehr. Sie gewöhnte sich daran, war aber noch immer nicht begeistert von der Idee, bei den glatten Straßenbedingungen im Regen zu fahren.

„Halte dich fest", sagte Jaxon über seine Schulter zu ihr.

Sie nickte und verschränkte ihre Finger fest vor seinem Bauch. Sie lehnte ihren Kopf gegen Jaxons Rücken und hielt sich so fest, wie sie konnte, als er auf die Straße bog. Er erhöhte seine Geschwindigkeit und traf fast jedes verdammte Schlagloch auf dem Feldweg.

Sie atmete tief durch und versuchte, sich auf das Positive zu konzentrieren.

Zumindest kamen sie vorwärts.

Zumindest waren sie zusammen.

Und für den Moment waren sie zumindest am Leben.

* * *

„BIST DU DIR SICHER, dass du nicht willst, dass ich komme?" Damon verzog das Gesicht, als er ein kurzes Update von Barrett erhielt.

„Ja. Bleib auf der Basis, bis ich zurückkomme. Verstanden?", bellte Barrett.

„Verstanden, Boss." Damon runzelte die Stirn und beendete den Anruf. Er fühlte, wie Ava ihre Arme um seine Taille schlang, als sie sich hinter ihm im Bett aufsetzte. Barretts Anruf mitten in der Nacht hatte ihn aus einem tiefen Schlaf mit unruhigen Träumen gerissen. Träume, die er nicht abschütteln konnte.

„Alles in Ordnung?", murmelte Ava in sein Ohr.

„Ich denke schon." Selbst wenn es nicht so war, würde er Ava das verdammt noch mal nicht erzählen. Ava war so eigensinnig, dass sie eine Gefahr für sich selbst darstellte. Selbst wenn sie nur eine Ahnung hätte, dass irgendetwas mit den Arkansas-Wächtern los war, würde sie Granny und die anderen Weibchen zusammentrommeln und sich direkt in die Gefahr stürzen.

„Das war nur Barrett, der sich mit einem Update melden wollte." Er drehte den Kopf zu ihr, vergrub sein Gesicht in ihrer Nackenbeuge und atmete tief ein. Sein Körper reagierte sofort auf ihren süßen Geruch und sein Schwanz wurde hart.

„Du musst doch nicht gehen, oder doch?" Sie warf einen Blick auf die Uhr auf dem Nachttisch.

Er packte sie und zog sie herum, bis sie auf seinem Schoß saß. Sie verschränkte ihre Finger hinter seinem Hals und grinste ihn an.

Gott, er liebte sie. Die Art, wie sie ihn so liebevoll ansah, würde ihm nie langweilig werden. Es würde ihn immer faszinieren.

„Es ist schon drei Uhr morgens. Ich sollte loslegen und aufstehen." Er nahm ihr Gesicht zwischen seine Hände.

„Steht Barrett um drei Uhr morgens auf, um zur Arbeit zu gehen?" Sie zog die Augenbrauen hoch.

„Ich fange langsam an zu glauben, dass der Sack niemals schläft." Er strich mit seinem Daumen über ihre volle Unterlippe.

Sie saugte die Fingerkuppe in ihren Mund und entlockte ihm ein Stöhnen.

„Ava", warnte er sie.

„Gib mir fünfzehn Minuten. Höchstens dreißig." Sie grinste und zog sich das Spitzennachthemd über den Kopf. Er war erst nach Mitternacht ins Bett gekommen und sie hatte schon tief und fest geschlafen. Er hatte sie nicht stören wollen. Er hatte sich damit zufriedengegeben, am Bett zu stehen und in ihr wunderschönes Gesicht zu starren.

„Du machst es mir schwer, Nein zu sagen, Ava." Er strich mit seiner Hand über ihren Nacken und ihre Brust hinunter. Sein Finger zwirbelte ihre Brustwarze, bis sie vor Verlangen stöhnte.

„Ich will dich", flüsterte sie und ließ ihre Hand unter das Laken gleiten, das seine Erektion verbarg. Ihre kühlen Finger fanden ihn, griffen um seinen Schaft und drückten zu.

Er knurrte und wusste, dass sie heute Nacht noch mindestens zweimal Sex haben würden, bevor er ging.

Er senkte seinen Kopf und saugte ihre Brustwarze in seinen Mund. Sie stöhnte, als er mit der Zunge über die heiße, straffe Knospe strich.

Sie hielt seinen Kopf an ihrer Brust fest, während er saugte, sie neckte und schmeckte, als hätte er sie schon eine Ewigkeit nicht mehr gehabt. Sein Verlangen nach ihr war grenzenlos. Sie war etwas, wonach er sich ständig sehnte.

Er konnte sich ein Leben ohne sie nicht vorstellen.

Er stand mit ihr in seinen Armen auf. Das Laken rutsche zu Boden und enthüllte ihre Nacktheit.

Er senkte sich zurück zum Bett hinunter. Sie schlang ihre Beine um seine Hüften und rieb ihr nasses Zentrum an seiner Länge.

Er legte sie sanft aufs Bett und stieß in ihren Körper hinein.

Er stöhnte, als sich ihre Muskeln um seinen Schwanz herum schlossen und zusammenzogen.

Sie grub ihre Fingernägel in seinen Rücken und biss ihm ins Ohr. „Mehr", forderte sie.

Er wollte langsamer machen, sie genießen, aber wenn sie sich so gut anfühlte, war es ein Kampf, auch nur klar zu denken.

Er bewegte seine Hüften und stieß tiefer und schneller in ihren heißen Körper hinein.

Eine dünne Schweißschicht bedeckte ihre Körper von der sexuellen Reibung und er packte sie fest an den Hüften. Er zog sich gerade weit genug zurück, um ihr Gesicht zu sehen. Er musste ihr Gesicht sehen.

Ihre Lippen öffneten sich und ihre Pupillen weiteten sich. Er wusste, was als Nächstes kam. Ihr Körper spannte sich um ihn und massierte ihn mit solch köstlichem Vergnügen, dass

es fast unmöglich war, seinen eigenen Orgasmus zurückzuhalten.

„Damon." Sie hauchte seinen Namen, als sie ihren Höhepunkt erreichte. Ihr Körper pulsierte rhythmisch um ihn, bis
sie schlaff wurde.

Er knurrte und vergrub sein Gesicht in ihrer Nackenbeuge, als er seinen Samen tief in ihren willigen Körper
strömen ließ.

Erschöpft brach er über ihr zusammen. Sie schlang ihre
Arme um ihn, streichelte seinen Rücken mit den Spitzen
ihrer Fingernägel und wiegte ihn in einen Zustand der Ruhe
und des Friedens.

„Bleib hier", flüsterte sie in sein Ohr.

Er stützte sich auf seine Ellbogen und blickte in ihre
grünen Augen. „Die Pflicht ruft."

„Also gut, aber noch einmal." Sie zog ihre Augenbrauen
hoch und er wurde bereits wieder hart in ihr. „Und dieses
Mal bin ich oben."

*K*apitel Fünfundzwanzig

Barrett stoppte seine Harley und schaltete den Motor ab. Sie befanden sich in der Nähe der Stelle, wo Jaxon nach Arkansas gefahren kommen würde. Er stieg von seinem Motorrad, schüttelte den Kopf und ließ die Wassertropfen durch die Dunkelheit fliegen. Lucien folgte seinem Beispiel.

Barrett blinzelte in die Dunkelheit der langgezogenen, totenstillen Straße.

Es gab keine Lichter und keine Geräusche von Fahrzeugen, die die leere Straße entlangfuhren. Der Regen hatte aufgehört, aber nicht bevor er ihn bis auf die Knochen durchnässt hatte. Manche Werwölfe hassten es, im Regen mit ihren Harleys zu fahren, und sie hassten die Unberechenbarkeit des Wetters. Aber nicht er.

Nein, im Regen mit seiner Harley zu fahren, fühlte sich so an, als würde er von allen Sünden und Geheimnissen reingewaschen werden, die er vor langer Zeit tief in sich begraben hatte und die niemand finden konnte. Der Regen reinigte, heilte und enthüllte.

Dort, wo er aufgewachsen war, lag im Regen auch immer ein Hauch des Ozeans, wenn er auf die Erde fiel.

Er griff in seine Jackentasche und zog sein Handy heraus. Zum Glück war sein Telefon durch eine wasserdichte Hülle vor dem Regen und den Witterungseinflüssen geschützt. Er warf einen Blick auf die Uhrzeit.

„Fast drei Uhr", murmelte er. „Wo bist du, Jaxon?" Das entfernte Brummen eines Motors veranlasste ihn, sich umzudrehen. Drei Scheinwerfer kamen auf ihn zu und wurden größer, als die Motorräder in Sichtweite kamen.

Er biss die Zähne zusammen, als Jayden, Braxton und Zane neben ihnen anhielten.

Alle drei stellten ihre Motoren ab und stiegen von ihren Motorrädern.

„Was zum Teufel macht ihr hier?", knurrte Barrett. „Ich kann mich nicht daran erinnern, euch Arschlöcher eingeladen zu haben."

„Ja, nun, wir sind wie Genitalwarzen." Jayden strahlte. „Wir kommen immer dann, wenn man es am wenigsten erwartet. Und völlig unerwünscht."

„Sprich für dich selbst, Arschgesicht", schoss Lucien zurück.

„Sieht für mich so aus, als hätte ich drei verdammte Wächter, die nicht in der Lage sind, Befehle zu befolgen. Vielleicht sollte ich ein anderes Zuhause für euch finden? Wie wäre es mit der Antarktis?" Barrett funkelte seine Wächter an.

„Nö, in der Antarktis ist es zu verdammt kalt." Jayden schüttelte den Kopf und schob seine Hände in seine Jeanstaschen. „Außerdem kann ich Granny nicht alleine lassen."

Zane sah aus, als würde er mit einem Lachen kämpfen und Lucien hatte genug Verstand, um seinen Blick abzuwenden.

„Sagen wir einfach, wir sind als Vorsichtsmaßnahme hier", sagte Braxton.

„So wie Penicillin?" Jayden zog einen Lutscher heraus und steckte ihn sich in den Mund.

„Ja, für deine Genitalwarzen", schnaubte Zane.

„Ich glaube, du bringst deine Geschlechtskrankheiten durcheinander. Soweit ich weiß, braucht man Penicillin für Syphilis." Braxton grinste.

„Na du musst es ja wissen." Jayden zeigte mit seinem Lutscher auf den Wolf.

„Lass dich von den blauen Haaren nicht täuschen. Ich bin sehr wählerisch, mit wem ich schlafe." Braxton verschränkte die Arme.

„Wann bist du angekommen, Braxton?" Barrett starrte den Wächter aus Eureka Springs an.

„Spät abends." Braxton runzelte die Stirn und strich sich mit der Hand über sein bläuliches Haar. „Oder war es früh morgens? Verdammt, ich weiß es nicht. Ich weiß nur, dass die Jungs meinten, es könnte ein Problem mit dem Rudelführer von Louisiana geben, also dachte ich, ich komme vorbei. Ich weiß, was für ein Arschloch er sein kann."

Zane drehte sich um und runzelte die Stirn. „Braxton, warum lassen sich die Bürger von Louisiana Boudiers Scheiße gefallen? Es wird gemunkelt, er wolle seine Wächter komplett eliminieren."

„Keine Ahnung." Jaxon zuckte mit den Schultern und sah zu Boden. „Ich erinnere mich gut daran, dass mein alter Herr immerzu von Edward Boudier geschwärmt hat. Er hat seine alte Dame wohl auch geschlagen. Vielleicht sah er deshalb zu ihm auf. Gleich und Gleich gesellt sich gern und solche Scheiße." Braxtons Augen wurden hart und Barrett wusste, dass der Wolf an seine Mutter dachte, die Braxton den Rücken zugekehrt hatte. Selbst nachdem er vom Vorwurf des Mordes an seinem Vater freigesprochen worden war, weigerte sich Braxtons Mutter, mit ihm zu sprechen. Braxton sagte zwar, dass es ihm nichts ausmachte und dass er sich glücklich schätzte, Kate zu haben, aber Barrett wusste, dass es ihn störte.

Barrett konnte nicht verstehen, wie eine Mutter ihrem eigenen Kind den Rücken zukehren konnte.

Es ergab keinen verdammten Sinn. Vielleicht waren alle Werwölfe in Louisiana dahingehend verblendet worden, dass sie dachten, es wäre in Ordnung. Vielleicht wurden sie alle einer Gehirnwäsche unterzogen.

Barrett drehte sich um und wandte seine Aufmerksamkeit Lucien zu. „Bist du sicher, dass Lorcan Jaxon gesagt hat, er soll die Grenze hier überqueren?"

„Ja."

Barrett öffnete die App auf seinem Handy und ein grünweißer Bildschirm erschien. Ein kleiner roter Punkt näherte sich ihnen langsam an. Eine Million Gedanken flogen durch seinen Kopf. Er wusste, dass Edward Boudier seine Chance, einen von Barretts Wächtern in die Finger zu bekommen, nicht einfach so aufgeben würde.

Das war das Gefühl, das er nicht abschütteln konnte.

„Macht euch bereit." Barrett blinzelte in die Richtung des sich bewegenden Scheinwerfers, der in einiger Entfernung direkt auf sie zukam. Das leise Dröhnen eines Harley-Motors drang in die Nacht hinein und in Barretts Ohren.

„Das ist er. Ich würde seine Harley überall erkennen." Lucien atmete aus und nickte. „Das ist ein gutes Zeichen, oder nicht?"

„Sicher ist es das." Jaydens Ton war angespannt, aber er schenkte allen ein beruhigendes Lächeln.

„Weiß er, dass wir hier auf ihn warten?" Braxton sah ihn an.

„Ich habe nicht mit ihm gesprochen, seit ich ihm die

Koordinaten gegeben habe, die Lorcan mir übermittelt hat." Lucien sah Barrett mit sorgenverzerrtem Gesicht an.

Er war besorgt und das aus verdammt gutem Grund.

Barrett wusste, dass Lucien seinem Bruder nicht mehr vertraute als er selbst.

„Macht euch bereit, Wächter." Barrett trat vor und strich mit dem Handballen über den Kolben der Sig Sauer im Holster an seiner Brust. Er wäre nicht überrascht, wenn Boudier Menschen anstelle seiner Wächter als Schutzschild benutzte. Er hatte es mehr als deutlich gemacht, dass er Menschen mehr hasste als seine eigene Art. Aber er wusste auch, dass Boudier nicht zögern würde, sie alle zu töten, wenn das seinen Arsch retten würde.

Der Typ war ein psychopathisches Weichei.

Das Dröhnen des Motors kam näher und der Strahl des Scheinwerfers wurde breiter. Barrett beobachtete die Umgebung weiter nach irgendwelchen Bewegungen. Er atmete tief ein und versuchte sich ein besseres Bild von ihrem Umfeld zu machen, aber er roch immer noch keine Gefahr.

Trotzdem standen ihm die Haare in seinem Nacken zu Berge.

Er mochte das hier nicht.

„Wer ist das bei ihm?" Jayden neigte den Kopf, als das Motorrad weiter in ihre Richtung gefahren kam. „Sieht aus wie irgendeine Braut."

„Das ist nicht nur irgendeine Braut. " Barrett kniff die Augen zusammen. „Das ist Ginny."

„Wer zum Teufel ist Ginny?" Jayden funkelte ihn an.

„Sie ist Edward Boudiers Tochter", sagte Barrett.

Alle Wächter drehten sich um und sahen Barrett an. Ihre Augen waren weit aufgerissen und er konnte an ihrem Geruch erkennen, dass sie, nach dem was er ihnen gerade gesagt hatte, in Alarmbereitschaft waren.

„Du machst wohl Witze." Zanes Ton wurde hart.

„Ich wünschte, es wäre so", sagte Barrett.

„Moment mal. *Ginny?*" Jayden runzelte die Stirn und blickte zurück auf das sich annähernde Motorrad. „Die Ginny, mit der sich Jaxon vor Jahren verpaaren sollte?"

„Anscheinend wusste ihr Vater damals nicht, dass sie existierte. Ihre Mutter hatte versucht, sie im Haus der Groß-mutter in Arkansas zu verstecken. Aber er hat sie gefunden", erklärte Barrett.

„Scheiße. Also wenn Boudier hier auftaucht und ...", Jaxon runzelte die Stirn.

„Er hat die Großmutter getötet." Barrett kniff die Augen zusammen. „Er hat Ginny entführt. Sie dazu gezwungen, Jaxon eine Nachricht zu schreiben, in der sie behauptete, dass sie ihn nicht mehr heiraten wollte und nach Kalifornien ziehen würde."

„Warum zum Teufel hat sie ihren Vater nicht verlassen?", fragte Jayden.

„Weil es einem die Seele auffrisst, wenn man erst mal in einer solch gewalttätigen Situation feststeckt. Ich bin mir sicher, dass sie in Louisiana geblieben ist, weil Boudier gesagt hat, er würde Jaxon töten. Das war sein Druckmittel. Gewalttäter sind so." Braxton verschränkte die Arme und sah Barrett an. „Die Tatsache, dass Ginny zugestimmt hat, jetzt mit Jaxon abzuhauen, sagt mir, dass riesige Scheiße passiert sein muss."

Barrett nickte.

„Also wirst du es uns erzählen?", fragte Zane.

„Ich erzähle euch, was ihr wissen müsst. Und im Moment müsst ihr es nicht wissen", knurrte Barrett. „Ihr müsst im Moment nur wissen, dass ihr, egal was passiert, beim Rudel steht." Er richtete seinen Blick auf jeden Einzelnen von ihnen und zwang sie, ihm in die Augen zu sehen und seinem Blick standzuhalten.

„Du weißt, dass wir das tun, Barrett." Zane neigte den

Kopf. „Aber es wäre großartig, wenn du uns einen kleinen Einblick geben könntest, was zum Teufel hier eigentlich los ist."

„Das werdet ihr noch früh genug herausfinden." Er wollte ihnen nicht von den Morden erzählen. Auch nicht davon, dass Ginny sie begangen hatte. Er würde Lucien auch ganz sicher nicht erzählen, dass die Attentäter, einschließlich seines Bruders Lorcan, in ihrem Staat auftauchen würden, um Gerechtigkeit zu fordern, sollte das Protokoll eingehalten werden. Egal wie Scheiße das war. Nein. Sie mussten einfach abwarten und sehen, wie sich das Ganze entwickelte.

Er spürte die Anspannung, als die Harley auf sie zuraste. Er wählte Jaxons Nummer und beobachtete den Wolf in der Distanz. Im Dunkeln konnte er sehen, wie Jaxons Handy aufleuchtete und Jaxon die Nachricht darüber las, dass das Arkansas-Rudel vor ihm auf sie wartete.

Wie erwartet, hielt Jaxon nicht an, sondern setze seinen Kurs fort.

Hinter Jaxon tauchten Scheinwerfer auf und beschleunigten schnell.

„Scheiße", murmelte Barrett. Das war nicht gut.

„Zane und Jayden, schaut mal, ob ihr das Fahrzeug mit euren Waffen ins Visier nehmen könnt." Barrett griff in sein Holster und zog seine Waffe heraus. Zane und Jayden begaben sich zum Straßenrand und nahmen ihre Gewehre von den Harleys. Sie gingen auf die Knie, zielten und schauten beide durch ihre Zielfernrohre.

„Es sieht aus wie ein Hummer. Militärstil", antwortete Zane und behielt das Fahrzeug im Auge. „Soll ich die Reifen wegblasen?"

Barrett schloss die Finger um seine Waffe. „Warte." Er wusste, dass der Hummer zu nah an Jaxon war. Wenn er von der Straße abkam, gab es keine Garantie, dass er Jaxon nicht mitreißen würde.

„Barrett?" Jayden zielte weiter auf das Fahrzeug.

„Sie sind zu nah an Jaxon dran", knurrte Barrett. „Kannst du sehen, wer den Truck fährt?" Er blickte zu Zane hinüber und wartete auf eine Antwort.

„Das kann ich nicht genau sagen. Es ist zu dunkel. Aber der Beifahrer hält ein Telefon in der Hand und sieht aus wie Boudier." Zane zielte mit der Waffe weiter auf das Fahrzeug und sah Barrett mit fragenden Augen an.

Barrett kannte diesen Blick. Er wusste, was Zane fragte, ohne dass er die Worte aussprach. Es laut auszusprechen, wäre gefährlich und kriminell, und doch bewegten sich die Zahnräder in Barretts Kopf schnell.

Er musste Zane nur einen Blick zuwerfen, ein kurzes Nicken des Kopfes, das von den anderen Wächtern nicht wahrgenommen werden würde. Zane war von Anfang an bei ihm gewesen. Er war ein starker Wächter und ein verdammt guter Soldat. Er würde alles tun, was Barrett befahl.

Wenn er das Zeichen gab, würde Zane Boudier mit einem Schuss ausschalten. Das würde einen Krieg beginnen, der nicht nur ihr eigenes Rudel, sondern jedes Rudel im Süden miteinschließen würde.

Er war nicht bereit, das zu riskieren.

Er sah Zane in die Augen und schüttelte seinen Kopf. Zane zögerte und blickte dann wieder durch sein Zielfernrohr.

Barrett hielt die Luft an, als sich die Harley näherte. Jaxon war fast Zuhause. Fast.

„Moment mal, was ist das? Hinter dem Truck?", fragte Jayden.

„Was?", forderte Barrett zu wissen. Hinter dem Truck tauchen drei Motorräder auf. Sie fuhren daran vorbei, als das Fahrzeug zurückfiel und die Harleys sich Jaxon näherten.

Barrett knurrte und sah zu Lucien hinüber. „Sag mir, dass

das nicht die Attentäter sind." Er kannte die Antwort bereits. Tief in seinem Bauch wusste er es.

„Das kann nicht sein." Lucien schüttelte den Kopf. „Das würde er nicht tun." Er sah Barrett mit großen Augen an und blinzelte.

Übelkeit machte sich in Barretts Bauch breit. Es war, als würde die Zeit stillstehen und jede Sekunde sich unendlich lang hinziehen.

Wenn er seinen Wächtern befahl, auf den Truck oder die Attentäter zu schießen, würden Boudiers Männer ihre Waffen auf Jaxon richten. Er hatte keinen Zweifel daran, dass das Arschloch sowieso bereits eine Waffe auf Jaxon gerichtet hatte. Wenn er seinen Männern befahl, ihre Position zu halten und zu warten, könnte es zu spät sein. Boudier könnte darauf warten, dass Jaxon die Grenze überquerte, bevor er ihn vor Barretts Augen in den Rücken schoss, was der ultimative Tritt in den Arsch sein würde.

„Haltet eure Waffe weiterhin auf sie gerichtet, Jayden und Zane. Egal was passiert, ihr überschreitet die Staatsgrenze nicht." Barrett steckte seine Waffe in sein Holster und stieg auf seine Harley.

„Aber ..." Zane runzelte die Stirn und stand auf.

„Tu verdammt noch mal, was ich sage, Zane", knurrte Barrett. Er wandte seine Aufmerksamkeit Lucien zu. „Du bleibst hier. Wenn Boudier dich sieht, wird es ihn daran erinnern, was in New Orleans passiert ist. Außerdem will ich dich nicht in der Nähe von Lorcan haben. Verstanden?"

„Verstanden." Lucien nickte und richtete seine Waffe weiterhin auf die sich annähernde Karawane.

„Braxton. Du kommst mit mir mit", befahl Barrett.

Braxton stieg auf seine Harley und startete den Motor. Das Motorrad erwachte zum Leben.

Barrett fuhr mit Braxton an seiner Seite auf die Straße. Er wurde langsamer, als Jaxon näherkam.

Barrett blieb mitten auf der Straße stehen und stieg von seinem Motorrad. Braxton folgte ihm. Sie warteten, bis Jaxon sich näherte.

„Bleib ruhig, Braxton." Barrett stellte sich vor sein Motorrad, als Jaxon langsamer wurde und vor ihnen zum Stehen kam.

„Großer Gott, Barrett, was machst du denn? Wir müssen hier raus", zischte Jaxon.

„Bleib, wo du bist, Jaxon." Barrett warf einen Blick auf Ginny, die hinter Jaxon auf dem Motorrad saß, und wandte seine Aufmerksamkeit wieder den drei Attentätern und dem Truck zu, die nun vor ihnen anhielten.

„Barrett …" Jaxon versuchte zu sprechen, aber Barrett hob seine Hand, um seinen Wächter zum Schweigen zu bringen.

„Vertrau mir." Er schaute die drei Attentäter genauer an. Alle drei hatten die Motoren ihrer Motorräder abgestellt und stiegen ab.

Der Attentäter namens Brutus führte das Trio an, mit Killian und Lorcan an seinen Seiten. Sie blieben ein paar Meter vor Barrett stehen.

„Barrett." Brutus grüßte ihn mit einem Knurren und richtete seinen Blick dann auf Braxton.

„Hallo Jungs. Habt ihr mich vermisst?" Braxton grinste und hob einen Finger.

„Du musst besser zielen, Killian", sagte Brutus zu dem Attentäter, der versucht hatte, Braxton zu töten und ihn verfehlt hatte.

Killian sah Braxton mit zusammengekniffenen Augen an.

„Wo sind deine anderen Wächter, Barrett?", fragte Lorcan mit neutralem Gesichtsausdruck.

„Oh, sie sind hier. Und ich bin mir ziemlich sicher, dass Lucien mit seiner Waffe direkt auf deinen Kopf zielt", erwiderte Barrett.

Die anderen beiden Attentäter sahen zu Lorcan hinüber und dann zurück zu Barrett.

„Ich bin nicht allzu besorgt", sagte Lorcan.

„Ja. Und warum das?" Braxton verschränkte die Arme vor der Brust und funkelte ihn an.

„Lucien war schon immer Scheiße im Schießen." Lorcan zuckte mit den Schultern.

„Vielleicht war das so, als er noch in Louisiana lebte. Aber ich kann dir versichern, dass alle meine Wächter wissen, wie man jemanden auf der Stelle ausschaltet, wenn es sein muss."

Barrett entging der sehnsüchtige Blick in Killians Augen nicht, als er auf die Harley blickte, die einst seine war. Nachdem Braxton von allen Mordvorwürfen freigesprochen worden war, hatte Barrett den Attentäter gezwungen, Braxton als Wiedergutmachung sein Motorrad zu geben. Er hatte es außerdem deshalb getan, um Boudier wütend zu machen, da er die Rechnung für eine neue Harley für seinen Attentäter bezahlen müsste.

Der Hummer hielt hinter den Motorrädern der Attentäter an.

Jeder Muskel in Barretts Körper spannte sich an, als Boudier aus der Beifahrerseite des Trucks ausstieg.

Er war sich nicht sicher, was das Arschloch geplant hatte, aber er wusste genug, um seinen Blick auf ihn gerichtet zu halten.

Kapitel Sechsundzwanzig

„Barrett", knurrte Edward Boudier. „Sieht so aus, als hättest du ein Problem."

„Tatsächlich sieht es so aus, als hätten wir beide eins." Barrett stemmte die Hände in seine Hüften und hielt Boudiers Blick fest stand.

„Hmmm. Das glaube ich nicht. Siehst du, dein Wächter dort" – er zeigte auf Jaxon – „hat meine Tochter hinter sich auf dem Motorrad. Und du wirst sie mir beide übergeben müssen."

„Das wird nicht passieren." Barrett starrte Boudier an.

„Ginny, als Rudelführer von Arkansas muss ich dir eine Frage stellen. Und ich möchte, dass du sie ehrlich beantwortest", sagte Barrett, ohne Boudier aus den Augen zu lassen.

„In Ordnung." Ihre Stimme war zittrig, als sie ihm antwortete.

„Ginny, wurdest du in irgendeiner Weise im Bundesstaat von Louisiana missbraucht oder misshandelt?"

„Ginny, du denkst besser nach, bevor du etwas sagst, Mädchen", knurrte Boudier.

Ginny sah ihren Vater an und dann zurück zu Barrett. Die Farbe schien aus ihrem Gesicht zu schwinden. Er wusste, dass sie furchtbare Angst vor ihrem Vater hatte.

„Ginny. Ich habe eine Frage gestellt." Barrett sah sie ernst an und wartete.

„Ja, Sir. Das wurde ich." Eine einzelne Träne lief über ihr Gesicht und sie klammerte sich fester an Jaxon. Jaxon sah Boudier mit zusammengekniffenen Augen an. Der Wolf sah aus, als wollte er Boudier töten.

„Ginny. Als du missbraucht oder misshandelt wurdest, war das von oder durch deinen Ehemann?" Barrett schaute zurück zu Boudier und dann wieder zu Ginny. „Oder irgendein anderes Familienmitglied?"

Ginny holte tief Luft und hielt Barretts Blick stand. „Ja, Sir. Sowohl mein Mann als auch mein Vater haben mich körperlich misshandelt."

„Du verdammte Schlampe", knurrte Boudier und trat einen Schritt nach vorn. Lorcan stellte sich dazwischen und hob die Hand.

„Halten Sie es unter den gegebenen Umständen für sinnvoll, Maßnahmen zu ergreifen, Sir?" Lorcan neigte den Kopf.

„Lorcan, du bewegst dich auf dünnem Eis. Vergiss nicht, wem dein Arsch gehört", knurrte Boudier.

„Ich wollte nicht respektlos sein." Lorcan ließ die Hand sinken und trat zur Seite.

Barrett musterte die Gruppe von Boudiers Attentätern. Er konnte Lorcan trotz der Tatsache nicht einschätzen, dass der Wolf ihnen in New Orleans geholfen hatte. Er gehörte noch immer zu Louisiana, was bedeutete, dass Barrett ihm noch immer nicht vertraute.

Brutus blieb stumm stehen. Für eine kurze Sekunde konnte er den Ausdruck von Unbehagen auf seinem Gesicht sehen, als Ginny behauptet hatte, dass nicht nur ihr

Ehemann, sondern auch ihr Vater – sein furchtloser Rudelführer – sie misshandelt hatte.

Killian war leichter zu lesen als die anderen. Er riss die
Augen auf und sah Boudier erschrocken an. Der Attentäter
war ganz offensichtlich schockiert, dass Ginny missbraucht
worden war.

Entweder hatte Edward Boudier es geschafft, es geheim
zu halten, wie seine Tochter behandelt wurde oder er hatte
seine Wächter dazu geschult, zu akzeptieren, wie er seinen
Haushalt führte.

„Als Rudelführer des Bundesstaates Arkansas nehme ich
diese Frau hiermit in meine Schutzhaft, bis ein Tribunal
einberufen wird, um die gegen den Bundesstaat Louisiana
erhobenen Anschuldigungen zu beurteilen." Barrett richtete
seinen Blick auf Boudier.

„Warte mal eine verdammte Minute. Du bringst meine
Tochter nirgendwohin. Und du wirst auch Jaxon ganz sicher
nicht mitnehmen, nach allem, was er getan hat", sprach
Boudier mit lauter Stimme.

„Und was genau hat Jaxon getan?" Barrett spürte, wie das
Blut in jede Zelle seines Körpers schoss. Der Drang, sich zum
Wolf zu verwandeln, war fast zu groß, um ihn in Schach zu
halten. Er spannte seine Muskeln an und war bereit für alles,
was Boudier als Nächstes tun könnte. Er traute es dem
Arschloch zu, sich zu verwandeln und dann allen seinen
Männern zu befehlen, das Feuer auf seine Wächter zu
eröffnen.

„Jaxon hat meine Frau und meinen Schwiegersohn
ermordet." Boudiers zufriedenes Grinsen wurde breiter und
er schaute Jaxon an, um zu sehen, ob er es abstreiten würde.

Barrett fletsche die Zähne. Er wartete darauf, dass Jaxon
es leugnete, aber er wusste verdammt gut, dass Jaxon
seinen eigenen Tod riskieren würde, um Ginny zu
schützen.

Er sah Jaxon an. Jaxon hob den Kopf, sagte aber kein Wort.

Barrett sah Ginny scharf an.

Ihre Augen wurden größer und sie begann den Mund zu öffnen. Sie sah Barrett in die Augen und er warf ihr einen Blick zu. Sie verstand den stillen Hinweis, nichts zu sagen, was ihrem Vater widersprechen würde. Sie vergrub ihr Gesicht an Jaxons Rücken und schlang ihre Arme fest um ihn.

„Ist dem nicht so, Jaxon?", fragte Boudier.

„Jaxon, beantworte diese Frage nicht", befahl Barrett.

„Ich fordere ein Tribunal, um die gegen Jaxon erhobenen Anklagepunkte zu bewerten und zu beurteilen. Bis dahin werde ich beide in meine Obhut nehmen", erklärte Barrett.

„Ich fordere sofortige Gerechtigkeit", rief Boudier und seine Stimme hallte durch die Nacht. Er trat einen Schritt auf Barrett zu. „Attentäter, ich will, dass Jaxon sofort erschossen wird. Stellt sicher, dass ihr es dieses Mal richtig macht."

Brutus trat vor und zog seine Waffe.

Barrett stellte sich vor Jaxon und Ginny. Braxton folgte ihm und stellte sich neben Barrett. Seine Waffe zielte direkt auf den Attentäter.

„Ich kann ihm den Befehl geben, euch beide zu erschießen und Jaxon danach zu töten. Geh aus dem Weg, Barrett", befahl Boudier.

„Gib nur diesen Befehl. Meine Männer beobachten uns gerade und ich bin mir verdammt sicher, dass sie dich im Fadenkreuz haben. Du schießt auf mich und sie bringen dich sofort um." Barrett ballte die Hände an seinen Seiten zu Fäusten.

Boudier knurrte und warf einen Blick die Straße hinunter, um abzuschätzen, ob Barrett bluffte oder nicht.

„Lassen Sie sie gehen." Lorcan trat vor, legte seine Hand auf Brutus Arm und drückte die Waffe hinunter.

„Was? Ihr wollt euch mir widersetzen?", schrie Boudier.

Lorcan drehte sich um und sah den Rudelführer an. „Nein. Ich schlage nur vor, dass jetzt nicht der richtige Zeitpunkt ist, um sich zu rächen." Er sah Barrett an. „Lassen Sie Barrett sein Tribunal haben. Die Wahrheit wird herauskommen. Und wenn das passiert, wird Blut vergossen werden müssen. Solch eine grausame Tat muss immer mit Blut bezahlt werden. Niemand kann der Gerechtigkeit entgehen. Ist dem nicht so, Barrett?"

Barrett wollte Lorcan am liebsten seine Faust ins Gesicht schlagen. Und dann sein Herz herausreißen und es fressen.

„Und wie könnte man sich besser rächen und Gerechtigkeit ausüben, als vor allen Rudelführern?", fügte Lorcan hinzu.

„Was meinst du damit?" Boudier neigte den Kopf.

„Lassen Sie Barrett ein Tribunal einberufen. Aber laden Sie alle Rudelführer ein: Mississippi, Tennessee, Alabama, sogar Kentucky. Lassen Sie alle sehen, dass die Gerechtigkeit noch immer regiert und niemand über dem Gesetz steht. Ich würde sagen, dass es für Barrett keine bessere Demütigung und Folter geben könnte, als seinen eigenen Wächter vor allen anderen Staaten sterben zu sehen, wenn Jaxon erst einmal vor Gericht steht und für schuldig befunden wurde." Lorcan zuckte mit den Schultern. „Und wir können es so schnell oder langsam machen, wie Sie wollen."

Boudier musterte Lorcan, als sich Stille in der Gruppe der Werwölfe ausbreitete.

Ein langsames Lächeln breitete sich auf Boudiers Gesicht aus. Dann schlug er Lorcan auf den Rücken und lachte.

„Habe ich dir in letzter Zeit schon mal gesagt, dass du mein Lieblingsattentäter bist?"

„Nicht in letzter Zeit", sagte Lorcan trocken.

Boudier wandte seinen Blick wieder Barrett zu. „Ich werde etwas tun, was ich nur selten tue. Und das ist, den

Ratschlag von einem meiner Männer anzunehmen. Lorcan hat recht. Ich glaube, dass ich dich lieber fertigmache, wenn die Welt dabei zusieht. Ich meine, es ist wirklich kein großer Spaß, Jaxon jetzt hier und ganz ohne Publikum zu töten." Boudier zuckte mit den Schultern. „Außerdem habe ich Beweise. Und alles, was du hast, sind ein paar Lügner." Sein Blick fiel auf seine Tochter. „Ginny, vergiss ja nicht, dass du, wenn das hier alles vorbei ist, mit mir nach Hause zurückkommst. Wo du hingehörst."

Ginny zuckte zusammen und vergrub ihr Gesicht in Jaxons Rücken. Sie zitterte, als sie stille Tränen weinte.

Barrett richtete seinen Blick wieder auf den Rudelführer. „Hör mir gut zu, Boudier. Du wirst das Mädchen nie wieder in die Finger bekommen. Nicht jetzt und nie wieder." Er warf den Attentätern einen Blick zu. „Und ihr Arschlöcher seid kein Stück besser, dafür dass ihr einem sadistischen Anführer folgt, der sich keinen Scheißdreck darum kümmern könnte, ob ihr lebt oder sterbt. Wir alle sind für ihn nichts als Kollateralschäden."

„Wir folgen einem Kodex. Einem Kodex von Verantwortung und Ehre", knurrte Brutus.

„Ja? Ich bin mir nicht so sicher, ob es eurem Rudelführer auch um Ehre geht. Zumindest nach dem zu urteilen, was ich gesehen habe", erwiderte Braxton, während er noch immer mit seiner Waffe auf den Kopf des Rudelführers zielte.

„Genug", knurrte Barrett. „Das Tribunal findet um Mitternacht in Petit Jean statt." Er wusste, dass er genug Zeit brauchte, um den Ort zu sichern und sicherzustellen, dass niemand sonst dort sein würde.

„Gut. Das gibt mir genug Zeit, um meine Beweise und Zeugen zusammenzusammeln, die meinen Fall unterstützen." Boudier grinste.

„Zeugen? Sie meinen wohl Lügner?", sagte Braxton.

„Ich liebe es, wenn meine Feinde an meiner Aufrichtigkeit

zweifeln. Das macht den Sieg umso süßer." Er klatschte in die Hände und grinste. Dann drehte er sich um und ging zurück zu seinem Truck. Sobald er die Tür zugeschlagen hatte, wendete der Fahrer das Fahrzeug und fuhr die Straße wieder hinunter, die sie gekommen waren.

„Dir ist schon klar, dass dein Bruder dort hinten mit einer Waffe steht, oder?" Barrett sah Lorcan an.

„Ich habe keinen Bruder mehr. Ich habe meine Attentäter." Lorcan ging zurück zu seiner Harley und stieg auf. Er ließ den Motor an und wartete, bis Killian und Brutus dasselbe taten.

Alle drei Attentäter drehten ihre Motorräder um und folgten dem Truck.

Braxton steckte seine Waffe ein.

„Barrett …", begann Jaxon zu sagen, aber Barrett wusste, dass sie keine Zeit verlieren durften.

„Jaxon, ich möchte, dass Braxton Ginny mit zu den anderen Wächtern nimmt. Ich muss unter vier Augen mit dir sprechen."

„Nein. Ich kann sie nicht alleine lassen." Jaxon schüttelte seinen Kopf und legte seine Hand auf ihren Oberschenkel.

„Es ist in Ordnung, Jaxon." Ginny hob den Kopf. „Ihr beide braucht Zeit zum Reden."

„Bist du dir sicher?" Jaxon runzelte die Stirn.

„Das bin ich." Sie schenkte ihm ein Lächeln und kletterte vom Rücksitz seiner Harley.

„Hi, Ginny. Ich bin Braxton." Braxton ging auf sie zu, streckte seine Hand aus und lächelte.

Ginny schaute auf seine bläulichen Haare, die tätowierten Arme und dann auf die Hand. Sie schüttelte sie. „Freut mich, dich kennenzulernen."

„Lass mich dich zum Rest der Wächter bringen." Braxton stieg auf seine Harley und wartete darauf, dass sie hinter ihm Platz nahm, bevor er den Motor startete.

Sie starrte ihn eine Sekunde lang an.

„Du bist derjenige, dem mein Vater die Attentäter hinterhergeschickt hat."

Er lächelte grimmig und nickte. „Ja, das bin ich."

„Und Barrett hat dir geholfen", sagte sie leise.

Braxton sah Barrett an und schaute dann wieder zu ihr. „Ja. Das hat er. Ich glaube, dass er dir auch helfen kann, wenn du ihn lässt."

Sie nickte und stieg hinter ihm auf.

Barrett hatte Knoten im Magen. Er wusste nicht, wie zum Teufel er Ginny unter diesen Umständen helfen sollte. Aber er wusste, dass seine Wächter auf ihn zählten, diese Situation zu regeln.

Er sah ihnen nach, als sie zum Hügel hinauffuhren, wo die anderen Wächter warteten.

Jaxon stieg von seinem Motorrad ab.

„Geht es ihr gut?", fragte Barrett.

„Bei allem, was sie durchgemacht hat, hoffe ich das." Jaxons Stimme war schwer.

„Geht es dir gut?" Barrett sah seinen Wächter an.

„Das werden wir nach dem morgigen Tribunal sehen."

Barrett drehte sich um und schenkte Jaxon seine volle Aufmerksamkeit. „Du musst mir alles erzählen. Die gesamte Wahrheit und lasse nichts aus."

Jaxon zuckte zusammen und schaute weg.

„Ich weiß, dass du denkst, dass du ihr hilfst, indem du die Schuld auf dich nimmst", funkelte Barrett ihn an.

Jaxon riss den Kopf hoch.

Barrett schüttelte seinen Kopf und warf Jaxon einen harten Blick zu. „Hör mir genau zu. Ich muss alles wissen. Und ich meine die ganze verdammte Sache. Boudier wird morgen mit aller Kraft und allen Beweisen, die er behauptet zu haben, auf uns losgehen. Ich kann es mir nicht erlauben, von irgendetwas unvorbereitet überrascht zu werden. Verstehst du mich?"

„Ich verstehe." Jaxon senkte den Kopf und musterte den Boden.

„Also sprich."

„Ich habe Ginny nach Hause gebracht, nachdem die Hexe ihr Auto gestohlen hat. Sie wollte mich nicht direkt zu ihrem Haus fahren lassen. Sie sagte, sie wollte nicht, dass ihr Mann weiß, dass sie mit mir unterwegs war. Während ich meine Harley auftankte, ist sie zu Fuß abgehauen. Ich bin ihr gefolgt und habe darauf geachtet, Abstand zu halten. Ich wollte nur sichergehen, dass sie sicher zu Hause ankommt." Er fuhr sich mit den Fingern durch die Haare.

„Und was dann?"

„Ich habe gesehen, wie sie ins Haus gegangen ist. Sie haben ein großes Tor mit Zaun rund um das Grundstück herum, aber ich habe es geschafft hineinzufahren, bevor es sich wieder schloss. Ich weiß, das hätte ich nicht tun sollen, aber ich konnte nicht anders. Nicht, nachdem ich ihre blauen Flecken gesehen hatte. Wie dem auch sei, ich habe mich auf dem Anwesen umgesehen, um zu sehen, ob ich irgendetwas entdecken konnte, bevor ich ins Haus ging. Als ich drin war, fand ich Ginny. Da wusste ich mit Sicherheit, dass ihr Mann sie geschlagen hatte. Sie hat all die Jahre Angst gehabt, ihn zu verlassen, weil ihr Vater ihr gesagt hatte, wenn sie das täte, würde er mich töten."

Jaxon schüttelte seinen Kopf. „Großer Gott, Barrett. Sie ist all diese Jahre bei ihrem Mann geblieben und hat dort gelitten, um mich zu beschützen. Ich habe ihr gesagt, sie solle mit mir mitkommen und dass sie nicht mehr so leben müsse. Ich habe sie endlich überzeugt. Ich werde sie nicht im Stich lassen, indem ich zulasse, dass sie die Schuld auf sich nimmt."

„Wie ist die Mutter in die ganze Situation geraten?" Barrett runzelte die Stirn.

„Sie wollte ihrer Mutter davon erzählen, dass wir abhauen würden, und wollte sie überzeugen, auch mit nach Arkansas zu kommen. Ich habe das Haus verlassen, bevor sie mich gesehen hat, damit sie reden konnten. Sie haben gestritten und Caroline hat Ginny mit einer silbernen Gabel in den Rücken gestochen."

„Scheiße." Wut breitete sich in Barretts Bauch aus. „Ihre eigene Mutter?"

„Ja. Caroline sagte, sie würde nirgendwo hingehen. Ich hörte Ginny schreien und war auf dem Weg ins Haus. Als ich hineinkam, war Caroline tot, aufgespießt auf ein silbernes Geweih, das John an der Wand hängen hatte. Ginny und ihre Mutter stritten sich und Ginny war gegen sie gestolpert. Dabei wurde ihre Mutter gegen das Geweih gedrückt und es bohrte sich durch ihren Kopf. Es war nicht Ginnys schuld. Es war ganz eindeutig ein Unfall."

„Gut." Barrett nickte. Vielleicht gab es für seine Wächter einen Ausweg. „Also, wie ist John gestorben?"

„Wir haben gekämpft und er hat mich gebissen. Er hatte silberne Zähne, sodass er seinen Feind beißen und ihn mit dem Silber infizieren konnte."

„Wer zum Teufel macht denn so etwas?" Barrett wusste, dass Boudier verrückt war, aber was John getan hatte, war schlichtweg wahnsinnig.

„Er wollte mich gerade töten, als Ginny das andere silberne Geweih ergriff und ihn damit erschlug. Das Geweih rammte ihn durch den Kopf."

Scheiße.

„Also hat sie ihren Ehemann getötet."

„Ja, aber es war Selbstverteidigung. Wir können dem Tribunal erklären, dass es ein Akt der Selbstverteidigung und ein Unfall war", flehte Jaxon.

„Also Boudier wird behaupten, dass du sie getötet hast, weil er das Gefühl hat, wenn er dich bestraft, bestraft er auch gleichzeitig mich." Barrett stützte seine Hände in die Hüften und holte tief Luft.

„Ich nehme die Schuld auf mich. Ich bin bereit, das zu tun. Aber Barrett, du musst mir versprechen, dass er nie wieder seine Hände auf Ginny legen wird. Niemals", sagte Jaxon.

Barrett riss seinen Kopf herum. „Ist dir klar, was du da sagst. Boudier wird eine Wiedergutmachung mit Blut verlangen. Blut. Dein Blut."

„Ich weiß." Jaxon nickte. Traurigkeit füllte seine Augen und seine Stimme. „Aber ich kann nicht leben, wenn ich weiß, dass Ginny zurück in Louisiana ist und weiter unter ihrem Vater leiden muss. Ich werde dieses Leben nicht wieder leben. Ich wäre lieber tot."

„Du bist ein verdammter Idiot, Jaxon", knurrte Barrett.

„Ich bin kein Idiot, weil ich für etwas kämpfe, woran ich glaube. Ich glaube an Ginny. Ich glaube, dass wir ein gemeinsames Leben haben können. Und selbst wenn mich dieses Arschloch morgen umbringt, bin ich bereit, mich für sie zu opfern." Jaxon hob sein Kinn. „Wenn es idiotisch ist, für jemanden zu sterben, den man liebt, dann bin ich gerne ein Idiot."

Barrett riss die Augen auf. Er würde sich niemals verlieben und ganz sicher niemals verpaaren.

Jaxon prustete los.

„Was ist so verdammt lustig?", donnerte Barrett.

„Ich habe nur gerade gedacht, dass die Welt aufhören wird, sich zu drehen, wenn du dich jemals verpaarst." Jaxon grinste.

„Diese Scheiße wird nicht passieren. Ich habe schon genug Werwölfe, die unter dem Pantoffel stehen, ohne selbst einer davon sein zu müssen. Ich muss verdammt noch mal bei klarem Verstand sein, um euch Arschlöcher in Schach zu halten." Er funkelte ihn an.

„Ja, ja", murmelte Jaxon leise.

„Also weißt du, welche Beweise das Arschloch haben könnte, um zu beweisen, dass du derjenige warst, der sie getötet hat?"

„Ich weiß es nicht. Ich meine, das Einzige, woran ich vielleicht denken könnte, wären Kameras im Haus. Aber selbst wenn er ein Video hat, würde das zeigen, dass Ginny diejenige war, die sie getötet hat. Es würde also keinen Sinn ergeben, ein Video zu zeigen." Jaxon lehnte den Kopf zurück und schaute in den schwarzen Himmel.

„Wir müssen zur Basis nach Little Rock zurückkehren. Alle müssen sich ausruhen und für morgen Abend bereitmachen." Barrett setzte sich auf sein Motorrad.

„Barrett, versprich mir, dass du Boudier Ginny nicht mitnehmen lässt." Jaxon legte seine Hand auf Barretts Schulter.

„Ich weiß, dass ich dich darum bitte, einen deiner Wächter zu opfern, um die Tochter deines Feindes zu retten." Jaxon hob den Kopf. „Aber wenn du mir nicht versprechen kannst, dass Ginny in Sicherheit sein wird, werde ich sofort nach Louisiana zurückkehren. Ich werde direkt zu Boudiers Tür gehen und mich auf seinen Altar legen. Kein Tribunal, keine Anhörung, nichts."

Barrett schüttelte Jaxons Hand von sich ab. Wut und Bedauern rasten durch seine Brust.

Sein eigener Wächter war bereit, sich den Toren der Hölle zu stellen, um die Frau zu retten, die er liebte.

Es schien nicht fair zu sein und noch weniger richtig. Aber Barrett respektierte Jaxons Wahl.

„Ich schwöre dir, nach morgen Abend wird Ginny nie wieder Angst vor ihrem Vater haben müssen." Barrett startete den Motor seiner Harley und raste die Straße hinunter.

*K*apitel Siebenundzwanzig
In dieser Nacht fuhren die Wächter zurück zur Basis nach Little Rock.

Jaxon sagte nichts zu Ginny. Er hatte nur eine Sache zu ihr gesagt, als er wieder auf sein Motorrad gestiegen war. Er hatte ihr gesagt, dass alles in Ordnung kommen würde.

Es war das erste Mal, dass er sie angelogen hatte.

Sie hatte ihn jahrelang beschützt. Er war bereit, alles zu tun, was nötig war, um sie jetzt zu beschützen.

Er würde es nie wieder zulassen, dass sie ihr Leben für ihn in Gefahr brachte.

Sie schob ihre Hand seine Brust hinauf und legte die Handfläche auf sein Herz. Er lächelte. Es war etwas, das sie damals schon immer getan hatte, als sie noch jung waren. Sie sagte, es sei ihre Art, sich mit ihm zu verbinden. Als könnte sie dadurch in seine Seele blicken.

Sie beugte sich vor und drückte einen sanften Kuss auf seinen Hals. Es jagte einen Schauer über seinen Rücken und ließ ihn an all den richtigen Stellen erzittern. Er wünschte, sie wären bereits in Little Rock.

Er warf einen Blick auf die Uhr im Armaturenbrett seiner Harley. In einer weiteren Stunde wären sie Zuhause. Sie würden wahrscheinlich noch vor Tagesanbruch dort ankommen.

Er hatte vor, sich Zeit zu nehmen, sie zu verwöhnen.

Nach dieser Nacht wusste er ohne Zweifel, dass es keine Garantie, für ein Morgen gab …

* * *

LUCIEN ROLLTE seine angespannten Schultern und griff nach der Türklinke seines alten Zimmers in der Wächterbasis. Nachdem er sich mit Catty verpaart hatte, hatte er ein Haus außerhalb der Basis gekauft. Aber heute Nacht wusste er, dass seine Wächterkollegen ihn hier brauchten, falls irgendetwas passieren sollte.

Er war erschöpft und konnte es kaum erwarten, ins Bett zu kriechen. Er öffnete die Tür und blieb stehen. Catty stand auf, als sie ihn sah.

„Hey, was machst du denn hier?" Ein warmes Gefühl schoss durch seine Brust, als er sie sah. „Du solltest Zuhause im Bett liegen."

„Ich dachte mir, du würdest die Nacht hier verbringen, da du erst so spät wiedergekommen bist. Also habe ich beschlossen, hier auf dich zu warten." Catty neigte den Kopf und ging auf ihn zu. „Ich war noch nie in der Wächterbasis. Es ist anders, als ich dachte."

Er grinste und zog sie in seine Arme. „Was hast du denn erwartet?"

„Schmutzig, schmierig, gruselig." Sie lachte und löste sich von ihm, um sich umzusehen. „Aber dieses Zimmer sieht besser aus als meine Wohnung in New Orleans. Seidenlaken, Minibar, 70-Zoll-Fernseher mit gewölbtem Bildschirm."

„Wir haben außerdem ein Freibad und ein Hallenbad." Er grinste und küsste sie.

Sie stöhnte gegen seine Lippen und strich mit ihren Händen über seine Brust.

Er zog sich zurück und drückte seine Stirn gegen ihre.

„Lucien, was ist los?" Ihre Stimme, sanft und zart, ließ sein Herz erzittern.

„Nur Arbeit."

„Nein." Sie löste sich von ihm, um ihm in die Augen zu schauen. „Nein, ich denke, dieses Mal ist anders. Ich habe vorhin mit Ava gesprochen und sie ist auch nervös. Diese Sache mit Boudier ist gefährlich. Ich habe das Gefühl, dass wir uns bereitmachen, in den Krieg zu ziehen."

„Ich möchte nicht, dass du dir Sorgen machst, Catty. Barrett weiß, was er tut." Lucien hoffte bei Gott, dass Barrett es schaffen würde, ein Wunder zu vollbringen.

„Ich habe mit Haley gesprochen. Sie hat von Jayden gehört, dass Jaxon nicht alleine zurückgekommen ist. Er hat Boudiers Tochter mitgebracht." Ihre Augen weiteten sich ein wenig. „Weißt du, als ich in New Orleans gelebt habe, wussten die Leute, dass er eine Tochter hatte, aber niemand hat sie wirklich jemals gesehen. Und man hat mit Sicherheit nicht über sie gesprochen."

„Da bin ich mir sicher. Er hat sie zwangsverheiratet, um sein Vermögen zu vergrößern. Anscheinend hat er dem Schwiegersohn auch versprochen, dass er der nächste Rudelführer sein wird."

„Was für ein Schwätzer." Catty schnaubte. „Boudier würde seine Position niemals aufgeben. Niemals."

„Das bezweifle ich nicht." Lucien holte tief Luft. „Es wird heute Abend um Mitternacht ein Tribunal geben."

„Ava hat es mir erzählt."

„Ich frage mich, warum du mich überhaupt etwas fragst,

da du ja offensichtlich deine eigenen Informationen hast." Er lachte.

„Ich bin mir sicher, wir wissen nicht alles."

Sie warf ihm einen Blick zu. „Was ist der Grund für das Tribunal?"

„Catty, ich …"

„Entspann dich. Damon hat Ava bereits von dem Tribunal für Jaxon erzählt. Ihm wird vorgeworfen, Boudiers Frau und Schwiegersohn getötet zu haben." Sie blinzelte, als ihre Augen zu tränen begannen. „Was ist mit Boudiers Tochter? Wie hat sie es über die Grenze geschafft, ohne dass Boudier ausgerastet ist?"

„Barrett hat sie in Schutzhaft genommen, als sie zugab, dass sie sowohl von ihrem Ehemann als auch von ihrem Vater körperlich missbraucht wurde."

„Dieser Scheißkerl", spie Catty.

Er grinste wegen ihrer hitzigen Reaktion. „Ich stimme dir voll und ganz zu."

„Ich war noch nie bei einem Tribunal. Kann ich zu diesem gehen?"

„Nein." Er kniff die Augen zusammen. „Die Dinge könnten hässlich werden und ich möchte nicht, dass du das siehst."

„Lucien, ich bin doch kein Kind." Sie zuckte mit den Schultern. „Außerdem habe ich schon Schlimmeres gesehen."

„Das ist mir egal, Catty. Du gehst nicht."

Sie seufzte schwer und warf ihm einen Blick zu, der andeutete, dass sie alles andere als erfreut war.

„Also gut." Sie verschränkte die Arme und setzte sich auf das Bett. „Ich schätze, du willst auch, dass ich jetzt nach Hause gehe."

„Nein. Bleib hier." Er spürte die gleiche Anspannung in der Luft wie sie. Etwas Schlimmes bahnte sich an und es kam direkt auf Arkansas zu.

„Du wirst doch keinen Ärger bekommen, weil du mich hier bei dir hast, oder?"

„Nein. Ich habe ein paar der anderen Frauen gesehen, die auf dem Gelände herumgeschlichen sind." Er lachte.

„Aha, die haben alle total meine Idee gestohlen." Sie verschränkte die Arme und runzelte die Stirn.

„Es ist fast Morgengrauen. Wir müssen versuchen, vor der Mittagszeit etwas Schlaf zu bekommen. Ich bin mir sicher, dass Barrett ein Treffen mit den Wächtern einberufen wird, um einen Schlachtplan zu entwerfen." Er zog sein T-Shirt über seinen Kopf und warf es auf den Boden.

Ihre Pupillen weiteten sich und er zog sie in seine Arme.

Lucien küsste sie hart. Als er sich von ihr löste, sah er ihr in die Augen. „Aber jetzt gerade sind es nur du und ich. Ich möchte keine weitere Sekunde ohne dich in meinen Armen verschwenden."

* * *

SKYLAR RISS DIE AUGEN AUF, als sie das unverwechselbare Geräusch von Schritten hörte. Sie sprang aus dem Bett und schaltete das Licht auf dem Nachttisch ein. Sie griff nach dem Hammer, den sie auf dem kleinen Tisch hatte liegenlassen.

„Skylar, ich bin es", rief Zanes vertraute Stimme von der Tür.

„Du hast mich erschreckt, Zane." Sie drückte ihre Hand auf ihr Herz. Dann legte sie den Hammer zurück auf den Nachttisch. „Was machst du hier?"

„Ich habe versucht, dich zu finden. Du warst nicht Zuhause, also dachte ich, der einzige andere Ort, an dem du sein könntest, ist hier." Er grinste und betrat den Raum.

Ein kleines Lächeln breitete sich auf seinem Gesicht aus

und ihr Herz schlug bei seinem Anblick etwas schneller. Das tat es immer.

Sie hatte monatelang an SKYLARS HAUS gearbeitet. Es war eine Unterkunft für weggelaufene Mädchen, die durch das soziale Netz gefallen waren und nirgendwo anders hinkonnten. Skylar war eines dieser Mädchen gewesen, nachdem sie jahrelang von ihrem Vater missbraucht worden war. Jetzt war es ihre Mission, andere Mädchen zu beschützen.

„Was ist los? Ich dachte, du würdest die ganze Nacht wegbleiben." Sie runzelte die Stirn. Etwas war los. Sie konnte es spüren.

„Es ist fast Morgengrauen", sagte er leise. Er kam zu ihr hinüber und zog sie in seine Arme. „Wir müssen zurück ins Bett."

„Zane, was ist los?" Skylar legte ihre Fingerspitzen auf seine stoppelige Wange. Sie kannte ihn in- und auswendig. „Ist alles in Ordnung?"

„Mir geht es gut."

„Und geht es den anderen gut?" Sie schluckte. „Ist Jaxon zurückgekommen? Ich dachte, Barrett wollte dafür sorgen, dass Jaxon sicher über die Grenze nach Arkansas zurückkommt."

„Gott. Wo bekommst du bloß all deine Informationen her?" Zane sah sie mit großen Augen an.

Sie zuckte mit den Schultern.

„Nun, da Damon das Sagen hat, gehe ich davon aus, dass Ava diejenige ist, die es rumerzählt."

„Und Granny." Sie wollte nicht, dass Ava die ganze Schuld alleine bekam. „Ich glaube, dass Granny sich in Computer hacken kann. Seit dieser Sache mit dem Online-Dating hat sie wie eine Verrückte immerzu an diesem Computer geklebt."

„Oh je. Erinnere mich bloß nicht daran." Er fuhr sich mit der Hand über die Stirn.

„Du hast mir nicht geantwortet. Ist Jaxon wieder da?" Ihr Herz schlug höher in ihrer Brust. Jaxon war für Skylar wie ein Bruder und er war ein wirklich guter Freund für Zane. Sie wollte nicht, dass dem Wolf etwas passierte.

„Er ist zurück und er hat Ginny dabei."

„Wer ist das?"

„Anscheinend ist es Jaxons ehemalige große Liebe und Edward Boudiers Tochter."

„Was?" Ein Schauer lief ihr den Rücken hinunter.

„Es wird um Mitternacht ein Tribunal geben. Ich muss bereit dafür sein."

„Ein Tribunal?" Ihr Herz rutschte in ihre Kniekehlen. „Weswegen?"

„Ich bin überrascht, dass Catty dich noch nicht informiert hat." Er grinste.

„Mein Handy war ausgeschaltet." Sie schnappte sich ihr Handy und schaltete es wieder ein. „Ich habe drei verpasste Anrufe von Ava und zwei von Catty. Muss ich sie zurückrufen?", fragte sie.

„Nein. Sie und Damon schlafen wahrscheinlich schon."

Skylar grinste. „Sie schlafen? Oder sie befinden sich im selben Bett?"

„Du hast recht. Sie machen, was ich auch gerne mit dir machen möchte." Er legte seine Hand um ihre Wange.

„Zane, was ist los?" Sie griff nach seinem Handgelenk. „Erzähl mir von dem Tribunal."

Sein Gesicht wurde ernst und er wandte sich ab. Zane hatte immer die Kontrolle über seine Emotionen – er ließ sich von nichts stören. Aber heute Nacht war etwas auf merkwürdige Weise anders.

„Boudier beschuldigt Jaxon, seine Frau und seinen

Schwiegersohn getötet zu haben. Sie haben ein Tribunal einberufen, um Beweise dafür vorzulegen." Zane schluckte.

„Also, was ist Barretts Plan? Was wird er dagegen tun?"

„Skylar, ich weiß es nicht." Er fuhr sich mit den Händen durch die Haare.

„Zane, vertraust du Barrett?" Skylar neigte den Kopf.

„Natürlich tue ich das. Aber dieser Fall ist eben einfach etwas komplizierter, als nur Beweise zu präsentieren und sich zu streiten. Es wird Blut vergossen werden müssen …" Er rieb sich mit der Hand über sein Gesicht. „Es gibt kein Entrinnen."

„Als ich entführt und in diesem Gebäude festgehalten wurde, dachte ich, dass dies das Ende meines Lebens sein würde. Ich dachte, es wäre mein Schicksal zu sterben, kurz nachdem ich dich gerade erst gefunden und gelernt hatte, was Liebe wirklich ist." Sie schluckte das Gefühl hinunter, das in ihrer Brust aufstieg.

„Ich hatte die Hoffnung schon aufgegeben. Und dann kamst du mit Barrett und all den Wächtern hinein. Ich konnte es einfach nicht glauben. Es war wie etwas aus einem Märchen. Ich wusste nicht, wer sie waren, aber sie waren bereit, sich für mich in Gefahr zu bringen. Ich will damit sagen, dass es immer Hoffnung gibt. Dieses Rudel basiert auf Hoffnung. Nur weil du nicht sehen kannst, was auf euch zukommt, heißt das noch lange nicht, dass es kein Licht am Ende des Tunnels gibt."

Er lächelte und zog sie in seine Arme. Er küsste sie heftig. Seine Hand glitt unter ihr T-Shirt, wo sie ihre Brüste fand.

Er unterbrach den Kuss und sah ihr mit unendlicher Liebe in seinem Blick in die Augen.

„Ich bin ein solcher Glückspilz, dass ich dich habe."

Sie grinste. „Ich weiß. Und jetzt lass uns ins Bett gehen."

* * *

BRAXTON BEGAB sich zu dem leeren Gästezimmer in der Wächterbasis. Er nutzte dieses Zimmer gelegentlich, wenn er in der Stadt war. Er blieb stehen, als er eine hübsche Blondine sah, die mit einer Tasche in ihren Händen an der Tür lehnte.

„Kate." Er spürte, wie sich ein Lächeln auf seinem Gesicht ausbreitete und er machte sich nicht die Mühe es zu unterdrücken.

„Hallo du." Sie lächelte und stieß sich von der Tür ab. Sie schlang ihre Arme um seinen Hals und zog ihn für einen Kuss zu sich heran.

Er hielt sie fest und liebte das Gefühl ihres zierlichen Körpers an seinem.

„Was machst du hier?"

„Ava hat mich angerufen. Sie sagte, dass etwas los wäre, und du es zu schätzen wüsstest, wenn ich für ein paar Nächte herkomme." Sie lächelte. „Außerdem habe ich dich vermisst."

„Du hast mich heute Morgen gesehen, bevor ich Eureka Springs verlassen habe."

„Ich weiß, aber ich vermisse dich immer, wenn du für eine Mission unterwegs bist."

„Ich bin froh, dass du hier bist." Er schloss sie in die Arme und hielt sie fest. Sie hatte immer diese Art, mit der sie ihn, nur durch ihre bloße Anwesenheit, besser fühlen ließ.

„Ich auch." Sie löste sich von ihm und öffnete die Tür zu seinem Zimmer. Sie gingen hinein.

Das Zimmer wurde von den Wandlampen, die an beiden Seiten des Bettes hingen, in hellgelbes Licht getaucht. Die übergroße Couch vor dem riesigen Fernseher war warm und einladend.

Sie stellte ihre Tasche auf den Kaffeetisch und zog eine Tüte mit Keksen heraus.

„Ich dachte, du wärst vielleicht hungrig, also habe ich ein paar Sachen von Zuhause mitgebracht." Sie lächelte.

Er nahm sich einen Keks und biss hinein. Er stöhnte genüsslich, als das süße Gebäck auf seiner Zunge schmolz.

„Ich habe seit heute Morgen nichts mehr gegessen", gab er zu. Er war wegen der Scheiße, die zwischen Arkansas und Louisiana passierte, zu besorgt gewesen, um etwas zu essen.

„Ava hat mir von Jaxon und dem Tribunal erzählt." Sie neigte den Kopf und versuchte, seinen Gesichtsausdruck zu lesen. Es war eine Angewohnheit, die sie mit ihm hatte. „Sie hat mir auch von Ginny erzählt."

„Ja?" Er wusste nicht, was er sonst dazu sagen sollte.

„Hast du mit Ginny gesprochen?" Kates sanfte Stimme beruhigte seine Seele.

„Nur kurz." Er schüttelte seinen Kopf und runzelte die Stirn. „Sie hat sich bei mir entschuldigt, dass mir ihr Vater die Attentäter auf den Hals gejagt hat, um mich zu töten."

„Sie weiß also, was für ein grausames Tier ihr Vater wirklich ist." Kate nickte langsam.

„Hat Ava dir erzählt, dass Boudier Ginny körperlich misshandelt hat? Und ihr Ehemann auch."

„Ja. Und ich bin froh, dass ihr Ehemann tot ist. Das Tribunal wird doch mit Sicherheit die Beweise sehen und Jaxon nicht dafür verurteilen", sagte Kate.

„So funktioniert das nicht, mein Schatz." Er nahm ihre Hand, führte sie zu seinem Mund und gab ihr einen Kuss.

„Braxton, verliere nicht die Hoffnung. Wir scheinen uns immer mal wieder in beschissenen Situationen zu befinden, von denen wir glauben, dass wir aus ihnen nie wieder rauskommen werden. Zum Beispiel, als ich dachte, dass das Bed and Breakfast zwangsversteigert werden würde. Und gerade als ich keinen Ausweg mehr finden konnte, bist du aufgetaucht."

„Wenn du das schon erwähnst. Wer kümmert sich um das

Bella Luna, während du hier bist?" Er runzelte die Stirn. Er wusste, dass sie es nicht mochte, wenn jemand anderes über das Bed and Breakfast wachte. Sie hatte zu hart gekämpft, es zu behalten, und sie war eine solche Perfektionistin, wenn es darum ging, ihr Geschäft zu führen.

„Erinnerst du dich an diese Schriftstellerinnen?" Sie biss sich auf die Lippe und versuchte, ein Lächeln zu unterdrücken.

„Die Verrückten?" Er runzelte die Stirn.

Eine Gruppe von Schriftstellerinnen und Granny waren auf der Suche nach einem Rückzugsort zum Schreiben ins Bella Luna gekommen. Er hatte erwartet, dass die älteren Damen ruhig und zurückhaltend wären, aber nachdem sie zu trinken begonnen hatten, waren sie wie ein Viagra-Tornado gewesen. Sie hatten es sogar geschafft, Lorcan zu vergraulen, als er nach Braxton gesucht hatte.

„Sie sind wirklich nett, Braxton. Ich habe ihnen außerdem gesagt, dass sie nichts bezahlen müssen, wenn sie ein Auge auf das Haus für mich werfen, während ich weg bin. Sie machen es gerne." Sie zuckte mit den Schultern.

„Ich bin froh, dass du hier bist." Er musste heute Abend einfach bei ihr sein. „Barrett möchte, dass wir uns gegen Mittag alle wieder treffen."

„Also müssen wir das meiste aus unserer Zeit machen." Ihre Pupillen weiteten sich, als sie ihre Hand über seine Brust und hinunter zu seinem Schoß gleiten ließ.

Sein Körper spannte sich an, bis es fast schmerzte. Er wollte sie heute Nacht langsam und tief nehmen.

„Zieh dich aus, während ich den Wein öffne."

* * *

JAYDEN STAND vor der Wächterbasis und starrte in den Nachthimmel. Sein Körper war müde, aber seine Gedanken rasten. Er dachte über jedes mögliche Ergebnis des Tribunals nach. Er wusste, dass er hineingehen und etwas schlafen sollte, aber er war sich nicht sicher, ob er dazu in der Lage sein würde. Seit Haley in sein Leben getreten war, schlief er nicht gerne ohne sie im Bett ein.

„Jayden, wirst du die ganze Nacht dort draußen stehen oder kommst du irgendwann rein?" Beim Klang von Haleys Stimme drehte er sich um.

„Baby, was machst du denn hier?" Sie stand im Eingang der Basis.

„Ich warte auf dich." Sie lief auf ihn zu. In ihrer engen Jeans und dem weißen T-Shirt sah sie aus wie ein verdammter Engel. Sein Engel.

„Ich dachte, ich würde die Nacht hier mit dir verbringen, da du nicht nach Hause kommen kannst." Sie biss sich auf die Lippe und sah ihn unter ihren langen Wimpern an.

Er grinste und zog sie an sich. „Weißt du, dass ich noch nie eine Frau in meinem Zimmer auf der Basis hatte. Barrett würde das nie erlauben."

„Ich wusste schon immer, dass ich Barrett mag." Sie grinste.

„Ich bin froh, dass du hier bist." Er strich ihr die blonden Haare aus den Augen. Selbst nach all der Zeit mit ihr schmolz sein Herz noch immer jedes Mal dahin, wenn er sie ansah.

„Ava hat mir erzählt, was mit Jaxon passiert ist. Sie sagte, dass ein Tribunal einberufen wurde."

„Meine Güte. Damon erzählt Ava zu viel." Er stöhnte.

„Damon hat es ihr nicht erzählt. Das war Granny." Haley grinste.

Er rieb sich die Augen. „Meine Großmutter wird noch der Grund sein, warum ich von den Wächtern rausgeschmissen werde."

„Deine Großmutter ist, was die Wächter zusammenhält,

so wie Klebstoff. Sie ist die Einzige, die zäh genug ist, um euch alle im Schach zu halten." Haley zog eine Augenbraue hoch.

„Damit könntest du recht haben", gab er zu. „Sie ist unser verrückter Kleber."

„Jayden, geht es dir gut?" Sie runzelte die Stirn. „Ich habe dich noch nie so gesehen."

„Wie denn?" Er versuchte, ihr ein beruhigendes Lächeln zu schenken.

Sie musterte sein Gesicht. „Du machst dir Sorgen um Jaxon und das Tribunal."

„Vielleicht." Er log. Es zog ihm vor Ungewissheit den Magen zusammen. Er wusste verdammt gut, dass die Wahrscheinlichkeit, dass Jaxon ohne Strafe dort rauskam, unvorstellbar klein war.

„Sie werden ihn doch sicher nicht für schuldig befinden", sagte Haley.

„Die Strafe für Mord ist der Tod, Haley." Er sprach die Worte aus, über die er die ganze Heimfahrt nachgedacht hatte.

„Sag mir etwas, Jayden. Das Tribunal ist immer fair, oder?"

„Ja."

„Wie kann ein Tribunal also jemanden des Mordes für schuldig erklären, wenn es sich lediglich um Selbstverteidigung gehandelt hat? Außerdem hat er versucht, Ginny aus dieser gewalttätigen Situation herauszuholen und sie sicher nach Arkansas zu bringen."

„Ja, aber Haley, die Toten sind ihre Mutter, die Frau des Rudelführers, und der Schwiegersohn des Rudelführers."

„Die, so wie ich es verstehe, beide sadistische Werwölfe waren." Haley verschränkte die Arme vor der Brust.

„Als ich in Louisiana gelebt habe und noch die Gnade meiner Eltern hatte, habe ich ihre Mutter einmal getroffen."

„Hast du das?"

„Ja, bei einer Wohltätigkeitsveranstaltung, die ich immer mit ihnen besuchen musste." Sie schüttelte ihren Kopf. „Boudier hat die Veranstaltung jedes Jahr abgehalten und behauptete, ihr Zweck sei, Geld für das Rudel zu sammeln. Aber in Wirklichkeit floss das ganze Geld in seine eigene Tasche."

„Was für eine Person war sie?"

„Caroline Boudier war selbstsüchtig und egoistisch. Ich erinnere mich, dass ich Ginny einmal bei einer dieser Veranstaltungen gesehen habe. Ihr Ehemann ließ sie nicht aus den Augen. Es war ihr nicht erlaubt, von seiner Seite zu weichen. Sie durfte mit niemandem sprechen, ohne dass ihr Ehemann anwesend war. Er kam mir wie ein Arschloch vor."

„Jede Wette."

„Ich vertraue auf unsere Rudelgesetze und auf das Urteil des Tribunals." Haley schlang ihre Arme um seinen Hals. „Ich weiß auch, dass du in ein paar Stunden wieder aufstehen musst, also müssen wir jetzt hineingehen und du musst dich vor dem heutigen Abend etwas ausruhen."

Er grinste und hob sie in seine Arme. „Oh, ich werde nicht schlafen. Nicht mit dir in meinem Bett."

* * *

AVA KAM ZU DAMON GERANNT, als er sein Zimmer in der Wächterbasis betrat. Seit Damon Barrett vertrat, hatte Damon sie auf der Basis in seinem alten Zimmer untergebracht.

Sie hatte nicht schlafen können, seit Damon das Update von Barrett erhalten hatte. Sie hatte im Zimmer wachgelegen, während Damon in Barretts Büro darauf gewartet hatte, dass alle zur Basis zurückkehrten.

„Hey." Damons raue Stimme strömte durch ihren Körper und sie fühlte sich sofort sicher.

„Selber, hey." Sie sah zu ihm auf. „Hast du mit Barrett gesprochen? Was hat er gesagt?"

„Ava, du weißt genauso viel wie ich. Das Tribunal wird um Mitternacht stattfinden. Jaxon wird vor Gericht stehen. Und obwohl es niemand sagt, vermute ich, dass er die Schuld für Ginny auf sich nimmt." Damon atmete tief durch.

„Oh Gott." Ihr Herz schlug heftig in ihrer Brust. „Barrett kann das beheben, oder nicht? Ich meine, er ist doch der Rudelführer. Das Tribunal findet in Arkansas statt, also haben wir die Oberhand. Außerdem ist es ja so, dass er sich verteidigt hat, als er Ginny beschützen wollte."

„Ja. Wenn ich im Rat sitzen würde, würde ich Jaxons Leben nicht fordern."

„Jaxons Leben?" Sie riss ihre Augen weit auf. „Soweit wird es doch sicherlich nicht kommen."

Er umarmte sie fest. „Warum schläfst du eigentlich nicht?" Damon runzelte die Stirn.

„Weil ich auf dich warten wollte. Ich wollte dich sehen." Sie biss sich auf die Lippe.

„Ich bin jetzt hier, also lass uns ins Bett gehen."

„Warte." Sie drückte ihre Hand gegen seine Brust. „Damon, es gibt etwas, worüber ich mit dir reden möchte." Ihr Magen kribbelte.

„Was ist los?" Er neigte den Kopf und starrte sie an.

„Setz dich."

„Scheiße, Ava, sag es mir." Er packte sie bei den Armen. „Hat sich Jaxon vom Acker gemacht? Hat Barrett angerufen?"

„Nein. Nichts dergleichen." Sie deutete auf das Bett.

Er ließ sich auf die Bettkante fallen und sie setzte sich neben ihn. Sie schluckte nervös und holte tief Luft.

„Ich bin schwanger."

apitel Achtundzwanzig

„Ein Baby?" Damons Herz machte etwas Komisches in seiner Brust. Seine Atmung wurde schneller.

„Ich weiß, wir haben noch nicht darüber gesprochen, eine Familie zu gründen und es ist ein schlechter Zeitpunkt, bei allem, was im Rudel gerade vor sich geht." Sie kaute auf ihrer Lippe und sah zu Boden.

„Ein Baby?" Er ließ sich das Wort noch einmal auf der Zunge zergehen. Die Bedeutung sank in seine Brust und wärmte ihn von innen heraus.

„Ja, ein Baby." Sie holte tief Luft und sah ihn an. „Bitte sag etwas. Etwas anderes als das Wort ‚Baby'. Du siehst so aus, als wäre dir schlecht." Sie runzelte die Stirn und legte ihre Hände um seine Wangen.

Ein langsames Grinsen breitete sich auf seinem Gesicht aus und er zog sie in seine Arme. „Du bekommst mein Baby."

„Ja, das tue ich." Sie hielt sein Gesicht zwischen ihren sanften Händen. „Es ist erst vor Kurzem passiert. Ich habe es heute erst herausgefunden, als ich einen Schwangerschaftstest gemacht habe." Sie schluckte und sah ihm in die Augen. „Bist du sauer?"

„Sauer? Warum zum Teufel sollte ich denn sauer sein? Du bekommst mein Baby." Er vergrub sein Gesicht in ihrer Nackenbeuge und atmete tief ein. Es traf ihn wie der Blitz. Der Geruch ihrer Schwangerschaft.

Ava war schwanger. Er hätte die Zeichen erkennen sollen. Ihr gesteigerter Appetit und Sexualtrieb. Sie hatte sogar ihr Interesse am Wein verloren.

Sein Körper wurde schnell hart und alles, was er wollte, war ihr die Jeans herunterzureißen und sich in ihren Körper zu versenken.

Sie stöhnte und rieb sich an ihm.

„Damon." Sie hauchte seinen Namen und zog sein T-Shirt aus seiner Jeans. Sie strich mit ihren Fingernägeln seinen nackten Bauch bis zu seiner Brust hinauf, kratzte sein Fleisch und brachte sein Blut zum Wallen.

Er zog sich das T-Shirt aus und warf es auf den Boden. Er knurrte, als er an ihrer Bluse zog und sie in zwei Hälften riss.

Sie sah ihn an und grinste. „Das ist schon besser." Sie zog schnell ihre Jeans aus, während er dasselbe tat.

Sie sprang an ihm hoch und schlang ihre Beine um seine Taille. Er packte ihren festen Hintern und positionierte sie über seiner Erektion. Sie umklammerte ihn mit den Fersen und ließ sich auf seinen Schwanz hinuntersinken.

Sie stöhnte und er drückte sie gegen die Wand und stieß in ihren willigen Körper. Sie bohrte ihre Fingernägel in seinen Rücken, kniff und kratzte mit lustvoller Verzweiflung. Er knurrte und stieß schneller, als eine dünne Schweiß-schicht ihre beiden Körper bedeckte.

Ihre Fingerspitzen bewegten sich über muskulöses und glattes Fleisch, als sie sich beide wiederentdeckten, ihre Liebe schmeckten und genossen. Die Verbindung zwischen ihnen, die sie schon immer gehabt hatten, schien noch tausendmal enger zu werden jetzt, da sie eine Familie sein würden. Eine Familie, die nichts je zerstören konnte.

Es trieb ihm fast die Tränen in die Augen.

„Du gehörst mir. Jetzt und für immer." Er knurrte und bedeckte ihren Mund mit seinem.

Er spürte, wie sie zitterte, als sich ihr Höhepunkt schnell und hart in ihrem Körper ausbreitete. Sie ließ ihren Kopf gegen die Wand fallen und zitterte, als Wellen der Lust durch ihren Körper strömten.

Er beschleunigte sein Tempo und stieß tief in ihren Körper hinein. Sein Verlangen explodierte in seinem Bauch und er knurrte, als er kam.

„Das war eine ziemlich gute Erwärmung." Ava hob ihren Kopf und starrte in seine Augen. Ihre Pupillen waren geweitet. Er kannte diesen Blick. Sie war noch nicht fertig mit ihm.

„Ich habe gehört, dass Frauen die schwanger sind, ungewöhnlich …"

„Geil sind?", beendete sie den Satz für ihn und lächelte.

„Ja." Er grinste, als er mit seinem Finger zwischen ihren Brüsten entlangstrich und eine ihrer hübschen rosa Brustwarzen umkreiste.

Ihre Augen schlossen sich und sie stöhnte.

„Wir sollten auf jeden Fall jetzt noch so viel Sex haben, wie wir können. Wer weiß, wie viel Sex wir bekommen werden, wenn das Baby da ist." Dieser Gedanke ließ seine Brust voller Stolz anschwellen.

„Das wird sich nicht ändern. Du musst mir mindestens zweimal am Tag Sex versprechen." Sie sah ihn an und saugte seinen Finger in ihren Mund.

Sein Schwanz rührte sich wieder. Er wollte sie noch einmal.

„Zweimal am Tag? Ist das alles?" Er runzelte die Stirn.

„Ich will nicht, dass du mit all deiner Arbeit als Wächter

und als neuer Vater zu schnell müde wirst." Sie drückte ihre Lippen an seinen Nacken und saugte.

Sein Körper spannte sich an und er war bereit, sie noch einmal zu nehmen.

„Baby, ich habe genug Ausdauer für all das und für dich." Er küsste sie fest. Als sie sich von ihm löste, um ihn anzusehen, explodierte sein Herz fast vor Liebe in seiner Brust.

„Ich liebe dich, Damon", flüsterte sie.

„Ich liebe dich auch." Er trug sie zum Bett hinüber und legte sie hin. „Und jetzt lass mich dir zeigen wie sehr."

* * *

BARRETT BEOBACHTETE, wie seine Wächter, einer nach dem anderen, an der Basis ankamen. Er hatte gesehen, dass sich die Weibchen hineingeschlichen hatten. Es hatte einst die feste Regel gegeben, dass auf dem Gelände, auf dem die Wächter schliefen, keine Frauen erlaubt waren. Aber das war bevor sich so viele von ihnen verpaart hatten.

Er musste sich daran erinnern, morgen sauer auf seine Wächter zu wirken, weil sie die Frauen hereingelassen hatten. In Wirklichkeit machte es ihm nichts aus. Er wusste, dass seine Männer jede Ermutigung brauchten, die sie heute bekommen konnten, und wenn die Frauen ihnen das geben konnten, dann sollte es so sein.

Er runzelte die Stirn und fragte sich, wie es wohl wäre, verpaart zu sein. Er hatte sich nie Gedanken darüber gemacht. Er brauchte weder die Ablenkung noch die Umstände. Er musste seinen Job erledigen und vierundzwanzig Stunden am Tag eine Frau um sich zu haben, würde seiner Aufgabe nur im Weg stehen. Und seine Aufgabe war es, Ordnung und Frieden in Arkansas aufrechtzuerhalten.

Er würde Damon über alles informieren müssen, was

beim Tribunal zu erwarten war, aber er wusste, dass der Wolf mit Ava zusammen war.

Er würde später mit ihm sprechen. Er ging in Richtung Wald, der sich hinter der Basis befand. Er musste irgendwo Alleinsein und nachdenken. Er konnte das nicht tun, wenn er in seinem Büro oder irgendeinem anderen Zimmer eingeschlossen war.

Er ließ die Sicherheitsbeleuchtung hinter sich und lief in Richtung Dunkelheit. Er blinzelte, damit sich seine Augen an die Dunkelheit gewöhnen konnten. Schon bald verließen seine Schritte den befestigten Weg und er lief über Gras weiter in den dichten Wald hinein.

Mücken summten um seine Ohren und eine Eule rief von ihrem Platz auf einem nahegelegenen Ast. Er hob sein Gesicht, als die Sommerluft in einer leichten Brise um ihn herumwirbelte. Er blieb stehen, als er zu einer großen Eiche in der Nähe eines kleinen Teichs kam.

Der Teich war von Unkraut und Sträuchern umrandet. Er bezweifelte, dass es dort im Wasser irgendwelche Fische gab, aber er war sich sicher, dass mehr als eine Wasserschlange unter der Oberfläche dahinglitt.

Er zog sein Handy aus seiner Jeanstasche und wählt eine Nummer.

„Hallo?"

„Ryker. Ich bin es." Er sah zum Himmel hinauf und war beeindruckt, wie völlig sternenlos er war. Man konnte noch nicht einmal den Mond sehen.

„Barrett. Was gibt es?", fragte Ryker.

Barretts Magen zog sich zusammen und er bekämpfte das Gefühl der Furcht, das er bereits den ganzen Tag gespürt hatte. Bereits vor ihrem Zusammentreffen mit Boudier hatte Barrett ein sehr schlechtes Gefühl gehabt. Ein Gefühl, dass etwas Schwerwiegendes zwischen den Rudeln passieren würde. Etwas, von dem er nicht glaubte, dass er es kontrollieren konnte.

„Wie ist die Situation mit den Feen in Vermont?" Er atmete aus und wartete auf den Bericht.

„Wenn du mir vor einer Woche gesagt hättest, dass ich in Neuengland mit einer Armee von Feen gegen eine Armee von Dämonen und eine sadistische Feenkönigin kämpfen würde, hätte ich dir gesagt, dass du mich mal kreuzweise kannst", sagte Ryker.

Barrett prustete los. „Und jetzt?"

„Nun, obwohl ich mich nicht gerne in die Probleme anderer Spezies einmische, muss ich sagen, dass es ein verdammt heftiger Kampf war. Diese verfluchten Feen sind verdammt stark", gab Ryker zu. „Und diese Celeste, nun ja, sie kann nicht nur kämpfen, sondern sie kann sogar Leute heilen. Ich habe so etwas noch nie zuvor gesehen. Ganz zu schweigen davon, wie verdammt heiß sie ist. Aber sie ist verheiratet. Definitiv verheiratet."

„Ich würde mich nicht auf Celeste Nordstrom einlassen, Ryker. Ihr Ehemann Eric, ist nicht dafür bekannt, dass er irgendetwas teilt, und ich bin mir sicher, wenn es um seine Frau ginge, würde er den Dreckskerl töten", erklärte Barrett.

„Du kennst Eric Nordstrom?", fragte Ryker.

„Er ist ein alter Bekannter." Barrett erzählte Ryker nicht, dass er früher einmal Geschäfte mit Eric gemacht hatte. Sie beide stammten aus wohlhabenden Familien und ihre Vergangenheit war sich sehr ähnlich.

Ryker musste das nicht wissen. Keiner seiner Wächter musste es.

„Wo bist du jetzt?", fragte Barrett.

„Ich überquere gerade die Mississippi River-Brücke zurück nach Arkansas. Ich sollte in ein paar Stunden wieder bei der Basis ankommen", sagte Ryker.

„Nun, du brauchst nicht zur Basis nach Little Rock fahren. Ich brauche dich im Petit Jean State Park."

„Und was zum Teufel machen wir da? Grillen?", meckerte Ryker.

„Es wird ein Tribunal geben. Und das ist der Ort, an dem es stattfindet."

„Scheiße. Ein Tribunal? Weswegen? Dass Jaxon die Staatsgrenze überquert hat?"

„Lass mich dich auf den neuesten Stand bringen." Barrett informierte Ryker schnell über alle Details der Geschehnisse.

„Willst du mich verarschen? Mann, Boudier wird Jaxon nicht ohne Strafe laufen lassen. Dieses Arschloch wird Blut verlangen", sagte Ryker.

„Ich weiß."

„Hast du einen Plan? Bitte sag mir, dass du einen Plan hast."

„Ich bin froh, dass du das fragst. Weil ich dich brauche und du für alles bereit sein musst, wenn es so weit ist." Barrett musterte den Boden.

„Alles, Mann. Was auch immer du brauchst. Ich werde da sein."

„Gut." Barrett verlor keine Zeit und beendete das Gespräch.

Jetzt musste er sich selbst bereitmachen. Auf das Beste hoffen und sich auf das Schlimmste vorbereiten.

Kapitel Neunundzwanzig

„Du solltest etwas schlafen." Jaxon sah Ginny an und deutete auf sein Bett. Er war der letzte der Wächter gewesen, der die Basis betrat. Er hatte noch eine Weile draußen rumgehangen, nachdem sie angekommen waren, als sich alle anderen Wächter Ginny vorgestellt hatten. Er war froh, dass sie sie alle in ihrem Rudel willkommen zu heißen schienen und sie nicht dafür verurteilten, wer ihr Vater war.

„Die Wächter von Arkansas unterscheiden sich sehr von den Wächtern in Louisiana." Sie ließ sich auf das Bett fallen und sah ihn unter ihren langen Wimpern an.

„Wie meinst du das?" Er setzte sich in einen Sessel neben dem Fernseher und zog seine Stiefel aus.

„Sie haben mit mir gesprochen."

Er hielt inne und sah sie an. „Die Wächter in Louisiana haben nicht mit dir gesprochen?"

„Nein, das war nicht erlaubt." Sie zuckte mit den Schultern. „Anscheinend wollten mein Vater und mein Mann nicht, dass sie irgendetwas mit mir zu tun hatten." Sie musterte den Boden. „Aber ich frage mich, ob es vielleicht daran lag, dass sie mich einfach deshalb hassten, weil der Rudelführer mein Vater ist."

„Aber die Wächter von Louisiana sind ihm treu ergeben."

„Sie sind nur aus Angst loyal. Nicht aus unsterblicher Liebe oder Pflichtgefühl." Sie leckte sich die Lippen. „Ich wusste nicht, dass ein Rudel so herzlich sein kann." Sie legte ihre Hand auf ihren Bauch.

„Wie fühlst du dich?" Er ging zu ihr hinüber und setzte sich neben sie aufs Bett. Sein Blick wanderte zu ihrem Bauch.

„Mein Bauch fühlt sich etwas verkrampft an, aber es geht mir gut."

„Verkrampft?" Er runzelte die Stirn. „Wir haben hier auf der Basis einen Arzt. Ich kann ihn holen lassen, damit er dich untersucht und sicherstellen kann, dass alles in Ordnung ist."

„Nein, es geht mir gut. Ich hatte diese Krämpfe schon einmal." Sie schüttelte den Kopf. „Normalerweise passiert es, nachdem John wütend geworden ist und …" Ihre Stimme verstummte.

„Er hat dich geschlagen, obwohl er wusste, dass du schwanger bist." Er versuchte, die Wut in seiner Stimme zu verbergen, aber die Bitterkeit war trotzdem noch da.

„Ich habe ihm nicht erzählt, dass ich schwanger bin. Er hat bereits frühzeitig in unserer Beziehung gesagt, dass er keine Kinder will. Er sah ein Baby als Bedrohung für seine Chance, der nächste Rudelführer zu werden." Sie sah ihn an. „Ich habe selbst meinem Vater nicht gesagt, dass ich schwanger bin."

„Boudier weiß nichts von dem Baby?"

„Nein." Sie stand auf und ging zum Fenster hinüber.

„Kann ich dich mal was fragen?" Er stand ebenfalls auf und wartete, bis sie sich zu ihm umdrehte. „Wie fühlst du über das Baby?"

Sie verschränkte die Arme vor der Brust und holte tief Luft. „Am Anfang war ich entsetzt, weil ich wusste, dass ich einen Teil von John in mir trage. Ich befürchtete, dass Baby könnte so werden wie er. Zu Beginn wollte ich es nicht." Sie blickte auf den Boden hinunter. „Aber als die Wochen vergingen und das Baby trotz der Schläge immer weiter überlebte, begann ich sie – oder ihn – als Überlebenskämpfer anzusehen. So wie mich selbst." Sie sah zu ihm auf.

Er nickte. Er konnte es verstehen.

„Hasst du mich, weil ich das Kind eines anderen Mannes in mir trage?", fragte sie mit unsicherem Ton in ihrer sanften Stimme.

„Was?" Bei der Frage zog sich seine Brust zusammen. „Ich könnte dich niemals hassen. Ich liebe dich."

Stille Tränen liefen über ihre Wange. Sie machte sich nicht die Mühe, sie wegzuwischen, sondern ließ sie ihren Weg zu ihren gefalteten Händen in ihrem Schoß finden.

„Nach allem, was ich dir angetan habe, ohne dir zu sagen, warum, einen anderen Mann zu heiraten und jetzt auch noch sein Baby in mir zu tragen, verstehe ich nicht, wie du mich immer noch lieben kannst." Sie schüttelte ihren Kopf und sah zu Boden. „Ich bin nicht mehr das perfekte Mädchen, in das du dich einst verliebt hast. Ich bin ruiniert."

„Hör mir mal zu." Er hob ihr Kinn mit seiner Fingerspitze und zwang sie, ihm in die Augen zu sehen. „Ich möchte, dass du hörst, was ich sage, denn ich werde es nur ein einziges Mal sagen."

Sie blinzelte und schenkte ihm ihre volle Aufmerksamkeit.

„Du bist nicht ruiniert. Du bist perfekt. Und du bist perfekt für mich. Ich werde das Baby in dir lieben, weil es ein Teil von dir ist. Ich könnte dich oder das Kind, das du in dir trägst, niemals hassen. Dieses Kind wird einen Vater brauchen und, Ginny, ich möchte das für sie oder ihn sein. Ich will ein Leben mit dir und diesem Kind und den vielen anderen Kindern, die unser Zuhause füllen werden. Das ist es, was ich will. Aber ich muss wissen, ob du diese Dinge auch willst." Er schluckte die Emotionen in seiner Kehle hinunter. Er sprach die Worte, ohne zu zögern und meinte sie aus tiefstem Herzen.

„Jaxon, ich liebe dich." Sie schlang ihre Arme um seinen Hals und vergrub ihr Gesicht an seiner Brust.

Er hielt sie fest und ihr Körper schmiegte sich eng an seinen. Er konnte spüren, wie ihre Herzen im Einklang schlugen, so als wären sie eins. Seine Brust füllte sich mit Emotionen und ein Gefühl unbändiger Freude durchflutete ihn.

Alles, was sie in den nächsten vierundzwanzig Stunden durchmachen würden, würde ihr Schicksal für immer besiegeln. Aber in diesem Moment schob er seine Gedanken beiseite, entschlossen im Hier und Jetzt nur bei ihr zu sein.

Er neigte seinen Kopf und drückte seine Lippen auf ihre. Sie entspannte sich in seinen Armen und ihre Kurven verschmolzen mit seinem Körper. Sie seufzte und öffnete ihren Mund unter seinen Lippen. Er tauchte seine Zunge in die Süße ihres Mundes, neckte ihre Zunge mit seiner und entlockte ihr ein Stöhnen.

Ihre Hände glitten über seine Brust. Ihre Finger fanden die Unterkante seines T-Shirts und sie zog es hoch. Er unterbrach den Kuss gerade lange genug, um sein T-Shirt über den Kopf zu ziehen, und es auf den Boden zu werfen.

Ihre Finger waren überall, berührten, streichelten und neckten ihn.

Das Verlangen brannte in seinem Bauch und er wollte sie unter sich spüren und sie auf jede mögliche Weise sein Eigen machen.

Er zog ihr Oberteil über ihren Kopf und stand auf, wobei er sie mit sich hochzog. Sie streckte sich auf die Zehenspitzen und drückte ihren Mund zu einem erhitzten Kuss auf seinen.

Ihre Fingerspitzen fummelten am Reißverschluss seiner Jeans herum, bis sie es schließlich schaffte, sie über seine Hüften hinunterzuschieben. Ihre kühle Hand legte sich um die Länge seines harten Schwanzes und sie drückte zu.

„Langsam", stöhnte er und stieß in ihre Handfläche. Er wollte, dass das hier lange dauerte. Er wollte sie bis zum Tagesanbruch lieben. Das hier sollte für immer in sein Gedächtnis eingebrannt werden.

Sie bewegte ihre Hand und schlüpfte aus dem Rest ihrer Kleidungsstücke, die sie auf einem Häufchen auf den Boden fallen ließ. Dort stand sie vor ihm, nackt, mit nichts als ihren blonden Haaren, die um ihre Schultern spielten.

Sie sah aus wie ein Engel. Wie sein Engel.

Er konnte nicht länger warten. Er nahm sie in die Arme und küsste sie. Er hob sie hoch und trug sie zum Bett hinüber. Er legte sie in die Mitte und positionierte sich über ihr. Sie streichelte sein Gesicht und zog ihn zu einem langsamen, sinnlichen Kuss nach unten.

Er hüllte sich in ihren Körper und sie verschmolzen zu einer Einheit. Er bewegte sich langsam in ihr, als sie sich im Schatten des abgedunkelten Raumes liebten. Die Zeit schien stillzustehen und die Realität bestand aus nichts als ihnen beiden in ihrer eigenen kleinen Welt.

Seine Fingerspitzen erforschten die weiche Krümmung ihrer Hüfte und die Form ihrer sanften Brüste. Er senkte den Kopf und saugte ihre Brustwarze in seinen Mund. Sie stöhnte, als er über die harte Knospe leckte und sie mit seiner Zunge neckte.

Wie hatte er all die Jahre ohne sie gelebt? Wie hatte er existiert?

Sie bewegte sich unter ihm und krümmte ihm ihren Körper entgegen. Sie schlang ihre Knöchel um seine

Schenkel und zwang ihn, hart und tief in ihren willigen Körper zu stoßen. Dringlichkeit brachte sein Blut zum Wallen, als die Lust in jede Zelle seines Körpers drang. Er zwang seinen Körper zum Gehorsam, damit er sein eigenes Vergnügen zurückhalten konnte, bis sie ihres gefunden hatte.

Sie bäumte sich auf und grub ihre Nägel in seinen Rücken, als sie ihren Höhepunkt erreichte. Er stieß schneller in sie hinein und ließ seiner Lust freien Lauf, als er seinen Samen in ihren Körper spritzte.

Er bewegte sich weiter, bis die Wellen ihrer Orgasmen abgeklungen waren.

Erschöpft zog er ihren zitternden Körper an sich und wiegte sie in seinen Armen.

Er hielt sie fest und zwang seine rasenden Gedanken zur Ruhe zu kommen. Er musste sich ausruhen. Selbst wenn es nur für ein paar Stunden war. Er brauchte seine Kraft und musste auf alles vorbereitet sein, was Boudier ihnen möglicherweise entgegenschleudern könnte.

*K*apitel Dreißig

Barrett war bereits Stunden vor seinen Wächtern im Petit Jean State Park angekommen. Er hatte Damon in der Basis damit beauftragt, die anderen Werwölfe über das Tribunal zu informieren, das für Mitternacht angesetzt war. Die Wächter sollten am Nachmittag eintreffen, um das Gebiet hoch oben auf dem Berg zu sichern, wo das Treffen stattfinden würde.

Er blinzelte in die Sonne, die unerbittlich auf seinen Rücken hinunterbrannte. Von seinem Platz oben auf dem Berg starrte er zum Wasserfall hinunter. Von dort, wo er stand, musste er mindestens dreißig bis vierzig Meter in der Tiefe liegen.

Er hatte die Südstaaten-Rudelführer über die Zeit und den Ort des Tribunals informiert. Neben Arkansas und Louisiana würden auch Mississippi, Alabama und Tennessee anwesend sein. Sogar Milfred Jones, der Rudelführer von Kentucky, hatte zugestimmt, dem Tribunal beizuwohnen, obwohl es einige Überzeugungsarbeit gekostet hatte. Milfred hasste es, Partei zu ergreifen und sich einzumischen. Er wollte sich aus allen Angelegenheiten, die andere Staaten betrafen, raushalten und erwartete, dass man ihm die gleiche Höflichkeit entgegenbrachte.

Barrett konnte es ihm nicht vorwerfen. Aber die Dinge waren jetzt anders und alle Rudelführer wussten, dass, was auch immer heute Abend beim Tribunal geschehen würde, auch sie irgendwie beeinflussen wird.

„Ich würde nicht zu nah an diese Kante gehen, Mann. Der Sturz wird dich nicht töten, aber es würde höllisch wehtun", sagte Ryker hinter ihm.

Barrett drehte sich um und sah Ryker an. „Hat Damon dich auf den neuesten Stand gebracht?"

„Nein. Ich bin direkt hierhergefahren, weil du mir das gesagt hast. Außerdem bist du mein Rudelführer und nicht Damon." Ryker verschränkte die Arme und Barrett sah, dass der Werwolf ihn hinter seiner Sonnenbrille musterte.

„Das Tribunal beginnt um Mitternacht. Die Rudelführer werden gegen elf hier eintreffen."

„Was ist mit dem Rat?", fragte Ryker.

„Sie werden hier sein und die endgültige Entscheidung treffen." Barrett richtete seinen Blick wieder hinaus in die Weite des Parks.

Die grauen Berge mit den grünen Bäumen ragten aus dem Boden und erhoben sich zum Himmel. Das rhythmische Plätschern des Wasserfalls und der Geruch von Dreck, Blättern und Natur umgaben ihn. Normalerweise beruhigte es ihn immer, in der Natur zu sein, und es fiel ihm leichter, sich auf bestimmte Situationen einzulassen und zu wissen, was er tun musste. Aber nicht heute. Heute hatte er einen inneren Konflikt darüber, wie er Jaxon von den Anklagen durch Boudier befreien sollte.

Barrett wusste, dass Jaxon weder Caroline noch John

getötet hatte. Aber er wusste auch, dass er Ginny nicht die Schuld auf sich nehmen lassen würde. Er kannte Jaxon gut genug, um zu wissen, dass er sterben würde, um Ginnys Unschuld zu erklären.

Die einzige Möglichkeit zu vermeiden, dass Jaxon starb, bestand darin, mit Boudier zu sprechen und Frieden zu schließen. Wenn er Ginny ihrem Vater zurückgab, wäre das vielleicht ausreichend, um Jaxon gehenzulassen. Aber er würde es hassen, das zu tun. Es widersprach allem, woran er glaubte. Aber er konnte nicht noch einen Wächter sterben lassen.

Rykers Handy summte.

„Scheiße.“ Ryker sah finster aus.

Barrett drehte sich um und sein Puls schoss in die Höhe. „Was ist los?“

„Die Dinge sind gerade kompliziert geworden.“ Ryker blickte von seinem Telefon auf.

„Die Dinge waren schon kompliziert“, knurrte Barrett.

„Nun, jetzt sind sie verflucht kompliziert.“ Ryker schüttelte den Kopf. „Ich habe gerade eine Textnachricht von Damon erhalten. Wusstest du, dass Ginny schwanger ist?“

Barretts Magen drehte sich um.

„Warum zum Teufel hat Jaxon mir das nicht gesagt?“, knurrte Barrett.

„Jaxon hat es eben Damon erzählt.“ Ryker schüttelte den Kopf. „Er sagte, dass er Ginny wegen ihres Zustands heute Abend nicht vor dem Tribunal sehen will. Boudier weiß nicht, dass sie schwanger ist.“

„Sie muss da sein. Sie muss Boudier wegen der Vorwürfe, die sie gegen ihn erhoben hat, zur Rede stellen. Wenn sie nicht kommt, wird Boudier den Rat bitten, sie zu ihm zurückzuschicken.“ Sein Magen zog sich zusammen. Das alles war noch schlimmer, als er vermutet hatte.

„Der Rat wird dir befehlen, Ginny auszuliefern, wenn sie

nicht herkommt, um gegen ihn auszusagen. Sobald er sie zurückhat, wird er sie töten", erklärte Ryker.

„Nein. Er wird sie dafür foltern, dass sie ihn betrogen hat. Er wird dafür sorgen, dass sie am Leben bleibt, damit er sie für den Rest ihres Lebens dafür bezahlen lassen kann." Endgültigkeit umhüllte Barrett wie ein Leichentuch.

Boudier würde außer sich sein, wenn er von Ginnys Schwangerschaft erfuhr.

„Also, was machen wir?", fragte Ryker.

Er hatte keine andere Wahl. Barrett ging den Weg zurück zu dem Ort, an dem er seine Harley gepackt hatte. „Stelle sicher, dass du weißt, wo alle meine Wächter sind, wenn sie hier ankommen. Boudier will Blut. Also geben wir ihm Blut."

* * *

DAMON FUHR in Richtung Petit Jean State Park. Barrett hatte ihm befohlen, in der Basis zu bleiben und alles im Auge zu behalten, während das Tribunal abgehalten wurde. Aber sein Gewissen ließ ihn das nicht tun. Außerdem dachte er, da er Barrett vertrat, war er technisch gesehen vorübergehend Rudelführer. Und Rudelführer zu sein bedeutete, dass er keine Befehle von irgendwem befolgen musste.

Er hatte Ava angerufen und ihr erzählt, wohin er fahren würde. Sie war mit Haley für die Hochzeit einkaufen gewesen. Er war froh, dass sie von all der Scheiße, die vor sich ging, abgelenkt waren. Er hatte ihr gesagt, sie solle sich ein neues Outfit kaufen, wenn sie schon mal unterwegs waren.

Er sah das Schild für den State Park, verlangsamte seine Geschwindigkeit und bog ab.

Nach dieser Nacht befürchtete er, dass sie mit Louisiana in den Krieg ziehen würden.

Nach der heutigen Nacht würde niemand von ihnen mehr sicher sein.

* * *

„HEY, Jack." Barrett stand in der Nähe der Spitze des Berges, wo das Tribunal abgehalten werden sollte. In einer Stunde würden die Schicksale besiegelt und die Schulden bezahlt werden.

„Barrett, ich habe deine Nachricht erhalten", sagte Jack Welbourn. Der Ton des Rudelführers von Mississippi war flach. Er klang anders als das vornehme Alpha-Männchen, das Barrett kennengelernt hatte. „Du musst mir ein paar mehr Informationen über Boudier geben."

„Nein. Die Zeit zum Reden ist vorbei." Barrett warf einen Blick auf sein Handy und nahm die Uhrzeit zur Kenntnis. Er blickte hinauf in den dunklen Nachthimmel. „Es ist wirklich wunderschön hier draußen."

„Ja, nun ja, das ist es, was man über einen Wirbelsturm sagt. Mitten im Geschehen ist es ruhig." Jack fuhr sich mit den Fingern durch die Haare. „Heute Nacht ist nichts als ein Scheiß-Wirbelsturm."

„Ich glaube, wenn du geduldig genug bist, könntest du heute noch deine Hexe fangen." Barrett sah zum sternenbehangenen Himmel hinauf. Hier draußen, mitten im Nirgendwo, präsentierte sich der Himmel in voller Pracht. Es war die perfekte Nacht für ein Tribunal.

„Ella?" Jack riss den Kopf in Barretts Richtung herum. „Sie ist hier?"

„Ich habe Informationen, dass sie kommt." Barrett schüttelte seinen Kopf. „Deine Hexe ist diejenige, die den Schlüssel zu alldem hier hält. Sie ist Boudiers Zeugin. Sie wird sagen, dass sie gesehen hat, wie Jaxon sowohl Caroline Boudier als auch John getötet hat. Sie wird sich vor das Tribunal stellen und lügen."

„Großer Gott." Jack riss die Augen weit auf. „Aber warum

sollte sie das tun? Warum sollte sie Boudier helfen? Sie hasst unsere Art."

Barrett sah den älteren Rudelführer mit zusammengekniffenen Augen an. „Kann ich dir vertrauen, Jack?"

Verletztheit schoss durch Jacks Augen. Es war genau die Reaktion, nach der Barrett gesucht hatte.

„Selbstverständlich. Ich weiß, dass die Dinge in meinem Haus schiefgelaufen sind, aber ich habe dir immer Rückendeckung gegeben, Barrett. Ich stand immer auf deiner Seite. Zu sagen, dass ich nicht vertrauenswürdig bin, empfinde ich als Beleidigung. Du weißt, dass du mir vertrauen kannst."

„Ich weiß. Aber ich musste fragen. Ich musste deine Reaktion sehen." Barrett schenkte ihm ein kleines Lächeln.

„Und wie habe ich mich gehalten, du Klugscheißer?" Jack neigte den Kopf.

„Du hast bestanden ... für den Moment." Barrett kniff wieder die Augen zusammen.

„Nach all diesen Jahren hätte ich wissen sollen, dass du mir selbst in deiner kritischsten Stunde als Rudelführer noch auf den Sack gehen wirst." Jack kicherte.

„Ja, nun, ich brauche eben etwas, um mich zu unterhalten." Barrett zuckte mit den Schultern.

Jack lachte und die Spannung zwischen ihnen war verschwunden.

Sie standen für ein paar Minuten dort und sagten nichts. Sie atmeten die frische Nachtluft und starrten in den wunderschönen Himmel hinauf.

„Ich muss dich um etwas bitten. Etwas, das dir möglicherweise schwerfallen wird." Barrett wandte sich Jack zu.

„Du weißt, ich werde alles tun, um zu helfen. Alles. Sag es mir einfach." Jacks Gesicht verzog sich vor Sorge.

„Bevor ich dich frage, brauche ich einen Blutschwur, Jack." Barrett zog ein Messer aus der Rückseite seiner Jeans.

Er durfte beim Tribunal keine Waffen tragen, aber ein Messer war akzeptabel.

„Willst du mich verarschen?" Jack hob seine Augenbrauen. „Gerade als ich dachte, wir wären auf einer Wellenlänge, fragst du mich so etwas."

„Du wirst es später verstehen. Hör auf zu meckern und schneide in deine verdammte Hand. Dann können wir weiter abchillen."

„Ach, diese neue Umgangssprache. Ich bin mir noch nicht einmal sicher, was Abchillen überhaupt bedeutet, aber wenn es darum geht, etwas zu trinken, bin ich dabei." Jack streckte seine Hand aus und zögerte dann. Er kniff die Augen zusammen und sah Barrett an. „Und ich will kein Mädchengetränk wie Wein oder so etwas. Ich bin ein Mann, der Scotch und Bourbon liebt. Das war ich immer und werde es immer sein."

„Großer Gott, gibst du mir endlich deine Hand?" Barrett hob seinen Blick gen Himmel.

„Gut. Aber schneide nicht zu tief. Ich nehme Blutverdünner und blute sonst wie ein steckengebliebenes Schwein." Jack sah ihn finster an.

„Weichei", murmelte Barrett, als er das Messer nahm und die Klinge über Jacks Handfläche führte. Blut trat an die Oberfläche und tropfte aus dem Schnitt.

Er drehte das Messer zu sich selbst und schnitt in seine eigene Handfläche. Er machte einen großen langen Schnitt ins Fleisch. Seine Hand brannte und er drückte sie zu, wodurch das Blut noch schneller floss. Er streckte Jack seine Hand entgegen. „Diese Blutverbindung darf nicht gebrochen werden. Für die nächsten vierundzwanzig Stunden wirst du nicht in der Lage sein, unsere Vereinbarung zu brechen oder zu offenbaren, was zwischen uns gesagt wurde. Einverstanden?"

„Einverstanden." Jack nickte.

Barrett ließ ihn los und blickte auf seine Hand hinunter.

„Also sprich." Jack zog ein seidenes Taschentuch aus der Jackentasche und drückte es gegen seine Handfläche.

„Du wirst dich nicht in das Urteil des Tribunals einmischen."

„Ich schwöre es", sagte Jack. „Ich bin mir nicht sicher, warum du dafür einen Blutschwur brauchst. Kein Rudelführer hat sich jemals in ein Urteil des Tribunals eingemischt."

„Und ich erwarte, dass du auch dieses Mal das Urteil annimmst. Nur damit das klar ist." Barrett sah Jack fest an.

„Barrett, würdest du mir zum Teufel bitte sagen, was hier los ist?"

„Tatsache ist, Boudier wird Vergeltung für die Ermordung seiner Frau und seines Schwiegersohns verlangen. Der Rat kann nichts anderes sagen, als dies zu bestätigen."

„Also wirst du ihn Jaxon haben lassen, obwohl wir beide wissen, dass es wahrscheinlich die Tochter getan hat." Jack funkelte ihn an. „Verdammt, warum gibst du ihm nicht einfach das Mädchen? Das ist es doch, was er will."

„Nein. Das ist nicht, was er wirklich will. Was Boudier wirklich will, ist zu sehen, wie ich leide." Barrett sah zum Himmel hinauf. Eine Sternschnuppe flog über die glitzernde Sternenwand und er wünschte, es gäbe noch eine andere Möglichkeit. „Es gibt noch etwas. Ginny ist schwanger."

„Heilige Scheiße." Jack fuhr sich mit der Hand übers Gesicht.

„Sag du es mir, Jack. Wenn du in meiner Position wärst, würdest du Ginny an Boudier übergeben? Wenn du weißt, was für ein schreckliches Leben sie in seiner Obhut führen würde?"

Jack runzelte die Stirn und sah zu Boden.

„Nein, das würdest du nicht." Barrett kicherte. „Wir sind

uns ähnlicher, als du denkst. Du würdest alles tun, um dein Rudel zu schützen."

„Das würde ich. Aber ich weiß nicht, ob ich einen meiner Männer übergeben könnte. Auch wenn ich damit den Rest von ihnen retten würde."

„Das Leben von einem gegen das Leben von vielen." Barrett schloss die Augen und atmete tief ein.

„Ich werde mich nicht in die Entscheidung des Tribunals einmischen. Gibt es sonst noch etwas, das ich tun kann?" Jack stemmte die Hände in die Hüften.

„Ich habe dort drüben bei dem Stein eine Aktentasche bereitgelegt. Du musst sie dir schnappen und zum Tribunal bringen. Lasse nicht zu, dass irgendwer anders sie berührt. Wenn die Zeit gekommen ist, möchte ich, dass du sie öffnest, und dem Rat den Inhalt übergibst."

„Woher werde ich wissen, wann der richtige Zeitpunkt ist? Du bist hier furchtbar vage, Barrett." Jack runzelte die Stirn.

„Vertraue mir, Jack. Du wirst es wissen." Er legte seine Hand auf Jacks Schulter und nickte. „Und noch etwas. Wenn die Scheiße hier heute Nacht losgeht, werde ich Hilfe brauchen, meine Wächter zurückzuhalten. Ich wüsste es sehr zu schätzen, wenn du deine Mississippi-Wächter neben meine stellen könntest. Sie werden mit dem Ergebnis nicht zufrieden sein. Sie werden kämpfen, um einen der Ihren zu retten. Möglicherweise gehen sie sogar auf mich los." Er lächelte ihn schief an. „Also musst du sie zurückhalten. Zwinge sie. Koste es, was es wolle. Lasse nicht zu, dass sie sich einmischen. In Ordnung?"

„Du hast mein Wort." Jack nickte. „Es wird schwer für dich werden, Arkansas zu regieren, wenn deine Wächter sehen, dass du Jaxon an Boudier übergibst. Sie werden sich betrogen fühlen." Jack schüttelte seinen Kopf und ergriff Barretts Hand. „Ich beneide dich nicht um die Wahl, die du heute Abend treffen musst, Barrett. Aber ich bin hier und stehe an deiner Seite."

„Das weiß ich zu schätzen, Jack." Er blickte wieder zum Himmel hinauf. „Ich bin mir sicher, dass meine Wächter das Gefühl, betrogen worden zu sein, schon bald überwinden werden. Wir alle tun es irgendwann."

*K*apitel Einunddreißig

„Ich bin mir nicht so sicher, ob wir hier sein sollten, Granny." Ava schob ihre Hände in ihre Jeanstaschen und kletterte weiter den steilen Pfad hinauf zu dem Ort, an dem das Tribunal stattfinden würde. „Ich sehe hier keine anderen Frauen." Sie warf den Wächtern aus den anderen Bundesstaaten Blicke zu, die in Reihe und Glied den Hügel hinaufjoggten.

„Papperlapapp. Ich war noch nie bei einem Tribunal und ich habe Ginny versprochen, dass ich auf Jaxon aufpassen werde." Granny sah Ava traurig an.

„Hör auf damit", sagte Haley.

„Womit soll ich aufhören?", fragte Granny mit gerunzelter Stirn.

„Hör auf, uns alle so anzusehen. Du weißt schon, mit diesem Blick, der sagt, dass die Dinge hier nicht gut ausgehen werden." Haley schlang ihre Arme um ihre Brust und ging weiter.

„Wir müssen uns alle beruhigen", sagte Catty von hinter

ihnen. „Barrett hat das Sagen und er findet immer einen Ausweg. Ich meine, wir sind doch die Guten, oder nicht?"

Ava warf ihrer Freundin einen Blick über die Schulter zu. „Catty hat recht. Ich mache mir mehr Sorgen, was Damon sagen wird, wenn er herausfindet, dass ich hierherge-kommen bin."

„Wie sollte er es denn herausfinden?" Granny runzelte die Stirn. „Er ist doch in der Basis. Kümmert sich um die Dinge dort. Außerdem werden wir die Dinge nur von hier hinter den Bäumen beobachten. Die Wächter von Arkansas stehen bereits oben im Kreis des Tribunals. Sie können uns auf gar keinen Fall sehen, also wird Damon es auch nicht herausfinden."

Ava versuchte, sich zu entspannen. Granny hatte recht. Außerdem machte sie sich mehr Sorgen um Ginny als darüber, was Damon darüber sagen würde, dass sie heute Nacht hier war.

Bevor sie gegangen waren, hatte sie Ginny mit Granny besucht. Ginny war in der Basis in Jaxons Zimmer geblieben. Jaxon hatte eine Wache vor ihrem Zimmer aufgestellt, um sicherzustellen, dass sie nicht versuchte, ihm zu folgen.

Sobald Ava den Raum betreten hatte, hatte sie Ginnys Geruch erkannt. Das Weibchen war schwanger.

Ginny war ihnen gegenüber anfangs etwas misstrauisch gewesen, war dann jedoch mit Granny und Ava warm geworden. Während Granny in die Küche gegangen war, um ihnen Tee zu machen, hatte Ava die Gelegenheit genutzt, Ginny anzuvertrauen, dass auch sie schwanger war.

Ginny war verzweifelt wegen Jaxons Situation. Sie hatte ihnen erzählt, dass Jaxon unschuldig war. Aber Ava brauchte das eigentlich nicht von ihr zu hören. In ihrem Herzen wusste sie bereits, dass Jaxon die Schuld für die Frau auf sich nahm, die er liebte.

Ginny hatte versucht, sie dazu zu überreden, ihr zu

helfen, sich vom Gelände zu schleichen, damit sie Jaxon sehen konnte, aber sie hatten es abgelehnt. Stattdessen hatte Granny angeboten, selbst an Jaxons Seite zu stehen.

„Ich verstehe nicht, warum Ginny nicht hier ist. Ich meine, ist sie nicht diejenige, die gegen Boudier aussagen soll?", fragte Catty.

„Jaxon hat Barrett das Versprechen abgenommen, sie heute Abend nicht hierherkommen zu lassen. Also ist sie in der Basis mit einer Wache vor ihrer Tür", sagte Ava und sah sich auf dem kleinen Pfad um.

„Was zum Teufel macht ihr alle hier?" Barrett trat hinter den Bäumen hervor und versperrte ihnen den Weg.

„Barrett, du hast mich halb zu Tode erschreckt." Granny legte ihre Hände auf ihr Herz und spitzte die Lippen. „Ich glaube, ich bin gerade noch zwanzig Jahre gealtert."

„Ihr alle werdet euch jetzt sofort umdrehen und wieder gehen." Barrett lächelte nicht und seine Stimme hatte eine Schärfe, die Ava noch nie zuvor gehört hatte.

„Aber ich habe Ginny versprochen, dass ich Jaxon beistehen würde", beharrte Granny.

„Nein. Ihr geht jetzt. Ihr alle", befahl Barrett. Er blickte über seine Schulter und winkte. Aus dem dichten Wald traten ein paar große Werwölfe hervor.

„Wer seid ihr denn?" Granny hob das Kinn und sah die Werwölfe vor sich an.

„Das sind James und Michael. Sie sind Mississippi-Wächter. Sie werden euch zu eurem Auto zurückbringen." Barrett wollte gerade gehen, als Ava ihre Hand auf seinen Arm legte.

Er zuckte unter der Berührung zusammen und trat einen Schritt zurück.

Etwas stimmte nicht. Ava wusste es.

„Tu, was er sagt, Granny", sagte Ava.

„Aber ich habe versprochen …" Granny erhob ihre Stimme.

„Bitte, Granny. Tu, worum Barrett dich gebeten hat. Ich komme in einer Minute nach." Sie sah die ältere Frau an.

„Also gut." Granny gab nach. „Kommt schon Mädels, lasst uns gehen." Sie drehte sich um und ging mit Haley und Catty den Bergpfad wieder hinunter. Die Wächter folgten ihnen.

Sie wartete, bis sie außer Hörweite waren.

„Barrett, was ist hier los?", fragte Ava.

„Du musst gehen, Ava. Geh nach Hause zu Damon." Er schloss die Augen und hob sein Gesicht in Richtung Nachthimmel. Der Mond war hell und sie konnte trotz der Dunkelheit die vom Stress tief gezeichneten Linien auf seinem Gesichtsausdruck sehen.

Sie hatte Barrett noch nie so nervös gesehen.

„Verarsch mich nicht, Barrett. Es sind nur du und ich." Sie beugte sich zu ihm hinüber und senkte ihre Stimme. „Kannst du Jaxon da rausholen?"

Barrett sah sie an. „Boudier hat eine Zeugin, die aussagen wird, dass sie gesehen hat, wie Jaxon diese Morde begangen hat."

„Boudier ist ein verlogener Sack Scheiße. Wahrscheinlich hat er jemanden zum Lügen bestochen." Sie verschränkte die Arme vor der Brust.

„Es spielt keine Rolle. Er hat eine Zeugin", funkelte er sie an. „Verstehst du es nicht? Diese beiden Morde müssen mit Blut vergolten werden. Das ist das Rudelgesetz."

Ein Schauer der Angst durchströmte sie und sie trat einen Schritt zurück. Sie hatte Barrett noch nie so wütend gesehen.

„Ich muss jetzt alleine sein, Ava. Bevor das hier losgeht." Er sah sie an. „Geh mit Granny und den anderen Mädchen nach Hause."

Tonnenschwere Angst drückte auf ihren Magen wie ein schwerer Anker. Barrett konnte Jaxon nicht retten. Jaxon würde sterben.

„In Ordnung. Ich gehe zurück." Sie nickte und ging den Weg entlang. Sie warf einen Blick über ihre Schulter, als er wieder im Wald verschwand.

Sie drehte sich um und folgte ihm.

Sie konnte ihn damit nicht alleine lassen.

Sie musste etwas tun.

KAPITEL 32

apitel Zweiunddreißig

"Sollen wir auf Ava warten?", fragte Catty Granny und erstarrte plötzlich.

Vor ihnen erschienen die Attentäter von Louisiana und eine sehr vertraute Frau.

Eine Frau, die Catty mit aller Macht hasste.

Ella. Die Hexe von Yazoo City.

"Geh weiter, Weibchen" knurrte der Wächter namens James, aber Catty war nicht interessiert.

Ella entdeckte sie und riss die Augen auf. Sie fing sich schnell wieder, setzte ein Grinsen auf, und blieb stehen.

"Schau an, du siehst aber gut aus, Kätzchen." Ella warf ihr rotes Haar über ihre Schultern und grinste.

"Mein Name ist Catty, du psychotische Schlampe." Catty stürzte los, aber einer der Attentäter stellte sich vor die Hexe und blockierte ihr den Weg. Der Mississippi-Wächter James hielt Catty zurück.

"Abstand, Weibchen." Der große Attentäter, sie glaubte, Brutus war sein Name, funkelte sie an.

"Zwing mich doch, Arschloch." Catty schüttelte James

Arm von sich ab. Ihre Hände ballten sich zu Fäusten. „Ich habe mit dieser Schlampe eine Rechnung zu begleichen. Sie hat mir ein Schwert durch die Brust gestochen und ich habe vor, es ihr zurückzuzahlen."

„Heute Abend wirst du das nicht", sagte Brutus. Er sah von ihr zu den anderen Frauen. „Sie steht unter dem Schutz von Edward Boudier. Sie ist eine Zeugin für ihn im Tribunal."

Granny schob sich an den Mississippi-Wächtern vorbei und stellte sich vor Brutus. Sie drückte ihren knochigen Finger gegen seine Brust und knurrte. „Wenn sie auf seiner Seite steht, dann muss sie eine Lügnerin sein. Ich kenne Jaxon und er würde niemals jemanden ermorden … nicht ohne verdammt guten Grund." Sie hob den Kopf, um dem, was sie sagte, Nachdruck zu verleihen.

„Lady, ich weiß nicht, wer du bist, aber du nimmst besser den Finger von meiner Brust", knurrte Brutus.

Catty stellte sich neben Granny. „Wenn du ihr auch nur ein einziges Haar krümmst, reiße ich dir deinen verfluchten Kopf ab."

„Wortwahl, Catty", tadelte Granny. „Außerdem, sollte hier jemand Köpfe abreißen, werde ich es sein."

„Lass die Finger von diesen Weibchen, Brutus. Barrett hat angeordnet, dass wir sie unversehrt zu ihrem Auto zurückbringen sollen." Michael, der Mississippi-Wächter, stellte sich neben sie. Er kniff die Augen zusammen und starrte Brutus an. „Ihr drei Männchen könntet ein paar Manieren gebrauchen, wenn es darum geht, wie man mit einer Dame spricht."

Brutus knurrte.

Catty sah an ihm vorbei zu dem Attentäter, der ihr seltsam vertraut vorkam. Sehr vertraut.

Ihre Brust zog sich zusammen, als er sie ansah.

„Du solltest wissen, dass dein Bruder endlich von dem

geheilt ist, was Boudier ihm angetan hat. Ich kann mir nicht vorstellen, wie du einem Rudelführer treubleiben kannst, der versucht hat, deinen Bruder bei lebendigem Leibe zu häuten. Aber andererseits bist du nicht wie Lucien. Du wirst niemals auch nur halb der Mann sein, der er ist." Catty drehte sich um und lief den Pfad hinunter. Wäre sie länger geblieben, hätte sie sich in ihre Wolfsform verwandelt und hätte Ella die Kehle herausgerissen.

Danach hätte sie sich auf Lorcan gestürzt.

* * *

ELLA SAH ZU, wie die Gruppe der Frauen den Pfad hinunterlief.

„Klingt so, als würdest du superleicht Freundschaften schließen", sagte Lorcan.

„Klingt so, als müsstest du die Fresse halten." Ella knirschte mit den Zähnen und zog ihre Lederjacke fester um sich. „Boudier sagte, er möchte sich vor dem Tribunal mit mir treffen, also schlage ich vor, ihr drei hübschen Jungs bewegt euch. Ich bin mir sicher, dass er es nicht mag, wenn er warten muss."

Brutus ignorierte sie und lief einfach weiter. Brutus gab nie mehr von sich als ein oder zwei Grunzen. Killian stellte keinen Blickkontakt her. Wahrscheinlich hatte er von ihrer Zauberkraft gehört und wollte nicht, dass sie ihn in ihren Bann zog. Sie sagte ihm nicht, dass er sich keine Sorgen machen musste. Sie konnte nur Menschen verzaubern.

Sie kniff die Augen zusammen und holte tief Luft. Sie spürte, wie ihre Kräfte schwanden und sie wusste, dass sie schon bald Blut vergießen musste, um nicht zurück auf den Friedhof gesaugt zu werden, auf dem sie für alle Ewigkeit verflucht worden war.

Sie warf Lorcan einen Blick zu. Alle Attentäter waren

eine Augenweide, aber Lorcan war besonders heiß. Sogar sie musste das zugeben. Außerdem hatte er ein kluges Mundwerk. Sie wusste einen Mann zu schätzen, der ihr verbal gewachsen war.

Sie gingen weiter den Pfad hinauf und bogen dann in den Wald. Sie liefen noch ein Stück weiter, bis sie an eine Lichtung zwischen den Bäumen kamen. Sie sah einen kleinen verrosteten Anhänger unter einem Baum stehen. Er war groß genug, um ein Motorrad zu transportieren, aber dem Staub und Unkraut nach zu urteilen, war er schon vor langer Zeit dort in Vergessenheit geraten.

Sie hielten davor an. Edward Boudier trat hinter einem Baum hervor.

„Schau an, schau an. Die Hexe von Yazoo City." Boudier lächelte und verschränkte die Hände. „Endlich lernen wir uns kennen."

„Ich habe einen Namen. Ich heiße Ella. Und wenn du von mir erwartest, dass ich für dich aussage, wirst du mir einen Blutspender zur Verfügung stellen müssen." Ihre Sicht begann zu verschwimmen und sie kniff die Augen zusammen und versuchte, bei Bewusstsein zu bleiben. „Ich habe nicht mehr viel Zeit, bevor ich auf den Friedhof zurückgesaugt werde. Sobald ich dort bin, hast du keine Zeugin mehr. Es wird unmöglich sein, mich dort jemals wieder herauszuholen. Jack Welbourn wird dafür sorgen, dass ich gut bewacht werde, damit ich niemals wieder fliehen kann. Er scheint zu glauben, dass ich eine Serienmörderin bin."

„Ach ja. Diese Sache." Boudiers unheimliches Grinsen wurde breiter. „Wie es scheint, bin ich der Grund, warum er das denkt."

Sie riss die Augen auf. „Was? Warum sollte er das denken? Ich habe niemanden ausgesaugt und auch niemanden getötet. Sie alle waren noch sehr lebendig, als ich sie zurückgelassen habe."

„Weil ich dir gefolgt bin, meine Liebe. Jedes Mal, wenn du Blut von einem Opfer genommen hast, habe ich meinen Wächtern befohlen, die Person hinterher zu töten." Boudier seufzte und sah sich um.

„Und warum würdest du das tun?" Ihr Mund klappte auf und sie trat einen Schritt zurück.

„Weil ich nur so sicherstellen konnte, dass alle anderen Rudelführer wussten, wie gefährlich du bist. Ich weiß, dass du deine Freiheit schon sehr lange zurückhaben wolltest und ich musste sicherstellen, dass die anderen Rudelführer niemals mit dir verhandeln würden."

„Du hast Leute getötet, damit man mich dafür verantwortlich macht." Sie hatte das Gefühl, in eine Falle getappt zu sein.

„Ja. Siehst du, ich habe den Ruf, bereit zu sein, mit … wie nennt man es gleich? … ach ja, mit zwielichtigen Charakteren zusammenzuarbeiten. Und nachdem ich dich zu einer psychopathischen Mörderhexe gemacht habe, wusste ich, dass es nur eine Frage der Zeit sein würde, bevor du zu mir kommst, um mich um Hilfe zu bitten. Und wie du siehst, hat es funktioniert. Die Kameras um Johns Haus beweisen, dass du am Tatort warst. Du wirst meine Kronzeugin für die Verbrechen von Jaxon Taylor sein."

„Ich bin nicht psychopathisch. Ich habe eine Borderline-Persönlichkeitsstörung, du dummes Stück Scheiße", spie sie.

Sein Grinsen verblasste. „Sei vorsichtig, Hexe. Ich erlaube es niemandem, so mit mir zu sprechen. Du willst deine Freiheit und brauchst einen Blutspender. Ich kann dir beides als Gegenleistung für deine Aussage und etwas anderes von mir anbieten, von dem ich weiß, dass du es hast."

Ihre Augen weiteten sich kurz, aber dann legte sie sofort

eine unschuldige Miene auf. „Ich weiß nicht, wovon du sprichst."

„Doch, das weißt du genau. Das Paket, das Ginny in der Bar abgegeben hat. Den Umschlag, den du gestohlen hast." Er funkelte sie an.

Sie schloss die Augen. Sie hatte daran festgehalten, um ihn als Druckmittel gegen Boudier zu benutzen. Jetzt hatte er den Spieß umgedreht.

Er lachte. „Du hast nicht mehr viel Zeit. Ich kann sehen, wie schwach du geworden bist. Stimme meinen Bedingungen zu, meine Zeugin zu sein und zu sagen, dass du gesehen hast, wie Jaxon die beiden ermordet hat, und ich werde dir das Blut geben, das du brauchst und die Freiheit, nach der du dich sehnst."

Sie schluckte. „Wie wirst du mir meine Freiheit geben? Auf dem Weg hierher habe ich ein paar verdammte Wächter aus Arkansas und Mississippi gesehen. Ich bin praktisch von ihnen umzingelt."

„Nach dem Rudelgesetz darf ein Zeuge vor einem Tribunal nicht verletzt werden und steht unter dem Schutz des beteiligten Rudelführers. Sobald du deine Aussage gemacht hast, werde ich deine Schuld für alle deine früheren Verbrechen erlassen." Er grinste und nickte den Attentätern zu. „Frag sie, wenn du mir nicht glaubst."

Sie sah Lorcan an. Er nickte nur.

„Also gut. Ich werde aussagen. Aber ich brauche Blut." Sie ballte die Hände zu Fäusten und atmete tief ein. „Der Umschlag, den du willst, ist unter dem Sitz in dem Auto versteckt, in dem ich hierhergekommen bin."

„Perfekt. Ich werde einen Wächter schicken, um ihn zu holen. Nun, um meinen Teil der Abmachung einzuhalten." Er deutete mit der Hand in die Richtung des Anhängers. „Deine Rettung, meine Liebe, befindet sich in diesem Anhänger." Boudier schnippte mit den Fingern und ein halbes Dutzend Louisiana-Wächter trat aus dem Schatten der Bäume.

Ein Wächter trat vor und riss die Tür auf. Sie kniff die Augen zusammen, aber es war zu dunkel, um hineinsehen zu können. Sie trat einen Schritt vor.

„Jetzt", sagte Boudier hinter ihr.

Sie wurde hineingestoßen. Sie stürzte in den engen Anhänger. Eine große Gestalt fiel auf sie und die Tür schlug hinter ihnen zu. Sie waren in der Dunkelheit gefangen.

„Geh verdammt noch mal von mir runter." Sie keuchte und drückte gegen den massiven, muskelbepackten Körper, der auf ihr lag.

Er grunzte und rollte von ihr runter.

„Ein Wächter. Was zum Teufel? Dein eigener Rudelführer bietet mir also dein Blut an?" Sie tastete im Dunkeln herum. „Was denkst du denn darüber?"

„Bin nicht allzu verdammt begeistert", erwiderte Lorcan in ruhigem Ton.

„Lorcan?" Ihre Knie gaben nach und sie sackte zu Boden.

„Ja. Brauchst du ein Messer oder so etwas?", fragte Lorcan.

Sie war so fassungslos, dass sie für einige Sekunden nicht sprechen konnte.

„Ein Messer?"

„Für das Blut. Das Blut, das du brauchst, um hierzubleiben." Er sprach langsam, so als würde er einem Kind etwas erklären.

„Ein Messer wäre gut", sagte sie vorsichtig. „Hast du dich freiwillig gemeldet?" Sie konnte sich nicht vorstellen, dass der Attentäter sich freiwillig melden würde, um sein Blut zu spenden.

„Nein. Hier nimm das." Er griff nach ihrem Handgelenk und drückte ihr eine Klinge in die Hand.

Sie nahm das Messer und tastete seinen Körper ab. Der

Typ war ein verdammt riesiges Muskelpaket. Sie grinste und fuhr mit ihrer Hand über den Hosenbund seiner Jeans.

Er packte ihre Hand. „Langsam. Ich will nicht, dass du dort unten irgendwas abschneidest."

„Ich wollte dort nichts abschneiden. Ich prüfe nur die Situation." Sie grinste.

„Hey, lass das."

„Also gut." Sie seufzte. „Wo kann ich dich schneiden?"

„Du fragst?" Sein Ton war ungläubig.

„Ja, nun, tatsächlich hatte ich noch nie einen Freiwilligen." Das stimmte zwar nicht ganz, aber er musste das nicht wissen.

„Nimm meinen Hals. Dann ist es einfacher, mir die Kehle durchzuschneiden, wenn du fertig bist."

„Ich schneide dir doch nicht die Kehle durch. Großer Gott." Sie wurde immer schwächer. Sie schnitt mit der Klinge über seinen Hals. Sofort füllte der kupfrige Geruch von Blut den winzigen Anhänger. Sie beugte sich vor und drückte ihre Wange gegen seinen blutenden Hals.

Er versteifte sich. „Ich dachte, du trinkst kein Blut."

„Das tue ich auch nicht, du Idiot. Aber ich muss es auf meinem Körper spüren." Sie lehnte ihre Stirn gegen seine Schulter. Er konnte seinen Puls fast in seiner Brust schlagen hören. „Entspann dich. Ich weiß, dass du ein Werwolf bist. Du wirst schnell genug heilen."

„Nicht dieses Mal", sagte er ernst.

„Was meinst du damit?" Sie runzelte die Stirn, hob aber nicht ihren Kopf.

„Wenn du mit mir fertig bist, werden Boudiers Wächter hier reinkommen und eine Silberkugel in meinem Kopf versenken. Um mich fertigzumachen."

Sie riss ihre Augen auf und ihre Kraft kam zurück. Sie hob ihren Kopf. Mit seinem Blut konnte sie ihn sogar im

Dunkeln sehen. „Warum sollten sie das tun? Wächter töten einander nicht. Zumindest nicht in ihrem eigenen Staat."

„In Louisiana schon. Wenn sie einen Befehl von Boudier erhalten, werden die Wächter tun, was ihnen gesagt wird." Er zuckte zusammen und drückte seine Hand auf seinen immer noch blutenden Hals.

„Warum sollte Boudier so etwas anordnen?" Ihr Magen zog sich zusammen. Sie wusste, dass sie einen Pakt mit dem Teufel schloss, aber sie würde alles tun, um nicht zu diesem Friedhof zurückkehren zu müssen.

„Weil er weiß, dass ich meinem Bruder zur Flucht verholfen habe. Er vermutet, dass ich den Wächtern von Arkansas geholfen habe, aus Louisiana zu entkommen." Er zuckte mit den Schultern. „Möglicherweise vermutet er auch, dass ich geholfen habe, Jaxon über die Grenze zu bringen, bevor wir ihn einholen konnten."

„Hast du das?" Sie erstarrte.

„Das werde ich dir doch nicht erzählen." Er warf einen Blick auf die geschlossene Tür, die sie in die Freiheit führen würde. „Du musst gehen. Boudier wartet auf dich. Wenn er vermutet, dass wir uns unterhalten haben, wird er nicht zögern, dich auch zu erledigen."

„Nun, es ist ein bisschen schwer, mich zu töten." Sie biss sich auf die Lippe.

„Jede Wette." Ein kleines Grinsen huschte über seine Lippen.

„Ich bin bei ihm nicht sicher, oder?" Sie wartete auf seine Antwort.

Er starrte sie an und schüttelte dann leicht seinen Kopf. „Niemand ist das."

Sie hörte Bewegung und Schreie außerhalb des Anhängers.

„Wenn sie diese Tür öffnen, renne los. Schau nicht zurück", sagte er.

„Warum tust du das? Warum hilfst du mir?" Sie vertraute niemandem. Am wenigsten einem Formwandler.

„Es ist meine Art zu versuchen, meine Vergangenheit wiedergutzumachen", sagte er.

Sie beugte sich vor, presste ihre Lippen auf seine und küsste ihn lange und fest. Er kämpfte nicht gegen sie an und schob sie auch nicht weg. Sie zog einen Umschlag aus ihrer Jacke und steckte ihn in seine Lederjacke. Als sie sich von ihm löste, zwinkerte sie ihm zu. „Danke für das Blut, Süßer."

„Nun, ich hatte wirklich keine andere Wahl", sagte Lorcan.

„Das gehört dir." Sie gab ihm das Messer zurück. „Pass auf dich auf, Lorcan."

Die Tür des Anhängers knarrte und sie stürmte in die Dunkelheit hinaus.

Kapitel Dreiunddreißig

„Der Rat hat die Aussage der Zeugin für Edward Bouvier gehört. Die Hexe von Yazoo wurde am Tatort gezeigt. Sie hat ausgesagt, dass sie gesehen hat, wie Jaxon Taylor in das Haus einbrach, und Caroline Boudier und John McGregor ermordet hat. Wir möchten jetzt von Barrett Middletons Zeugen bezüglich der Anklage gegen Wächter Jaxon Taylor hören", sprach eines der zehn Ratsmitglieder und seine Stimme hallte in der Höhle wieder.

Barrett stand allein vor dem Rat, während Jaxon mit hinter dem Rücken gefesselten Händen im Schatten der Höhle wartete. Die anderen Wächter waren von der Sitzung ausgeschlossen. Nur die Rudelführer hatten Zutritt. Sobald das Urteil verkündet worden war, würden sie zum Gipfel des Berges hinübergehen, wo sich die Wächter im Kreis versammelt hatten, um das Urteil zu hören.

„Ich fürchte, ich habe keinen Zeugen." Sein Magen verkrampfte sich. Die Ratsmitglieder sahen einander an und runzelten die Stirn.

„Aber wie werden Sie den Vorwürfen gegen Wächter

Jaxon Taylor entgegentreten?", fragte eines der Ratsmitglieder.

„Ich bin hier, um seinen Charakter zu bezeugen."

Boudier schnaubte. „Ist das dein Ernst?"

Barrett ignorierte Boudier und wandte sich direkt an den
Rat. „Darf ich fortfahren?"

„Sprechen Sie weiter."

„Jaxon hat, solange ich ihn kenne, noch nie einen
unschuldigen Bürger verletzt. Er ist einer meiner besten
Wächter und erfüllt seine Aufgabe ohne Tadel. Der Tod von
Caroline Boudier war ein Unfall. Ich denke, die Untersu-
chungen am Tatort werden ergeben, dass sie gestürzt ist und
sich selbst aufgespießt hat."

„Das ist nicht, was meine Zeugin gesehen hat", schrie
Boudier.

„Lassen Sie Middleton sprechen", ermahnte ihn eines der
Ratsmitglieder. Er bedeutete Barrett mit der Hand fort-
zufahren.

„Deine Zeugin lügt. Ich vermute, du hast eine Vereinbarung mit ihr getroffen, dass sie nicht zum Friedhof zurückkehren muss." Barrett funkelte Boudier an.

„Was John McGregor betrifft, hat John Jaxon zuerst angegriffen und ihn mit seinen silbernen Zähnen gebissen."

„Silberne Zähne?" Eines der Ratsmitglieder zuckte
zusammen und sah Boudier an.

„Mein Schwiegersohn war ein bisschen … sonderbar."
Boudier zuckte mit den Schultern.

„Der Tod von John war Selbstverteidigung. Es hieß
entweder töten oder getötet werden", erklärte Barrett. „Ich
hätte dasselbe getan, wenn ich in seiner Position gewesen wäre."

Es wurde still im Raum.

„Ich möchte doch sehr bitten, ich habe eine Zeugin, die
aus eigenem Willen hier erschienen ist, und dass, obwohl

Arkansas und Mississippi geplant haben, ihr Schaden zuzufügen." Boudier deutete auf Ella.

Ella zuckte zusammen und trat einen Schritt zurück, als hätte sie gerade gemerkt, dass sie in diesem Rennen auf das falsche verdammte Pferd gesetzt hatte. Aber jetzt war es zu spät.

„Barrett hat keine Zeugen und Jaxon hat selbst zugegeben, zwei Werwölfe getötet zu haben – einer davon war meine Frau."

Boudier ballte die Hände zu Fäusten. „Ich fordere Gerechtigkeit. Ich verlange Blut für das, was mir genommen wurde."

Barrett wartete angespannt darauf, das Urteil des Rats zu hören. Er sah Jaxon an. Er stand noch immer mit hocherhobenem Kopf da, als wäre er fest entschlossen, für seine Frau zu sterben.

Die Ratsmitglieder drehten ihnen den Rücken zu und flüsterten und murmelten untereinander.

Jede Sekunde, die verging, ließ seine Brust noch mehr schmerzen.

Der Rat drehte sich schließlich um und sah sie an. Barrett versuchte, sie zu lesen, aber es war unmöglich. Sie waren so düster wie Priester.

„Wir haben in diesem Tribunal ein Urteil gefällt. Sobald es verkündet ist, kann es nicht zurückgenommen oder geändert werden. Es ist endgültig."

Stille.

„Edward Boudier hat Gerechtigkeit für seine Frau und seinen Schwiegersohn gefordert. Und es ist das Gesetz, dass ein Wächter von Arkansas eine Blutschuld bezahlen muss. Ein Leben für ein Leben."

„Ja!" Edward Boudier stieß einen triumphierenden Schrei aus, der in der Höhle widerhallte, in der sie standen.

Übelkeit überkam Barrett schnell und hart und er zwang sich, dort stehenzubleiben.

„Barrett, Sie sind ein großartiger Anführer für Arkansas und wir loben Sie dafür. Aber Jaxons Leben muss für das Verbrechen, das er begangen hat, geopfert werden."

„Was Sie sagen ist, dass ein Wächter von Arkansas für Boudier sterben muss? Trotz der Tatsache, dass Boudier eine Gefahr für seine eigene Art darstellt?", fragte Barrett.

„Das Urteil des Rats ist endgültig", sagte eines der Ratsmitglieder mit Überzeugung.

„Schau nicht so traurig, Barrett. Du hast noch viele andere Wächter. Einer wird dir nicht fehlen." Boudier grinste.

„Es ist Ihnen nicht erlaubt zu sprechen, Boudier", tadelte ihn eines der Ratsmitglieder. „Sie hatten Ihre Gelegenheit zu sprechen. Jetzt müssen wir die Bestrafung vornehmen."

Barrett sah Jaxon an, der keinen Blickkontakt herstellte. Jaxon starrte stur geradeaus. Eine einzelne Schweißperle rollte seine Schläfe hinunter und tropfte auf sein Hemd.

Barrett ging zu Jaxon hinüber und plötzlich tauchten zwei der Louisiana-Attentäter aus den Schatten auf, um Jaxon hinauszubegleiten.

Barrett starrte Brutus und Killian an. „Ich werde mit Jaxon hinausgehen."

Sie traten aus der Höhle auf die Spitze des Berges, wo die Wächter aus Tennessee, Mississippi, Alabama, Kentucky, Louisiana und Arkansas warteten. Der Rat ging zuerst hinaus, gefolgt von Boudier. Barrett wartete einen Moment und ging dann mit Jaxon Seite an Seite.

„Es tut mir leid, Barrett. Ich habe dich im Stich gelassen", murmelte Jaxon. „Aber ich konnte sie nicht sterben lassen. Sie ist schwanger."

„Ich weiß." Barrett räusperte sich, als sie auf die Lichtung oben auf dem Berg traten.

Die Ratsmitglieder stellten sich auf, um zu den Werwölfen zu sprechen. Stille machte sich in der Menge breit.

„Das Urteil lautet schuldig. Arkansas muss Louisiana für Boudiers zwei verlorene Leben mit einem Tod bezahlen."

Gerede und Gemurmel stieg unter den Wächtern auf. Nur die Wächter von Louisiana schwiegen.

Barrett suchte mit den Augen die Menge ab, bis er Jack Welbourn sah. Der Rudelführer von Mississippi starrte ihn mit der Aktentasche in den Händen an. Er ließ seinen Blick zu seinen Wächtern schweifen. Wie versprochen hatte Jack seine Mississippi-Wächter zwischen den einzelnen Arkansas-Wächtern positioniert.

Er trat vor, um die Menge anzusprechen, als eine Frau laut schrie. Er schaute in den Wald hinüber.

„Wartet! Wartet!" Ava kam aus dem Wald gerannt und wich Brutus aus, der sie daran hindern wollte, zu Barrett zu rennen.

„Ava. Ich habe dir doch gesagt, du sollst gehen ..." Barrett starrte zu ihr hinunter. Und dann erstarrte er, als er ihren Geruch wahrnahm. Ava war schwanger. Wieso hatte er das vorher nicht bemerkt?

Er musste zu sehr damit beschäftigt gewesen sein, einen Weg zu finden, um Jaxon aus diesem Chaos herauszuholen.

„Du kannst Jaxon nicht töten. Es ist nicht richtig." Sie sah mit Tränen in den Augen zu ihm auf.

Er sah nach oben in den Himmel. „Ah, ihr Frauen. Ihr vertraut mir nie."

„Du hast einen Ausweg gefunden?"

Er hob den Kopf zur Menge und erstarrte, als er Damon näherkommen sah. Damon runzelte die Stirn, als er Ava erblickte.

Barrett hatte nicht gewusst, dass Damon kommen würde. Aber es war in diesem Moment, dass er wusste, dass es

Schicksal war. In dem Moment wusste er, was er zu tun hatte.

Barrett beugte sich vor und sah ihr in die Augen. „Versprich mir, wenn das hier vorbei ist, dass du dich um Damon kümmern wirst. Er ist ein guter Mann. Lass nicht zu, dass er sich für irgendetwas schuldig fühlt."

„Schuldig fühlen? Ich verstehe nicht." Sie riss die Augen weit auf. „Wovon sprichst du, Barrett?"

„Was ich jetzt tun werde, tut mir wirklich leid. Ich hoffe, du kannst mir eines Tages vergeben, Ava." Er packte Jaxon und schubste ihn in Richtung der Wächter von Mississippi, die ihn auffingen, bevor er auf dem Boden aufschlug. Jack riss die Augen weit auf, rührte sich aber nicht.

Barrett griff nach dem silbernen Messer aus dem Bund seiner Jeans und packte Ava. Er legte eine Hand über ihren Mund und hielt das Messer an ihre Kehle. Sein Magen verkrampfte sich und ihm wurde schlecht, als sie versuchte, sich aus seinem Griff zu befreien.

Er musste es tun, um Jaxon zu retten.

Er musste es tun, um sein Rudel zu retten.

Er musste sterben, um die Zukunft von Arkansas zu retten.

„Was zum Teufel machst du da, Barrett?" Damon drückte sich durch die Reihe der Kentucky-Wächter nach vorn. „Nimm deine verdammten Pfoten von ihr."

„Du weißt schon, Damon, dass Ava immer meine sein sollte, nicht wahr?", rief Barrett über den Aufruhr in der Menge hinweg.

Plötzlich schwiegen alle.

„Nimm sofort deine verdammten Pfoten von ihr, Barrett", knurrte Damon.

Barrett rührte sich nicht. Er wusste, dass das Einzige, wofür Damon ihn töten würde, Ava war. Damon und Ava und ihr Kleines, das auf dem Weg war, würden den Bundesstaat Arkansas beschützen. Sie würden die Zukunft des Rudels sein.

Sobald das hier vorbei war, würden sie die Papiere finden, die Damon offiziell die Kontrolle als Rudelführer übertragen würden, für den Fall, dass Barrett starb. Sie würden außerdem genügend Beweise gegen Boudier finden, um ihn ebenfalls in seinen Tod zu schicken.

Aber zuerst musste jemand sterben.

Um Jaxon zu retten, musste er sterben.

Barrett war bereit, dies zu tun, um seine Wächter zu schützen.

Barrett lehnte sich zu Avas Nacken hinunter. Für alle anderen sah es so aus, als würde er sie küssen.

„Es tut mir leid. Nur so kann ich Jaxon retten. Ein Tod wird verlangt. Sie werden einen Tod bekommen. Nicht seinen. Sondern meinen." Er drückte die Klinge an ihren Hals, genug, dass ein Tropfen Blut hervortrat.

„Vergib mir, Ava. Pass gut auf Damon auf", flüsterte er.

Ein dämonisches Knurren ertönte. Damon sprang in die Luft und verwandelte sich zum Wolf. Barrett passte den Moment genau ab und kurz bevor Damon landete, schubste er Ava aus dem Weg und drehte die Messerklinge zu seiner Brust. Damons Gewicht drückte die silberne Klinge in seine Brust und zerriss die Kammern seines Herzens, als sie durch die Muskeln schlitzte. Etwas blitzte in Damons Augen auf und er wich augenblicklich von Barrett zurück. Barretts Herz wurde langsamer und er konnte das Blut aus seiner Brust fließen spüren.

Unvorstellbarer Schmerz durchbohrte seine Brust, als das Silber begann, ihn zu vergiften. Er fiel auf die Knie. Er hatte nur noch Sekunden, bevor er tot sein würde. Barrett sah in die Menge. Jack sah schockiert darüber aus, was gerade passiert war. Er sah zu seinen Wächtern hinüber.

Die Wächter von Mississippi hielten Braxton und Jayden

zurück, die versuchten zu ihm zu gelangen. Zane hatte sich verwandelt und knurrte und biss die fünf Wächter, die ihn zurückhielten. Lucien hatte einen Kampf begonnen und es brauchte drei Mississippi-Wächter um ihn festzuhalten. Jaxon, noch immer in Ketten und von den Attentätern gefesselt, fiel auf seine Knie und brüllte und schrie aus tiefster Brust. Ava kam auf ihn zu und Damon in seiner Wolfsgestalt ging auf und ab und war unsicher, was gerade passiert war.

Barrett schaffte es, aufzustehen. Er war sich der Silbervergiftung in seinem Herzen schmerzlich bewusst. Er versuchte zu atmen und hustete Blut. Es war noch nicht zu Ende. Noch nicht. Er sah in die entsetzten Gesichter des Rates und stolperte rückwärts zur Kante des Berges. Er wollte nicht, dass seine Wächter sahen, wie er seinen letzten Atemzug nahm.

„Hiermit hast du deine Blutschuld. Bezahlt. In voll." Der Absatz seines Stiefels fand die Kante des Berges. Er öffnete die Arme zur Seite. Er sah ein letztes Mal zum Himmel hinauf, bevor er seinen letzten Herzschlag spürte.

Er fiel ins Nichts hinein.

Er hörte weder die Schreie von Ava, noch die Klagen von Jaxon. Er hörte die Flüche seiner Wächter nicht, die versuchten, sich von den Mississippi-Wächtern loszulösen, die sie zurückhielten. Er hörte auch nicht die Schreie von Boudier, die sagten, dass es nicht Barrett war, der sterben sollte. Er hörte noch nicht einmal die Geräusche der Menge, die vom Rat verlangten, etwas zu tun.

Irgendetwas.

Das Letzte, was er hörte, als er zum Sternenhimmel hinaufblickte, war das Heulen des Wolfes, der ihn getötet hatte.

Kapitel Vierunddreißig

Die Wächter und Rudelführer der Südstaaten verstummten, als Barrett den Abhang hinunterstürzte.

„Was bedeutet das? Ich verstehe nicht, was das bedeutet?", schrie einer der Mississippi-Wächter und brach die Stille.

„Es bedeutet, dass Barrett für mich gestorben ist", erwiderte Jaxon von seiner Position auf den Knien.

„Ist so etwas schon jemals passiert? Hat sich schon jemals ein Rudelführer für einen seiner Wächter geopfert?", fragte ein Wächter aus Kentucky.

„Das ist mir scheißegal", schrie Boudier. „Ich fordere trotzdem das Leben von Jaxon Taylor."

„Nicht so schnell, Boudier. Du kannst Jaxons Leben nicht mehr fordern. Barrett hat die Schuld soeben beglichen. Sie ist voll bezahlt." Jack Welbourn hielt die Aktentasche in seinen Armen. Er konnte noch immer nicht glauben, was er gerade gesehen hatte. Er konnte nicht darüber hinwegkommen, dass Barrett sich selbst geopfert hatte.

Alle Augen lagen auf den Mitgliedern des Rates. Einer von ihnen räusperte sich.

„Jack hat recht. Wenn sich jemand für eine Todesschuld opfert, gilt sie als vollständig beglichen."

„Scheiße!", schrie Boudier und ballte seine Hände wie ein Kleinkind.

Alle sahen ihn an.

„Das Gesetz besagt jedoch auch, wenn ein Rudelführer seine Position aufgibt, dass ein anderer gegenwärtiger Rudelführer sie als seine eigene beanspruchen kann. Ich beanspruche den Staat von Arkansas als meinen eigenen." Boudier funkelte die anderen Rudelführer an. Er wollte sehen, ob sie ihn herausfordern würden.

Wut brannte in Jacks Bauch.

„Ich fürchte, das wird nicht legal sein. Nicht in diesem Fall." Jack legte die Aktentasche auf einen Felsen und öffnete sie. Barrett wusste nicht, dass er, sobald er ihm den Koffer übergeben hatte, einen Blick hinein geworfen hatte. Er wusste bereits, welche rechtlichen Dokumente er darin finden würde. Der Blutschwur, den er Barrett gegeben hatte, verbot ihm, diese Informationen vorher preiszugeben.

„Ich habe hier die legalen Unterlagen, unterzeichnet von Barrett Middleton, die Damon Trahan für den Fall, dass ihm irgendetwas zustoßen sollte, zum nächsten Rudelführer ernennen." Jack hob das Dokument in die Luft und reichte es dann dem Rat.

„Aber Damon hat ihn getötet", sagte Boudier.

„Wenn ich mich recht erinnere, hast du den Rudelführer von Louisiana ebenfalls getötet, um an die Macht zu gelangen." Jack sah Boudier scharf an. „So kommen viele Arschlöcher an die Macht."

Gemurmel machte sich in der Menge breit.

„Brutus und Killian, tötet Jaxon. Ich fordere es." Boudier schrie, bis er rot im Gesicht wurde.

„Ja, sehen Sie mal, das geht nicht." Killian stellte sich vor Jaxon und versperrte Boudier die Sicht. „Als Sie versucht haben Lorcan zu töten, haben Sie für mich die Grenze überschritten."

„Du wertloses Stück Scheiße", spie Boudier. „Brutus, töte Jaxon, sofort!"

„Fick dich." Brutus stellte sich neben Killian und legte seine Hand auf das silberne Messer, das er in einem Halfter neben seiner Waffe trug.

„Du hast einen deiner Attentäter getötet?" Jack sah zu Lucien hinüber. Er wusste, dass Lorcan und Lucien Brüder waren. Luciens Gesicht wurde dunkel vor Wut und dem Drang zur Vergeltung.

„Versucht. Er hat versucht, mich zu töten." Lorcan trat aus dem Schatten. „Ihr solltet auch alle wissen, dass die Hexe von Yazoo City niemals eines ihrer Opfer getötet hat. Sie nahm so viel Blut, wie sie brauchte, um bei Kräften zu bleiben, ließ sie aber immer am Leben. Boudier hat jemanden beauftragt, der ihr folgte und hat befohlen jeden, dem sie Blut abgenommen hatte, zu töten. Er wollte, dass wir sie für die Mörderin hielten."

„Aber sie hat für ihn ausgesagt", sagte Jack.

„Sie hat vor mir zugegeben, dass sie gelogen hat. Sie hat gelogen, um ihre Freiheit zu sichern. Boudier hat ihr die Befreiung von diesem Friedhof versprochen, wenn sie für ihn lügt."

Gemurmel stieg in der Menge auf und Boudier begann, nervös sein Gewicht von einem Fuß zum anderen zu verlagern. Es war das erste Mal, dass sich der Rudelführer unwohl fühlte.

„Lasst Jaxon frei", befahl Lorcan.

Killian nickte und löste schnell die Fesseln.

„Du bist nicht befugt, das zu befehlen", sagte Boudier.

„Du vergisst etwas. Als Attentäter sind wir Richter und

Geschworene. Wir sind vielleicht tödliche Mörder, aber wir kennen uns mit dem Rudelgesetz gut aus. Ich fordere einen jeden heraus, einschließlich des Rates, sich gegen uns zu stellen."

Alle schauten auf den Rat.

„Lorcan hat recht. Jaxon ist frei zu gehen", sagte eines der Ratsmitglieder.

„Ich habe auch noch etwas anderes, das von Wert sein könnte." Lorcan grinste und zog einen Umschlag aus seiner Lederjacke. „Bevor Ella … nun, die Hexe von Yazoo City, gegangen ist, hat sie mir etwas gegeben. Es gehört Boudier." Er hob den Umschlag in die Luft und ging zu Jack hinüber.

„Das müssen Sie lesen", sagte Lorcan.

„Was ist das?", fragte Jack, als er den Umschlag in seinen Händen umdrehte.

„Es ist Boudiers Todesliste. Sehen Sie, er hat eine Abschussliste aller Wächter und Rudelführer, die er ausschalten will." Lorcan sah die Wächter von Arkansas an.

Boudiers Augen wurden größer und er trat einen Schritt zurück.

„Und Ihr Name steht auch darauf, Jack. Tatsächlich stehen viele der Namen der Rudelführer auf dieser Liste. Es scheint, als wollte Edward Boudier eine Menge Werwölfe ausschalten, um sein Territorium zu vergrößern."

Jack biss die Zähne zusammen. „Nehmt ihn in Gewahrsam." Seine Mississippi-Wächter traten vor und packten Boudier.

„Nehmt eure verdammten Hände von mir. Sofort", kreischte Boudier.

„Ich möchte, vor dem Hintergrund von allem, was heute hier passiert ist, ein Tribunal einberufen." Jack sah den Rat an.

„Bewilligt", sagte der Rat einstimmig.

KAPITEL 35

apitel Fünfunddreißig

„Scheiße. Ich hätte hierfür keine Stöckelschuhe tragen sollen." Ella stolperte über die Felsen und gab schließlich auf, bückte sich und zog ihre Absatzschuhe aus. Sie stand auf und starrte die Gestalt an, die vor ihr am Boden lag.

„Ich hoffe, du bist meine Louboutins wert." Sie eilte zu der leblosen Gestalt hinüber und bückte sich neben ihm hin. Weil sie Lorcans Blut hatte, konnte sie ziemlich gut im Dunkeln sehen. Es würde nicht andauern, aber sie brauchte es nicht.

Sie beugte sich über den großen Wolf und griff nach dem Messer, das aus seiner Brust ragte. Sie zog daran.

Es rührte sich nicht.

Sie stellte sich breitbeinig über ihn, packte es mit beiden Händen und zog erneut. Schließlich glitt es aus seiner Brust heraus.

Sie zuckte zusammen, als sie das blutige Messer sah. Sie war sich nicht sicher, was sie damit anfangen sollte, also steckte sie es in den Bund ihrer Jeans. Sie beugte sich vor und strich ihm die Haare aus dem Gesicht. Der Großteil des Blutes war auf der Brust. Als er den Berg hinuntergestürzt war, hatte er sich den Hinterkopf eingeschlagen, aber sein Gesicht war noch immer hübsch. Sie mochte ein gutaussehendes Gesicht. Und er hatte definitiv eins.

Sie strich mit der Hand über seine Brust zu seiner Wunde hinunter. Sie heilte nicht und sie fragte sich, ob es zu spät war. Vielleicht hatte er zu viel Silber im Körper. Vielleicht war er wirklich tot.

Sie stand auf und sah am Rest seines Körpers hinunter. Ihr Blick landete auf seinem Schritt. Sogar tot, hatte er noch immer eine Beule in der Hose.

Sie biss sich auf die Lippe und sah sich um, um sicherzustellen, dass sie alleine waren. Sie beugte sich hinunter und legte ihre Hand auf die Vorderseite seiner Jeans.

„Sehr schön, Middleton. Selbst im Tod bist du bestückt wie ein Pferd." Vielleicht könnte sie eine Form davon nehmen.

Sie stand auf und grinste.

„Lass uns gehen, mein Großer." Sie packte ihn an den Beinen und zog seinen Körper in eine nahegelegene Höhle.

„Wieso hat das so lange gedauert?", meckerte Ryker aus der Höhle.

„Hättest du deinen Hintern bewegt und mir geholfen, ihn hierherzuziehen, wäre es vielleicht schneller gegangen." Ella funkelte den Werwolf an.

„Außerdem weiß ich noch nicht einmal, ob ich ihn zurückbringen kann. Blutmagie ist eine knifflige Sache. Vielleicht kommt er nicht so zurück, wie er war." Sie ließ seine Beine fallen und stemmte die Hände in ihre Hüften.

Sie sah Ryker an. „Du wusstest also, dass Barrett sich selbst opfern würde? Und du hast es zugelassen? Das ist ziemlich verdammt … krank. Das würde sogar ich sagen."

„Ich habe es vermutet. Ich war mir nicht sicher." Ryker

kniete neben Barretts Körper.

„Kannst du irgendein Lebenszeichen in ihm spüren?" Er sah zu ihr auf.

Ihr Herz zog sich zusammen. „Ich bin mir nicht sicher. Das Silber hat sein Herz gesättigt und sein Schädel ist zerquetscht. Ich glaube nicht, dass es dafür einen Zauberspruch gibt. Es tut mir leid." Es tat ihr tatsächlich leid.

„Deshalb habe ich Verstärkung mitgebracht. Du kannst jetzt rauskommen, Celeste", sagte Ryker.

Eine atemberaubende Blondine in einem wunderschönen roten Kleid und hohen Absätzen erschien aus den Tiefen der Höhle. Ella hasste die Frau sofort.

„Schöne Schuhe." Sie musterte die Stöckelschuhe der Blondine.

Die Frau eilte zu Barretts Körper und kniete sich neben ihm nieder. Sie sah zu Ryker auf.

„Ich werde tun, was ich kann. Aber ich kann nichts versprechen", sagte Celeste.

„Ich habe gesehen, was du tun kannst. Ich nehme alles, was du hast", sagte Ryker und sah dann zu Ella auf.

„Ihr zwei wurdet einander noch nicht vorgestellt. Ella, das ist Celeste Nordstrom. Celeste, das ist Ella, die Hexe von Yazoo City." Ryker grinste.

Ella hob eine Augenbraue. „Bist du auch eine Hexe?"

Celeste kniff die Augen zusammen. „Nein. Ich bin eine Fee."

„Willst du mich verarschen? Ich dachte, Feen existieren nur in Märchen." Ella prustete los.

„Pass auf, Hexe", knurrte Ryker. „Zeige etwas Respekt. Sie ist nicht so eine Fee."

„Was für eine Fee bist du denn dann?" Ella verschränkte die Arme und funkelte sie an.

„Wenn du nicht aufpasst", sagte Celeste zu ihr und trat einen Schritt auf sie zu, „bin ich eine Gefährliche."

KAPITEL 36

Kapitel Sechsunddreißig
Vier Wochen später …

„Wie geht es Damon?" Granny umarmte Ava, als sie das Gelände der Wächterbasis in Little Rock betrat.

„Nicht gut. Er hat sich immer noch nicht wieder zurückverwandelt. Wir brauchten alle unsere Wächter und ein paar der Wächter aus Mississippi, um ihn zu bändigen und auf einen Achtzehn-Tonner zu schieben." Ava seufzte und ging den Gang entlang. „Wir mussten ihn in eine Zelle stecken."

„Warum das?"

„Weil es der einzige Ort ist, der stabil genug ist, um ihn festzuhalten. Er hat ein riesiges Loch in die Seite des Anhängers gerissen, bevor sie nach Hause kommen konnten." Ava blieb stehen und sah sie an. „Sie mussten einen Betäubungspfeil verwenden, um den Rest des Heimwegs zu schaffen."

„Er würde es nicht sagen, aber er gibt sich selbst die Schuld für Barretts Tod." Eine Träne lief über Avas Gesicht. „Ich weiß nicht, wie ich ihm helfen soll. Er will einfach nicht auf mich hören."

„Oh Schatz." Granny zog Ava in eine feste Umarmung. Sie

spürte, wie Ava von ihren stillen Tränen erschüttert wurde, während sie sie festhielt. Nach einer langen Minute löste sich Ava von ihr und wischte sich die Tränen aus den Augen.

„Erstens ist es nicht deine oder Damons schuld." Granny spitzte die Lippen. „Barrett hat eine Wahl getroffen. Er hat sich für Jaxon geopfert." Ihre Brust schmerzte vor Trauer so sehr, dass sie glaubte, sie würde gleich zerplatzen. Aber jetzt war nicht die Zeit für Trauer oder Tränen. Jetzt war die Zeit für Kraft und Mut.

„Wo sind die anderen Wächter?" Sie hob den Kopf.

„Sie sind in ihren Zimmern. Niemand hat das Gebäude verlassen, seit wir Damon nach Hause gebracht haben."

Granny nickte. „Ich habe mit Jack Welbourn gesprochen und er hat seine Mississippi-Wächter in Arkansas stationiert, um zu helfen, bis Damon sich in seiner neuen Position zurechtgefunden hat."

„Jack ist wirklich sehr nett gewesen." Ava nickte.

„Ich möchte, dass du unsere Wächter rufst. Sag ihnen, Damon wird sie im Fitnessraum treffen." Granny hob den Kopf und schob ihre Handtasche über ihre Schulter.

„Damon möchte niemanden sehen, Granny. Ich habe es versucht." Ava schüttelte den Kopf.

„Das wird er. Geh du jetzt los und sage ihnen, wir treffen uns in einer Stunde." Sie richtete sich gerade auf. „Aber zuerst bring mich zu Damon. Ich will mit ihm reden."

* * *

DAMON ZITTERTE, als er hinter den Gitterstäben der Zelle auf und ablief. Das Beruhigungsmittel, mit dem sie auf ihn geschossen hatten, war längst aus seinem System verschwunden und Adrenalin füllte seine Adern. Seine Wolfsaugen huschten durch den dunklen Raum.

Ava war zu ihm gekommen und hatte versucht, mit ihm

zu reden. Ihre Trauer und Sorge hatten den Raum wie Begräbnisblumen gefüllt. Es war zu viel für ihn gewesen. Er weigerte sich, in seine menschliche Form zurückzukehren, und zog es vor, in seiner Wolfsform zu bleiben.

Jedes Mal, wenn er die Augen schloss, sah er, wie Barrett mit diesem abscheulichen Messer in seiner Brust die Kante des Berges hinunterstürzte.

Ava hatte ihm hinterher erzählt, was Barrett zu ihr gesagt hatte. Er hatte Ava um Vergebung gebeten und sich gewünscht, dass sie sich um Damon kümmerte.

Jedes Mal, wenn er daran dachte, wollte er schreien.

Barrett hatte Jaxons Blutschuld mit seinem eigenen Leben bezahlt. Und Damon das Kommando als Rudelführer übergeben.

Wie konnte er damit leben, Barrett getötet zu haben?

Das Quietschen der Metalltür ertönte in dem leeren Raum. Er riss seinen Kopf zur Tür herum und knurrte.

„Pass bloß auf, mein Guter." Granny betrat in einem leuchtend gelben Kleid den Raum und trug diese weiße Plastiktasche über ihrer Schulter. „Wage es ja nicht, mich anzuknurren." Sie trat näher und sah ihn mit zusammengekniffenen Augen an.

Er seufzte und setzte sich auf sein Hinterteil.

Granny trat an die Gitterstäbe und steckte den Schlüssel ins Schloss.

Er riss seine Augen weit auf, als sie die Tür aufschwang und zu ihm eintrat.

Sie schloss die Tür hinter sich.

„Ich bin hier, um zu reden." Sie zeigte mit ihrem knochigen Finger auf sein Gesicht und funkelte ihn an. „Und du wirst schön brav dort sitzenbleiben und zuhören."

Er stieß ein leises Knurren des Unmuts aus. Sie presste ihre Lippen zu einer dünnen Linie zusammen.

„Damon, das reicht jetzt."

Er schaute weg. Er hatte keine Lust auf einen ihrer Vorträge. Er wollte einfach nur in Ruhe gelassen werden.

„Barrett wusste genau, was er tat, als er sich für Jaxon geopfert hat. Er war einer der besten Rudelführer, die ich je gekannt habe." Granny hob den Kopf. „Damon, du musst etwas wissen. Du hast Barrett nicht getötet. Er hatte vor zu sterben."

Damon riss den Kopf herum und sah die alte Frau an. Natürlich hatte er Barrett getötet. Er war derjenige, der auf ihm landete, und ihm das Messer durchs Herz stieß.

„Barrett hat schon vor Monaten die Unterlagen für den Fall erstellt, dass ihm etwas passiert. Er wusste bereits vor Monaten, dass er wollte, dass du der nächste Rudelführer wirst. Er hat dein Potenzial erkannt. Aber vor allem hat er den Mut und die Stärke in dir gesehen." Sie neigte den Kopf.

Er musterte den Boden.

„Als Rudelführer ist es an der Zeit für dich zu herrschen. Deine Wächter brauchen einen Anführer. Und du brauchst deine Wächter."

Aber wie konnten sie ihn als ihren Anführer wollen?

„Ich möchte, dass du in dich hineinschaust und dich fragst, ob Barrett recht über dich hatte. Versuche, zu sehen, ob du den Mut hast, diese Rolle zu übernehmen." Sie nickte. „Ich sehe die Großartigkeit in dir. Selbst, wenn du sie nicht sehen kannst."

Sie streckte die Hand aus, verstrubbelte das Fell auf seinem Kopf und lächelte.

„Du hast eine Menge Leute, die auf dich zählen, Damon. Ava und dein Kind und deine Wächter. Sie warten alle im Fitnessraum auf dich." Sie ging zu den Gitterstäben und öffnete die Tür. Sie trat hinaus und ließ die Tür hinter sich offenstehen. „Du weißt in deinem Herzen, dass es das Richtige ist."

Er lauschte ihren Schritten, als sie hinausging und ihn allein zurückließ.

* * *

DAMON VERMIED ES, in den Spiegel im Flur zu schauen, als er zum Fitnessraum ging. Sein Magen krampfte sich zusammen. Er war sich nicht sicher, was ihn erwarten würde, und er wusste noch nicht, was er sagen wollte.

„Damon." Er hielt inne, als er Avas sanfte Stimme hörte.

Er drehte sich um und sah sie an.

Sie war blass und hatte dunkle Ringe unter ihren hübschen Augen. Er runzelte die Stirn.

„Geht es dir gut?", fragte er.

„Ja." Sie nickte. „Damon, ich …"

„Hör auf." Er hob seine Hand. „Ich möchte nicht, dass du dich dafür entschuldigst, dass du zum Tribunal gekommen bist. Das Ergebnis wäre nicht anders gewesen. Barrett wäre trotzdem für Jaxon gestorben."

Sie schaute zum Boden und nickte. Sie sah so winzig und zerbrechlich aus. Er konnte keine weitere Sekunde des Unbehagens zwischen ihnen ertragen.

Er trat näher und zog sie in seine Arme. Sie klammerte sich an ihn und vergrub ihr Gesicht an seiner Brust.

„Ich hatte solche Angst, Damon. Angst, dass ich dich nie wieder zurückbekomme." Sie schluchzte.

„Was habe ich dir denn gesagt? Du wirst mich nie wieder los", sagte er leise.

Sie sah auf und kicherte leise. „Gut."

Er neigte seinen Kopf und bedeckte ihre warmen Lippen mit seinen. Sie hielt ihn fest, als er sie langsam und tief küsste. Als er sich von ihr löste, starrte er ihr in die Augen.

„Ich muss dich etwas fragen. Etwas Ernstes."

„In Ordnung. Was ist es?"

„Was denkst du darüber, wenn ich Rudelführer wäre? Ich weiß, dass es dir nicht sonderlich gefallen hat, als ich Barrett vertreten habe. Jetzt wäre es dauerhaft so. Ich muss wissen, wie du darüber denkst. Denn wenn du nicht voll und ganz hinter mir stehst, werde ich die Position nicht annehmen."

„Ist das dein Ernst? Hat jemals jemand diese Position abgelehnt?" Sie riss ihre Augen auf.

„Nein, nicht dass ich wüsste." Er zuckte mit den Schultern.

Ava atmete langsam aus und sah ihm in die Augen.

„Ich stehe hinter jeder Entscheidung, die du triffst." Sie legte ihre Hand auf seine Wange. „Ich denke, du würdest ein großartiger Rudelführer sein. Ich denke, unser Staat braucht dich jetzt mehr denn je. Ich denke, dass du immer dafür bestimmt warst, Damon."

Ihre Worte ehrten ihn. Er schluckte die Emotionen hinunter, die in seiner Kehle aufstiegen. Jetzt war nicht die Zeit, wie ein Weichei zu heulen.

Jetzt war die Zeit für Stärke.

„Ich liebe dich", sagte er.

„Ich liebe dich auch." Sie lächelte.

*K*apitel Siebenunddreißig

Damon betrat mit Ava an seiner Seite den Fitnessraum. Die Wächter, die untereinander gesprochen hatten, drehten sich um, als sie hereinkamen. Es wurde still im Raum.

Er trat nach vorn und sah die Wächter an.

„Ich habe etwas zu sagen." Damon wandte sich an alle Anwesenden.

„Als ich in die Reihen der Arkansas-Wächter aufgenommen wurde, war ich ein bisschen schockiert. Nachdem ich von den Louisiana-Wächtern rausgeschmissen wurde, hätte ich nicht gedacht, dass mich ein anderer Staat nehmen würde. Aber Arkansas tat es. Barrett tat es." Sein Hals schmerzte. Er schluckte und fuhr fort.

„Ich war schockiert zu hören, dass Barrett mich zum Rudelführer ernannt hat. Obwohl ich ihn ein paarmal vertreten habe, haben wir nie darüber gesprochen, wer sein Nachfolger sein wird. Ich habe nie gefragt. Ich glaube, ich dachte eben, er würde für immer leben." Der Hauch eines Lächelns huschte über seine Lippen.

„Um ehrlich zu sein, wenn ich diese Nacht noch einmal durchleben könnte, würde ich ihren Ausgang ändern. Und Barrett würde hier vor euch stehen und euch allen die Hölle heißmachen."

Ein leises Lachen erklang durch den Fitnessraum.

„Ich kann den Ausgang nicht ändern. Aber ich kann Barretts letzten Wunsch ehren, indem ich die Position als Rudelführer annehme." Er sah sich im Raum um.

„Aber bevor ich diese Entscheidung endgültig treffe, möchte ich wissen, wie ihr alle darüber denkt."

„So läuft das nicht, Damon. Du brauchst von niemandem eine Genehmigung", sagte Zane.

„Das weiß ich. Ich hätte sie aber trotzdem gerne." Er hob den Kopf. Er wusste in seinem Herzen, dass er, selbst wenn nur ein einziger Wächter gegen ihn stimmte, von der Position zurücktreten würde.

„Hat irgendjemand etwas zu sagen?" Er sah sich im Raum um und wartete darauf zu sehen, ob ihn jemand als seinen Rudelführer missbilligen würde.

„Ich habe etwas zu sagen." Jaxon trat vor.

Jaxon hatte sich nicht rasiert und sah so aus, als hätte er eine Woche lang nicht geschlafen. Jaxon sah so aus, wie Damon sich fühlte.

„Ich habe das Gefühl, dass ich meine Kündigung einreichen muss. Was Barrett getan hat, war für mich. Ich habe es nicht verdient, weiter den Titel eines Wächters zu tragen." Jaxon fuhr sich mit den Fingern durch die Haare.

„Also gibst du einfach auf. Einfach so." Damon ballte die Hände zu Fäusten. „Lass mich dir etwas sagen, Jaxon. Wenn du jetzt aufgibst, gewinnt Boudier. Wenn du jetzt deine Brüder verlässt, war alles, was Barrett getan hat, umsonst."

Jaxon riss den Kopf hoch. „Wie soll ich mit dem, was ich getan habe, leben?"

„Du hast Ginny vor einem gewalttätigen Vater und

Ehemann beschützt. Du hast sie zurückgenommen, obwohl sie mit dem Kind eines anderen Mannes schwanger ist. Du hast die Bereitschaft gezeigt, für die Frau, die du liebst, zu sterben. Das ist keine Schwäche. Das ist unvorstellbare Stärke." Er kniff die Augen zusammen. „Und wenn du denkst, dein Arsch könnte die Wächter verlassen, werde ich dir Gehorsam einprügeln. Hast du das verstanden?"

Braxton und Jayden prusteten los.

„Ich würde auf ihn hören, Jaxon. Du willst dich nicht mit Damon anlegen", bestätigte Lucien.

„Du bist ein Teil der Arkansas-Wächter, Jaxon. Wir sind eine Familie. Wir halten zusammen", erklärte Damon.

Emotionen schossen durch Jaxons Augen und Damon wusste, dass er von der Welle der Unterstützung ergriffen war.

Jaxon nickte. „Nun dann. Ich werde unter einer Bedingung bleiben." Er starrte Damon an. „Ich bleibe, wenn du mein Rudelführer bist."

Dieses Mal war es Damon, der Schwierigkeiten hatte, seine Gefühle unter Kontrolle zu bringen.

Er stemmte die Hände in die Hüften und sah an die Decke, um sich wieder zu fangen.

Als er die Wächter wieder ansah, waren sie nähergekommen.

„Ich denke, wir wollen damit sagen, dass wir uns alle geehrt fühlen würden, dich als unseren Rudelführer zu haben", sagte Zane. „Barrett wusste, was er tat, als er dich gewählt hat."

„Ja, bitte sag, dass du es machst." Jayden blickte finster. „Ich bin all diese Mississippi-Wächter in unserem Bundesstaat leid. Es ist zu voll hier."

Alle lachten und die Anspannung im Raum verflog.

Damon nickte. „Als Rudelführer von Arkansas werde ich mein Bestes geben, um unseren Staat und unsere Wölfe zu schützen. Es ist mir eine Ehre, euch alle als meine Wächter zu haben."

Ein Jubel ging durch den Raum und nacheinander knieten die Wächter vor Damon nieder. Zane hatte den Insignienring aus Barretts Büro geholt und schob ihn auf Damons Hand.

„Ich habe eine Bitte für deine erste offizielle Handlung als Rudelführer", sagte Jaxon.

„Was ist es, Jaxon?" Damon runzelte die Stirn.

„Ich möchte, dass du mich mit Ginny verpaarst. Heute", bat Jaxon.

Ein Lächeln flog über sein Gesicht und er nickte. „Es wäre mir eine Ehre. Aber informiert mich bitte zuerst über die Geschehnisse in Louisiana."

Lucien trat vor. „Boudier wird wegen versuchten Mordes an allen Rudelführern und Wächtern festgehalten. Ich habe von Lorcan gehört und er sagte, sie mussten ihn wegen all der Morddrohungen nach Texas bringen."

„Sie hätten ihn einfach mit allen seinen Louisiana-Wächtern in einen Raum stecken sollen. Ich bin mir sicher, dass sie, nach allem was vorgefallen ist, mehr als bereit wären, ihn zu töten, und uns eine Menge Zeit sparen würden."

„Jede Wette." Lucien lachte. „Ich bin mir sicher, dass es eine verdammt gute Show geben wird, wenn das Tribunal abgehalten wird."

„Also, wer ist für Louisiana zuständig? Jetzt da Boudier von seinen Pflichten enthoben wurde", fragte Damon.

„Die Rudelführer der Südstaaten wechseln sich ab, den Staat zu führen. Im Moment ist Jack Welbourn verantwortlich und nach einem Monat, bist du dran, ihn zu führen", berichtete Zane.

„Was ist mit den Attentätern? Bleiben sie in Louisiana?"

„Im Moment schon. Ich habe mit Lorcan gesprochen und er sagte mir, er wäre nur solange bei Boudier geblieben, weil er versuchen wollte, unsere Eltern aus dem Staat zu bringen, bevor er selbst abhauen konnte. Er wusste, dass Boudier unsere Eltern sonst töten würde."

„Also war er Barrett nicht untreu", sagte Damon und nickte.

„Nein. Er hat nur versucht, unsere Mutter zu schützen. Jetzt, da Boudier weg ist, bleibt er, bis er sich überlegt hat, was er als Nächstes tun möchte." Lucien zuckte mit den Schultern.

„Gut." Damon nickte. „Ich brauche Leute, denen ich vertrauen kann. Wie Lorcan. Ich muss mit ihm reden und herausfinden, ob er eine Ahnung hat, wohin diese Mississippi-Hexe verschwunden ist."

„Damon, es gibt noch etwas." Zane senkte seine Stimme. „Ryker wird vermisst. Wir glauben, er versucht mit allem, was passiert ist, fertig zu werden. Soll ich nach ihm suchen gehen?"

„Nein. Gib ihm seinen Freiraum. Er kommt zurück, wenn er bereit ist."

„Jack Welbourn möchte sich sobald wie möglich mit dir treffen. Nur um ein paar Dinge zu besprechen", sagte Braxton.

„Ich werde ihn morgen anrufen." Er lächelte ein bisschen. „Aber zuerst muss ich Jaxon und Ginny verpaaren."

* * *

JAXON HIELT Ginny fest in seinen Armen, als er sein Zimmer in der Basis betrat. Die Zeremonie war schnell gegangen. Genau, wie er es wollte. Er konnte es kaum abwarten, sein Leben mit Ginny zu beginnen.

Dieses Mal würde er keine Sekunde verschwenden.

„Ich wünschte, wir hätten unser eigenes Haus. Es fühlt

sich komisch an, dich in der Wächterbasis über die Schwelle zu tragen." Er sah zu ihr hinunter.

„Es ist mir egal, wo wir unsere Flitterwochen verbringen. Solange wir zusammen sind." Ginny drückte ihre Lippen auf seine. „Außerdem bin ich mir nicht sicher, ob wir es uns leisten können, sofort ein Haus zu kaufen. Ich hatte noch nie eigenes Geld. Vielleicht finden wir ja eine verlassene Scheune, in der wir wohnen können." Sie kicherte.

Er ging hinüber und setze sie sanft aufs Bett.

„Genau genommen wollte ich mit dir darüber sprechen." Er ging zur Küchentheke hinüber und griff nach einem Umschlag, als er ein Lächeln unterdrücken musste.

Er kniete sich neben das Bett, damit er mit ihr auf Augenhöhe war.

„Was ist das?" Sie musterte den Umschlag misstrauisch.

Er grinste. „Genau genommen hast du Geld. Ziemlich viel sogar."

„Worüber redest du? Ich hatte noch nie Geld. Mein Vater gab mir nur ein mageres Taschengeld und als ich John geheiratet habe, hat er das gesamte Geld kontrolliert."

Sein Lächeln wurde größer. „Und als John getötet wurde, ging sein gesamter Reichtum direkt in deinen Besitz über."

„Was?" Sie öffnete den Umschlag und starrte auf die Worte, die von jedem Mitglied des Rates unterschrieben worden waren. Der Rat erklärte, dass sie die Erbin von Johns Vermögen war.

„Es müssen mindestens …"

„Acht Millionen Dollar sein. Ohne die Immobilien", beendete Jaxon ihren Satz. „Und das beinhaltet noch nicht den Nachlass deines Vaters. Sobald er für schuldig befunden wird, wirst du das auch noch erben. Du bist eine sehr reiche Frau."

„Oh mein Gott." Ihr Mund fiel auf.

„Es ist deins und du kannst damit tun, was du möchtest."

Jaxon neigte den Kopf. „Obwohl ich als Wächter ziemlich gutes Geld verdiene, es ist also nicht so, als wären wir pleite."

„Wirklich?"

„Ja, wirklich gutes Geld. Aber ich möchte nicht prahlen." Jaxon grinste.

„Ich hätte nie gedacht, dass das passieren würde." Sie sah ihn mit Tränen in den Augen an.

„Was? Dass du stinkreich sein würdest?"

„Nein. Das interessiert mich nicht. Ich weiß bereits, was ich mit dem Geld von John machen will." Sie hob den Kopf. „Ich möchte es an SKYLARS HAUS spenden. Ich möchte einen Unterschied im Leben von anderen machen. Ich möchte die Hilfe geben, die ich nicht haben konnte."

Die Liebe, die er für sie fühlte, wurde noch tausendmal größer, bis er dachte, dass sein Herz in seiner Brust davon explodieren würde.

„Ginny Taylor. Du bist die perfekteste Frau, die ich je getroffen habe. Ich verdiene dich nicht. Ich werde es mir zur Aufgabe machen, dir jeden Tag zu zeigen, wie sehr ich dich liebe."

„Das will ich dir raten, Jaxon. Denn dieses Mal, werde ich dich nie wieder loslassen."

Ende

KAPITEL 38

K apitel Eins

Schmerz schoss wie ein Blitz durch seinen Körper. Aber es war seine Brust, die höllisch wehtat. Er versuchte, seine Augen zu öffnen, aber es war unmöglich. Er fühlte sich gefangen, so als würde er zwischen Bewusstsein und Realität schweben.

Er versuchte, sich daran zu erinnern, was passiert war. Aber er sah nichts, nur einen schwarzen Bildschirm. Er schluckte und zuckte vom Schmerz in seiner Kehle zusammen.

Es fühlte sich an, als hätte ihm jemand Glassplitter die Kehle hinuntergezwungen.

Er versuchte, seinen Arm zu heben, aber sein Körper wollte ihm nicht gehorchen.

„Du solltest dich wirklich nicht so bewegen", flüsterte eine unverwechselbare weibliche Stimme neben seinem Ohr.

„Oh und es nützt nichts, zu versuchen zu sprechen. Weil du es nicht kannst. Noch nicht."

Was zum Teufel? Wieso kam sie ihm so bekannt vor? Und

warum konnte er sich nicht daran erinnern, wie er in diese Situation geraten war?

„Sieht so aus, als wären es für eine Weile nur du und ich, Wolf", flüsterte sie leise.

Ihre Hand glitt zwischen seine Beine und sie packte seinen Schwanz.

„Ich muss sagen, dass ich dich schon eine Weile im Auge hatte. Während du dich erholst und in meiner Obhut bist, werden wir uns ein bisschen besser kennenlernen." Sie lehnte sich vor und leckte an seinem Ohr.

„Geh weg von ihm, Hexe."

Ryker. Gott sei Dank.

„Ich habe es ihm nur bequem gemacht", meckerte sie.

„Mit deiner Hand auf seinem Schwanz? Das glaube ich wohl nicht", knurrte Ryker.

„Nun, bis wir gehen können, müssen wir wohl lernen, miteinander auszukommen", sagte Ella. „Wenn du deine Karten richtig spielst, können du und ich vielleicht auch lernen, miteinander auszukommen."

„Auf gar keinen Fall. Ich lass mich nicht auf psychopathische Hexen ein." Ryker schnaubte. „Und wenn ich noch einmal sehe, dass du Barrett befummelst, werde ich dir deine verfluchte Hand abhaken."

„Ich habe eine Borderline-Persönlichkeitsstörung!", kreischte Ella. „Ich bin keine Psychopathin."

„Nun, was auch immer du bist, du musst deine verdammte Katze unter Kontrolle bringen. Sie hat meine Lederjacke in Stücke gerissen", schrie Ryker zurück.

„Ihr ist nur langweilig", sagte Ella. „Außerdem kontrolliere ich Nyx nicht."

Das Dröhnen der streitenden Stimmen ließ ihn in einen traumlosen Schlaf fallen.

ÜBER DEN AUTOR

Jodi ist Bestsellerautorin von USA TODAY und Finalistin des National Readers Choice Award für den besten Paranormalen Roman. Sie ist die Autorin der Serie AUFSTIEG DER WERWÖLFE VON AKANSAS und schreibt paranormale Romantik sowie zeitgenössische Romantik.

Geboren und aufgewachsen in Mississippi, führten ihre tiefen südlichen Wurzeln und ihre Liebe zum Paranormalen dazu, dass sie paranormale Romane schreibt, die im Süden der USA spielen. Wenn sie sich nicht mit Charakteren in ihrem Kopf unterhält, ist sie in ihrem Haus im Nordosten von Arkansas mit ihrem gutaussehenden Ehemann, ihrem brillanten Sohn, einem temperamentvollen Schwan und einem gelben Labrador zu finden, der gern Schildkröten anschleppt, wenn die Entensaison vorbei ist.

Jodivaughn.com